越南汉词整理与研究

［越南］梁氏海云◎著

华东师范大学出版社
·上海·

图书在版编目（CIP）数据

越南汉词整理与研究 /（越）梁氏海云著. —上海：华东师范大学出版社，2024

ISBN 978-7-5760-4828-5

Ⅰ. ①越…　Ⅱ. ①梁…　Ⅲ. ①词（文学）—诗词研究—中国—古代　Ⅳ. ①I207.23

中国国家版本馆CIP数据核字（2024）第093237号

越南汉词整理与研究

著　　者　[越南] 梁氏海云
责任编辑　孙　莺
责任校对　时润民
装帧设计　刘怡霖

出版发行　华东师范大学出版社
社　　址　上海市中山北路3663号　邮编 200062
网　　址　www.ecnupress.com.cn
电　　话　021－60821666　行政传真 021－62572105
客服电话　021－62865537　门市（邮购）电话 021－62869887
地　　址　上海市中山北路3663号华东师范大学校内先锋路口
网　　店　http://hdsdcbs.tmall.com

印　　刷　上海中华商务联合印刷有限公司
开　　本　890毫米×1240毫米　1/32
印　　张　15.5
字　　数　367千字
版　　次　2024年6月第1版
印　　次　2024年6月第1次
书　　号　ISBN 978－7－5760－4828－5
定　　价　98.00元

出 版 人　王　焰

（如发现本版图书有印订质量问题，请寄回本社客服中心调换或电话021—62865537联系）

2021年度教育部人文社会科学研究一般项目
《中国古代词体文学在越南生成与流变研究》
（项目批准号：21YJA752005）成果

广西一流学科广西民族大学民族学
建设经费资助出版

序

越南是古代采用汉语书写系统的国家之一，留下了大量用汉语书写的文学作品，汉词即为其中的一种样式。虽然和汉语书写的诗文相比，汉词的数量和影响力都要小一些，但其精美的形式和独特的情韵依然在越南文学史上占有重要地位。

汉词在越南产生的时间很早，起点也非常高。越南现存最早的一首汉词是匡越大师创作的《阮郎归》，据《大越史记全书·黎纪》记载，宋雍熙四年（987），宋使李觉将归国，帝诏匡越制曲以饯，其辞曰："祥光风好锦帆张。遥望神仙复帝乡。万重山水涉沧浪。九天归路长。情惨切，对离觞。攀恋使星郎。愿将深意为边疆。分明奏我皇。"该书虽然没有指出匡越大师所用的是《阮郎归》词调，但与《钦定词谱》所载正体《阮郎归》比对，两者句式及平仄格律基本一致，所异处有二：其一，上片第二句依谱当为五字句，而"遥望神仙复帝乡"则为七字句；其二，下片第三句，平仄格律依谱当为"中平中仄平"，此处"攀恋使星郎"则是"平仄仄平平"。这两处差异很容易被认为是不合谱式和出律，而人们以为一个越南文学家能写出这样的词作已经相当不错了。这样的说法当然也解释得通，但我们认为，事实可能并非完全如此。这里有两点值得注意。首先是此词的创作时间为宋雍熙四年，即公元987年，而《钦定词谱》的例词，署名为李煜的《阮郎归》（东风吹水日衔山），一般认为作于宋太祖开宝四年(971)左右,两者相距大约16年。这一方面说明当时汉词的传播非常快捷,一个新创作的词调没多久即传到了千里之外的越南;另一方面也说明这个词调刚流行不久,调体尚不稳定,而在传唱过程中,歌词有些变化是十分正常的。从各种词调的演化过程看,这种现象很常见。其次是词的创作方式,《大越史记全书·黎纪》明确记载,匡越大师是“制曲以饯”。这是一个非常重要的信息,说明匡越大师是依曲填词,注重的是词的音乐性。只要不违音乐,填词时自然可以增减字数,作些灵活处理,即沈义父《乐府指迷》所言“一腔有两三字多少者,或句法长短不等者”。这种处理方法在词乐存在的情况下,不仅是允许的,而且经常被词人运用。这也是词乐失传后,我们将字数、句式不同的同调之作分为“又一体”的重要原因。因此匡越大师这首词,也可以理解为在遵循词乐的前提下,对句式的字数以及格律作了灵活处理,因而其词也就并非一般意义上的失律之作。由于此作在中原流传不广,万树《词律》和《钦定词谱》均未收录,否则完全可以作为《阮郎归》的“又一体”。

越南汉词除了产生早,起点高,也并不缺乏优秀的词人和词作。夏承焘先生曾选校出版《域外词选》一书,系选录域外词之“尤精者”,除日本词家所选稍多外,越南和朝鲜各选入一家的作品。朝鲜选的是著名词家李齐贤,越南则是“白毫子”阮绵审。此书的“前言”还有夏先生咏“白毫子”的七绝一首:“前身铁脚吟红萼,垂老蛾眉伴绿缸。唤起玉田商梦境,深灯写泪欲枯江。”以为其词“风格在白石、玉田间,写艳情不伤软媚”,并举其《疏帘淡月》咏梅花词句:“板桥直待骑驴去,扶醉诵、南华烂嚼。本来面目,君应知我,前身铁脚。”及《小桃红·烛泪》一词的上下结:“想前身合是破肠花,酿多情来也。”“纵君倾东海亦应干,奈孤檠永夜。”夏先生以为这些词作“皆堪玩味”,给予较高评价。阮绵审有《鼓枻词》一卷,收词百余首，曾在清咸丰四年（1854）随越南贡使传入中国，受到中国词人的关注与赞赏。晚清词家况周颐《蕙风词话》卷五有“朝鲜越南词”条目，记载他曾在庚寅（1890）年间借得越南阮绵审《鼓枻词》一卷阅读，以为其词“短调清丽可诵，长调亦有气格”，并录《归自谣》（溪畔路）、《望江南》（堪忆处，晓日听啼莺）、《望江南》（堪忆处，兰桨泛湖船）及《沁园春·过故宫主废宅》《玉漏迟·阻雨夜泊》共5首词以存。这几首作品即使放在晚清名家词中，也不失其光彩，确实当得起况周颐的赞誉。

但是目前在学界，无论是越南，还是中国，对越南汉词的研究还远远不够。其原因自然有多种，但对这些汉词的学术价值认识不足，整体上重视不够，大约是最主要的。这一问题不是现在才有的，之前也一直存在。上面提到的阮绵审《鼓枻词》，其价值现在已经被大家所认识，但十分遗憾的是，《鼓枻词》的原始版本在越南并没有保存下来，连相关的记载都不多。《鼓枻词》是流传到中国之后，被中国文人传抄，到1936年由著名的词学刊物《词学季刊》第三卷第二号刊载，才正式进入大众视野，受到文学界、学术界的重视，然后才返流回越南。而据调查，越南现存的《鼓枻词》版本正是《词学季刊》刊本的复印本，并非阮绵审词集最初的稿钞本或刻本，这确实令人感慨。阮绵审生于1819年，卒于1870年，按卒年算，距今才一百五十余年，并不遥远。至于更早的年代，文献保存的问题就更加突出。公元987年匡越大师创作了《阮郎归》，但之后很长一段时间中，我们未看到有留存下来的越南汉词。这期间越南到底是没有人创作汉词，还是创作的汉词没有保存下来，或者是有留存但至今没有被发现，都需要再作深入调查和研究。而有一点很清楚，匡越大师之后的二百多年，正是中国的两宋时期，词的创作最为兴盛。从匡越大师的创作看，当时词的跨国传播并不十分困难，越南文人的创作水平也很高，若说这二百年多年间越南没有汉词创作，难以令人信服。

从匡越大师创作《阮郎归》起，直到1885年法国全面占领越南以后对越南实施文化侵略，法语成为越南的通行语，我们目前可见的越南留存下来的汉词总体数量并不很多，不能与日本相比，和古代高丽朝鲜也相差不少。其中原因，除越南汉词创作数量可能确实比不上日本和高丽朝鲜外，文献没有保存下来应该也是重要的一条。上述阮绵审的《鼓枻词》，如果没有流传到中国，是否还能完整保存，并被越南文学史家所重视，也很难说。阮绵审《鼓枻词》中有一首《鹧鸪天》，题目是“题栗园填词卷后”，栗园即阮绵审的弟弟阮绵宽，从词题看，阮绵宽显然是会填词的，当有词作留存，但据越南学者调查，至今未见阮绵宽的词集。而阮绵宽生活的时代距今并不遥远，由此可见，越南汉词的散佚情况比较严重。即使是越南留存的汉词，也有一些真伪辨析方面的问题。如越南著名的汉词作者陶晋，虽有词集《梦梅词录》传世，该集是已知越南现存的少数几部词集之一，有非常高的“文学史”的价值，但据学者近年的研究表明，此集中所收词作与他人的特别是中国词人的词作高度雷同，甚至完全一样，或是后人在编辑《梦梅词录》时混入，或是将陶晋抄录之作误为其自创之作收录，或者更是作伪。类似这种情况，需要通过细致考辨与甄别，将误收的词作剔除。总体来看，越南汉词的基础研究尚比较薄弱，还有大量的工作要做。

梁氏海云是研究越南汉词的年轻学者，近年在此领域默默耕耘，取得了一些成绩，难能可贵。记得十多年前她到中国来留学时，只在越南学了一年的中文，勉强能说一些常用语，选择中国古典文学作为专业，是需要一点勇气的。但她十分努力，人也聪明，第一年集中精力学习语言，非常用功，大致解决了中文听说读写的问题。

但进入专业学习后，马上面临古汉语阅读的难题，这对她是更大的考验。我鼓励她，古汉语不仅是研究中国古典文学的必备工具，也是研究越南古代文学的重要工具，因为越南古代文学作品也是用古汉语书写的；学好古汉语，对她回越南后的研究工作也很有帮助。也正是这一鼓励，成了她将越南阮朝汉词作为博士学位论文选题的重要契机。但由于越南汉词相关材料很少，且大部分未经整理，论文的写作过程很艰难。首先文献整理就不容易，多数汉词文献是写本形态的稿钞本，需要辨识文字，断句标点，这于中国学生都不是容易的事，对一个越南留学生而言无疑更加困难。其次文献的查找也很耗费时间与精力，她本人在上海学习，但涉及的主要文献却保存在越南，且这些文献大部分没有被整理过，有的甚至都没有编目，需要人工搜捡和辨析。有一段时间，她奔波往返于越南和中国，十分辛苦。好在她将这些困难都一一克服，顺利完成了博士学位论文。在论文答辩过程中，答辩委员对其成果表示认可和满意，并希望她能修改后争取出版。

现今这本《越南汉词整理与研究》正是在她博士学位论文的基础上扩充、修订而成的，也是她主持的教育部课题项目的成果。相比学位论文，本书除了研究范围扩大外，最明显的变化是增加了两个附录。“附录一”所编制的越南词人与词作目录，几乎囊括了现在所能见到的所有越南汉词。据我所知，这大概是首次对越南汉词文献进行系统性收集与整理，有重要的学术价值。“附录二”所选编的越南汉词原始文献书影，则有助于我们直观了解越南汉词的原始保存面貌，是第一手的极具价值的越南汉文学史资料。本著的正文部分对越南汉词及词学家的词学观作了比较全面的梳理和评价，其中既有宏观的历史描述，又有作家、词作个案的解析，不少地方也发表了她自己的见解。另外，文献考辨工作也比较扎实，尤其是对陶晋

《梦梅词录》收词的真伪问题，辨析严谨细致，结论也比较可信。现在本著即将付梓，我由衷地为她高兴，相信这本著作能为越南汉词研究提供重要参考。

朱惠国

2024年6月于上海

目　录

绪　论

一、研究对象、研究价值

（一）研究对象

我们把越南汉词作为研究对象，主要目的有三：一为越南古代汉词的词作收集，二为正误，三为深化。一方面力求通过对越南汉词与词学的文献考辨，梳理这些文献内部存在的错误以及历史上对这些文献相关认识的误区；另一方面对越南古代有代表性的词人与词作进行创作心理、艺术方式的内部分析，并联系外部的政治、文化、个体境遇等影响因素进行挖掘，进一步深化越南汉词研究。

把越南汉词为研究对象之前，需要明确以下几个概念：

1. 关于越南汉文学的界定

在《越南文学史》中，于在照对越南汉文学进行了界定。我们借用于在照的话来解释越南汉文学：

> 越南文人使用汉文创作的诗、赋、词、志怪传奇和文言小说等形式的文学作品被称为“越南汉文文学”，简称“越南汉文学”。[①]

越南汉文学是越南文人在越南古代（从10世纪始到19世纪末）

① 于在照：《越南文学史》，北京：军事谊文出版社，2001年，第30页。

用汉字(也包括喃字)创作的文学作品。

2. 关于越南汉词的界定

关于越南汉词,就我们的阅读范围而言,目前相关学者还没有给予一个明确的定义。但是讲到汉词,我们一般都理解是用汉字写成的词。我们借用学者马哥东对日本汉诗的定义与于在照对越南汉诗的定义来界定越南汉词。马哥东在《日本汉诗渊源比较研究》中说:"日本汉诗是日本人用汉字写成的中国古代诗歌式的诗。"[①]于在照在《越南文学史》一书里,说明他对越南汉文诗的界定,也参考了马哥东对日本汉诗的界定。于在照在马哥东对日本汉诗的定义基础上,结合汉诗在越南历史上的具体特点,对越南汉诗定义如下:

> 越南汉文诗是越南诗人采用中国古典诗歌的各种诗体以及六八体和双七六八体等越南喃字诗体,用汉文写成的诗歌。越南汉文诗简称为"越南汉诗"。[②]

由此我们认为,越南汉词是越南人使用汉字,根据平仄、押韵等规范填写中国原有的词调或者以"自度曲"形式所创作的作品。它是中越两国人民友好情谊的重要纽带,是两国文化交融而孕育的文学瑰宝,也是世界民族文化交流史上的创造性产物。

然而越南历史上还有一种用喃字写的词。喃字是一种在汉字的基础上,运用形声、会意、假借等方式塑造的越南民族语言的文字,这是一种复合体的方块字,每个字都由一个或几个表音和表意的汉字组成。[③]喃字伴随汉文化的传播而产生,是由汉字演变而来

---

① 马哥东:《日本汉诗溯源比较研究》,北京:中国社会科学出版社,2004年,第1页。

② 于在照:《越南文学史》,北京:军事谊文出版社,2001年,第30页。

③ 楼宇烈主编:《东方文化大观》,合肥:安徽人民出版社,1996年,第734页。

的。因此从本质上讲，喃字也是汉字的一种变体。虽然据我们的调查，在越南文学史上只有4首喃字词，但也在我们的研究范围内。

3. 关于越南汉词研究的界定

本著所指的越南汉词研究，包括越南汉词的作者研究、词作研究和词论研究。主要的词作研究即词家的作品研究，又因为词作的题材内容和风格取向与词家生活的时代背景以及个人经历密切相关，所以我们也有必要对词家所处的社会文化背景、人生轨迹做一些评价和分析，此即作者研究。词论研究则是我们对词评论家的词学研究活动的再研究。

4. 词在越南的界定

通过清代万树的《词律》、王奕清的《钦定词谱》以及近现代龙榆生的《唐宋词格律》的统计，可见在中国古代文学体类之中，词的格律繁复多变。所以，我们不容易辨认出一首跟古风诗体类很近的文学作品是否属于词体。在越南，根据具体的文献情况，按照词的特征体类，辨认一个作品是否为词作，我们用几个标准来进行区分，具体如下：

第一，每首词都依据一个一定的词调。除了个别的词调，几乎所有的词调都收录在《钦定词谱》《词律》《唐宋词格律》等书中。如果作品没有注明词调，或者词调名没有被收录在《钦定词谱》《词律》《唐宋词格律》等书中，那么按照词律来考查它是否属于词。

第二，如果作品不属于上面的情况，作者说明是自己自创，或作者认定其作品是词作，则是“自度曲”的词作。

第三，有的作品带有“词”字，如“燕子词”“宫词”“春词”“秋词”等，但不一定是词，也许只是古体诗。如果作品没有标词调，不在词集之中，也没有词的特征体类等，这样的作品不属于词作。

第四，名为“柳枝”“竹枝词”的作品，有些是古近体诗，有些是词，判断其类型要靠具体特征。若没有记载在词集里或没有词的体类特征，也不是词作。[①]

关于词作的版本，本著所言越南汉词，其文献的典藏号，涉及许多藏书单位，大多数收藏于越南汉喃研究院图书馆。

本著集中研究的越南汉词的作者、词作和词论，相关文献资料主要来源于汉喃研究院图书馆（位于越南河内，是保存越南古代典籍文献的机构），但也有一些词作，如阮绵审《鼓枻词》，不存于越南文献中，而是保留在中国文献之中，因此我们也进行了收集和整理，在本著中加以考查和研究。此外，在研究过程中，我们也会在一定程度上涉及越南汉词和中国本土词的对比研究；在论述时不求均衡，突出重点作者和重点词作的分析，对有些词作只略作交代。

（二）研究价值

本著学术价值主要体现在以下两方面：(1) 有助于展现中国词体文学在越南被借鉴与创造的历史，同时有助于域外中国文学范式的系统整理。(2) 对于中越文学交流以及汉文化的域外传播的研究和进一步深化，具有重要意义。使用中国文学体裁来创作自己民族文学的方式，在越南文学中屡见不鲜，越南古代人用汉文写作，大多具有越南特色，形成了越南汉文学独有的特点，且在宏观的汉文化圈都有一定的地位和影响。研究越南文学对中国文学，尤其是对词这一体裁的借鉴与创造，不但可以对越南文学史及中越文学交流的研究有更进一步的深入，而且也能为汉文化圈的整体研究工作提供更为全面的资料，并为将来全局性的整合研究打下良好的基础。

---

① 以上参见范文映：《越南中代文学的词体类研究》，河内：越南社会科学翰林院博士学位论文，2014年。

本著的应用价值体现在以下两方面：(1) 本著通过对古代文学词体在越南形成与发展的深研，开拓展现中国古代文学在越南传播与流变的过程，填补越南汉词全方位研究的空缺，也有益于越南古代诗词研究。同时，以越南古代词学作为“域外汉学”研究的一个支脉，有助于“从周边看中国”，也就是在对周边文化区域所保存的有关中国文献的研究中，来实践用“异域”眼光重新审视中国。(2) 中国提出的“一带一路”倡议，促进了沿线国家的人文交往、交流、交融，越南作为其中相关的重要国家，与中国间的文化交往交流之广泛是有目共睹的。研究中国古代词体文学在越南的借鉴以及创造，对促进两国学者在词学研究方面的深度交流与文化沟通有着重要的现实意义和应用价值。

二、越南汉词研究综述

从20世纪30年代起，一些越南学者的文学评论著作，如裴几(Bùi Kỉ)的《国文具体》(*Quốc văn cụ thể*)[①]；裴文原(Bùi Văn Nguyên)、何明德(Hà Minh Đức)的《越南诗歌的形式与体类》(*Thơ ca Việt Nam: Hình thức và thể loại*)[②]等，对汉词的知识有一些相对比较简略的介绍，但有的地方也存在不少错误。

例如在《国文具体》中，裴几提出中国本土词有四个样式(《梦中逢》《易水客》《行路难》《东风怨》)，但其中只有一个属于词牌，其他三个都不是；再例如他把李白的《行路难》一首诗当作词。关于词的特征体类，裴几用简短的文字介绍了词的基础知识：

> 中国词—曲有很多词调，但都是古诗变体而成。虽然每

① 裴几：《国文具体》，西贡：新越教科书出版社，1956年，第55页。

② 裴文原、何明德：《越南诗歌的形式与体类》，河内：河内国家出版社，2003年，第134页。

> 个词调都有自己的谱式，但都是由《竹枝词》谱式演变而成的；每首词句的长短多少可以不同，没有一定的规律。(*Lối Từ-Khúc của Tầu có nhiều điệu, song đều là biến thể của cổ thi cả. Tuy mỗi một khúc có một tên riêng, song có thể gọi tóm lại là Trúc chi từ, đặt câu dài ngắn, nhiều ít không có luật nhất định.*)[①]

这个定义显然是不够准确的。

在《越南诗歌的形式与体类》中，裴文原、何明德称："词—曲是中国所有古典诗歌通用的名称，是文人或一些民间的创作者根据楚辞、汉乐府的形式来创作的；词调在词达到鼎盛的时候有几百调，数量相当之多。" 我们认为作者对词在认识上有某种程度的误解。尽管如此，上述这两本文学评论著作在越南绍介汉词方面仍有不可抹杀之功。

真正对越南汉词进行比较深入的研究，始于1999年番文葛(Phan Văn Các)的《白毫子——〈鼓柮词〉》(*Bạch Hào Tử——"Cổ duệ từ"*)[②]，而近十多年则是越南汉词研究的"黄金时期"。既有的许多研究成果为我们进一步考察越南汉词的来源、考证越南汉词的作者、研究越南汉词演变的体类特征，提供了坚实的基础。这些研究成果的研究方向主要可以分为两种，即越南汉词的发展脉络研究和对某一词家或某一词作的具体研究。

(一) 越南汉词的发展脉络研究

在越南的研究成果主要如下。

2001年，世英(Thế Anh)发表了一篇题为《中华词与它在越南

---

① 裴几：《国文具体》，西贡：新越教科书出版社，1956年，第55页。

② 番文葛：《白毫子——〈鼓柮词〉》，河内：越南汉喃研究院，1999年。

的影响》(*Từ Trung Hoa và ảnh hưởng của nó ở Việt Nam*)的文章。[①]在这篇文章里作者描述了中国本土词从唐宋时代到民国时期的发展与演变，向读者介绍了每一个时期的代表词人和代表词作，例如唐朝时期的白居易《长相思》(汴水流)、韦应物《调笑》(胡马)、温庭筠《菩萨蛮》(小山重叠金明灭); 宋朝时期的李清照《点绛唇》(蹴罢秋千)、欧阳修《踏莎行》(候馆梅残)等。作者认为，在元、明时期，虽然也有不少中国文人参与词的创作，但是其内容和艺术特色都无法达到宋词的水准，词学逐渐没落，直到清代，词才开始重新兴起。

关于越南汉词的创作情况，作者认为:

> 词很早就进入越南。在越南的最早一首汉词是匡越大师《阮郎归》(一说法《玉郎归》)送宋朝使臣李觉。
>
> 越南以前的小说，作者经常会在里面加入一些诗或者词，这样让小说的内容更加有趣，更能够吸引读者。例如在《传奇新谱》《花园奇遇集》《桃花梦记》《越南奇逢实录》等小说中都有一定词作。但是，这些诗或者词在小说没有多大的价值和意义，因为创作词的作者不是词人。……越南以前一批著名诗人如松善王阮绵审、梅庵、陶晋……都有词作，尤其是松善王阮绵审有《仓山词集》。最近，番文葛已经翻译与出版并向读者介绍《鼓枻词》一书，一共有十四首词。[②]

世英提供的越南汉词作与词家情况，从今天研究成果看来，他的说法不是很全面，甚至有很多错误。并且该文就中国本土词对越

①② 世英:《中华词与它在越南的影响》,《汉喃杂志》2001年第1期。

南汉词产生的影响所作的评论还只停留在简单化、离散化的层面，导致读者并不能从中全面了解越南汉词的概况，只能获取某一时间点上或者某个具有代表性的越南作者的词作创作情况。

关于词在越南发展缓慢的原因，作者讲：

> 在越南，词的成就不如诗与赋。出现这样的情况，我们判断，是由于旧考试制度里词不是一门必修科目，而且词比较难，按照词的词谱创作更难。根据词的特性规定，它要跟音乐一起创作，所以文人要对音乐有一定程度的了解才能填词。所以说来填词比作诗难得多。越南文人当时由于历史特别条件的限制不能频繁地创作词。①

正如文章作者的小结论，这篇文章的内容只是对以前的文章内容的综述。并没有指出越南汉词的发展情况与中国词对越南的影响。

2004年，陈玉王（Trần Ngọc Vương）、丁青晓（Đinh Thanh Hiếu）发表一篇题目为《词——一类鲜为人知的文学》（*Từ—Một chủng loại văn học còn ít được biết tới*）②的文章。该文的内容主要是中国从古代至近代词史的概述，向读者提供词的基本知识，而且作者还提出了关于越南汉词研究方向的建议。这篇文章的价值在于让读者进一步以了解词的文学类型和特点。

第一个对越南汉词进行比较全面的考察的学者是陈义（Trần Nghĩa）教授。他的文章《中国词体传入越南与它对本土文学的影响》（*Thể loại Từ của Trung Quốc du nhập vào Việt Nam và ảnh*

① 世英：《中华词与它在越南的影响》，《汉喃杂志》2001年第1期。

② 陈玉王、丁青晓：《词——一类鲜为人知的文学》，《文学杂志》2004年第9期。

hưởng của nó đối với văn học bản địa)[①]，可以说是越南第一篇对本土汉词进行全面研究的著述。陈义教授对越南汉喃文献进行了多年研究，他对越南古代文学家创作的越南汉词数量与词家数量进行了系统统计，并将越南汉词史分成三个发展阶段，并对每个阶段的词家和词作的数量都进行了具体统计。根据陈义教授的研究结果，历史上越南汉词有15位词家，220首词，3部词集。越南古代词家共运用了120种词调。

关于这篇文章的科学性与准确性我们暂且不谈，我们不可否认这篇文章的贡献，让读者对越南汉词包括越南文学有了一定程度的认识。陈义在这篇文章中对越南汉词统计的数量可信吗？绝对准确吗？这值得我们仔细考证。另外据此文章的内容可以看出越南现存汉词并不多，大多数文献所记载的词到现在已经散佚。再者陈义对越南汉词及发展过程的介绍并不完善，比如还有一些越南汉词作家没进入他记录的统计表，如冯克宽、阮辉映、吴时仕等。虽然这篇文章的内容没有深刻地影响到对越南汉词的研究，但是可以确认，这篇文章表明已有学者注意到汉喃书库也收录了部分越南汉词作者的创作。

对于同样的问题，2006年11月，在河内“越南文学与国际领域的文化交流背景”的国际研究会上，范文映（Phạm Văn Ánh）发表了一篇文章《越南对词的接受——从自主时期到黎中兴时期的考查》（*Sự tiếp nhận thể loại Từ ở Việt Nam——Khảo sát từ thời tự chủ cho đến hết thời Lê trung hưng*）。[②]范文映对越南汉词从开始到黎中兴时期末的研究，表现在以下几个方面：分析词的文献收藏本情况；统

① 陈义：《中国词体传入越南与它对本土文学的影响》，《汉喃研究》2005年第5期。

② 范文映：《越南对词的接受——从自主时期到黎中兴时期的考查》，“越南文学与国际领域的文化交流背景”国际会议论文，越南河内，2006年11月。

计这段时期词作的数量以及在更深层次上对越南汉词家创作词的动机进行理解分析。

2007年，范文映的《黎中兴时期的汉词研究》(*Thể loại Từ thời Lê Trung Hưng*)[①]硕士学位论文，仔细研究了中国词的来源、演变和创作情况以及中国的词学理论。为进行研究，作者收集了黎中兴时期的大量越南汉词作品。对于研究越南汉词历史而言，这篇论文有巨大的史料价值。

在同样的研究方向上，范文映还有一系列其他研究，例如：《越南汉词的基本特征》(*Một số nét cơ bản về thể loại Từ ở Việt Nam*)[②]，《十到十八世纪时期越南的汉词》(*Thể loại Từ ở Việt Nam từ thế kỉ X đến hết thế kỉ XVIII*)[③]等。而且，在研究越南汉词概述的基础上，作者还把越南汉词与日本汉词、朝鲜汉词进行比较研究。

2009 年，武氏青珍(Vũ Thị Thanh Trâm)《对越南古典文学的词的认识》(*Tìm hiểu thể loại Từ trong văn học cổ điển Việt Nam*)[④]在继承前人研究的基础上，更新了现存的收藏书目，结合学术界最新研究，重新讨论越南汉词未能发展的原因。

2014年，范文映的博士学位论文《越南中代文学的词体类研究》(*Thể loại Từ trong văn học trung đại Việt Nam*)，是考察越南词家、词作最齐全的著作之一，从越南文人创作词的来源、词学观念等角度对越南词整个发展过程进行梳理。[⑤]

由此可见，越南汉词虽已受到个别学者青睐，但尚处于相对薄

---

① 范文映：《黎中兴时期的汉词研究》，河内：河内社会和人文大学硕士学位论文，2007年。

② 范文映：《越南汉词的基本特征》，《汉喃杂志》2009年第4期。

③ 范文映：《十到十八世纪时期越南的汉词》，《发展与研究杂志》2012年第8、9期。

④ 武氏青珍：《对越南古典文学的词的认识》，胡志明市：胡志明市社会和人文大学，2009年。

⑤ 范文映：《越南中代文学的词体类研究》，河内：越南社会科学翰林院博士学位论文，2014年。

弱的环节，研究范围也不广泛，主要集中在对词人与他们一些咏物词的风格和技巧的讨论而已。随着越南汉词在越南文学历史上地位的不断提高，对越南汉词进行全面的比较研究有一定的新颖性和独特性。

越南汉词在中国的主要研究成果如下。

在中国，越南诗歌很早就吸引了中国学者的研究目光，所以早有相当不错的基础研究成果，但是具体到对越南汉词的研究则相当晚。1981年，夏承焘在《域外词选》中，除了选入日本、朝鲜词家词作之外，还选取了越南词人的作品。其中选取日本6位词人与63首词，选取朝鲜1位词人与53首词，却只选取了越南1位词人即阮绵审和他的14首词。[①]正是夏承焘先生首次提及越南汉词，中国研究界才开始注意到越南汉词的存在。但直至23年后，在中国才出现第一篇对于越南汉词发展研究的文章。

2004年，蒋国学《词在越南未能兴盛的原因探析》[②]一文对越南填词的情况进行了分析。仔细看这篇文章，我们可以发现其中有不少错误。作者也不是很了解越南汉词的情况，他主要是参照前人的研究成果，如其中对越南中期汉词研究的资料就是参照于在照的著作，指出越南有四位词人：吴真流、范彩、张琼如、阮绵审。作者完全不知张琼如只是范彩《梳境新妆》中的一个人物。由于材料的限制，文章对越南汉词的研究缺乏全面性和具体性。

2008年，何仟年发表一篇文章《越南的填词及词学——汉文学移植背景下的文体案例》，针对越南汉词情况，他说：

---

① 夏承焘选校，张珍怀、胡树森注释：《域外词选》，北京：书目文献出版社，1981年，第143—154页。

② 蒋国学：《词在越南未能兴盛的原因探析》，《解放军外国语学院学报》2004年第5期。

> 而在越南，填过词的作家目前可知的不过寥寥数位，与诗家相比，可说是凤毛麟角，而围绕词产生的学术错误也是令人惊异的。[①]

何仟年也按照越南陈义编写的《越南汉喃遗产书目提要》一书和刘春银、王小盾、陈义主编的《越南汉喃文献目录提要》，与他在越南汉喃研究院图书馆两次亲自实地的调查、统计，对词在越南现存的汉籍目录，进行查找，得出如下结论：

> 可以看出，以上各书只是词学中最基本的通俗典籍，而宋以来专家的词集则未见一部。相对于这些书目中丰富的中国诗人的诗集或词集来说，词是不受重视的。[②]

作者也指出"越南士人由于对词学不甚精通而显出的困窘的情况"[③]，即越南士人的词学知识很薄弱，甚至对某些词的理解有错误。越南汉词为什么没有繁盛起来，作者认为有两个原因：一是在越南封建政治统治下从来不重视词这种文学的发展；二是中越语言的差别。

可以说，何仟年对越南汉词的分析比较合理，其中对越南汉词创作的现状与越南汉词学的研究比较全面。但是就整体而言，它对越南汉词未能繁盛发展的原因分析还是不够全面，因为在越南汉词的发展过程中，还有其他原因影响着越南汉词的发展。除此之外，作者还有些观点不妥当。比如，对于记载越南汉词的文献，作者只

---

①②③　何仟年：《越南的填词及词学——汉文学移植背景下的文体案例》，《广西大学学报（哲学社会科学版）》2008年第3期。

注意到阮朝的文献，而忽略了之前的跟词有关的文献(《阮郎归》，黎中兴时期)。作者根据《越南汉喃文献目录提要》一书来统计越南汉词的数量，但是并不准确，导致其中有7位作者和129部作品统计错误。[①]有意思的是，何仟年曾经批评过错误记载越南汉词的文献，但是他自己在统计越南汉词过程中也存在错误。例如，他把潘清简《梁溪诗草》卷七的潘氏唱和黎碧梧的10首《杨柳枝词》(后还附了黎氏原作《杨柳枝词》10首)作为词，而它们是诗不是词，《钦定词谱》明确说《杨柳枝》“原属绝句，因《花间集》载此，故采以备调”。(另外潘清简此集中卷二还有他写的5首《长景海湾竹枝词》，《钦定词谱》收录《竹枝》调时说：“今以皇甫松、孙光宪词作谱，以有和声也。”后来的多数《竹枝词》都没有“和声”，潘清简这5首也不例外。这些也是诗不是词。)此外，他还把汝伯士《粤行吟草》的一段长诗当成词。除去上面所指，何仟年此文认为，越南汉词只有5位作者与111首词而已。关于他对越南人创作词的原因的分析是否准确，至今尚无定论。

2016年，陈柏桥在《红河学院学报》第17卷第14期(2016年第4期)发表《越南词学研究述评》，认为越南词在中国研究情况是“越南词学作为域外词学的一员就引起国内外学界关注，此后相关研究论文相继出现，研究不断深入，其方向包括了词人词集整理研究、思想艺术内容的挖掘、词话研究以及越南词学未能兴盛的原因探讨等”[②]。陈柏桥将越南词在中国研究的成就总结为几个方面：词人、词集整理研究；艺术风格研究；思想内容研究；词话研究与越南词学未能兴盛的原因探讨。这篇文章只是按照中国学者对越南

---

① 刘春银、王小盾、陈义主编：《越南汉喃文献目录提要》，台北：“中研院”中国文哲研究所，2002年。

② 陈柏桥：《越南词学研究述评》，《红河学院学报》2016年第4期。

词学研究的情况来总结，并没有采用越南汉词新的资料。最后作者也提出对越南词研究的希望："对越南词学的研究还有待前进一步、深入一步。就著作而言，近年专门论著虽然没有，但零星提到的却也不少，而且越南汉喃文献的整理，使相关资料也有了突破，但就这些资料的研究还是不尽如人意。无论是自然科学研究的进步还是社会科学研究的繁荣，都与研究主体的'精神势态'有着直接关系。人们期待词学研究者既能入乎词学之内而写之，也能出乎词学之外而观之，这样，越南学或者国人词学研究才能有生气，有高格。"①

综上所述，到现在为止，越南汉词虽然吸引过不少学者进行研究，但还没有一篇全面而精准的词学研究的论文。不管从国内还是国外看，对越南汉词成就的研究都很浅显和粗糙。

（二）对某一词家或某一词作的具体研究

越南学者不仅对整个越南汉词史进行研究，而且他们对某一个词家，某一些词作也进行了具体研究，这些研究成果受到当今很多越南研究学者的重视。现具体列举如下。

1. 匡越大师《阮郎归》的研究

《阮郎归》是越南古代文学中的第一首词，也是越南汉词的滥觞。由于它在越南文学史上具有开创性，所以到现在为止，按我们的统计已经有二十篇文章专门来研究这首词。它们分别是从以下几个方面来研究《阮郎归》：文本校勘、作者年代、内容与匡越大师的政治立场等。

越南最早对《王郎归》(《阮郎归》)一词深入研究的文章是范氏秀(Phạm Thị Tú)的《关于第一首词和其作者：匡越大师》(*Về bài*

① 陈柏桥：《越南词学研究述评》，《红河学院学报》2016年第4期。

Từ đầu tiên và tác giả của nó: Sư Khuông Việt)[①]。它主要是考察《王郎归》(《阮郎归》)的出现时间及其作者的社会背景等方面的内容。这篇文章对《王郎归》(《阮郎归》)研究虽然比较粗略,但它具有重大意义,它使得越南学者第一次注意到词这种文体,并引发了越南研究词的风潮。

在范氏秀这篇文章之后的很长时间里,越南汉词的研究停滞不前。直到1981年,越南学者对匡越大师的一首词的研究取得相当不错的成果,词学研究才取得一定的进展。因此,对于这首越南汉词的研究,可以概括为两个方向:一是对《阮郎归》的内容和艺术特征的研究;二是对匡越大师《王郎归》(《阮郎归》)的文本研究。

关于《阮郎归》的内容和艺术特征的研究有代表性的文章:

如阮才谨(Nguyễn Tài Cẩn)的《从吴真流的〈王郎归〉词看其对宋朝的态度》(*Vấn đề lập trường đối với nhà Tống trong bài "Vương lang quy" của Ngô Chân Lưu*)[②],黄文楼(Hoàng Văn Lâu)的《汉喃学文版的一些问题——十世纪的一首词》(*Một số vấn đề Văn bản Hán Nôm——Một bài Từ ở thế kỷ mười*)[③]等。这些研究的重点是匡越大师的外交立场与《阮郎归》的校勘。接着在2010年,范文映又再一次从新的角度对《阮郎归》进行研究。如他在《匡越大师的〈阮郎归〉有没有女情的要素》(*Có hay không yếu tố nữ trong bài Từ điệu "Nguyễn lang quy" của Khuông Việt đại sư*)[④]这篇文章中指出《阮郎归》中的抒写狭窄的男女感情,是词的体类特征,这是极其值得关注的。

---

① 范氏秀:《关于第一首词和其作者:匡越大师》,《文学杂志》1974年第6期。

② 阮才谨:《从吴真流的〈王郎归〉词看其对宋朝的态度》,《文学杂志》1981年第2期。

③ 黄文楼:《汉喃学文版的一些问题——十世纪的一首词》,河内:社会科学出版社,1983年,第30页。

④ 范文映:《匡越大师的〈阮郎归〉有没有女情的要素》,《汉喃杂志》2010年第1期。

2010年，范文映在《匡越杂志》发表一篇文章《匡越大师的〈阮郎归〉的语言与意义》（*Ngôn ngữ và cách lập ý trong bài từ điệu "Nguyễn lang quy" của Khuông Việt đại sư*）[①]，指出匡越大师在选字、用句、用典的精妙之处等，及其对中国的文化、文学的知识的掌握程度。

第二个方向，可以列出来最有代表性的文章如下：

阮登娜（Nguyễn Đăng Na）的《关于〈王郎归〉——文本考察及辨析》（*Về bài "Vương lang quy từ"——Khảo sát và giải mã văn bản*）[②]，研究了词的变体与《阮郎归》的变体。黄文楼认为《阮郎归》的词调没有变体，阮登娜则通过考察《全宋词》，查到《阮郎归》词调有两种变体。作者认为收录在《大越史记全书》的《阮郎归》是准确的。

2001年，黎孟硕（Lê Mạnh Thát）的《越南佛教历史》（*Lịch sử Phật giáo Việt Nam*）[③]一书，通过考辨得出结论，认为匡越大师的创作一首词调就是《阮郎归》。作者根据校对词谱，辨认出这首词一些字、句。作者以记载在《禅苑集英》中的《阮郎归》为基础，对照《大越史记全书》中的记载，最后作者认为，现存的《阮郎归》一词的词调，是最完整的也是最合理的。在这篇文章中作者也肯定《阮郎归》在国家外交场合与越南文学史上都是独一无二、空前绝后的文化现象。

关于《阮郎归》的版本，值得关注还有亚历山大·黎（Alexandre Lê）的《匡越大师（933—1011）〈玉郎归〉与文本学问题》（*Bài từ "Ngọc lang quy" của Khuông Việt đại sư（933—1011）và vấn đề văn bản học*）。[④]作者考查了四个异本，主要从格律、语义以

① 范文映：《匡越大师的〈阮郎归〉的语言与意义》，《匡越杂志》2010年第10期。

② 阮登娜：《关于〈王郎归〉——文本考察及辨析》，《文学杂志》1995年第1期。

③ 黎孟硕：《越南佛教历史》，胡志明市：胡志明市出版社，2001年，第35页。

④ 亚历山大·黎：《匡越大师（933—1011）〈玉郎归〉与文本学问题》，《时代》2002年第6期。

及语言等进行研究此词，最后也认为《阮郎归》的新版是最合理的。

关于《阮郎归》的产生年代，也有很多研究者关注。匡越大师的《阮郎归》因为没有初稿，记载的创作年代不同，有的记载创作于986年，有的记载在987年。其中对《阮郎归》的出现年代考察比较妥当是阮庭复（Nguyễn Đình Phức）的《关于匡越大师的〈玉郎归〉》（*Về bài từ "Ngọc lang quy" của sư Khuông Việt*）[①]，作者根据中国与越南的史料记载，进行对比研究，确定匡越大师创作《阮郎归》于天福八年（987）。

从1974年出现第一关于匡越大师与《阮郎归》研究的文章，至2005年阮庭复在《汉喃杂志》发表相关文章，其间31年，不少越南文学研究者对《阮郎归》进行研究，也获得了不小成就。但是仍未达成共同的观点，所以还需要后来人继续研究。其中代表如：

2007年，范文映在《文学研究杂志》发表《从词史的角度再研究匡越大师的〈阮郎归〉》（*Trở lại bài Từ "Nguyễn lang quy" của Khuông Việt đại sư Ngô Chân Lưu dưới góc nhìn Từ sử*）。[②]范文映在继承前人的研究成果上进行归纳总结，对《阮郎归》的研究总结成四个问题：年代、体类、词题与词的用字。

2010年，阮庭复发表《关于匡越大师的一首汉字词的新发现》（*Một số phát hiện mới về bài Từ của Thiền sư Khuông Việt*）[③]；2011年3月，越南人文社会大学和越南佛教教会一起在河内举办"越南佛教独立初期与国师匡越"国际会议，会议文集（*Kỉ yếu Hội thảo khoa học quốc tế Quốc sư Khuông Việt và Phật giáo Việt Nam đầu kỉ nguyên độc lập*）中收录其《匡越大师的〈玉郎归〉与中国词学的对

---

① 阮庭复：《关于匡越大师的〈玉郎归〉》，《汉喃杂志》2005年第5期。

② 范文映：《从词史的角度再研究匡越大师的〈阮郎归〉》，《文学研究杂志》2007年第3期。

③ 阮庭复：《关于匡越大师的一首汉字词的新发现》，《汉喃杂志》2010年第1期。

照》[①]一文。作者通过研究中国唐五代时期的词，认定匡越大师创作的词就是《玉郎归》。

由上可见，关于越南的第一首词，到现在为止虽有不少学者研究，但是还没有形成统一的观点。而在越南本土以外，《阮郎归》也受到很多研究者的关注。值得注意的如下。

于在照在《越南文学史》[②]中，系统地论述古代到现代的越南文学。在古代文学论述中，作者对越南汉诗、小说等进行了仔细分析，对越南汉词只是一笔带过。书中除了向读者介绍越南的第一首词《阮郎归》之外，并没有谈到其他越南作者与越南汉词。作者对《阮郎归》的介绍也很粗略，认为这首词虽然不是很规范，但是当时越南人能创作出这样的词，说明他们的文学水平已经相当不错。很可惜作者没有具体研究这首词的其他疑难问题。

孟昭毅在《东方文化文学因缘》一书中也谈及越南第一首词，他引称匡越大师词作的名称为《玉郎归》，"他另留有越南文学史第一首词《玉郎归》，为后人所称颂"[③]。

中国学者研究《阮郎归》只是为了证明在越南都能找得到中国文学的印迹，而不是专门对它进行研究。可见在越南以外，对《阮郎归》的研究并无大的成就。

2. 阮绵审及其《鼓枻词》的研究

如果说中国学者对越南其他词人比较陌生，但他们对越南词人阮绵审与他的词集《鼓枻词》则可谓非常熟悉。很有趣的是，虽然《鼓枻词》是由越南阮朝身为皇子的阮绵审创作的，但是越南人却并

① 阮庭复：《匡越大师的〈玉郎归〉与中国词学的对照》，《"越南佛教独立初期与国师匡越"国际会议文集》，越南河内，2011年3月。

② 于在照：《越南文学史》，北京：军事谊文出版社，2001年，第21—22页。

③ 孟昭毅：《东方文化文学因缘》，长春：吉林大学出版社，1996年，第176页。

不知晓。《鼓枻词》是先被中国学者发现、研究、流传下来的。《鼓枻词》在越南以外享有很高的声誉,然后才回到它的起源地越南,跟家乡的读者见面。

自1936年《鼓枻词》第一次被《词学季刊》第三卷第二号刊登之后,中国学者与越南学者不断对它进行研究。1981年,夏承焘先生选校的《域外词选》出版。在这本书中,他选取越南唯一的词人就是阮绵审与他的14首词。夏承焘在《域外词选》的前言中,对阮绵审与《鼓枻词》进行了简略的介绍。书里选录了14首阮绵审的词:《浣溪沙》《清平乐》《摸鱼儿》《法曲献仙音》《迈陂塘》《疏帘淡月》《剔银灯》《摸鱼儿》《扬州慢》《金人捧玉盘》《解佩令》《西江月》《两同心》《小桃红》。

最近几十年,在中国也出现几篇研究阮绵审《鼓枻词》的文章,介绍《鼓枻词》的来源和它的艺术风格。分别列举如下。

1987年,黄国安发表《越南著名词人阮绵审及其咏物酬唱词》一文。作者向读者介绍越南汉词人阮绵审的生平与词作。黄国安对阮绵审的词评价道:"阮绵审孜孜不倦地学习中国文学,奋笔填词,斐然成章,精神可贵。他创作的词,语言清丽,善用典故,与我国南宋姜夔的词相似。"然后将阮绵审几首咏物词与姜夔、张炎的词作进行比较:"他(阮绵审)创作的作品,与南宋词人白石、玉田相似,足见有渊源关系。"①

2001年,越南学者阮氏琼花在中国《古典文学知识》上发表了《越南词人白毫子及其〈鼓枻词〉》一文。作者认为《鼓枻词》的主要内容是友情与咏物。作者认为《鼓枻词》一卷"以友情和山水这两个主题贯组始终"②,这是《鼓枻词》的主要内容,但不是全部,除

① 黄国安:《越南著名词人阮绵审及其咏物酬唱词》,《东南亚纵横》1987年第2期。

② 阮氏琼花:《越南词人白毫子及其〈鼓枻词〉》,《古典文学知识》2001年第3期。

此之外，还有很多首写别的内容的词，如以抒发自己情感的抒情词和咏史怀古词等。可以说阮氏琼花的文章只是谈及《鼓枻词》很小一部分的内容，并没有讲到《鼓枻词》的艺术风格。

2013年，越南学者阮庭复在《中国韵文学刊》发表《仓山、梦梅，越南词的两个不同境界》一文。作者从越南汉词学的整个发展过程来进行审视，并选出两位创作最多、风格最鲜明的词人，即越南汉词的两座高峰——阮绵审与梦梅。对阮绵审的词，作者专门论述了“仓山雅词与白石、玉田、竹垞词的契合”，对梦梅词，作者的分析则更简略一些，阮庭复认为梦梅词是“时代精神”的代表。①

在越南，学者对《鼓枻词》的研究则比较晚。1998年，番文葛先生的《阮绵审的一些汉词》(*Về một chùm Từ của Miên Thẩm*)一文，向越南读者介绍阮绵审《鼓枻词》的3首作品。②1999年，番文葛继续向读者介绍阮绵审的14首汉词，集结在《白毫子——〈鼓枻词〉》③一书中。番文葛是在越南把《鼓枻词》翻译、注解成为越南语的第一人。但是番文葛只介绍了《鼓枻词》中的14首汉词，也没有明确指出《鼓枻词》有多少首词。根据我们了解，可能当时他所接触到的《鼓枻词》材料并不全面。

2001年，陈义发表《〈鼓枻词〉原本的面貌》(*“Cổ duệ từ” của Miên Thẩm dưới dạng toàn vẹn của nó*)④一文。在这篇文章中，陈义先生向越南读者介绍《鼓枻词》中的104首词，但只是很简略地列出来《鼓枻词》中的104首作品的词调与词题，没有关于它的传本的具

---

① 阮庭复:《仓山、梦梅，越南词的两个不同境界》,《中国韵文学刊》2013年第1期。

② 番文葛:《阮绵审的一些汉词》,《汉喃杂志》1998年第3期。

③ 番文葛:《白毫子——〈鼓枻词〉》,河内:越南汉喃研究院,1999年。

④ 陈义:《〈鼓枻词〉原本的面貌》,《汉喃通报》2001年第4期。

体信息与各首词具体的内容。

2013年，范文映发表《阮绵审的〈鼓棚词〉：文本、创作观念以及影响来源》(*“Cổ duệ từ” của Miên Thẩm: Văn bản, quan niệm sáng tác và nguồn ảnh hưởng*)[①]，文章简略讲述了《鼓棚词》从被发现后到现在的传本情况与词集的艺术特点。文章只是对《鼓棚词》在中国的研究结果进行仔细总结，并没有更多信息。比如，关于《鼓棚词》的创作观念，作者也肯定其特点是模仿中国姜夔与张炎的词风格等。值得注意的是他认为《鼓棚词》有114首汉词而不是104首。

从上可知，越南研究者与国外研究者对《鼓棚词》研究的成果不多，他们只是简单介绍《鼓棚词》中的几首词，简单分析它的内容、特点，或者给《鼓棚词》以简略的评价而已。到现在还没有学者对《鼓棚词》进行全面的研究。所以在本书中，我们将对《鼓棚词》与他的内容特点、风格艺术进行仔细研究。

3. 陶晋及其《梦梅词录》的研究

越南第一个研究陶晋与他的《梦梅词录》的是著名批评家春耀(Xuân Diệu，真名吴春耀)。[②]春耀在《越南古典诗家》(*Các nhà thơ cổ điển Việt Nam*)[③]一书中，有一篇文章对陶晋汉词做了仔细研究，并对《梦梅词录》表示了称赞。作者认为“陶晋把填词的工作当为是他记载自己的灵魂日记”，且《梦梅词录》的内容主要为以下两方

---

① 范文映：《阮绵审的〈鼓棚词〉：文本、创作观念以及影响来源》，《文学研究杂志》2013年第11期。

② 春耀(Xuân Diệu，1916—1985)，越南诗人、作家，河静省干禄县人。越南20世纪30年代新诗运动积极主张者之一。他的诗对越南诗歌发展产生了很大影响。主要作品有《香气随风去》(1945)、《国旗》(1945)、《山川之会》(1946)、《星星》(1955)、《金瓯角》(1962)、《手拉手》(1962)和小说《金松粉》(1939)等。

③ 春耀：《越南古典诗家》，河内：文学出版社，1985年，第589—652页。

面：一是国家兴亡；二是个人悲欢离合。虽然春耀的这篇文章很精练，语言华美，但是也有不少地方存在不足，他用评论诗的方式来研究《梦梅词录》。可以说这是第一篇把陶晋词介绍给读者的文章，但是内容主要是作者自己的《梦梅词录》读后感，所以我们将这篇文章当作参考材料即可。

1988年，杜文喜（Đỗ Văn Hỷ）发表《陶晋——一位磊落的词家》（*Đào Tấn một nhà viết Từ khúc lỗi lạc*）①一文。但是这篇文章没有涉及陶晋作为一位词家的填词才能与其词作的艺术成就，反而主要讲述了填词的难处以及词家填词当中遇到的困难等。文章的结语才讲到陶晋词，认为陶晋填词能克服填词的难处，会把握词创作的规格等，从而得出结论，陶晋在越南是一位磊落的词家。

在越南，2003年，武玉瞭（Vũ Ngọc Liễn）出版辨考性的《陶晋——诗和词》（*Đào Tấn——Thơ và Từ*）一书，介绍陶晋《梦梅词录》一共有60首汉词。此书虽然目的是辨考，但实际上只是对陶晋的所有材料的综述和词作、诗作的汇集。②

2003年，陈文惜（Trần Văn Tích）第一个关注并研究陶晋《梦梅词录》的文本问题，在美国发表文章《陶晋的一些汉词的校勘》③，但只对陶晋24首汉词与上述《陶晋——诗和词》一书进行校勘，而不是针对陶晋全部汉词的研究。

对于《梦梅词录》文本角度的研究，不能不谈及范文映的几篇文章。他按照陈文惜把陶晋的全部汉词集中在一书中进行校勘的研究结果与研究方向，2009年发表《〈梦梅词录〉的真相面貌》（*Sự*

① 杜文喜：《陶晋——一位磊落的词家》，《文学杂志》1988年第2期。

② 武玉瞭：《陶晋——诗和词》，河内：舞台出版社，2003年，第293—389页。

③ 陈文惜：《陶晋的一些汉词的校勘》，载《文学》2003年号，第203—204页。（《文学》是一种越南文学书刊，用越南语在美国加利福尼亚州出版。）

thực nào cho "Mộng Mai từ lục")[①]一文，2011年发表《陶晋〈梦梅词录〉一些留意点》(*Thêm một số lưu ý về "Mộng Mai từ lục" của Đào Tấn*)[②]一文。指出在《梦梅词录》的60首汉词之中有43首不是陶晋的词作，而是抄袭中国词作的作品，可见《梦梅词录》文本问题很复杂。根据范文映的研究，真正的陶晋词作被认认定的只有17首而不是60首。

跟随范文映的研究方向，还要提到陈义的《从文本学角度研究陶晋诗与词》(*Thơ và Từ của Đào Tấn dưới góc nhìn văn bản học*)[③]，在这篇文章里值得关注的是作者提供了一个《梦梅词录》的词作鉴定表。但是作者没有注意到《梦梅词录》的词作考辩方法，所以这个表格只是对文本的整理、编辑与总结。

可见，陶晋《梦梅词录》的文本问题吸引了不少越南学者来研究，而且以往研究成果相当可观。但是除了接受既往的研究结果，我们还应继续研究《梦梅词录》各个方面如作者、文本等问题。而根据本著后面的研究，将会得出《梦梅词录》中没有任何一首词作是陶晋作品的结论。

总之，不仅在越南以外，还是在越南本土，对于越南汉词的研究还不够全面，所以希望本书能填补越南汉词研究的空缺。

三、研究思路、研究方法及主要创新点

（一）研究思路、研究方法

基于前辈时贤的学术成果，从研究的对象出发，本书的研究方法主要采用统计—分类研究法和分析—对照研究法，系统、梳理和整理越南中代的汉词作者及词作，希望对今后学者的越南汉词研究

---

① 范文映：《〈梦梅词录〉的真相面貌》，《文学研究杂志》2009年第9期。

② 范文映：《陶晋〈梦梅词录〉一些留意点》，《汉喃杂志》2011年第3期。

③ 陈义：《从文本学角度研究陶晋诗与词》，《汉喃杂志》2009年第4期。

能有所启发。

本书以朝代断限，分为黎中兴时期之前、黎中兴时期以及阮朝三个时期，并一一统计了各时期的汉词词作数量、作者情况、存本情况，在此基础上进行对比研究，进而梳理出越南汉词史的发展脉络，从而呈现越南汉词的整体风貌。

另外，本书还采用宏观研究和微观研究相结合的方法，第四章在对阮朝汉词的整体情况进行分析和总体阐释后，再分别以专题形式对阮绵审、陶晋、阮绵寊三人进行具体研究。根据三者词作的具体情况，分别侧重于艺术研究、作品考证和理论阐发。

因此，本书综合采用文献考证与艺术分析相结合的方法，力图通过文献的考辨，为进一步的艺术分析、理论研究提供切实可靠的材料基础。

（二）主要创新点

首先是研究领域创新。本书的重点研究在于越南古代的词体创作者、词作以及词话。相关文献资料主要来源于越南汉喃图书馆（位于越南河内，是保存越南古代典籍文献的机构），也有一些词作如阮绵审《鼓枻词》等，在越南各图书馆并无相关收藏与著录，在越南以外的文献中则有迹可循，我们将通过收集与整理，在本书中加以甄别研究。此外，研究过程中也会在一定程度上涉及越南词体与中国传统词体的对比研究。需要重点指出的是，本书的研究意义与价值不仅能够发现并讨论两国文化的共同点，更在于能够证明越南汉词是一个重要的、独立的、有自身特色的文学组成部分。希望这一研究能够为中越两国文化交流献上一份绵薄之力，让双方更好地了解彼此的文化脉络、表征与内涵。

其次则是研究资料的创新。资料是研究的基础，因此本书对资料尤其是原始文献问题十分重视，资料收集工作从2012年即已开始。最终,本书收集与运用的越南汉词词作数量总计达到200多首,无论是资料的数量还是质量,目前相对来说都是最为完备的。因而,本书将这些收集起来并进行介绍的作品,结合文献与文学进行分析研究,就能大致勾画出越南汉词形成、发展的基本历史面貌。

第一章　越南汉词的滥觞

越南古代汉字文学中，除了浩繁的汉诗、汉赋、汉小说等外，还有汉词。那么，中国词是从什么时候进入越南领土的？越南人从什么时候开始填词？越南儒家对待这种文学的态度是怎么样？这一章我们将讨论这些问题。

第一节　社会文化背景

越南地处红河流域，优异的自然环境易于孕育人类文明，人类也在与自然的斗争中不自觉地改变自身的生活方式。公元10世纪以前的上古时代，越南口头文学就开始出现，越南人民将其与生产实践相联系，作品众多。主要以上古时期神话、传说和歌谣为主的口头创作，反映越南人民在与自然的斗争中繁衍生息、生产劳作、祭祀神灵等一系列的生产生活情况。例如有解释天地形成的《天柱神》，表现图腾崇拜的《稻谷神》《火神》，以及同洪水作斗争的《山精水精》。其中《山精水精》就是一部反映越南人民同大自然作斗争的经典神话：

> 每当水精把水涨高时，山精就把山筑得更高，以战胜水精，保卫人民免于水患。越人不仅懂得采集、打猎和烧山种田，还

从平原或从沿海深入到内地，在沿大河两岸定居下来。他们大规模修筑河堤、种植谷物、饲养家畜等。各兄弟部落逐渐融和在一起，越人的第一个国家雏形——文郎国初步形成。[①]

从公元前204年秦朝设立象郡到公元968年越南独立，千年以来，中国王朝为便于管理，所派官吏在越南国内推行汉字，推广汉学教育。中原战乱，为躲避战乱一批文人和名士移居交趾地区，他们讲学办教育，传播儒家经典，著书立说。到唐朝时，安南士大夫学习汉语已蔚然成风，甚至部分进入中原地区参与科举考试。汉文化的大量传播也使得越南文学得以发展。越南汉文学起源于公元10世纪，目前现存最早的汉诗是杜法顺禅师的五绝《国祚》：

国祚如藤络，南天理太平。无为居殿阁，处处息刀兵。

此诗是杜法顺禅师为前黎朝皇帝黎大行咨询国政而作。通篇韵律比较规整，文风质朴，顺畅自然。

公元10—12世纪越南汉诗深受佛教文化影响，李朝建朝尊佛教为国教。陈重金的《越南通史》记载："李朝之时崇尚佛教，皇帝优待修行之人，并取国库之钱为寺院铸钟。"寺院势力庞大，影响渗透进宫廷之内，甚至能左右国家政治。僧侣多为饱读诗书之人，如李元宗时期的圆通禅师，从小修行，但他仍然参加李朝科举考试，1097年，曾力拔"三教科"头筹。强大的禅道文化浸润着汉诗，这也决定了当时的文坛走向。据《禅苑集英》所载，在李朝期间，有四十位禅师赋诗、作文。其中便有杜法顺禅师、匡越禅师和圆通禅师等。

① 越南社会科学委员会编著：《越南历史（第一版）》，北京：人民出版社，1977年，第4页。

此外，有些诗人不属佛教，但受其影响，诗文多带禅教韵味。段文钦便是其代表，代表作之一《挽广智禅师》：

林峦白首遁京城，拂袖高山远更馨。几愿净巾趋丈席，忽闻遗履掩禅扃。斋庭幽鸟空啼月，墓塔谁人为作铭。道侣不须伤永别，院前山水是真形。

整首诗表达了作者对于佛道的向往，以及对于广智禅师的悼念。“院前山水是真形”表现出一份超越生死的豁达，乃段文钦留世的精品之作。

除却佛教文化外，上文也曾提到，受中国影响，儒家文化在越南也大力传播，但由于各方面原因，系统的儒家教育并未成形。直到李圣宗和李仁宗时，正规的儒学教育才得以正式确立。1070年在京都升龙设文庙，1075年下诏开科取士。1076年建立国子监，为全国等级最高学府，由最先开始招收皇家子弟，到招收官吏子弟，再到平民子弟，教育范围逐步扩大化。儒学文化在越南正式步入阳光大道。

公元13世纪，随着越南抗击外敌的胜利，国内封建环境也日益强大与成熟，从初陈到盛陈一百年时间内，培养了大量人才，如黎文休、张汉超、阮忠彦等一大批文人志士。他们研修汉文，随之带来的行卷之风日益盛行，汉文学发展进入昌盛时期。其中，以宫廷文学创作最为集中。陈太宗（1218—1277）在位期间精通佛学研究，工于汉诗。著有《课虚录》《禅宗指南序》《金刚三味经序》以及两首诗歌。其中《寄清风庵僧德山》写道：

风打松关月照度，心期风景共凄清。个中滋味无人识，付与山僧乐到明。

全诗清新自然，流淌着作者内心的淡然与清雅的气质，佛教禅味意重。胡元澄认为陈朝皇帝们的诗歌带有清新脱俗的淡雅趣味，与后世王朝宫廷文学相比多一些稳重。于在照将宫廷文学大致分为陈、李朝和黎朝。李、陈之时开国艰难，对于创业之艰深有体会，故行文较为沉稳，加上佛教大肆流行，淡然之气更加跃然纸上。而黎朝时期则更体现出盛世之象，更体现雄才伟略与旷世大气之风。在此不一一赘述。

汉诗题材也有发展。田园风光、边塞描写、针砭时弊等多类型诗歌出现，内容丰富多样。著名边塞诗人范师孟，文武兼备，是14世纪的外交家，擅长边塞诗，所著之诗将军旅生活与边塞风光展现得淋漓尽致，抒情与叙事相结合，诗歌艺术水平高超。其所著《峡石集》和《石山门古体诗》等已散失。但在《越音诗集》《全越诗录》等诗集中存有33首诗歌。《关北》便是其中之一：

奉诏军人不敢留，青油幢下握吴勾。关山老鼠谷嵝濑，雨雪上熬岚禄州。铁马东西催鼓角，牙旗左右肃貔貅。平生二十安边策，一寸丹裹映白头。

此诗是描写作者自己的军旅生涯，关山老鼠、雨雪上熬道尽边塞现实，但又有幢下吴勾、一寸丹裹映白头，表明自己的雄心壮志，全诗气势恢宏，让人不由心生敬佩。

田园风光题材以陈光朝、阮忆等人为代表。在13世纪末曾出现一个叫“碧洞诗社”的诗会，由诗人陈光朝发起。这一时期的田园诗歌清新隽永，意蕴悠长。如阮忆的《江行》：

岸转树斜出，溪深花倒开。晚霞孤鸟飞，春雨片帆来。

江畔前行，树出、花开、鸟飞、雨来。画面清新，引人入胜，田园意味浓厚。

在古代，中越两国虽发生过几次交战冲突，但两国的文化交流并未停止。除诗歌外，越南汉赋、散文之类的也有所发展。陈朝时期有十三篇赋，如张汉超《白藤江赋》、莫挺之《玉井莲赋》、范迈《千秋鉴赋》等，篇章结构、遣词造句、描写手法技巧娴熟。散文作品则以碑记、史记著作为主，如黎文休编纂的《大越史记》、黎崱的《安南志略》等。介绍大越王朝发展沿革，人文风光。对于记载历史以及对外交流等方面具有深远影响。

在上述中，可以看到汉文学对于越南文学影响很深，越南长期采用汉文字作为官方语言，注重文学历史发展，但也可看到越南文学的发展是主动的，无论是上古神话传说的口头文学，还是汉文诗歌发展，都时刻表达着越南人民独立自主、创新发展的精神，从来不是被动给予的。据考证，在13世纪末时，一种以汉字为基础，运用形声、会意、假借等方式创作出来的民族文字——国音喃字基本定型。史载，韩诠为越南用喃字撰文第一人，《飞砂集》或有记载多首喃字诗歌，但均已失传。现存最早的喃字赋为陈仁宗《居尘乐道赋》。

在这样的社会背景与文学氛围内，越南的第一首词诞生了。

第二节　匡越大师与《王郎归》词作

按照越南史料记载[①]，现存最早的越南汉词为匡越禅师吴真流

① 《大越史记》全本由黎文休、潘孚先、吴士连等前后接续而编成（1272—1697），由越南社会科学院翻译（1985—1992）。吴士连：《大越史记全书》，河内：社会科学出版社，1993年；《禅苑集英》，1751年刻本，越南汉喃研究院图书馆，典藏号：A.1782。

的《王郎归》(《阮郎归》)一词。关于匡越大师的《王郎归》一词的文本、年代、词调、词名等研究,越南学者已经取得丰富的研究成果。

匡越大师(Khuông Việt Đại sư,933—1011),真名吴真流(Ngô Chân Lưu),法号匡越,常乐吉利乡(今越南北宁省威灵市)人。他是越南佛教无言通派第四代传人,越南佛教历史中的第一位僧统。[①]匡越大师对儒家思想了解深刻,而后皈依佛门,有着深厚的佛学造诣。他跟同学到开国庙修行,学识广博,四十岁已闻名天下。是丁朝(Nhà Đinh,968—980)与前黎朝(Nhà Tiền Lê,980—1009)时期的一位著名禅师。971年,丁先皇在位时期(968—979),被封为匡越大师。虽然匡越大师是一位禅师,但是他对国家的命运与治理极为关心。他认为国家只有和平才能有光明的前途。所以,丁朝衰亡后,匡越大师应黎大行皇帝(941—1005)之邀参加国事,特别活跃于外交场合。顺天二年(1011),无疾而终。[②]

《大越史记全书·黎纪》记载匡越大师创作《王郎归》如下:

> 丁亥八年,宋雍熙四年(987)春,帝初耕籍田于队山,得金一小瓮,又耕蟠海山,得银一小瓮,因名之曰金银田。
>
> 宋复遣李觉来至册江寺。帝遣法师名顺假为江令迎之。觉甚善文谈。时会有两鹅浮水面中。觉喜吟云:“鹅鹅两鹅鹅,仰面向天涯。”法师于把棹次韵示之曰:“白毛铺绿水,红棹摆青波。”觉益奇之,及归馆。以诗遗之曰:“幸遇明时赞盛猷,一

① 《禅苑集英》,1751年刻本,越南汉喃研究院图书馆,典藏号:A.1782。关于匡越大师的生平,《禅苑集英》中记载:常乐吉利乡佛陀寺匡越大师(初名真流),吉利人也,姓吴氏,吴顺帝之裔。状貌魁伟,志尚倜傥。少业儒,及长归释,与同学住持投开国云峰受具,由是该览竺坟、探领禅要。年四十,名震于朝。丁先皇召对称旨,拜为僧统。太平二年(971),赐号匡越大师,黎大行皇帝尤加礼敬。

② 《禅苑集英》,1751年刻本,越南汉喃研究院图书馆,典藏号:A.1782。

身二度使交州。东都两别心尤恋，南越佥重望未休。马踏烟云穿浪石，车辞青嶂泛长流。天外有天应远照，溪潭波静见蟾秋。”顺以诗献。帝召僧吴匡越观之，匡越曰：“此诗尊陛下与其主无异。”帝嘉其意，厚遗之。觉辞归，诏匡越制曲以饯，其辞曰：“祥光风好锦帆张。遥望神仙复帝乡。万重山水涉沧浪。九天归路长。　　情惨切，对离觞。攀恋使星郎。愿将深意为边疆。分明奏我皇。”觉拜而归。①

可见在《大越史记全书·黎纪》中，未收录此词的谱式和词题，只交代了这首词的创作背景和缘由。

但是在另外一本史料中，我们找到匡越大师的这首词的词题。《禅苑集英》一书收录匡越大师这首词，词题是《王郎归》(另一个版本记载为《玉郎归》)。②

那匡越大师的词作名称是什么?《大越史记全书·黎纪》成书在洪德十年(1479)，而《禅苑集英》现存的版本是阮朝刻本(1715年)。所以，我们认为应该按照最早的材料记载来确定匡越大师词作的名称。当时，匡越大师很可能没有给这首词作取名，后人在抄写它的时候把这首词称为《王郎归》或《玉郎归》。

《钦定词谱》《词律》《唐宋词格律》均未收录《王郎归》或《玉郎归》词牌名，但有《阮郎归》词牌名。《阮郎归》又名《醉桃源》《碧桃春》等，双调47字，前段四句四平韵，后段五句四平韵，《钦定词谱》以李煜《阮郎归》(东风吹水日衔山)为正体。

此词双调，49字，前后段各四平韵，谱式如下：

---

① 吴士连：《大越史记全书》，河内：社会科学出版社，1993年。

② 《禅苑集英》，1751年刻本，越南汉喃研究院图书馆，典藏号：A.1782。

祥光风好锦帆**张**。遥望神仙复帝**乡**。万重山水涉沧**浪**。九天归路**长**。　　情惨切，对离**觞**。攀恋使星**郎**。愿将深意为边**疆**。分明奏我**皇**。

平平平仄仄平**平**。平仄平平仄仄**平**。平平仄仄仄平**平**。仄平平仄**平**。　　平仄仄，仄平**平**。平仄仄平**平**。仄平平仄仄平**平**。平平仄仄**平**。[①]

对比之下，匡越大师之作除了前段第二句多二字、后段第三句平仄出律之外，与李煜词的谱式相同。

匡越大师之作成为越南汉词的滥觞。虽然此词的谱式与正体相比不是很规范，"但当时越南文人能写出这样的词已经是难能可贵了"[②]。

匡越大师《王郎归》一词（创作于987年），距离中国现存第一首《阮郎归》词——李煜于开宝四年（971）所作《阮郎归》[③]仅相隔16年，可称得上是这一词调中比较早的作品。匡越大师不是主动填词，而是黎桓"诏匡越制曲以饯"，因送宋朝使者李觉回国而作的饯行词，我们可以看出，当时越南文人的汉文学已达到相当高的水平。匡越大师用中国人喜爱的文学体类来表达思想感情，第一说明他很了解中国文学，尤其是词的创作方法，第二他知道如何打动宋朝使者，使使者感受到异邦的友善，第三则是向宋朝使者表明越南当时也有不少人才。

---

① 本书对词牌格律进行标注的符号含义如下：
平：填平声字；仄：填仄声字（上声、去声、入声）；中：可平可仄。
逗号（，）和句号（。）表示句；顿号（、）表示逗。
粗体字：表示平声或仄声韵脚字，或可押可不押的韵字。

② 于在照：《越南文学史》，北京：军事谊文出版社，2001年，第39页。

③ 张玖青编著：《李煜全集（汇校汇注汇评）》，武汉：崇文书局，2015年，第58页。

越南黎贵惇《全越诗录·例言》曾经称赞:"黎先皇送宋使李觉一词,婉丽可掬。"[1]中国学者也不少赞誉之词,如孟昭毅在《东方文化文学因缘》书中说:"匡越法师所制的曲词,无论是遣词用韵,还是引典寓情,都显示作者以汉文学为楷模的高超技艺。他另留有越南文学史上第一首《阮郎归》,为后人所称领。"[2]于在照《越南文学史》也对此词评价很高:"从吴真流能写词为送宋朝使者送行可以看出,当时交州文人的汉文学已达到相当高的水平。"[3]

---

① 黎贵惇:《全越诗录·例言》,越南汉喃研究院图书馆,典藏号:A.1262。
② 孟昭毅:《东方文化文学因缘》,长春:吉林大学出版社,1996年,第176页。
③ 于在照:《越南文学史》,北京:军事谊文出版社,2001年,第20页。

第二章　李朝、陈朝时期的汉词

在匡越大师创作出《阮郎归》后的李朝、陈朝的约五个世纪时间里，目前为止，我们只找到两位文学家有词作传世，即玄光神师李道载（1首词）和冯克宽（3首词）。

第一节　玄光神师李道载

《本行语录·三祖实录》①一书里记载玄光神师的生平，情况如下：

玄光神师（Huyền Quang Thiền sư，1254—1334），真名李道载（Lý Đạo Tái），谅江府南册州万载乡（今越南是北宁省嘉平县泰宝乡）人。他学识渊博，具有外交才能。1272年中进士，1274年进朝廷的内阁院当官。他是当时著名人物，不仅诗文超群，闻名天下，而且也被陈仁宗加以重用，让他迎接中国使者。在为官之时，“奉接北使，文书往复接援引经义，应对如流。文章语言，拔

① 《本行语录·三祖实录》，越南汉喃研究院图书馆，典藏号：A.786。《三祖实录》刻印在越南景兴二十六年（1765）。根据《三祖实录》记载，《三祖实录》曾在明朝宣德（1426—1435）时期被黄福尚书带回中国，后来黄福常梦见玄光大师，玄光大师要求他把这本书寄回越南。1526年，后黎朝臣黎光碧出使明朝，黄福的四代孙黄承就把书交给黎光碧。黎光碧回国后，把这本书交给阮秉谦，从此《三祖实录》在越南流传至今。参见《三祖实录》，载陈黎创：《越南文学总集（第二集）》，河内：社会科学出版社，1997年。

于上国，及四邻之邦”[①]。在随皇帝游永严寺见法螺禅师行法后，幡然醒悟，“上表辞职，求出家修行学道。受教于法螺禅师，法号玄光”[②]。后来成为竹林派第三祖。他“博学广览，甚精其道，僧尼从游学，殆至千人”[③]。

《本行语录·三祖实录》载录玄光神师《西江月》词的故事：

> 癸丑一月十五，玄光大师道京城祝贺皇帝，后到报恩讲法。下午，他回到禅定房，偶遇见两只客鸟，不知从哪飞到他的前房，他们俩一边飞一边不断啼叫，好像给人家喜信。玄光便吟一首《西江月》：
>
> 白鹊是何应兆，翔来亭户唤**鸣**。古称孝子有曾**参**。三足之乌冠**正**。[④]

《钦定词谱》收录《西江月》词牌，双调50字，前后段各四句，两平韵，一叶韵。而玄光此词为单调，四句25字，两平韵，一叶韵。我们认为，这是一段残句，是半首《西江月》。

通过这段记载，我们可以断定此词的主要内容是讲孝道。借白鹊、乌冠形象来说作者的意图。白羽鹊，古时以为瑞鸟。《旧唐书·五行志》曰：“贞观初，白鹊巢于殿庭之槐树，其巢合欢如腰鼓，左右称贺。”[⑤]所以白鹊意象报喜，有喜信。中国古代，乌鸟是一种表征孝道的鸟。汉代许慎《说文解字》称：“乌，孝鸟也。”[⑥]古人用乌

---

①② 《三祖实录》，载陈黎创：《越南文学总集（第二集）》，河内：社会科学出版社，1997年，第392—393页。

③ 同上书，第393—394页。

④ 《本行语录·三祖实录》，越南汉喃研究院图书馆，典藏号：A.786。

⑤ 刘煦等：《旧唐书》，北京：中华书局，2003年，第286页。

⑥ 许慎著，李伯钦注释：《说文解字》（第二册），北京：九州出版社，2012年，第394页。

来表征孝道,因为乌有一种特点,它会反哺老去的父母。

词中还使用了曾参的典故。曾子十六岁拜孔子为师,他勤奋好学,颇得孔子真传。他修齐治平的政治观,省身慎独的修养观以孝为本、孝道为先。他的孝道观影响中国两千多年,至今仍具有极其宝贵的社会意义和实用价值,也是当今建立和谐社会的丰富思想道德营养。

李道载写这首词的时候已经退出官路,皈依佛教,不问世事,但是从这首词的内容我们可以看出他受儒家思想影响之深,可以看出作者对于中国文化非常熟悉。这一首词可以透露出李道载的文艺观念,他将词看得和诗一样,可以载道,承担与诗一样的社会文化功能。

第二节　冯克宽

冯克宽(Phùng Khắc Khoan,1528—1613),字弘夫,号毅斋。1528年出生在河西省石室冯舍(河西省石室县)。他是阮秉谦的得意门生。1585年任工部右侍郎;1592年辅佐黎中兴皇帝黎世宗驱赶莫氏,返回京都;1597年作为正使出访明朝,并与朝鲜使臣李睟光互相唱和,留有诗集《梅岭使华诗集》。1613年,冯克宽逝世,加封太傅官职。其作品结集有《毅斋诗集》《言志诗集》《冯公诗集》等。

冯克宽的词作现存于《言志诗集》。①这本书的内容有五卷,共249首汉诗,其中冯克宽有诗226首,他的朋友有诗23首。《言志诗集》内容主要是冯克宽表达自己的志向。在《言志诗集》卷二,收录其3首汉词:

① 冯克宽:《言志诗集》,越南汉喃研究院图书馆,典藏号:VHv.1951。

其一,《鹧鸪天·元旦寿父亲》:

戏彩堂前展寿**筵**。处鸣贺臆祝椿**年**。名留天上长生禄,世羡人间不老**仙**。　克间庆,子孙**贤**。好将衣钵作家**传**。年年春到今朝节,输献风流第一**篇**。

《钦定词谱》收录《鹧鸪天》,双调55字,前段四句三平韵,后段五句三平韵,以晏几道《鹧鸪天》(彩袖殷勤捧玉钟)词为正体。冯克宽这首词谱式与正体相同。

其二,《沁园春·赏春词(并引)时同道两三人到,索句因戏作》:

兹审九十日韶华,好个暄和之候;再一番快事,聊为胜赏之欢。会适逢嘉,兴来堪玩。可人惟有酒,喜兼四美二难;行乐须及春,何惜千金一醉。欲韡真率会,载唱《沁园春》。词曰:

天上阳回,人间春至,又一番**新**。盎开泰乾坤,韶光郁郁;向阳花草,生意欣**欣**。红衬桃腮,青窥柳眼,莺簧蝶拍弄缤**纷**。二三子,遇到来时节,风光可**人**。　这般美景良**辰**。欲行乐、须及此青**春**。聊问柳问花,香携红袖;一觞一咏,歌遏白**云**。进士打毬,侍臣陪宴,古来乐事尚传**闻**。今遭逢,圣天子,幸得致**身**。

《钦定词谱》收录《沁园春》词调有7种格式。以苏轼"孤馆灯青"一词为正体,114字。另有112字体,前段十三句四平韵,后段十二句五平韵,以李刘"玉露迎寒"一词为代表。冯克宽这首词体式与李刘的词相似,只是前段第十二句多一字,后段第十一句少一字。

其三,《沁园春·饯谭公之乂安宪》词,内容为:

> 累世儒宗,六经文祖,谁如钜**公**。自弱冠蜚声,名联中鹄;强年噬仕,缘契攀**竜**。虎帐谈兵,乌台持论,韩其硕望魏其**忠**。圣天子,虑驩州要地,寔我关**中**。　　骤加职任覍**风**。拜命了、这行轺秋肃,著脚春**浓**。到些郡些城,岳山威动;若民若吏,彼此情**通**。边境抚安,朝廷倚重,夫谁不曰用儒**功**。望来日,遄星辰曳履,圣眷叠**蒙**。

《钦定词谱》中《沁园春》词调正体是114字,变体中也没有118字体。这首词118字,与正体相比,后段第二拍多了一个四字句。

综上所述,冯克宽的《言志诗集》有3首词,用了《鹧鸪天》《沁园春》两个词调。在每首词前都有冯克宽的序或引,以讲明创作的缘由。《鹧鸪天·元旦寿父亲》词是新年时为祝贺他父亲过寿而作的,所以它的内容是冯克宽对父亲的祝福,主要是传达孝顺的精神,以之作为子孙后代都应继承发扬的传统道德。《沁园春·饯谭公之乂安宪》词的内容是对谭公的高贵身份的称赞,同时希望老朋友克己奉公,不要辜负朝廷与天子的信任。

前所述的李道载,生活在越南陈朝(Nhà Trần,1225—1400)时,对应中国朝代约为元朝(1271—1368),这段时间,词在中国已经从顶峰渐渐衰落。再看李道载的《西江月》词的内容主要是孝道,艺术特点是注重用典,语言接近诗歌的语言,有诗化的色彩。李道载将词与诗同等看待,以词言志载道,与苏东坡主张"以诗为词"的观点相近。词从一问世,它的最大特点就是用来娱乐助兴。但是,在北宋以后，以苏轼为代表一批词人突破传统，以词书写心志，词的功能逐渐多样化。

而词到了越南文人士大夫手里后，强调现实功用的色彩更加明确。从匡越大师到李道载，再到冯克宽，作词的目的都很切实，或为外交政治，或为言志、宣传孝道等，而不是单纯地描写儿女私情。这是这一时期词在越南的特点，越南文人不是被动模仿中国词，他们主动接受中国词，使之逐渐融入越南的文化之中，形成了越南词自身的特点。

第三章　黎中兴时期的汉词

后黎朝为越南的一个封建朝代，由黎利于1428年（中国明朝宣德三年）创立，国号大越。后黎朝分为前期和后期两阶段，至后期，后黎朝则与莫朝南北对峙。但也有部分越南历史学者将1428年至1527年的前期称作黎朝（Nhà Lê sơ，也称作初黎朝、家黎初），将1533年至1879年的后期称作后黎朝（Nhà Lê Trung hưng，也称作中兴黎朝、家黎中兴、黎维朝），即黎中兴时期，以示区别。

黎中兴时期是一个自越南君主时代就已被普遍使用的概念，按历史分期，黎中兴时期起自1533年，即黎庄宗王帝在清化即位那一年。[①]然而，本书的分期与历史不同，在此场合下我们用黎中兴时期指代从黎莫战争局面已经定局，黎朝在郑主的助力下已经打败莫族、归回升龙（1592年）时开始，到黎郑朝廷倒台（1879年）结束的这一历史时期。然而在考察各具体文学现象，包括词体的时候，黎中兴时期概念有时会有一定程度的缩小。本章将对这段时间内的越南汉词进行研究。

---

① 黎庄宗（1533—1548年在位），越南黎中兴时期的第一位皇帝，真名黎维宁。

第一节 黎中兴时期的社会、文化背景

一、黎中兴的社会背景

公元1427年年底，后黎朝重臣阮廌（1380—1442）写下千古雄文《平吴大诰》，宣示越南人民生活艰苦、激烈斗争的时代已经过去，民族独立、和平发展的新时代即将到来，后黎朝自此逐渐合法、合理化。虽然如此，建国伊始的后黎朝仍需要花很长一段时间来稳定内部，不断完善国家架构。至黎圣宗（1442—1497）统治时期，后黎朝进入此前从未有过的、迅速发展的新阶段。然而圣宗去世之后，继位的黎献宗（1461—1504）虽然仍有权术，但也只将繁荣局面维持了七年。至黎威穆（1488—1509）与黎襄翼（1495—1516）皇帝时期，后黎朝则昏堕至所谓“鬼王”“猪王”当政了[1]，后黎家族势衰，盗贼蜂起。1572年，莫登庸都指挥使垄断朝廷，黎王在朝廷中已沦为傀儡。[2]在阮淦的呼唤下，忠君派开始集结谋图复兴。[3]然而，自阮淦去世（1545年）后，郑检掌握兵权且受到士族支持，所以郑主的实力越来越强大，大有撼动山河之势，与莫登庸对峙并打败了莫家。[4]1592年，郑主一派中，阮家势力越来越大，直接威胁到郑主的安危，郑松只好采取稳定时局之策，黎中兴局面自此开启。

---

① 黎威穆是后黎第八位皇帝，登基于1505年。他是一位残酷与荒淫无耻的皇帝。每夜都跟宫人一起喝酒，醉后杀人。中国使臣何千惜看到威穆皇帝的行为，作诗把他叫“鬼王”：“安南四百运尤长，天意如何降鬼王。”黎襄翼皇帝是后黎第九位皇帝，登基于1509年。他是一位荒淫无度的皇帝，诏前朝的宫人进宫奸淫。明朝的使臣到越南，见黎襄翼后，说他有猪的相貌。所以民间把他叫“猪王”。

② 莫登庸（莫太祖，1483—1541），创立莫朝（1527—1592）。

③ 阮淦（1468—1545），越南黎朝初期的名相，是黎中兴时期的奠基人。

④ 郑检（1503—1570），第一位郑主，在北边开创了黎—郑政治局面。

自从被莫家篡位，后黎朝仅剩下政治上的空头地位，可后黎朝的名义在政治方面又极为重要。在社会层面，后黎朝被尊为正统；在政治层面，后黎朝为合法政权。因此，为了巩固其势力与地位，郑主并不敢废黎家以建立新朝廷，而采取“挟天子以令诸侯”的做法。深入黎中兴时期来看，国内主要存在两个势力，分别为北方的黎郑与南方的阮氏，双方皆有称雄之姿。郑氏和阮氏这两个政治集团的矛盾导致一系列的军事冲突，留下了长久深远的严重后果。统治阶层的压迫使得社会问题层出不穷，党锢、偷盗风起。从此可以看出，黎中兴作为一段动乱时期，兼有内乱与外祸，也使得社会文化产生了很大程度的变化，有了一定的发展。[①]

后黎朝建国时期，儒教地位得到一定程度的提高；黎中兴时期，在儒教思想上产生了多教融合的趋向。儒士阶层的扩大、儒学思想上的宽容皆是这一时期的重要表现。而天主教的传入对于黎中兴时期精神生活面貌也产生了一定影响。

在此时期，儒学意识也进入了教育科举领域，而这也是思想宣传的关键。待至后期，官职聘选松懈，暴露出很多消极问题。考试内容空疏，多生舞弊之事，考场“贿考”层出不穷，乃至“生徒三官满天下”。学校内的学习、教授，往往因为贿赂行为，使学校考场变为地下的交易市场。[②]考试主题也常逃避现实，回避相关的时事性问题，陷入杂碎且烦琐的教条主义。然而，如果把后黎代科举的消极要素先放在一边，此时期的教育普及比前阶段确有实质性的进步。在此时期，汉字教育得到普及，会写会读、能够接触儒家书籍的人数

---

① 郑阮纷争时期，北边有黎—郑共治，南边由阮主统治。1627年，郑主（1577—1657），带兵攻打阮福源（1563—1635，南边的第二位阮氏家族的主王）。郑阮纷争结束在18世纪末，西山朝打败郑主与阮主，经过一百年分裂后，统一越南。

② 陈仲金：《越南史略（第二集）》，胡志明市：胡志明市出版社，2000年，第72页。

明显增加。

黎中兴时期，特别是从第17世纪开始，经过多年内战后，南北政治经济状况慢慢稳定下来，农民阶层的生活得到改善。在北部，自从永祚王即位（1619—1629），民间一度达到谚语所言“凉饭满锅无人食”的盛状。到郑柞（1606—1682）、郑根（1633—1709）与郑刚（1686—1729）统治之时，“战争已停，国内平治，所以那时各郑主才把各种法则、规律、税课事、学习科举事等重新更改、整顿”①。在南部，端郡公之时：市不贰价，民不偷盗，门不闭户，外商严纪，属实是一片欣欣向荣的场景。②为进一步繁荣国内经济，阮氏致力于“开眼看海外”，在此治理理念倡导之下，各国来往商船络绎不绝，地方小镇都俨然有大都会之姿。诸郡雄峙，各地人民安居乐业。南方则相对而言是一片新土地，与北方相比，经济发展能动性较强，生产意愿更盛，民众更愿意开垦新土、经商从贾。如果说十七八世纪越南北部有升龙、庯宪等大城，南方会安、嘉定、清河等城市亦不遑多让。大量商人聚集于此，与中国、日本、东南亚及西方诸国做生意，端的是一派繁荣景象。城市化与商品经济发展，也为文化上传统旧思想的瓦解、文学思想的解放创造了条件。

如此黎中兴时期的社会状况比前阶段更为复杂、繁杂，特别是受到了西方思想的影响，上述所有的社会因素导致上层意识形态产生变化，其中就有文学的变化。

二、后黎朝的文化背景

后黎朝的文化发展与其国势国运有着分不开的联系。经陈朝的动荡局势之后，越南北境的反明斗争此起彼伏，实质上已使其地

---

① 陈仲金：《越南史略（第二集）》，胡志明市：胡志明市出版社，2000年，第72页。

② 阮潢（又称主仙或阮太祖，1525—1613）是扩大越南南方边界的先锋，在南边建立阮朝，包括十三王。

构成半独立乃至独立的局势。公元1418年,越南清化省梁江蓝山乡(今越南清化省寿春县)豪族黎利于当地宣布起义,自称“平定王”,史称“蓝山起义”。经黎利率领军民近十年斗争,明军最终于1427年(明宣德二年)罢兵休战,弃守安南,将军队撤离。次年,黎利称帝,改元顺天,是为黎朝。1431年,黎朝得到明朝的追加认可,双方恢复了朝贡贸易。不涉及内政的友好宗藩关系在这一时期得以基本确立。①

基于对时势的判断以及对中越关系的重新审视,原为义主的黎利在登基之后,一反前代胡朝以战立国、对抗明朝的方针政策,转而吸收明朝的文化体制,为己所用,致力守成。黎利的举动,主观上无疑是为了与民休息教化,客观上也为这一时期的文化思想注入新的活力,展现了新的生机。纵观黎氏一朝的经济政治文化状况,可以发现,黎利为越南定下的基本国策就是:政治上保持独立,与明朝进行切割;文化上保持认可,向明朝进行学习。在黎氏一朝前期,这一国策显然实用且有效,使得中越双方保持了一段相当长的和平发展期,因此文化上越南受中国影响颇深。

不同的国内状况、国际态势造就不同时期的基本国策。黎利为越南定下的政治独立、文化认可的基本国策,使得这一时期的越南在社会意识上普遍一改与明朝对立的观念,在社会文化上普遍更为注重与明朝关系的“软化”,总体上显得更为务实与理性。整个越南社会,自上至下地、从行政框架到文化教育,均表现出强烈开明的向明朝学习的心态,乃至颇有“他山之石可以攻玉”的文化潜意识。

《大越史记全书》载:“太祖立国之初,首兴学校,祠孔子以太

---

① 尤建设:《略论自主时期的中越文化交流》,《许昌学院学报》2008年第4期。

牢,其崇重至矣。”① 太祖者,黎利也。黎利建国伊始,即兴办太学,以太牢之礼祭祀孔子,对孔子推崇备至,可见黎利早有为黎氏一朝乃至越南社会定下“尊孔兴儒”的文化基调。黎利本人对儒家思想的践行可说是较为透彻的,史载黎利下诏遍求贤才,云:

> 今朕膺兹重责,夙夜祗惧,若临深渊,正以搜贤弼治之未得人也。……苟有文武知识之才,堪临民驭众者,朕将随而授用焉。且进贤受上赏,古道然也。若举得中才,则升爵二等,或举得才德俱优超绝伦等,必蒙重赏。②

黎利之尚贤思想,与孔子所言之“举贤才”如出一辙,且黎利更着重强调“进贤受上赏,古道然也”,即是自古以来的事,此处更能显现黎利本人对儒学的由衷推崇。就黎利对儒学的推崇,《大越史记全书》评价道:“所谓仁者无敌于天下,其帝之谓欤。”③“仁”作为儒家学说的核心思想,被黎利接纳并加以改造到政治实践当中,本身就较为难得。实际上,这一评价不仅说明权力金字塔顶峰对儒学的由衷推崇,更暗示了以吴士连为代表的中高阶层对儒学的全面认可。由此观之,有黎一朝,儒家学说自上而下、由朝入野地风行实是自然而然的事。对此,重臣阮廌《贺归蓝山》诗赞:

> 权谋本是用除奸,仁义维持国世安。台阁有人儒席暖,边

① 吴士连:《大越史记全书》,河内:社会科学出版社,1993年,第577页。
② 同上书,第549页。
③ 同上书,第578页。

陲无事柳营闲。[①]

作为权力精英的阮廌同样坚信，权谋是用以除奸和扶植政权的手段策略，而仁义才是国之根本，是维持国家运行长治久安、较权谋更为高级的战略方法。黎利仿效儒家施行仁政之后，得到令阮廌欣喜惊叹的一派盛世太平景象：台阁中的官吏勤耕政事，应接不暇，乃至坐席都常常是温的；放眼边陲，柳营中的戍边将士因长期无战事而显悠闲。可见，黎朝"尊孔兴儒"的文化理念，是令人心悦而诚服的，取得了显著效果。

开朝盛世的到来，让统治者对儒家学说的推广更加不遗余力。黎朝前期十分注重教化，多以教育方式向民间授以学识，如修建太庙、设立学校及藏书库等。例如，吴士连就认为，作为开国之君的黎利，定律令、制礼乐、设科目、收图籍、创学校，是其可观之施为、创业之宏谟[②]，而太宗黎元龙"每朝暇，亲诣经筵讲学，日西乃辍"[③]，对教育同样尽心尽力。光顺八年（1467），圣宗黎思诚鉴于"监生治诗书经者多，习礼记、周易、春秋者少"，乃"置五经博士、专治一经以授诸生"。[④]在教育科考方面，儒学不但得到统治者推崇，还能根据时务做出相应调整。

儒家学说的盛行，带来的是统一的社会价值观，以及由此产生的巨大文化向心力。宪宗黎鏳居东宫时，即作《送东阁学士申仁忠荣归拜扫》诗以言志：

---

① 赵瑞：《阮廌〈抑斋遗集〉的整理与研究》，成都：西南交通大学硕士学位论文，2015年，第70页。

② 吴士连：《大越史记全书》，河内：社会科学出版社，1993年，第578页。

③ 同上书，第599页。

④ 同上书，第662页。

几年逐地演经纶，暂假荣归拜新枌。清案面辞东阁月，故虚情望北江云。乡心无限三杯酒，亲念难添四尺坟。须信显扬真是孝，好推此意答明君。①

诗中太子黎鏳与东阁学士赠别，力赞申仁忠此人，其集数年累月之功演经推纶，实为道德标榜，几乎是怀乡敬孝之完人，从中可见黎鏳对合乎儒家礼数行为的推崇鼓励。景统二年（1499）黎鏳即皇帝位不久，即发布诏谕：

世道隆污，系乎风俗；恩俗微恶，系乎气数。易曰：君子以居，贤德善俗。书曰：弘敷五教，式和民则。诗曰：其仪不忒，正是四国。礼曰：齐八政以防淫，一道德以同俗。圣经垂训，炳炳足征，古昔帝王，御历膺图，抚己酬物，莫不迪兹先务也。我太祖高皇帝，辑宁家邦，肇修人纪；太宗文皇帝，懋昭天宪，笃叙民彝；圣宗淳皇帝，敷贲前功，和沦大化。神传圣继，矩袭规重。仁心仁闻，洋溢乎华夏；善政善教，渐被于际蟠。兆民孚嘉靖之休，亿载衍登宏之盛。朕尊临宝位，祗绍光猷，躬孝敬以端建极之原，首纲常而阐敷言之训。上行下效，既式底于咸宁；长治久安，欲永跻于丕绩。特申条约，用列左方。故谕。②

此则诏谕的颁布，实质上是为构建民众阶层统一的道德标准及行为规范，重申官僚向儒的价值导向及行为准则，儒学的教化对各阶层的作用在此诏谕中尽显。

① 张娇：《〈全越诗录〉纪事与诗人生平考》，成都：西南交通大学硕士学位论文，2015年，第140页。

② 吴士连：《大越史记全书》，河内：社会科学出版社，1993年，第662页。

在黎朝海内安宁、家给人足的稳定社会环境下，儒学的兴盛使得这一时期大量人才涌现，以汉文学、喃字诗等为代表的文化内容进入蓬勃发展期。在权力金字塔顶端，黎朝皇帝本身就十分喜爱文学，其中尤以圣宗黎思诚为甚。圣宗爱好文学，曾与东阁大学士申仁忠等人组成互为唱和的文学团体，乃有“骚坛二十八宿”之称，是为诗坛佳话。统治者的极力推崇，使得诸多散文家、诗人都怀以满腔热情，投入汉文学的创作中来，其中较有代表性的有创作雄文《平吴大诰》的阮廌、左都督驸马独尉黎权、海阳承宣宪查使司宪查使杨直源等。女性文学家亦不在少数，例如书、诗、文三绝的圣宗朝女诗人吴芝兰、黎朝末期的“喃字诗女王”胡春香等。

三、黎中兴的文学发展概况

1428年，在越南，黎利（后黎太祖，1384—1433）击败明朝军队后称帝，建立黎朝。后黎朝时期，越南社会虽然经历着巨大的转变和动荡，但文学迎来发展高潮。后黎朝推崇重儒抑佛的政策主张，在全国大范围推广儒学，兴科举。儒学的发展大力促进了越南汉文学的兴盛。

首先仍是诗歌的发展。其一是以黎圣宗皇帝（1442—1497）为代表的宫廷文学进入繁荣时期。黎圣宗是“盛黎”时期的创始人，他广开儒学科举，好音律诗歌创作。1494年，黎圣宗组织“骚坛会”，即越南文学史上最大规模的文坛组织。黎圣宗作为盛世皇帝，与前朝皇帝相比，为宫廷文学增添盛世大气之风，开阔胸襟。例如《安邦封土》：

海上万峰群玉立，星罗棋布翠峥嵘。鱼盐如土民趋便，禾稻无田赋薄征。波向山屏低处洒，舟穿石壁隙中行。边氓久乐承平化，四十余年不识兵。

"鱼盐如土""四十余年不识兵",黎太宗赞颂自己的丰功伟业,语气非常之自信,为自己大唱赞歌,乃盛世之体现。

其二是创作阶层范围的扩大化,文学内容也在不断转化。后黎朝步入封建社会昌盛与衰败的过渡期。这一时期文学作品的主要内容,由以往的功德赞颂转变为对社会局势混乱动荡的思考、对百姓大众的民生疾苦的同情,与文人学者的复杂情感等的描摹抒写等。

阮廌(1380—1442),越南古典文学三大诗人之一,是越南卓越的军事家和思想家。历史学家陈辉燎评价他说:"翻开我国的封建历史,我非常敬佩姿态各异的民族英雄,但最令我敬佩的是阮廌。"阮廌在乱世之时为抗明立下汗马功劳,黎朝建立后,受封官位,一时风光无限。但好景不长,被奸人诬陷归隐山林,最终被杀害。阮廌的诗歌兼具豪迈与浪漫,见于《观阅水阵》:

> 北海当年已戮鲸,燕安犹虑诘戎兵。旌旗旖旎连云影,鼙鼓喧阗动地声。万甲耀霜貔虎肃,千艘布阵鹳鹅行。圣心欲与民休息,文治终须致太平。

上诗创作于黎朝初年,展现水兵的浩然气势,画面恢弘。全诗慷慨激昂,对于新生的和平政权充满着希望。但步入后期,阮廌深受政治迫害,看破红尘归隐山林,见于《偶成》:

> 世上黄粱一梦余,觉来万事总成虚。只爱山中住,结屋花边读父书。

面对仕途的迷茫与无奈,阮廌只能辞官退隐山林。黄粱一梦,万事为虚，已然看破红尘，只愿读他父亲的书。其心态发生极大变化，无奈之中又掺杂着悲凉心境，无限感慨。

然后是文学体裁的多样化。15世纪之前越南文人所接受并创作的大多是诗或赋，而此时的创作除碑记、赋、诗等繁多的文学体类外，传奇、文学记、志、小说、词、曲等种类也普遍吸引文人进行创作。例如，阮梦荀是15世纪上半叶最有名的汉赋作家，《群贤诗赋》中就收有41篇他的作品，其中名篇有《蓝山佳气赋》《后白藤江赋》等。在《蓝山佳气赋》中，阮梦荀先是歌颂“蓝山”之精气，再歌颂黎利之“大气”，全篇文风精湛，气势庞大，颇有盛世之风。

随着封建体制的日益衰落，传统的文学形式已不能完全满足精神需求，《传奇漫录》应运而生。《传奇漫录》属汉语散文体，夹杂一些骈文和诗歌，现存四卷，每卷五个故事。其书以越南人为主人公，以辩论和叙事形式为主，在历史架构中建造人物故事，它有力地抨击当时时政，反映社会现实。如在《李将军传》中，刻画了一个无恶不作的李将军形象，称其“权位已高，欲行不轨，贪婪无度，有害于民”。

再者是喃学文字的繁荣。上文提到13世纪之时，国音喃字已有定型，黎朝建立后，黎圣宗下诏搜集胡季牦用喃字所写的手谕以及诗歌，他本人也积极使用喃字创作，并鼓励朝臣也用喃字进行诗歌创作。

阮廌《国音诗集》即现存第一部完整的喃字诗集，诗集采用唐律体所作，属于喃字诗歌成长阶段的作品。到了15—16世纪，喃字诗歌不仅文学作品数量繁多，质量也得到提升，汉语诗歌难以为继，而此时喃字诗歌进入繁荣时期。这一时代代表人物有阮秉谦（1491—1585），其作品有《白云国音诗集》，采用唐律诗体。阮秉谦在文学作品中大力抨击朝政黑暗、人心浮躁、世态炎凉，见于《憎鼠》：

老鼠你为何不仁/暗地里偷吃偷喝/田野只有干稻一把/仓里不剩稻米一粒/农民辛苦与抱怨/田夫瘦弱与哭泣

此诗语言生动写实，画面感十足，在继承传统之上吸收民间文学语言，诗句朴实且有特点。

除诗歌外，此时也涌现了越南的“三大古典名著”，分别是邓陈琨的《征妇吟》、阮嘉韶（1741—1798）的《宫怨吟》及阮攸（1765—1820）的《断肠新声》（《金云翘传》）。这些作品吸收中国文化故事，以戏剧写实的笔法刻画底层群众的艰辛，反映了当时的政治社会环境，兼得文学价值与历史价值。

越南文学通过对明、清代文章体式小说的接受，特别是通过与越南本土文学相结合，带来了新文学种类的出现，促进了民族文学发展，使此阶段的文学达到发展的高峰。这时期，词在越南文坛上获得了新的发展，词作数量也远超过前阶段。

后黎朝作为越南古代封建社会的鼎盛王朝，其社会生产力的迅速发展与相对稳定的国内外环境，成就了越南文学的发展。早在10世纪以前的越南上古时代，越南本土就诞生了口头文学，后期随着儒家文化的传入，汉文诗歌逐渐成为越南文学的中流砥柱。从宫廷贵族到平民儒士皆有创作，以黎太宗为首的宫廷文学也由早期的稳重风格，转变为黎朝时期的昌盛气象。

汉文诗歌的传入对于越南文学发展有着举足轻重的作用，所创作的诗歌类型丰富多彩，边塞诗、田园诗皆有很大发展。但越南文学的发展绝不是汉语文化圈的复制，它拥有自己独特的思维方式，并且体现在散文、传奇录等文体的创作当中。更为重要的是，国音喃字的发明与传承，使得越南人用喃字进行自我创作，涌现出诸如阮廌的《国音诗集》、无名氏所撰的唐律体的《王嫱传》等一类作品，以及后期创作的喃字词作等，对越南文学来说意义非凡。

第二节　黎中兴时期的汉词

一、黎中兴时期的词家与词作存本情况

（一）词作存本情况

越南汉词的研究当中，文献的地位不言而喻。由于这些词作只是散落记于不同的书籍，有的还能保存至今，有的早已散佚；有的较为完整，有的却只知名目，年代及作者皆不可考；有的混抄在中国书籍文献中，有的甚至是伪作。在越南汉词创作背景复杂的前提下，本文只能尽力展现出越南汉词在越南后黎朝时期成就，作为研究后黎朝词作的先导。

越南现存的汉文文献绝大部分保存在河内汉喃研究院该院学者陈义主编的《越南汉喃遗产书目》中。[①]按照越文字母顺序对这些文献作了著录，根据该书目越南汉文文献中似乎有不少词作品。但据我们多次实地调查该目录所说的含有词的作品绝大部分并没有词。2002年，王小盾先生主持对这些文献按四部分类法重新著录，编成《越南汉喃文献目录提要》[②]，在中国台湾地区出版，这部提要中对词的著录就更少，但也更为准确。

根据越南学者范文映[③]的考察结果，越南后黎朝时期共有10位作家与75首词，没有词集，见表一。

---

① 陈义：《越南汉喃遗产书目提要》，河内：社会科学出版社，1993年。

② 刘春银、王小盾、陈义主编：《越南汉喃文献目录提要》，台北："中研院"中国文哲研究所，2002年。

③ 范文映：《越南中代文学的词体类研究》，河内：越南社会科学翰林院博士学位论文，2014年。

表一　越南后黎朝时期词作者及词作表

<table>
<tr><th>序号</th><th>作　　者</th><th>文献藏词的名称</th><th>文献体类</th><th>词的数量</th></tr>
<tr><td>1</td><td>团氏点（1705—1748）</td><td>《传奇新谱》</td><td>传奇</td><td>6</td></tr>
<tr><td>2</td><td>陈名琳（1705—1777）</td><td>《百僚诗文集》</td><td>文集</td><td>1</td></tr>
<tr><td>3</td><td>黎光院（？—？）</td><td>《华程偶笔录》</td><td>诗集</td><td>4</td></tr>
<tr><td>4</td><td>邓陈琨（？—？）</td><td>《名言杂著》</td><td>诗集</td><td>10</td></tr>
<tr><td>5</td><td>阮玉蟾（？—？）</td><td>《名言杂著》</td><td>诗集</td><td>9</td></tr>
<tr><td>6</td><td>阮辉映（1713—1789）</td><td>《硕亭遗稿》</td><td>诗集</td><td>9</td></tr>
<tr><td rowspan="3">7</td><td rowspan="3">吴时仕（1726—1780）</td><td>《英言诗集》</td><td>诗集</td><td>7</td></tr>
<tr><td>《英言诗集（下）》</td><td>诗集</td><td>10</td></tr>
<tr><td>《午峰文集》</td><td>文集</td><td>2</td></tr>
<tr><td>8</td><td>范阮攸（1739—1786）</td><td>《石洞先生诗集》</td><td>诗集</td><td>5</td></tr>
<tr><td>9</td><td>佚名</td><td>《鸿渔昼绣录》</td><td>诗文集</td><td>1</td></tr>
<tr><td>10</td><td>佚名</td><td>《花园奇遇集》</td><td>小说</td><td>9</td></tr>
<tr><td>共计</td><td>10</td><td>11</td><td></td><td>75</td></tr>
</table>

通过考察，词作在这段时间的存本可分为以下两类。

第一，词作收录于诗集。如阮辉映《硕亭遗稿》收录了9首词，范阮攸《石洞先生诗集》收录了5首词。在诗集中，词作和诗作混在一起，词作的数量往往比诗作少。诗与词在数量上的巨大差距，说明后黎朝时期的作者其所长是诗而不是词。把词放在诗集里的方式，也可以说明在当时作者的观念中诗与词一样都可以述志，不存在功能分别。中国词学研究家所说的“诗庄词媚”等观点，在此阶段的越南汉词作者的创作潜意识中，似乎界限并不明确。

第二，词作见于传奇、小说。如佚名所著《花园奇遇集》收录9首词，团氏点《传奇新谱》收录6首词。不仅是后黎朝时期的作者，这样的现象在越南后黎朝时期也很多，词作经常被作者放在诗集或者被运用在小说中，作为小说文本的一部分，或者是作为小说附属而存在。

在诗集藏书里，词与诗混在一起，词的数量比诗少。不仅体现在诗集，在文集也有类似的现象。从此可以看出，在各藏书里，特别是在诗集当中，词都是作为诗的“从属”，而诗与词之间巨大的数差，使笔者可以肯定，黎中兴时期的作者其所长是诗而不是词。他们创作词作只是仿佛“游戏自由”，只是戏作而已。如阮辉映在《阮郎归》词作里也有类似如“头簪戏作”。或者吴时仕，他在清化当官之时已经创立“观澜巢”，曾经创作了一组10首关于观澜美景的诗歌。后来，吴时仕在义安省当官之时再创作10首词，词题名《观澜十景词并引》，词的引言翻译如下：

> 此时我在义安试院，诸事悠闲，突然想到在清化观澜巢游玩时兴致，只恨没有费长房的仙术而能经常回去看看。记得巢前边有山、水、花、石，有如别去好久的故人，想再相见。再作十首词以便形容诗里未完之意，以述悠悠之情。

按意而推，此10首词还是“诗余”，是诗的补充而已。

在《英言诗集》中收录有3首诗，主题为送别友人出远为官，还附了1首词《喜迁莺》。在《午峰文集》中，文的篇尾出现词作并阐述此文的意义，在《重阳无诗记》中也是类似的作用。吴时仕指出，重阳日为重要节日，应该有诗才行，可由于还没有诗只好暂时作《江南》调词作以便记录重阳节，即《重阳无诗记》。明明作词比作诗难，而通过作者的说法却可看出，在他的观念中诗的地位比词高，是"没有诗才暂时作词以用"。

不仅在诗集里，在文集里词也是处于类似状况中。《午峰文集》有72篇文，只有2首词。就算应用词的小说，小说里的词的占比亦不高，如团氏点《传奇新谱》中的《云吉神女》有5首词、《碧沟奇遇记》有1首词，小说《花园奇遇集》有9首词。

考察黎中兴时期词作的存版状况，可以看出此时作者对于诗与词没有功能分辨，词还在诗范围内，就是当时的作者多称它为诗余，因此它的位置比诗或越南中代的其他文学类型略低。一些原有书籍被后代重新编辑，内容在一定程度上会产生变化，也有些书籍完全保存着原来的面貌，而诗集里部分词作的记录也不完全一样。在《名言杂著·抚掌新书》《硕亭遗稿》《英言诗集》《裕庵吟集》《珠峰杂草》里对各词做单独记录，看其制作与格式，当时的作者分辨诗与词已经有一定的意向。虽然此阶段的作者不直接发表他们关于词学的观念，但于上述部分可以看出，对于大多数作者来说，在观念上词还属于诗的范围内，词与诗没有功能的明确分辨，但词地位低于诗，这也是词在越南并不普遍的原因之一。

（二）作家特点

从越南第一首词出现至后黎朝之前的时期，越南只有3位作者创作词，而且词的数量确实很少，只有5首词。经历了长期的沉寂以后，到了后黎朝时期，词作重新出现在越南文坛上，这段时期越南各儒士所创作的词数量远远超过前阶段。其中有8位可知姓名的文人创作词，分别是：

（1）团氏点（Đoàn Thị Điểm，1705—1748），号红霞女士，她的文学著名作品有《传奇新谱》以及将邓陈琨的《征妇吟》从汉字译成喃字的《征妇吟演歌》。团氏点被认为是当时美丽及文章才能出众的女艺人。

（2）陈名琳（Trần Danh Lâm，1705—1777），具体生平不详。

（3）黎光院（Lê Quang Viện，？—？），生平不详，现没有具体材料记载，只知他曾出使清朝。

（4）邓陈琨（Đặng Trần Côn，？—？），生卒年不详，通过其他史料可以断定，他生活在18世纪上半叶。他的学识颇有盛名，以文章名世，天下以为才子，自号懒斋，因名其集曰《懒斋遗稿》。据传，当时升龙经常有火患，因此京城禁火，邓陈琨挖穴掌灯，彻夜学习。其学习精神在越南文学史上被传为佳话。他的文学作品最有名的是《征妇吟》，还留有汉诗赋《潇湘八景》《张翰思莼鲈》等。

（5）阮玉蟾（Nguyễn Ngọc Thiềm，？—？），生平不详，还未找到关于他的生平材料。他是邓陈琨的朋友，喜爱诗文，经常跟邓陈琨与几个朋友一起作诗。

（6）阮辉映（Nguyễn Huy Oánh，1713—1789），字京华，号留斋，后黎朝时期的大臣与著名文家。阮辉映擅长天文，地理，历史，哲学和有绘画天赋。他留下了大量著作，包括近40种书，但已经失传很多。目前只存8种书，含《北舆集览》《锦旋荣录》《初学指南》《奉使燕京总歌并日记》（即《奉使燕台总歌》）等。

（7）吴时仕（Ngô Thì Sĩ，1726—1780），号午峰、二青居士，他是吴时忆之子，吴时任之父。吴时仕有文学名著《闺哀录》哀悼自己妻子，《午峰文集》《英言诗集》则记自己生平所做诗文，他的《观澜十景词》及《二青洞集》专门吟咏谅山的美丽风景。

（8）范阮攸（Phạm Nguyễn Du，1739—1786），字孝德，号石洞。越南后黎朝的历史家，文学家。文学作品现存《断肠录》《南行记得集》《石洞先生诗集》等。

考察此阶段词作者的队伍，可见他们大多数都是儒士阶层，在封建朝廷上都是有身份、有地位、有名望的重要人物，如范阮攸、吴时仕、阮辉映、黎光院等。吴时仕官至海洋御史监理、艺安督桐。阮辉映探花及第，官至户部尚书、参赞，被评价为永友（1735—1740）、景兴（1740—1786）时期的诗歌"领袖"之一。黎光院，按照《华程偶笔录》记载，他曾经作为使臣出使清朝（1773），按此记录可知，黎光院也应是当时一位很有地位的人。

团氏点是著名的女文学家，她不仅精通汉语，创作了著名的《传奇新谱》，对喃字也十分精通。她曾把邓陈琨著名的汉文长诗《征妇吟》翻译为喃字的《征妇吟演歌》，其译笔被众人评为"洗练传神"。[①]阮桥（她的丈夫）对她评价也甚高，将其与中国的著名女文人班超和苏小妹相比。

其他的一些作者虽未入朝为官，但都因诗歌才能而闻名于时。如邓陈琨，学识颇有盛名，以文章闻名于世，他的学习精神在越南文学史上被传为佳话。邓陈琨与他朋友阮玉蟾在《名言杂著·抚掌新书》中留下来19首汉词。[②]

《花园奇遇集》，是一部无名氏创作的汉文小说。在此作品里的三个主角：赵生、兰香与蕙娘，都是多才多情的人。这部小说只有46页，却于其中创作有70余首诗与词。在其中一节，蕙娘一人一时

---

① 《征妇吟》是越南黎朝后期著名文学家邓陈琨用汉语文言文撰写的七言乐府诗。它同阮嘉韶的《宫怨吟》、阮攸的《金云翘传》、阮辉似的《花笺传》一并被列为越南古典文学四大名著，亦是这四部文学著作中唯一使用汉字进行创作的作品。

② 《名言杂著·抚掌新书》，越南汉喃研究院图书馆，典藏号：A.1073。

吟咏出15首诗,兰香朗诵14首诗,高兴的时候三个主角一起吟诵了57首诗。可见作者具有深厚的文学才能。从此我们可以断定《花园奇遇集》作者肯定是一位有真正才学、知识渊博的人。①

从后黎朝时期的作者队伍里可以看出,他们大多是当时统治阶层里学问高,且德高望重的人。所以可认定,在当时的封建思想约束之下,只有这些作者才有可能创新、超过平常界限,接受并试验最新的文章类型。但是与诗不同,词不仅需要遵守平仄、押韵规范,还需要分四声,有正体变体等复杂形式,因此,对于当时的越南人来说,掌握词这一文体的难度不小。

从15世纪到后黎朝前期,越南文坛没有产生任何词作。所以,黎中兴时期,文坛再一次出现词,也成了一个新信号,证明词在越南的接受环境与词家的创作观点有了一定的改变。可在这300余年时间内,词作数量仅有70多首,而且在此阶段,全部的词作都是作为诗集、小说、文集中的一部分内容而存在。当时的作家们把词作跟别的文学体类混在一起,而不是作为独立的文学形式呈现,可以断定后黎朝时期的文学家对词的重视程度不高。

二、黎中兴时期词家填词的影响因素

缺席很长一段时间后,"词"慢慢地在黎中兴时期重新出现。黎中兴时期的词作者多为政坛显要、贤才名士,可以看出,在当时封建思想约束下,只有这些作者才有可能创新突破,接受并试验最新的文章类型,特别是词类——这种被视为体类不正、地位低下的文学体类。

词虽然不是应用于考试的文章体类,且并非广泛传播的文学体类,但词的创作者无一不是学问高深、功名卓著,如阮辉映、吴时仕、

① 《花园奇遇集》,越南汉喃研究院图书馆,典藏号:A.2829。

范阮攸、潘辉益等。词对于他们而言并不陌生，有大量中国作者的作品可供参考，因此接触中国文学巨匠的作品、记录书籍的时候，此时期的越南作者在不同程度上都与词有过接触。

至黎中兴时期，中国词类此时已经到达辉煌的顶点，可以说与唐诗的数量及其艺术成就相当。在文化交流及相应书籍或出使活动等的影响下，黎中兴时期的越南作者对于词类必有所了解、有所学习。这个时期及稍后时期的作者有两位曾经出使中国，分别为阮辉映、潘辉益。阮辉映所创作的各首词，从内容可看出创作于出使之后。潘辉益有13首词记录在《裕庵吟集》，其中有12首词创作于1790年，即出使中国的清高宗乾隆五十五年。

同吴时仕一样，范阮攸以及当时文士，包括有探花之名的阮辉映与黎光院副使本就通晓汉词，在出使之时他们就能与中国当时有着较高水平与创作水准的人士进行交流，接触更多作品，这也是促进他们重新创作的因素之一。

从其他角度看，吴时仕、阮辉映与范阮攸之间有密切关系，他们经常一起酬集唱和。吴时仕在清化做官时已经建立“观澜巢”，作为集合诗友吟诵之所，在组织上已经颇具文化诗词交流的学派气。在这里，吴时仕创作了10首关于观澜风景的《观澜十景词》，此后关于观澜风景的主题受到阮辉映、范阮攸、阮茂秦与其他文士的积极响应，并一起创作了许多作品。因此，对于上述作者，创作词不仅受其所学、出使经历的影响，还与文人间的互相影响有关。

团氏点住在升龙碧勾街，当时这里是高级职官的住所，文人常在此聚会，为她跟当时文士交流提供了很多机会。《传奇新谱》是按阮与的《传奇漫录》体式编写的作品，根据作品里的词，可以看出团氏点的创作接受了元明代小说与戏曲的影响，其中就包括明朝剧作家汤显祖的《牡丹亭》。[①]

《花园奇遇集》，依笔者考究，是在《刘生觅莲记》与《寻芳雅集》（收于明代吴敬圻的《国色天香》艳情小说总集）两部小说的影响之下创作的。《花园奇遇集》受到上述两部小说的影响，创作了很多诗与词。《花园奇遇集》里的《临江》词几乎完全模仿《刘生觅莲记》里词的句式和形式。显而易见，《花园奇遇集》受到了明代小说创作特点的影响。

对于创作者而言，社会背景同样影响着填词动机。当时黎朝虽然称为复兴，可实际上所有的权力都在郑主手里。在封建制度历史当中，两种势力同时存在是越南儒家从未遇到的局面。黎王有正名，郑主有实权，对于儒家来说，难以抉择。儒上们虽然想向着黎王，但也只能屈服于郑主的威权，况且选择出仕，实际上就是在为郑主服务。此阶段的社会现实比以前更加复杂、纷乱。上层政局及意识形态的变化直接反映到文学作品中，带来了文学作品思想内容的深刻变化。如果说黎朝前期的文章主要着重在国家重大问题上，到此时，文章有朝平民化、个人化，即表现个人思想情感的变化趋向，如《闺哀录》与《断肠录》等作品。自从受到明、清代文章体式如小说以及民族文学类型（六八体、双七六八体诗歌）作品的影响，文学特别是喃字文学如《金云翘传》《宫怨吟》等作品，都深刻表现出儒

① 汤显祖（1550—1616），中国明代戏曲家、文学家。字义仍，号海若、若士、清远道人。汉族，江西临川人。汤氏祖籍临川县云山乡，后迁居汤家山（今抚州市）。出身书香门第，早有才名，他不仅于古文诗词颇精，而且能通天文地理、医药卜筮诸书。三十四岁中进士，在南京先后任太常寺博士、詹事府主簿和礼部祠祭司主事。明万历十九年（1591）他目睹当时官僚腐败，愤而上《论辅臣科臣疏》，触怒了皇帝而被贬为徐闻典史，后调任浙江遂昌县知县，一任五年，政绩斐然，却因压制豪强，触怒权贵而招致上司的非议和地方势力的反对，终于万历二十六年（1598）愤而弃官归里。家居期间，一方面希望有“起报知遇”之日，一方面却又指望“朝廷有威风之臣，郡邑无饿虎之吏，吟咏升平，每年添一卷诗足矣”。后逐渐打消仕进之念，潜心于戏剧及诗词创作。

学家个人的感情与思想、男女爱情、自由恋爱等问题。可以看出在这段时间，儒士的思想和心态较之前更加宽容。这也是为什么这时期越南儒家对词的态度比较温和，容易接受这种“艳色”的文学。

总之，影响后黎朝作者填词的因素可概括成四点：词学影响、中国书籍影响、出使接触影响、各作者互相影响。这时期，越南文人士大夫对词体持开放宽容的态度，所以他们在文学创作中也注意填词，但没有收到政权王者的支持，所以作者与创作数量并不多，没有词集、词话等，填词仍不被重视，只是创作其他体裁文学时的余作。词诗之别，在这一时期各位作家的创作中也没有清晰地体现出来，所以从艺术方面来看词作并没有十分重大的价值。不过越南儒家对词的态度已经开放了许多，说明他们的创作思想已经有了变化，这也是阮朝时期词再一次复兴，并进入越南词发展最为快速的阶段的前提。

第三节　黎中兴时期的词作内容

一、抒情词

“诗言志、词言情”，词人大都通过作词来抒发情感，以物抒情，借景言情。抒情词这一类题材便是如此，常常通过对景物的描写触景生情，进而表达自己的主观情感，展示丰富的内心世界。

“抒情”是历代词论家对词体本质的普遍认识。情是词体的特质，晚唐、五代之时，词论家虽未明确以抒情规定词体，但已初见端倪；主情是明代词学一大特色，也是明代文学批评的共同特点；清人继续肯定抒情为词体特质。[1]

---

[1] 欧明俊：《词体抒情本位界说及其价值重估——词体界说之反思系列之一》，《学术研究》2015年第6期。

越南文学史上，在黎中兴时期之前，词的创作数量非常稀少，只有3位作者创作仅仅5首词。直至黎中兴时期，词作才重新在越南文坛上活跃起来，并且词作数量大大超前，这些词作很大程度上都借鉴了中国的词体文学，因而越南词作也有众多抒情词。现择善者列举如下。

春光好 · 春词

春光似画，暖气微。爱日迟。桃花含笑柳舒眉。叶乱飞。　　丛里黄莺睍睆，梁头紫燕喃呢。浩荡春闺不自持。掇新词。

本作借用中国词牌名“春光好”，“春光好”原属于唐教坊曲名，后用作词调。因晏几道词有“拼却一襟怀远泪，倚阑看”句，又改名“愁倚阑令”，或名“愁倚阑”，又名“倚阑令”。

这春天的风光，景致好似画一般美丽，天气微微转暖了，日子也渐渐变长了。桃花开了，好像在对人微笑一般，春柳从睡梦中苏醒过来，抽出翠绿的枝条，枝叶随风摇曳，仿佛在舒展它的眉梢。丛林里的黄莺发出婉转清亮的嗓音，梁间的燕子在窝里轻声絮语。这美丽的春色让我在这春日的闺房中情不自禁，忍不住想要作一首新词。这一首词描绘了一幅桃花含笑、枝叶飞舞、紫燕呢喃的春日画卷，以景抒情，抒发作者对于春天的无限喜爱之情。

一剪梅 · 冬词

玄冥播令满关山。鸿已南还。雁已南还。朔风凛冽雪漫漫。遍倚栏杆。倦倚栏杆。　　拥炉尚尔觉青颜。坐怎能安。卧怎能安。起观姑射落尘间。花不知寒。人不知寒。

本词词牌借鉴中国的词牌“一剪梅”，又名“一枝花”“腊前梅”“腊梅香”“腊梅春”“玉簟秋”“醉中”等。

词的大意为：冬天之神玄冥一声令下将冬天的气息洒满关山，鸿已经飞回南方了，雁也已经飞回南方了。在极其寒冷的冬日里，北风伴着漫天飞舞的飘雪，倚遍了每一寸相思阑干，也哀倦了每一寸相思阑干。围着火炉取暖仍然心念着青颜知己，又怎么能够舒服地坐着，又怎能安稳地躺着。起来看见仙姿玉貌的美丽女子落入这尘世间，在瞬息之间，花都不知道寒冷了，人也感知不到寒冷。这一首词通过描绘寒风凛冽漫天飘雪的冬日场景，用寒冷烘托出自己内心的浓烈的思念情感。

忆秦娥

巧样妆。这娇娘。现是观音幻道场。若教铁石，挂肚牵肠。　　书房好伴清光。人间万愿总寻常。何时与会，明日西厢。

这是团氏点《传奇新谱》中《碧沟奇遇记》的1首词。词牌名为“忆秦娥”，最早见于托名李白的《忆秦娥》(箫声咽)词。因词中有“秦娥梦断秦楼月”句，故名“忆秦娥”。“秦娥”本指的是古代秦国的女子弄玉。传说她是秦穆公的女儿，爱吹箫，嫁给仙人萧史。

这首《忆秦娥》词的大意为：这般娇媚的姑娘，身上装饰这般精美，眼前出现的场景犹如观音幻化出来的一样。如果铁石也能有生命、有知觉、有感情，必定会十分惦念、牵挂她。月色清亮，光辉恰好映照在书房，人世间千千万万人心中的愿景都是这么稀松平常。什么时候能够与这美丽的女子相会呢？就在明天西厢。这一首词描绘了如梦如幻的场景，有美丽娇媚的姑娘，也有明亮清辉的月色，表达了作者对女子的思念、爱慕之情。

二、叙事词

婉约和抒情是词在体式形成完备之初就已经奠定的基调。词学观点一向认为，词是一种典型的抒情文学形式，然而在词以婉约和抒情为主导的前提下，叙事词也是词作中重要的一部分。与小说、戏剧等相比，词的叙事风格是独特的，它多采用场景式或跳跃式的叙事手法，进行大量的细节描写和留白叙事；词的叙事性充分体现在词牌名、词题、词序和正文这四个方面，在各部分中词的叙事特征都有着不同的表现。[①]不同于传统的抒情词，叙事词将原汁原味的现实生活纳入写作范围，扩大了词的题材内容，为词注入了新的活力。

词本没有题目，只有词牌名。随着同一词牌名下词的内容渐趋相异，词人在作词时为了标明写作缘起、内容或与词相关的一些事，就在词牌名后加上了题目。在叙事词中，有很多都是直接通过题目来点题，当然更多还是通过词的正文内容进行叙事。词在叙事时，无论是短小精悍的小令还是长篇慢制的长调，都不可能进行完整的叙事。因为受词牌的限制，词的文本长度是有限的。因此小令就需要简短精要的叙事，而长调则可以采取铺叙式叙事。词在叙事时采用了片段式的叙事手法，大多数叙事性的词都是叙写某一个场景，某一个时间段内发生的事情。虽不能算作完整的叙事，但这种短小的故事情节却能引发读者的想象与联想，从而扩大词的容量。[②]现择善者列举如下。

---

①② 马巧灵、张永静：《浅析叙事词成因》，《白城师范学院学报》2011年第4期。

喜迁莺·送阮校讨出督谅山

九重龙旨。命使君出督，谅山重地。国家藩篱，朝庭赤子，条件总关处置。迢迢母山千仞，漠漠团城万里。到此处，想恋阙怀乡，十分情致。　　情致。何须道，自古男儿，要一方孤矢。幕府上功，神京报政，早晚又来朝陛。短亭如此暂别，奚用闲言相慰。且行矣。须云台事业，方将得意。

"喜迁莺"，词牌名，又名"鹤冲天""喜迁莺令""早梅芳""春光好""燕归来""万年枝""烘春桃李"等。这首词双调103字，为长调。在这一首词的标题"送阮校讨出督谅山"中，体现了标题的叙事功能，点名了事件缘由以及地点。

词开头言："九重龙旨。命使君出督，谅山重地。"直接通过正文的内容来进行叙事，讲述了在皇宫中，皇帝下圣旨指派使君出使谅山这一事件缘由，而后"到此处，想恋阙怀乡，十分情致"，"何须道，……短亭如此暂别，奚用闲言相慰"，"且行矣"，也对送别场景进行了详细描写，同时字里行间也传递出依依不舍的离别愁绪。

昼锦堂·门生恭贺大宗师春郡公院尊台致仕荣乡词

天佑斯文，帝生贤辅，表仪绅胄通班。历赞三朝治化，称德丕单。左辟宅师伊责副，迓衡昭义旦功完。浩然先，格引闲耆，游兴逸香山。　　些闻。斑衣舞，霓裳曲，高堂双庆朱颜。最喜家贤济美，舄奕卷抟。伫瞻蒲驷宾枫陛，重会冠绅拜查坛。齐声祝，稠叠绦人甲子，天下繁安。

"昼锦堂"，词牌名。"昼锦"：东汉班固《汉书·项籍传》载，秦末项羽入关，屠咸阳。或劝其留居关中，羽见秦宫已毁，思归江东，曰“富贵不归故乡，如衣绣夜行”，“衣绣”即“衣锦”，后遂称富贵还乡为“衣锦昼行”，简称“昼锦”，取趁着白天来炫耀富贵之意。

标题“门生恭贺大宗师春郡公院尊台致仕荣乡词”，直接点名写作缘由，巧妙运用了标题的叙事功能，交代了词为讲述门生对大宗师的祝贺。词的正文中也叙述了时代背景以及地点，通过对人物和场景的描写清晰讲明了事件脉络。

清平乐

寒钟报晓。玉女探花何早。一言解得心头恼。安用信传青鸟。　　韩生犹托小红。况吾所遇不同。不日佳音报到，整衣登广寒宫。

这一首《清平乐》通过一个个片断式场景的链接叙述了一个具有跳跃性的小故事。词中“寒钟报晓”和“玉女探花”言女子寻求爱情之心。“不日佳音报到，整衣登广寒宫”，从“佳音”“整衣”字眼当中可以看出女子终于等来期盼的结果，欢欣前往，其欢悦的心情溢于言表。

望江湖（南）· 戍妇寄征夫

自从别后守空帷。直到于今眉懒画，病愁腿（褪）却小腰围。欲啼恐人知。　　愁无奈，相见无片时。梦则怜郎身不到，花园几度蝴蝶飞。郎何日归期。（按：原作“梦则怜身不到”及“郎郎何日归期”，应误。）

这一作品描述了征夫归期不知何时、戍妇忆君意悠悠的故事以及戍妇悲愁的心路历程。整首词都是戍妇对征夫的寄语，字里行间讲述了戍妇独守空闺的心酸以及病痛时无人照拂、苦恼时无人诉说的艰苦生活，给读者展现了一个丈夫远征无归期，妇女作为战争的受害者而苦苦等待的故事。

第四节　黎中兴时期的词作艺术手法

一、体裁

明嘉靖二十九年（1550），上海人顾从敬将宋人所编《草堂诗余》[①]按照小令、中调、长调重新编撰，成《类编草堂诗余》四卷。明末毛晋《跋草堂诗余》言："宋元间词林选本几屈百指，惟《草堂》一编飞驰，几百年来，凡歌栏酒榭丝而竹之者，无不拊髀雀跃。及至寒窗腐儒挑灯闲看，亦未尝欠伸鱼睨，不知何以动人一至此也。"[②]清代毛先舒将58字以内的称为小令，59字至90字的为中调，91字以上的为长调，词调最长者可达240字。

从15世纪到黎中兴之前，越南词坛没有任何作品。词不应用在考试场合，并且在越南还没有被广泛创作，但黎中兴时期，科举中第的文学大家或多或少受到中国文学影响，并尝试打破桎梏。如吴时仕受宋词的影响，同时又因读过明代书籍而受到当时文学特点的影响。在18世纪的中国，经过元代和明代的沉寂，到了清代，词学出现了"复兴"的现象。这也使得词在越南有所发展，并且遵循词的创作路径，有了一些成果。

（一）小令

小令是词调体式之一，指篇幅短小的词。小令通常以58字以内的短词为主。（但词牌名中带"令"的不全为小令，如《百字令》就

① 陈丽丽：《〈草堂诗余〉成书年代及编者再考辨》，《中国文学研究》2013年第2期。
② 《类编草堂诗余》，四卷，明末毛晋汲古阁刻《词苑英华》本。

有百字之多。）

如梦令

正倚花栏桥上。忽见玉人音向。潜步看芳姿，不顾环声哓。心想。心想。何日花园玩赏。

本作借用中国词牌名“如梦令”，平仄双调小令，仄调结尾，32字。此调本名《忆仙姿》，创调之作是五代后唐庄宗李存勖词，词存《尊前集》中：“曾宴桃源深洞。一曲清风舞凤。长记欲别时，和泪出门相送。如梦。如梦。残月落花烟重。”周邦彦又因此词首句改调名为《宴桃源》。沈会宗词有“不见”叠句，名《不见》。张辑词有“比着梅花谁瘦”句，名《比梅》。《梅苑》词名《古记》，《鸣鹤余音》词名《无梦令》。魏泰双调词名《如意令》。苏轼用此调时改名《如梦令》，其词序云：“元丰七年十二月十八日，浴泗州雍熙塔下，戏作《如梦令》两阕。”

这首词的词意为：栏桥正倚，耳畔忽传美人歌声。小小翼翼踱步前往，一探美人芳姿，不顾众人惊呼。心内只想，何时再游花园再看芳姿。

全词32字，人物形象出神入化，似从词外就已经听到仙人之姿。作者从词中传达一种惊叹与流连之态，引人入胜。

清平乐·书怀

功成名遂，对菊寻梅潇洒。应住忘机悟道心，管得无穷自在。　　莲沼一奁绿水，柽巢四座春风。明月随高作伴，灞桥驴背诗筒。

双调八句47字，前片仄声押韵，后片平声押韵。“清平乐”原为唐教坊曲名,后用作词牌名,又名“清平乐令”“醉东风”“忆萝月”,为宋词常用词调。

这首词词意为:功成名就,喝酒赏花。忘掉凡尘俗事,得享自由自在。一奁绿水,四座春风,明月作伴,灞桥诗兴油然而生。

此词辞句潇洒,用词松弛有度,描绘出一幅人生得意自由自在之景,好不令人羡慕。

(二)中调

中调是词调体式之一。一般指介于小令和长调之间的词,指词调中的长短适中者。以下择善列举。

蟾宫闺怨·春夜怀情人

皓娟娟月护松阴。爱一刻千金。度一刻千金。听声声枕畔虫吟。诉一曲春心。催一曲春心。　独寝也五更深。温一半短衾。冷一半短衾。相思梦中寻。怕一唱翰音。醒一唱翰音。的凄凉愁思难禁。念一度沉沉。望一度沉沉。

这首写闺怨相思,实际是依照元代汤式的散曲《双调·蟾宫曲》的谱式创作的,严格地说不算词,而是曲。

作品大意为:蟾宫自比,冷清异常,只能独自一人对月,却发现月亮也在护着松树,真是好一段良宵千金。枕畔又传来虫诉低吟,仿佛在传达春天的声音。我一个人独自就寝,被盖却只有一半温热。无奈只能睡去,希望在梦里排解相思之情,听听心里的声音。在愁绪的秋思里,昏昏沉沉,想着心上人。

临江仙

一睹娇姿肠欲断,满腔心事与谁悲。千思万想约佳期。园中花如锦，月下客如痴。　　我欲将心书未素，递怀一首新诗。客情无聊倍凄其。但愿花前一话，解我寸心悲。

"临江仙"，词牌名，原为唐代教坊曲名。又名"谢新恩""雁后归"等。谱式为双调62字，上下片各五句，三平韵。

词意为：曾一睹娇姿，从此牵肠挂肚，满腔皆是思念。盼望约定佳期。园中花色正好，我也如痴如醉。递一首新诗表明我的心意，却又怕她无聊倍感凄凄。只愿能够花前一话，解我心中愁闷。只是因为在人群中多看一眼，再也没能忘掉她的容颜。

痴情形象跃然纸上，让读词之人不免为他着急，愿其能够早日约到心仪之人，跟她倾诉近日的苦闷，也希望最终成就一段佳话。

（三）长调

长调，词调体式之一。指词调中的长曲。以下择例说明。

喜迁莺·送阮校讨出督谅山

九重龙旨。命使君出督，谅山重地。国家籓篱，朝庭赤子，条件总关处置。迢迢母山千仞，漠漠团城万里。到此处，想恋阙怀乡，十分情致。　　情致。何须道，自古男儿，要一方孤矢。幕府上功，神京报政，早晚又来朝陛。短亭如此暂别，奚用闲言相慰。且行矣。须云台事业，方将得意。

本词前文已引述过，因较为重要，此处再谈一二。"喜迁莺"，词牌名，又名"鹤冲天""喜迁莺令""早梅芳"等。以韦庄《喜迁莺》（街鼓动）为正体。清毛先舒《填词名解》认为，调名取自五代韦庄同调著名词中"莺已迁，龙已化"句，多为恭祝及第之意。谱式为双调103字，前段十句五仄韵，后段十二句六仄韵。

词意为：皇帝下旨，出督谅山重地，守国之藩篱。远离家乡，远离父母，思乡之情溢于言表。但为国征战，大丈夫也。盼望早日建功立业，得胜归来。到那时朝堂相见，战功卓著。今日亭中话别莫出闲言，必将凯旋而归，创一番自己的事业。

行文用词豪爽，体现出大丈夫不拘小节，志在建功立业报效国家，韵律工整，颇有风范。

增字桂枝香·三科进士贺知贡举、吏部尚书沛川侯帐叙

东岳灵英。毓熙朝瑞凤，吾道景星。甲科盛选，文昌几度司衡。未戌丑、二十五春风次，忻忻桃李满阶庭。光霁时亲雅宇，茂悦倍恒情。愿台缠、寿曜共晶荧。　昔有裴尚书，三番知贡举，同时入彀，济济位公卿。选中次第循模楷，山斗贲鸿名。话谱长留在汗青。今千载、赳谈旷事，古韵好重庚。庚些韵、三典礼闱，年八十、门生门下见门生。

此词附在吴时仕《午峰文集》中《三科进士贺知贡举、吏部尚书沛川侯帐叙（并词）》一文最后。文章交待了文和词的创作背景："进士，盛选也；知贡举，又盛选之最重任也。国家三百年来，递科辄用名臣为之。今天子留神吁俊，试帘之权尤系慎择。我座师具官爵缫贵台，以部院重臣，经术干猷，夙蒙简注，丕癸未、丙戌、己丑三科，连膺是命，衡鉴之下，玉笏成林。缙绅韵事美谈，诚近来所旷有者。生等叨领选中，昭斗仰山谊门，陶藻幸陪盛会。合谱新声，锦轴青缃，留作千秋胜迹。其词。"从文章标题和内容可知，文和词是吴时仕在其座师吏部尚书沛川侯知贡举时期帐中叙谈时所写，内容是夸赞沛川侯履历及为国家选才的重要意义。而词作本身也有独特之处。《桂枝香》的谱式，正体应是双调101字，另有变体100字，但吴时仕这首词总共有126字，句式相比中国的《桂枝香》词，也有很多不同，是他加以改造的，所以名称也标为了《增字桂枝香》。由此可见，越南词人对于汉词创作也有自己的创新。

二、语言特点

文学是语言的艺术，文学家的匠心能够在语言的运用上得到体现。越南后黎朝词作在语言运用上可以说相当成功，艺术手法多种多样，在修辞手法上善用借景抒情、善用排比、回环、重叠等。

（一）善借景抒情

词人团氏点《传奇新谱》中的词巧妙地运用借景抒情的手法。如《春光好・春词》通过描写花娇柳媚、燕语莺啼的撩人春色来抒发自己内心对于春天的喜爱。黎光院的《春光好・饯户科陈大人》一词借乐景衬哀情："春色好，雾烟轻。柳条青。黄鸟枝头向日鸣。弄新声。"描绘出一幅怡然舒适的春色画卷。而后"碧草不堪题别赋，几含情"，抒发饯别友人的不舍之情。

（二）善用排比

如吴时仕《一剪梅・白河书事》中写道："问何讲诱住何村。何倚何村。何禁何村。"诉不尽心事，惹人垂怜。

（三）善用回环

如《花园奇遇集》中《忆秦娥》写道："桃花笑。桃花酷似伊年少。伊年少。袅娜娇娆。清新窈窕。　　八字双眉含俊俏。一见令人增万恼。增万恼。幽恨添新，游仙神绕。"既给人以回环往复的意趣，也暗露桃花、故人、作者间的微妙关系。

（四）善用重叠

如黎光院《宫中调笑》写道："春夜。春夜。歌管谁家唱和。可堪多少新声。令人思入秦筝。秦筝。秦筝。一曲巫山莫写。"或如吴时仕《巫山一段云・远岑烟树》中写道："遥遥瞻隔岸，隐隐见参天。"亦如

《花园奇遇集》中《如梦令》:"心想。心想。何日花园玩赏。"以及《南柯子》:"桂树飘飘绿,长空皓皓清。"

吴时仕《满庭芳·偶成怀次室》一词也巧妙地将重叠的手法贯穿整首词,堪称妙品:

> 旅旅卢卢,言言语语,勤勤你你卿卿。铿铿衎衎,步步又声声。种种忻忻,恋恋曷匆匆,草草行行。夜夜依依忽蒽,见袅袅娉娉。　　双双成踽踽,忡忡郁郁,黯黯惸惸。痛茫茫杳杳,梦梦醒醒。恳恳如如觉觉,常昭昭了了惺惺。夫夫妇妇,恩恩爱爱,记世世生生。

如果把社会生活比作大地,把文学比作拔地而起的一座大厦,那么,越南文学大厦的奠基石就是汉语和汉文化。[①]越南后黎朝的词体文学吸纳借鉴了大量中国文化,从它的起源、发展到形式和内容都深受汉文化的长期滋润和影响。越南词作也和中国词作一样都有固定的词牌名,而后黎朝时期词作的词牌名,诸如"一剪梅""西江月""望江南""清平乐""定风波""浪淘沙"等,更都是常见的中国词牌名。越南词作在题材和体裁上,借鉴了中国的咏物、抒情词;在艺术手法上,也借鉴了中国词作原有的描写、排比、回环、重叠等基本手法。但同时,我们也能从越南词作中读出越南的自然景色之美、越南词人的思想和情感,以及词作所反映的越南时代背景以及越南人民的生活状况等。由此可见,越南后黎朝词体文学是中越两国文化交流的产物,形成于对中国词体文学借鉴的基础之上,进一步发展成为具有越南民族特色的"后生"文学体系。

---

① 林明华:《汉语与越南语言文化(下)》,《现代外语》1997年第2期。

第四章　阮朝时期的汉词

在阮朝，越南进入了一个新时期，国家统一，政治相当稳定，经济比较发达；文化与文学方面都全面得到重视与发展。在这一基础上，阮朝汉文学再一次获得发展，尤其是汉词发展到顶峰。阮朝时期有一些汉词作品的保存方式跟黎中兴时期的存录方式相似，词作混在汉文小说、诗集中。但跟前阶段相比，阮朝时期的词作表现出两个不同的特点：其一是词家、词作数量明显增多；其二是出现了两部重要词集，分别是阮绵审的《鼓枻词》与陶晋的《梦梅词录》。本章将阮朝收录词作的小说集、诗集与词集总体情况进行汇总研究。前辈学者的研究，只是列出越南整个古代的文人有词作与词作的存本文献情况，而对每一个词家、每一首词作还没进行具体考辨。本文进一步对阮朝时期越南词人的生活背景、词作进行考辨，在此基础上深入越南阮朝词人研究，纵观其内容与艺术风格。

第一节　阮朝社会文化背景

一、阮朝的社会背景

阮朝（Nhà Nguyễn，1802—1945）是越南历史上最后一个君主制朝代，是连接越南古代历史与近现代历史的桥梁时代。1802年5月由阮福映（嘉隆帝）创建，至1945年8月末代皇帝阮福永瑞（保大帝）退位,王朝正式结束,共143年。

近些年,越南学者与外国学者本着客观的、科学的态度,重新审视阮朝在历史上的功与过,从而使之成为越南历史与世界历史研究中的一个新课题。越南研究者大都认同阮朝时期文学发展繁荣,值得注意的是越南汉词在阮朝时期发展至顶峰。促使越南汉文学的再度繁荣的原因很多,而社会背景是其中不可或缺的一个重要因素。所以,我们要先了解越南阮朝的社会背景。

阮朝虽然历经143年,从1802年创建到1945年灭亡,但从1885年开始,法国军队全面占领了越南领土。我们可以把阮朝分为两个阶段:独立时期(1802—1885)与殖民时期(1886—1945)。独立时期又分为前期和后期:前期是从阮福映1802年登基至1858年,此时阮朝对越南有着绝对的统治权;而后期是指1858年法国军队入侵越南至1885年法国全面占领越南的27年,法国势力在印度支那半岛逐渐崛起,开始威胁到阮朝的统治。殖民时期是从1885年至1945年,共60年,阮朝朝廷名存实亡,取而代之的是法属印度支那政府的主导,法国全面占领越南后法国殖民势力取得了越南的主导权。

从独立时期至殖民时期,越南阮朝社会发生了沧桑巨变,这也真实地反映在文学创作上。在阮朝独立阶段,汉文学发展迅速,汉词文学取得了巨大的成就;而在殖民时期,法国对越南实施文化侵略,法语成为越南的通行语言,因而此后越南汉字文学和喃字文学的创作现象消失殆尽。

阮朝独立时期,统治者不仅集中力量加强统治力度,还非常重视加快社会经济的发展。通过阮朝统治者的努力,阮朝独立时期的社会经济实力得到提高。随着国家政局的稳定,经济的发展,越南的儒家学说也逐渐兴盛,统治者对于文化发展也逐渐重视起来。

二、阮朝的文化与文学发展情况

面对国际军事力量和天主教文化的威胁，为了维护国家统一的局面与巩固封建秩序，阮朝强力推崇国学，儒学的地位再一次得到提高。这一时期的文化与文学最大的特点是仿效中国清朝。阮朝统治者在文化上推尊儒学，再一次重视推行汉字，明文规定以汉字作为通用文字，不允许使用或混用喃字。

从嘉隆皇帝到嗣德皇帝，都很重视发展文学。当时的很多著名文学家在朝中都拥有极高的政治地位和社会地位，从而形成王朝文学派。阮朝这种统治者爱好文学的传统，也是推动阮朝文学发展到高峰的重要因素之一。越南章民在《论越国百年来学术之变迁》中云：

> 本朝嘉隆至嗣德中年，才五六十年耳，而著述几半之。呜呼，盛矣！……故此五六十年间之儒家，诚足为吾国学史上放一异彩，而本论中所称为全盛时代也。……世祖龙兴以后之数贤者，其徒多为名臣，辅弼人主。于是，立礼庙，兴学校，置科举，合南北之学术而一之，而我国学界大有披云睹日之观矣。明命以后，嗣德中年以前，名儒辈出，国运大昌。在朝，多辅臣长民之贤；在野，多纯德淑行之士。其代表此时代之儒学，在北圻则有何权、阮思间，中圻则有张国用、范富庶，南圻则有潘清简、阮通之数公者。其德度足以作师表，其经术足以经世务，真古贤之俦匹，而非后世章句小儒所能梦见也。且其时，二祖一尊，圣学渊懿，其对于臣民也，作之君而兼作之师焉。……此时代之儒学，其大目有三：一为自修之学，一为经国也，一为文章之学。其自修也，大都不出宋儒性理学，及明儒心学之范围。其经国也，以中国古圣贤治法为

体,而采泰西新法为用。至于文章一事,过乎其驾陈、黎而上之,如仓山、方亭、卧游巢诗文诸集,自成一家,虽唐宋大家,不是过也。①

阮伯卓在《我南汉学之古后观》中也说:

于是我世祖收复南北,成一统之大业,而汉文学势力随与国家领土,有举国一致之光景焉。大定以后,才几年间,既已立学开科,振兴文治。继而自明命以至嗣德年初,国内文学,蒸蒸而日进。当此辰代,举其足称为德业之名儒者,则如……②

在阮朝独立时期,可以认为越南进入了一个新时期,国家统一,政治相当稳定,经济比较发达,文化与文学方面都得到全面重视与发展。在这一基础上,阮朝独立时期汉文学再一次发展到顶峰,这就是阮朝汉词获得空前发展的背景。

第二节 阮朝汉词文献考

一、阮朝汉词作家与作品

(一) 阮朝汉文小说中的词作考辨

据考察,阮朝时期的汉文小说数量颇丰,但只有4部汉文小说中存有词作。

① 章民:《论越国百年来学术之变迁》,《南风杂志》1917年第5期。

② 阮伯卓:《我南汉学之古后观》,《南风杂志》1918年第17期。

1.《越南奇逢实录》(佚名著)

该小说的真实撰者和产生年代目前未知。今只见抄本一种，收藏于越南汉喃研究院图书馆，素白纸抄，51页，半叶9行字上下。[①]笔法幼稚，多俗字、错字。陈庆浩、宋莉华辨考云：

> 书中已用《传奇漫录》徐考式仙婚等故事为典故，当作于其书之后。又，书中自云所记发生于黎朝，述及杨介于顺天初年平远州土酋吉罕之乱事。按顺天为黎太祖年号，是时黎朝始建，上述种种事，当不可能发生于黎朝。而且介初次兵败遇车氏，氏称"近祖可参，以兵佐黎太祖定天下，封司徒国王，号黑衣帝，木州食邑，已有多年"云云，亦不应为顺天时事也。顺天年号有误。书中谓"黎朝年间"，谓"黎太祖"，皆为黎朝以后人之口气，似应成于阮朝时期。[②]

根据上述辨考，《越南奇逢实录》应成于阮朝时期。其中有"钟情五调"的名目，具体如下。

第一，《踏莎行》(原题《满庭芳》)：

> 天外征鸿，庭边过**雁**。秋愁似海无涯**岸**。雨云彻夜绕阳台，乌鹊何时填北**汉**？　　圣母祠前，祖龙庙**畔**。当初未了风花**案**。幽情好付月明知，夙分愿随东风**干**。[③]

---

① 《越南奇逢实录》，越南汉喃研究院图书馆，典藏号：A.1006。

② 孙逊、郑克孟、陈益源主编：《越南汉文小说集成(第四集)》，上海：上海古籍出版社，2011年，第257页。

③ 同上书，第272—273页。文字及标点参照原本有订改，下同。

《钦定词谱》收录《满庭芳》词牌有平韵、仄韵两体。平韵者，周邦彦词名《锁阳台》(南苑吹花)，此体双调95字，前后段各十句，四平韵。此调以晏几道词及周词为正体；仄韵者，《乐府雅词》名《转调满庭芳》。

这首标为“满庭芳”的词，58字，与《满庭芳》词牌谱式的两体都有差别。

查《钦定词谱》，这首词的谱式与《踏莎行》调的谱式正体相近。除了第二十四字“鹊”应平；第二十六字“时”应仄；第二十八字“北”应平；第五十五字“随”应仄之外，这首词句式、押韵都符合《踏莎行》词牌谱式正体。

所以，这首词的词牌有误，准确的词牌应是《踏莎行》。

第二，《剪梅格》：

忆昔灯前月下**时**。情不可**支**。乐不可**支**。于今兰室懒画**眉**。人也胡**而**。月也胡**而**。　　鸳鸯帐里是何**时**？倍我思**惟**。切我思**惟**。拟向鱼信一心**依**。用写相**思**。用表相**思**。[1]

汉词有《一剪梅》《寻梅》《梅花引》等词牌名，但没有《剪梅格》词牌名。这首《剪梅格》词，双调60字，前后段各六句，三平韵。查《钦定词谱》，此词的谱式与《一剪梅》词正体的谱式相同。因此，这首词调名准确来讲是《一剪梅》，属于正体。

第三，《长相思》(原题《望江南格》)：

朝望**君**。暮望**君**。东房风月转愁**新**。红巾万点啼**痕**。　　坐

---

① 孙逊、郑克孟、陈益源主编：《越南汉文小说集成(第四集)》，上海：上海古籍出版社，2011年，第273页。

伤**神**。卧伤**神**。长安音信杳得**闻**。珥河几度问**津**。[1]

《钦定词谱》《词律》都没有收录《望江南格》词调名。但有《望江南》《忆江南》《梦江南》《江南好》词调名，双调54字，前后段各五句。

这首词，双调38字，前后段各四句，与《望江南》谱式不同。

查《钦定词谱》，这首词的谱式与《长相思》词牌正体的谱式相近，只前后段末句多一字。因此调名有误，应是《长相思》调，属于正体。

第四，《长相思》：

日相思，月相思。日月相思为谁欤？日月如梭情不断，相思日月有谁知？路隔星河怀别离，楚王杳杳来楚峡。西窗几度对斜晖，南园满望闲飞蝶。园飞蝴蝶秦岭云，人遥景在我怀人。去日渐多来日少，心端如旧事端新。织房光景人知否？夜壁残烟□滞雨。章台如问柳犹垂，愿得一篇长短句。尤愿君车如轨輗，莫把佳人挑澜兮。草花未了鸳鸯债，梧桐誓待凤凰栖。[2]

第四首虽然名《长相思》，但与词牌《长相思》无关，只是开头部分类似《长相思》体式。但从整体来看，属于古风诗。

第五，《长恨歌》：

粤从客岁，凤倒鸾颠。吁嗟兮故国长安。身故国兮愁梦

① 孙逊、郑克孟、陈益源主编：《越南汉文小说集成（第四集）》，上海：上海古籍出版社，2011年，第253页。

② 同上书，第273页。

> 缠。目长安兮恨难痊。夜夜梦魂兮，妾身曾在君边。月庭柳影，君身在妾前。将诉幽情于玉兔兮，兔魄未圆。欲寄多情于白雁兮，雁信难传。兔惨然，雁惨然，情用惨然。弄金环兮，环与周旋。依半枕兮，枕与相眠。半生情绪，几识婵娟。问之月，月无知兮。问之天，天亦无知兮。问之啼怨之鹃，此情缘，此情缘。毕竟问之君子，为是近焉。不知舒吾怀者，公何时，竟何日？何日竟何月？何月竟何年？[①]

这篇作品虽然具有长短句的形式，但是与词体式差别较大，不是词作，而应算是古风诗。

因此，《越南奇逢实录》实际共收录3首汉词，运用3调，分别是《踏莎行》《一剪梅》《长相思》。

2.《同窗记》（佚名著）

《同窗记》为越南文学研究者近年新发现的越南汉文小说。该小说的真实撰者和产生年代目前也未知。现收藏于越南国家图书馆。[②]本书写才子陈学士（字景云）与阮良能（字章台）俱受业于无名处士，为挚友，时相酬唱。阮生得家信归，赴省应试，两人作词相别。后阮生落第，再会陈生，告其赴省时遇一女相交事。两人又约同游，所经处皆有诗词唱和。一日经长安，遇里中豪长女娇容，与娇娘通情，其父母亦许以婚嫁。乃约以登第后迎娶，二人亦作诗词送

---

① 孙逊、郑克孟、陈益源主编：《越南汉文小说集成（第四集）》，上海：上海古籍出版社，2011年，第273—274页。

② 《同窗记》，越南国家图书馆，典藏号：R.422。此书页面尺寸为24厘米×16厘米。每半页10行，每行22字至28字不等，多为25字左右。字体工整。无序跋，不编页次。有朱笔圈点。第1页至第24页抄录《金云翘录》，第25页到第37页为《同窗记》。关于《同窗记》的年代，因其内容讲到关于省试之事，而越南直到阮朝明命皇帝时期（1831年之后）才有省的分支。所以，我们把《同窗记》问世的年代定于越南阮朝时期。

别。及后两人往来唱和不绝，阮生且作顺逆调二首。先是阮生已聘同里范芳微为妻，至此陈生又奉母命与同里杨碧桃完婚。后二人同去度陵府胡榜眼处就学，其才学压倒同侪五师平章。景云先下第，苦读二年终中进士，时年二十四岁。一岁仕至太师兼左右丞相。居官五载余，以养亲先致仕。阮公亦上表辞职得准，二人得同游至老。

从书中反映的社会气氛及所记科举情况看，似应创作于法国殖民时期之前。而《金云翘录》扉页题戊戌年阮庭仲子书录，据《越南国家图书馆汉喃书目》断为成泰十年(1898)。[①]扉页前有他涂鸦之作《启定五年五月拾捌日》(1920年)，故《金云翘录》及本书的抄写时代当在1898年至1920年之间。

《同窗记》中有很多诗作与词作，大多是小说的作者用来表现书中人物特殊文学才能和天赋。其中词作共有6首，其内容主要是写男女爱情、相思情感。具体如下。

第一，《一剪梅》：

> 今如何夕偶相**逢**。一夕相**逢**。一夜相**通**。芳容相对五更**风**。梦到巫**峰**。梦会巫**峰**。　　素娥今日到蟾**宫**。(按：此处漏一句四字韵句。)共宿东**窗**。才逢到别便匆**匆**。空忆娇**容**。乍忆娇**容**。[②]

《钦定词谱》收录《一剪梅》词牌，双调60字。这首《一剪梅》词，56字，在后段比正体缺了四字。

第二，《折杨柳》：

---

① 吴德寿：《越南国家图书馆汉喃书目》，河内：越南国家图书馆，2004年，第194页。

② 孙逊、郑克孟、陈益源主编：《越南汉文小说集成(第四集)》，上海：上海古籍出版社，2011年，第301页。

> 佳景轩前不卷**帘**。景幽**然**。娇红嫩绿著鲜**妍**。色连**天**。　　目向花前谁是伴，秀婵**娟**。对花酌酒乐无**边**。小神**仙**。[①]

《钦定词谱》《词律》《唐宋词格律》没有收录《折杨柳》词调名，但收录《杨柳枝》和《添声杨柳枝》词牌名。

这首词双调40字，前段四句四平韵，后段四句三平韵。查《钦定词谱》，这首词的谱式与《添声杨柳枝》词调谱式相同，属于正体。因此，这首词的调名应该是《添声杨柳枝》。

第三，《西江月》：

> 天台客逢游客，章台人送情**人**。殷勤谢底思殷**勤**。确把芳心休**劝**。　　永对天长地久，羞言暮楚朝**秦**。别君此去剩思**君**。一段芳灵战**闷**。[②]

《钦定词谱》收录《西江月》，双调50字，前后段各为四句二平韵、一叶韵，以柳永《西江月》词为正体。这首词的谱式与《西江月》正体相同。

第四，《一剪梅》：

> 举目归鞍泪暗**垂**。方与君**期**。忽别君**归**。一朝花草暂分**歧**。月下相**思**。花不相**思**。　　愁聚眉峰蹙五**眉**。鸾自孤**栖**。鸾自孤**飞**。问君此别几多**时**。再合佳**期**。再会佳**期**。[③]

---

① 孙逊、郑克孟、陈益源主编：《越南汉文小说集成（第四集）》，上海：上海古籍出版社，2011年，第305页。

②③ 同上书，第306页。

《钦定词谱》收录《一剪梅》词调名，双调60字，前后段各六句三平韵，以周邦彦的《一剪梅》（一剪梅花万样娇）为正体。这首词谱式与《一剪梅》正体相同。

第五，《同相思》：

> 花有香，月有**阴**。花影重重月影**沉**。相思只浪**吟**。　愁难**禁**。恨难**禁**。一般愁恨一般**心**。为我道知**音**。①

《钦定词谱》《词律》没有收录《同相思》词牌名。这首词双调36字，前段四句三平韵，后段四句三平韵。这首词的数字、押韵、平仄与《长相思》正体的谱式相同。所以，词调名"同相思"应该是"长相思"。

第六，《忆秦娥》：

> 忆知**音**。知音无语只狂**吟**。暮灯惨淡，郑重情**深**。　厌看野鸟啼**阴**。秦风楚雨倍伤**心**。愁也难**禁**。恨也难**禁**。②

《钦定词谱》收录《忆秦娥》词牌，又名《秦楼月》。体式各不一，正体是双调46字，前后段各五句，三仄韵、一叠韵。又一体双调40字，前后段各四句，三平韵，以颜奎《忆秦娥》（水云幽）为范例。

这首《忆秦娥》词，双调40字，前后段各四句，三平韵，谱式与颜奎《忆秦娥》相同，只下起第一句少一字，属于变体。

据上，《同窗记》中收录6首汉词，都是小令，有正体有变体，其

---

①② 孙逊、郑克孟、陈益源主编：《越南汉文小说集成（第四集）》，上海：上海古籍出版社，2011年，第307页。

中2首词作的词调名与正规名称有差异。

3.《传记摘录》(佚名著)

该小说的真实撰者和产生年代目前也未知。收藏于越南汉喃研究院图书馆。[①]其中的《渔樵狂子传》载有《西江月》词1首：

> 夜宿深山古庙，朝行草野荒**村**。闲来无事掩柴**门**。餐饱黄粱一**顿**。　不管兴衰成败，斗酒满金**樽**。是非任我绝谈**论**。举杯邀皓月**吞**。[②]

这首词双调50字，前段四句，二平韵、一叶韵；后段四句，三平韵。此词的谱式，除了后段第二句少一字及第四句不叶仄韵之外，与《钦定词谱》收录的《西江月》词正体相同。

4. 范彩(Phạm Thái，1777—1813)《梳镜新妆》

范彩是阮朝著名的诗人，其父是黎中兴时期的一名武官。范彩二十岁前后游历过很多地方，对当时的西山政权(1787—1803)很不满，因为当时西山政权的内部矛盾愈演愈烈，动辄互相残杀，将士人人自危。因此范彩试图寻找志同道合的朋友，一起匡复后黎朝。他和张光玉禅师(生卒年不详)与阮团(生卒年不详)成为好友，曾经起义反抗西山政权，但是很快就失败了。后来范彩一直被西山政权追捕，只得出家为僧。

他在悄山庙(今越南北宁省仙山县湘江区的天新庙)修行，法号普照禅师。为僧几年之后，范彩的朋友张青树在蓝山(今越南清

---

① 《传记摘录》，该书存手抄本一种，越南汉喃研究院图书馆，典藏号：A.2895。页面尺寸26厘米×14厘米，每半页7行，行22字，凡约一万二千言。行书。无序跋。一共有十三传。

② 孙逊、郑克孟、陈益源主编：《越南汉文小说集成(第四集)》，上海：上海古籍出版社，2011年，第99页。

化省寿春县)做官,接他到蓝山打算一起继续复黎事业。但就在筹划之时张青树被人毒死,范彩复黎事业又一次遭受挫折。之后,他留在张青树的家乡山南(今越南太平省山南县)当老师,在这里,他跟张青树的妹妹张琼如相识相爱,他们感情深厚,常常一起作诗填词。但是张琼如的母亲不愿意把女儿嫁给范彩,反而想把张琼如欲许配他人。不久,张琼如郁郁而终。张琼如死后,范彩伤心过度,放弃了复黎事业,整天与酒为伴。他在阮朝嘉龙十二年(1813)于醉梦中去世,年仅三十六岁。

《梳镜新妆》是范彩在阮朝嘉龙三年(1804)以六八体并夹杂唐律写成的一篇长篇喃字写实作品,主要内容是描写了主人公范金和张琼如的生死情缘。[①]《梳镜新妆》里面有4首用喃字创作的词。这4首喃字词也是现存仅有的喃字词,非常特别,具有重大的文学价值。现录如下。

第一,《西江月》:

莺燕唛哰哙客,鞋花汉许惆**埃**(平,押韵)。飀春海海逐迻**驲**(平,押韵)。易遣悉疏贝**緆**(仄,叶韵)。　湿倘梭莺継柳,春升粉蝶耒**梅**(平,押韵)。武陵赊演别包**沩**(平,押韵)。坤嗨桃源兜**些**(仄,叶韵)。

① 《梳镜新妆》现存阮子迩(1810—1901)的手抄喃字本,收藏在越南汉喃研究院图书馆,典藏号:A.1390。该本手抄于嗣德三十六年(1883),82页,开本31.5厘米×21.5厘米。范彩生平事迹参考越南书籍:Lê Văn Siêu, *Văn học sử Việt Nam*, NXB Văn học, 2006(黎文赵:《越南文学史》,河内:文学出版社,2006年);Nguyễn Huệ Chi, *Mục từ Phạm Thái trong Từ điển Văn học*(Bộ mới), NXB Thế giới, 2004(阮惠之:《文学词典新编》,河内:世界出版社,2004年);Nguyễn Thạch Giang, *Văn học thế kỷ XVIII*, NXB Khoa học Xã hội, 2004(阮石江:《十八世纪的文学》,河内:社会科学出版社,2004年);Nguyễn Quyết Thắng & Nguyễn Bá Thế, *Từ điển nhân vật lịch sử Việt Nam*, NXB Khoa học Xã hội, 1992(阮决胜、阮伯世:《越南历史人物词典》,河内:社会科学出版社,1992年)。

*Oanh yến véo von gọi khách, Cỏ hoa hớn hở mừng **ai**. Gió xuân hây hẩy giục đưa **người**. Dễ khiến lòng thơ bối **rối**. Thấp thoáng thoi oanh dệt liễu, Thủng thẳng phấn bướm giồi **mai**. Vũ Lăng xa viễn biết bao **vời**. Khôn hỏi Đào Nguyên đâu **tá**.* ①

第二,《西江月》:

厌厌幔霜待客,清清𨷯月徐**埃**(平,押韵)。佳人才子余𪸃**𠈭**(平,押韵)。郑想心情添**𦄂**(仄,叶韵)。　派派飃𢭸茉柳,抛抛雪点梗**梅**(平,押韵)。𡶀高振乞㵢賒**沩**(平,押韵)。埃别蓬瀛庒**些**(仄,叶韵)?

*Im ỉm màn sương đợi khách, Thênh thênh cửa nguyệt chờ **ai**. Giai nhân tài tử mấy lăm **người**. Chạnh tưởng tâm tình thêm **rối**. Phơi phới gió lay chồi liễu, Phau phau tuyết điểm cành **mai**. Non cao chắn ngất bể xa **vời**. Ai biết Bồng Doanh chăng **tá**?*

《钦定词谱》收录《西江月》词牌,双调50字,前后段各四句,两平韵、一叶韵。上面两首《西江月》作者用喃字填写,每首双调,50字,前后段各四句,两平韵。这两首词的平仄、押韵按古代越南语应该都符合《西江月》词谱格式要求,但按今天越南语可能还是有差异的。

第三,《一剪梅》:

雪霜落度月**𤈜𤈜**(平,押韵)。桂𤀗香**迻**(平,押韵)。莲𤀗香**迻**(平,叠韵)。拽落𨖲空雁朗**𥵛**(平,押韵)。莺拱蜍**於**(平,押韵)。蝶拱蜍**於**

① 以下四首均将喃字翻译成现在越南语读音另作标示。

(平,叠韵)。　茉梧飃嗯萝巴**初**(平,押韵)。梅坞形**疏**(平,押韵)。竹坞形**疏**(平,叠韵)。曲夜清歌窖项**啊**(平,押韵)。宫广赊**赊**(平,押韵)。桥鹊赊**赊**(平,叠韵)。

Tuyết sương lác đác nguyệt mờ ***mờ****. Quế lạt hương* ***đưa****. Sen lạt hương* ***đưa****. Rải rác trên không nhạn lửng* ***lơ****. Oanh thờ* ***ơ****. Bướm cũng thờ* ***ơ****.　Chồi ngô gió thổi lá bơ* ***sờ****. Mai ủ hình* ***thưa****. Trúc ủ hình* ***thưa****. Khúc dạ thanh cao khéo hững* ***hờ****. Cung Quảng xa* ***xa****. Cầu Thước xa* ***xa****.*

第四,《一剪梅》:

　　腠燸域域紏嬚**腜**(平,押韵)。兰倘香**迻**(平,押韵)。菊倘香**迻**(平,叠韵)。歪印义色渃撑**籚**(平,押韵)。莺呐幽**於**(平,押韵)。燕呐幽**於**(平,叠韵)。　翻帆渚月飃挾**初**(平,押韵)。斂点牢**疏**(平,押韵)。法派霜**疏**(平,叠韵)。征人嗯笛嘲於**啊**(平,押韵)。韶乐空**赊**(平,押韵)。火会空**赊**(平,叠韵)。

Trăng soi vằng vặc vóc non ***mờ****. Lan thoảng hương* ***đưa****. Cúc thoảng hương* ***đưa****. Trời in một sắc nước xanh* ***lơ****. Oanh nói u* ***ơ****. Yến nói u* ***ơ****.　Cánh buồm chở nguyệt gió lay* ***sơ****. Lốm đốm sao* ***thưa****. Phất phới sương* ***thưa****. Chính nhân thổi địch lắng ơ* ***hờ****. Thuần nhạc không* ***xa****. Hoan hội không* ***xa****.*

《钦定词谱》收录《一剪梅》词牌,双调小令,60字。上面两首《一剪梅》用喃字写,双调60字,前后段平仄及押韵按古代越南语应该都符合词谱要求,但按今天越南语可能还是有差异的。

综上,阮朝时期四部小说中有14首词,其中4首用喃字写成;

各词只有词调而无词题；运用词调有《一剪梅》(5次),《西江月》(4次),《长相思》(2次)及《踏莎行》《添声杨柳枝》《忆秦娥》(各1次),都是常见的词调,且主要是小令(10首)、中调(4首)。词作的内容大都是写男女之间的情感。

（二）阮朝汉文诗文集中的词作考辨与整理

依照前人的统计,并以越南汉喃研究院图书馆收藏的文献为据,对阮朝汉文诗文集进行全面考察和统计,词家和词作数量具体如下表:

序号	诗文集作者	诗文集名称	数量(首)
1	潘辉益(1751—1822)	《裕庵吟集》	13
2	杜令善(1760—1824后)	《金马隐夫感情泪集》	5
3	范廷琥(1768—1839)	《珠峰杂草》	6
4	阮行(1771—1824)	《观东海》《鸣鹃诗集》	19
5	胡春香(1772？—1822？)	《瑠香记》	9
6	吴时香(1774—1821)	《梅驿诹余》	3
7	朱允致(1779—1850)	《谢轩先生原集》	2
8	潘辉注(1782—1840)	《华轺吟录》	8
9	李文馥(1785—1849)	《西行诗纪》	3
10	阮福晈(1791—1841)	《明命御制文》	1
11	何宗权(1798—1839)	《诗文杂集》	2
12	梅庵公主(1826—1904)	《妙莲诗集》	2
13	阮黄中(？—？)	《阮黄中诗杂集》	22
14	阮述(1842—1911)	《荷亭应制诗抄》	1
共计	14人	15集	96

从上表可见，这段时间文人创作的词作有14位作者，一共创作96首词。具体分析如下。

1. 潘辉益（Phan Huy Ích，1751—1822）《裕庵吟集》

潘辉益，字之和，号裕庵、德轩。"景兴三十六年，乙未科会元，庭赐同进士出身，授吏部右侍郎，往北使回，升侍中御史，礼部尚书。"①他主要生活在西山时期，是西山王朝期间最有名的诗人之一。在诗文创作上，他多用喃字，兼工汉语，诗文数量较多，诗有600余首，各类文章400余篇，这些诗文均收集在《裕庵吟集》和《裕庵文集》中。潘辉益的汉词集中在《裕庵吟集》里。②

《裕庵吟集》中的《逸诗略纂》在第一页记载："起庚寅季春迄庚戌初夏，内颂一篇，七言律百十六首，小律二十六首，五言律十二，小律十首，词一调。"现将词作抄录于下：

第一，《满庭芳》：

宠润流光，高崧毓德，宗臣派出仙**源**。文经武纬，品望盖中**原**。表里青籓黄阁，鸿谟伟烈赞贞**元**。真正是，弼星降世，八斗耀天**垣**。　　乾**旋**。参化纽，春风扇暖，冬日舒**温**。神功归太极，夫子无**言**。稠叠昆山渥水，七襄云锦下天**孙**。施泽普，遥歌戏款，献上椝衣**辕**。

这首词作者创作于1789年，是模仿当时清朝福康安（1753—1796）词而作。

《钦定词谱》收录《满庭芳》词牌，又名《锁阳台》《满庭霜》《潇湘夜雨》《话桐乡》《江南好》《满庭花》，有平韵、仄韵两体。平韵

①② 潘辉益：《裕庵吟集》，越南汉喃研究院图书馆，典藏号：A.603。

体，双调95字，前后段各十句，四平韵，以晏几道《满庭芳》(南苑吹花）为正体。

这首《满庭芳》词双调95字，前段十句，后段十一句，共九平韵，下起二字句有一个短韵。其谱式与晏几道《满庭芳》词的谱式相同，属于正体。

在《裕庵吟集》中的《星槎纪行》第二册记载了12首汉词，具体如下：

第二，《满庭芳》：

山海钟英，阴阳合得，弥纶乾始坤**生**。缓猷维后，岂弟作仪**型**。八袟台黄得寿，乾乾不息体天**行**。真正是，圣人久道，万化妙裁**成**。　　鸡寒逢盛会，光回宇宙，庆满寰**瀛**。荒陬归阕户，葵藿似**诚**。宸极煌煌日绚彩，四旁旋绕拱群**星**。铜柱外，普覃恩渥，瞻仰效山**声**。

这首《满庭芳》词是属于平韵体，双调92字。前段十句，四平韵，第三句和第六句比正体少了一个字。后段十句，四平韵。这首词的谱式比较规范。

第三，《法驾引》3首：

庆穰穰，庆穰穰，寿无**强**。虹渚在辰添海屋，螭阶有穆引天**香**。仙仗翕趋**跄**。

风招邀，风招邀，响笙**箫**。驿路九天通玉帛，宸垣咫尺接钧**韶**。衮冕见轩**尧**。

月团团，月团团，照管**弦**。宫扇光回霓羽宴，御炉暖出绮罗**筵**。翰羽到钧**天**。

按《钦定词谱》没有《法驾引》谱式，但收录有《法驾导引》谱式，为30字体。上面3首词，词调应是《法驾导引》。

第四，《千秋岁》：

秋秋皎**皎**。祥云华黼**藻**。桃始熟，椿未**老**。道德应纯嘏，训彝敷久**道**。希奇事，中国圣人兼寿**考**。　　健行符大**造**。柔附绥遐**徼**。所照所至，时怙**冒**。宸禁仰清穆，明堂虔舞**蹈**。将葵悃，久祝赓天**保**。

《钦定词谱》收录《千秋岁》词牌，又名《千秋节》，双调71字，前后段各八句，五仄韵，以秦观《千秋岁》（柳边沙外）词为正体。

这首《千秋岁》词双调70字，前段八句五仄韵，后段八句四仄韵，第三句比正体多了一字，第八句比正体少了两字。这首词的谱式不是很规范。

第五，《临江仙》：

丹霄灿烂秋云晓，天门次第重**开**。飘飘霓羽月中**来**。韶音和玉府，岁酒馥金**杯**。　　九采冠裳歌圣寿，山声响彻蓂**阶**。新潘玉帛仰柔**怀**。祥光瞻彩仗，和气畅寒**崖**。

这首《临江仙》为双调，60字，前后段各五句三平韵。与《钦定词谱》所收录贺铸《临江仙》（巧剪合欢罗胜子）一词体式相同，属于变体。

第六，《秋波媚》：

中天紫极灿秋**光**。帝祉保悠**长**。圣人多寿，星云协庆，岭渎呈**祥**。　枫庭馥郁御炉**香**。班列奉瑶**觞**。天家盛会，九阶鼓吹，万国梯**航**。

《秋波媚》又名《眼儿媚》。这首词48字，前后段各为五句三平韵。按《钦定词谱》这个词调前后段是对称的。因此，此词符合词谱规范。

第七，《卜算子》：

皇图日月长，圣德乾坤**大**。春盖瑶池醉碧桃，寿纪同山**海**。　灿烂紫垣高，渥优洪泽**沛**。莺歌凤吹绕仙洲，喜溢明堂**外**。

查《钦定词谱》，《卜算子》以苏轼"缺月挂疏桐"词为正体，前后段各四句，两仄韵。这首词句式、韵脚、平仄完全符合正体规范。

第八，《谒金门》：

崒屼南山齐寿，辉耀比辰在**睹**。休嘉骈出羲轩**古**。艾臧膺景**祚**。　道化成恩泽**溥**。举垸梴同阏**户**。明堂玉帛遵侯**度**。唱时虔祝**嘏**。

《钦定词谱》收录《谒金门》词牌，正体有45字。这首词有48字。前段四句，24字；后段五句，24字。后段的字数、句式与《谒金门》正体的后段相符。但前段并不是很规范，第一句多三个字，且另三句平仄有出入。

第九，《贺圣朝》：

圣功巍荡乾坤瑞，彩耀宸**垣**。春融万宇，祥微云色，度协山**言**。　　海陬地远，覃教声共，球觐帝**关**。天威咫尺，香风馥郁，恩渥便**藩**。

《钦定词谱》收录《贺圣朝》体式比较复杂，共11体。《贺圣朝》双调47字，前段五句三仄韵，后段六句两仄韵，以冯延巳《贺圣朝》(金丝帐暖牙床稳)为正体。这首词47字，前段五句两平韵，后段六句两仄韵，符合规范。

第十，《乐春风》：

春醉桃英，香浓桂**秀**。银蟾当**牖**。祥云缥缈，琼楼玉宇，钧韶传**奏**。　　万国衣冠灿烂，千行鸳鸯，阳光和**照**。承恩贶，枫陛彤弓，湛路媚**祝**。亿斯年圣**寿**。

查《钦定词谱》《唐宋词格律》《词律》，没有收录《乐春风》词调，这首词的平仄、断句标准也无据可查。"照"与"祝"我们判为押韵读音。

第十一，《凤凰阁》：

阊门开皇道，九重清**穆**。丹凤楼前鸾辂**肃**。璀璨簪丽服，炊金浮**玉**。咸韶响彻、齐声**祝**。　　檀香喷暖，宫扇五云**阙**。钧天迭唱瑶池**曲**。河汉曙、仙筹引，千秋海**屋**。长照耀、尧阶玉**烛**。

《钦定词谱》的《凤凰阁》谱式，一体双调67字。这首《凤凰阁》有65字，且与正体差别较大。而与叶清臣"遍园林绿暗"一词体式相近,叶词前段第四句六字,后段第二句六字,与这首词不同。

潘辉益《裕庵吟集》中,一共有13首汉词。比照《钦定词谱》来看,每首词的格律都不是很准确。

2. 杜令善(Đỗ Lệnh Thiện,1760—1824后)《金马隐夫感情泪集》

关于杜令善的生平与文学事业的文献记载很少。杜令善,字少峻,号金马隐夫,仁穆(今越南河内省青春区)人。黎朝(1765—1793)照统二十二年(1787)中进士,任礼部给事中。他生活在国乱动荡时期,黎朝灭亡后,回到家乡。他的文集《金马隐夫感情泪集》里有《哭阮行》一诗,而阮行逝世于1824年,所以杜令善当死于1824年之后。杜令善所有的文学创作都存于《金马隐夫感情泪集》一卷[1]中,其中词有5首。具体如下:

第一,《临江仙·冬过慈陵值云阴敬感作》:

父母劬劳天海伤,裹毛剧切情**深**。松楸遥睇泪沾**襟**。万古幽愁地,千秋愧怍**心**。　　路旁迤逦情如醉,岭云一片沉**吟**。幽灵幸相此精**忱**。霾雾开红日,青岑散瞑**阴**。

《钦定词谱》称《临江仙》词牌原是唐教坊曲名,又名《谢新恩》《雁后归》《画屏春》《庭院深深》。收录有贺铸《临江仙》(巧剪合欢罗胜子)一首为变体。

这首词双调,60字,前后段各五句三平韵。与贺铸《临江仙》谱式相同,属于变体。

第二,《苏幕遮·冬夜独坐》:

---

① 杜令善:《金马隐夫感情泪集》,越南汉喃研究院图书馆,典藏号:A.1073。

> 冬夜长，冬雪**冷**。遥忆闺情，坐对寒灯**影**。哦诗烹茗心泉**醒**。何处蛩声，唧唧愁那**咱(听)**。　　月穿□，云度**岭**。乡思羁情，莫写愁中**景**。理会此间欲**静**。鸡店一声，喜已东明**镜**。

《钦定词谱》收录《苏幕遮》双调62字，前后段各七句，四仄韵，以范仲淹的《苏幕遮》(碧云天)词为正体。

这首词双调，61字。前段七句，四仄韵，"咱"即"听"字。后段七句，四仄韵，第五句比正体少一字，且《钦定词谱》中没有对应的变体。

第三，《长相思·冬夜忆闺》：

> 悠悠我心**悲**。长相**思**。酷相**思**。都在孤衾半枕**时**。真情许梦**知**。

《唐宋词格律》收录《长相思》词牌，又名《双红豆》。唐教坊曲，双调小令。36字，前后段各三平韵，一叠韵。这首《长相思·冬夜忆闺》共五句，只有一段，且缺少了前三句。

第四，《西江月·冬夜忆闺》：

> 娘是娆娇淑女，我为才隽文**人**。文人淑女两相**怜**。久属红丝牵**引**。　　水月自谐两姓，瑟琴好合十**春**。红颜遽意多分**屯**。空抱此生别**恨**。

《钦定词谱》收录《西江月》，又名《白蘋香》《步虚词》《江月令》。双调50字，前后段各四句，两平韵、一叶韵，以柳永《西江月》(凤额绣帘高卷)词为正体。

这首词双调，50字，前后段各四句，两平韵、一叶韵，但“怜”和“屯”押韵并不规范。

第五，《西江月·旅怀》：

擢第喜光家业，登朝倏值国**屯**。乡情旅思两纷**纭**。父母妻孥何**在**？　种种羁愁萦抱，悠悠闺泪沾**巾**。皇天有意相文**人**。早愿否袪为**泰**。

这首《西江月》前后段各两平韵，但与上一首不同，这首词上下段的最后一句互押，而与平韵不叶。除此之外，谱式与《西江月》正体相同。

杜令善创作5首词，每首词都有词调及词题。用了《西江月》《长相思》《苏幕遮》和《临江仙》词调。从形式来看，杜令善对词的词调和规律相对还算熟悉，各首词多按照词谱规定。可以看出杜令善对词体有了解，但是他创作比较少。

3. 范廷琥（Phạm Đình Hổ，1768—1839）《珠峰杂草》

范廷琥号东野樵、赵琥。他是越南18世纪末19世纪初的著名诗文作家与学者，他的著作涉及文学、历史、地理和语言研究等不同领域。在文学著作上有《雨中随笔》《东野学言诗集》《松竹莲梅四友》以及与阮案合写的《沧桑偶录》等作品。

范廷琥的《珠峰杂草》[①]收录了作者的各种文学体类作品，其中在“诗余”的部分收录了6首汉词。

第一，《小梁洲·问所知》：

---

① 范廷琥：《珠峰杂草》，越南汉喃研究院图书馆，典藏号：VHv.1873。

萩萩他乡一旅**人**。无雁访衡**云**。枣梅林海陇，关山千里，临风对月，愁思纷**纷**。　　每思君子来，犹忆飞书赠，旅况转生**春**。叵奈时光，星霜荏苒，春来冬去，触绪伤神入梦**频**。

《钦定词谱》《词律》《唐宋词格律》没有记载《小梁洲》谱式，经校验，《词律》中也没有对应这一体的词牌。虽然曲牌中有《小梁洲》，但与这一首作品体式不合，或许是作者自度曲。

第二，《千秋岁·拟从甥阮子辉瑾寿其外大母》：

柳抽花**吐**。恰值韶光**首**。东日暖，条风**煦**。三春醅正熟，八表庚初**度**。陪舅**母**。庭前缭绕斑衣**舞**。　　堂上慈颜慰，膝下余庆**裕**。老干茂，孙枝**秀**。未能成宅相，且共介眉**寿**。看年年，长八千春仙**树**。

《钦定词谱》收录《千秋岁》，双调71字。范廷琥这首《千秋岁》共70字。《钦定词谱》中《千秋岁》后段最后一句是七字，但这首词中只有六字，其余部分都符合《钦定词谱》的规范。

第三，《满庭芳·拟武兄乃翁襄事题帐》：

人也何辜，天之不吊，无如大冶簸**扬**。今朝昨日，转眼忽沧**桑**。忆昔怡愉膝下，槐阴里、点缀韶**阳**。休提是，痴儿不肖，尘滴未堪**偿**。　　回头团聚日，韩桐艺绿，窦桂栽**香**。灵椿傲雪，秋菊凌**霜**。谁道化圈颠倒，无计挽、蓬岛游**缰**。南极外，一星灿烂，翘首望清**光**。

这首《满庭芳》，共94字，与《钦定词谱》中的正体相比，少一字。《钦定词谱》以晏几道“南苑吹花”一词为正体，后段第四、五句为“漫留得，尊前淡月西风”，而这首词后段第四、五句为两个四字句。除此之外，全词平仄、韵脚与正体大致相同。

第四，《步蟾宫·贺刑部侯弟就赘同部参知之女》：

深深绣闼千金**价**。喜正是、枌榆旧**社**。珩琚图史大家风，郎才女貌双双**可**。　红丝幕里斯牵**过**。好谱作、词林佳**话**。满城士女庆喧阗，秋曹卿亚成姻**娅**。

《步蟾宫》，旧题蒋孝所编《九宫谱目》入南吕引子，韩淲词名《钓台词》，刘拟词名《折丹桂》。《钦定词谱》所收正体是双调59字；又一体双调56字，由四组七字、三字、四字句式组成，与这首词大同小异。

第五，《贺新郎·贺刑部侯弟就赘同部参知之女》：

莲沼香风**细**。况分明、绿阴鸟啭，夏交秋**际**。裘马翩翩新结束，来自浓山珥**水**。道是奉、部堂钧**旨**。历览山水闲，礼数兼优文**致**。　合卺遥前花烛下，一对天然佳**丽**。百年共、清华福**履**。更勉君、尽书窗弩**力**。大登科**继**，小登科**喜**。方不忝，此门**地**。

《贺新郎》，叶梦得词有“唱金缕”句，名《金缕歌》，又名《金缕曲》，又名《金缕词》。正体双调116字，前后段各十句，六仄韵。《贺新郎》也有很多变体，如115字、117字等。上面这首词明确标注“贺新郎”调，但只有88字，与《钦定词谱》《词律》所收录的各体都有较大差别，不知其中原因。

第六,《西江月·拟武生外翁祭堂题登》:

弧矢四方壮志,韬钤奕世遗**风**。早投笔砚事从**戎**。定远嫖姚伯**仲**。　　六六筹添海屋,三三迈驾仙**踪**。桑沧苏块拥尘**垄**。明月清风长**共**。

《西江月》词牌,又名《白蘋香》《步虚词》《晚香时候》《玉炉三涧雪》《江月令》,另有《西江月慢》。《钦定词谱》以柳永词为正体,50字,前后段各两平韵,结句各叶一仄韵。范廷琥此词与柳永词相同,属于《西江月》正体。

范廷琥创作的这6首"诗余",其中5首确定为词,另一首不在《钦定词谱》《词律》的收录范围内,无法确定。从总体来看,每首词的格律、字数都按照词谱规定创作,但都不是很规范。

4. 阮行(Nguyễn Hành,1771—1824)《观东海》与《鸣鹃诗集》

关于阮行的生平,阮氏家族家谱(仙田乡)记载阮攸有一个孙子叫阮行。[①]两个人都是当时的著名诗人,与阮辉似等人并称"安南五绝"。1962年,陈文岬先生《越南各位作家的传略》记载:"阮行是河静省宜春县仙田乡人,是阮侃(1734—1786)的孙子。"[②]阮行的生卒年不详,只知道他很有文学才能,他的主要思想是"怀黎",陈文岬先生说他的作品有"《观海集》《鸣鹃集》《天地人物事记》"。

---

① 阮攸(1765—1820),字素如,号清轩,又号鸿山猎户、南海钓徒。是越南古典文学名著《金云翘传》的作者,越南最有代表性的古典诗人,被越南人尊为大诗豪,世界文学评论界常把他与俄国的普希金、德国的歌德、法国的巴尔扎克和中国的曹雪芹、屈原并论。有汉诗集《青轩诗集》诗78首、《南中杂吟》诗40首。1965年世界和平理事会将其列为应纪念的世界文化名人之一。

② 陈文岬:《越南各位作家的传略》,河内:史学院出版社,1962年,第35页。

在后来的《文学字典》(新版)[①]里,阮鹿先生提供了有关阮行比较充足的生平材料:

> 阮行,生于1771年,卒于1824年。阮行真名叫阮淡,字子敬,号南叔,别号午南或日南,是阮俨(阮攸的哥哥)[②]的孙子。他现存的两部诗集《观东海》与《鸣鹃诗集》都是用汉字写的。阮行的词作记载在《观东海》和《鸣鹃诗集》,一共有十五首词。

海东是阮朝时期的府名,现在广宁省。阮行生活时期,这地区称海东。到阮朝明命帝十七年(1836)改名海宁。根据阮行的活动生平,海东这地区对于他来说应很陌生。所以我们认为是有后人在抄写他的诗集时把《观东海》改成了《观海东》,后来更导致陈文岬先生著录为了《观海集》的名称,且这三个集子的内容很相似,可能它们都是按照同一本书抄录来的。《观东海》[③]收录阮行9首汉词,具体如下。

第一,《满庭芳·南窗》:

> 鸿岭云高,碧潭月静,村烟岸树重**重**。两江一带,荡漾夕阳**红**。敛入故园光景,衡门下、可以从**容**。方池外,芭蕉杨柳,并水木芙**蓉**。　　庭**中**。观不尽,黄花翠竹,怪石苍**松**。总诸般书册,几个孩**童**。随意啸吟自乐,闲来放、一枕南**窗**。终日觉,惺惺如也,茫(潇)洒主人**翁**。

① 阮鹿:《文学字典》,河内:社会科学出版社,1984年,第155页。
② 阮俨,1776年生,字希思,号毅轩,别号鸿鱼居士,河静省宜春县仙田乡人。
③ 阮行:《观东海》,越南汉喃研究院图书馆,典藏号:A.1530。

《钦定词谱》收录《满庭芳》词调，有平韵、仄韵两体。平韵体以晏几道“南苑吹花”词为正体，双调95字，前后段各十句，四平韵。

这首《满庭芳·南窗》词，双调，95字，前后段各十句四平韵。与《钦定词谱》对照，这首词是平韵体，词作的数字、押韵(除了后段第七句“窗”为通押)都相当符合词牌格律的要求。

第二，《沁园春·南窗》：

人心惟危，道心惟微，云何把**持**。唯端视审咱(听)，寡言慎动；默调鼻息，静摄心**思**。收敛精神，豁开襟量，内外都忘知我**谁**。常如是，即事来无事，羑以制**之**。　不为然后有**为**。只顺理而行，无碍处**依**。到毋意毋必，毋固毋我；磨而不磷，涅而不**缁**。月白风清，鸢飞鱼跃，蔼然天地**归**。成就处，举一圈太极，体得无**亏**。

《钦定词谱》记载，《沁园春》正体是双调114字，前段十三句四平韵，后段十二句五平韵。又一体双调112字，前段十三句四平韵，后段十二句五平韵。

这首《沁园春·南窗》词，双调，112字，前段“咱”即为“听”字，后段第二、三句和《钦定词谱》中收录的秦观词体相近，第十句差了两个字，并且第三句末字字形写得近似“辰”，不韵，我们认为实应为“依”。

第三，《满庭芳·贺叶镇超成侯母七十寿》：

阔海储精，神丁山名孕秀，妆台妙降玉**真**。当年作合，琴瑟友嘉**宾**。毓得一枝丹桂，滋培藉、厚德无**垠**。清风挹，陶欧千载，贤母出名**臣**。　维**新**。隆盛世，子重镇、母太夫**人**。灿盈门珠紫，列鼎甘**珍**。七秩婺星煹彩，高堂晏、乐意欣**欣**。歌管会，锦衣献寿，媚祝万斯**春**。

《钦定词谱》所收《满庭芳》正体为95字，又一体周邦彦词95字，与这首《满庭芳·贺叶镇超成侯母七十寿》相近。但这首词的后段第三句少一字。

第四，《念奴娇·赠医者》：

开天一昼，原医道、乃自吾儒流**出**。重重方书虽假托，施用一般是**寔**。振起沉疴，挽回天极，务尽吾仁**术**。积功到处，良医良相如**一**。　慨自儒道不行，太和都变了，医家多**疾**。赞化调元希妙手，凭藉笼中参求。造物分功，生民系命，戒子全无**失**。壶中闲暇，擎杯谈笑弥**日**。

《钦定词谱》以苏轼《念奴娇》(凭空眺远)一词为正体，以《念奴娇·赤壁怀古》为变体。这首词双调100字，前段九句四仄韵，后段十句三仄韵，除第五句"求"落韵之外，与苏轼的《念奴娇·赤壁怀古》谱式相符。

第五，《满江红·北城送春》：

公子王孙，重来访、皇都春**色**。回首属、楼台城市，已非畴**昔**。往事依依浑若梦，新愁缕缕长如**织**。最无端、漂泊可怜身，经年**客**。　尘埃里，谁相**识**？朝过了，还谋**夕**。把一春乐事，等闲忘**却**。不惜烟花零落尽，只愁岁月虚抛**掷**。怅生平、怀抱未曾开，头空**白**。

《唐宋词格律》收录《满江红》词牌93字，前段四仄韵，后段五仄韵，一般例用入声韵，以柳永《满江红》（暮雨初收）词为正体。

这首《满江红·北城送春》词，93字，前段八句四仄韵，后段十句四仄韵，与柳永词正体谱式相符。

第六，《浪陶沙·北城新春为人题》：

都会古升**竜**。胜事重**重**。浮云不定水流**东**。惟有春光依旧在，柳绿花**红**。　　安用叹飘**蓬**。随在从**容**。高朋满座酒杯**浓**。素位风流真可乐，乐兴人**同**。

《钦定词谱》有《浪淘沙》《浪淘沙令》与《浪淘沙慢》词牌。

这首《浪陶沙·北城新春为人题》，双调54字，跟《浪淘沙》（单调28字），《浪淘沙慢》（双调133字）词牌差别太大。而《浪淘沙令》双调54字，前后段各五句四平韵，以南唐李煜《浪淘沙令》（帘外雨潺潺）词为正体。上面这首词属于《浪淘沙令》的正体。

第七，《吴山齐·三叠山》：

叠叠**山**。又叠**山**。三叠山雄交爱**间**。平明人度**关**。　　上山**难**。下山**难**。山路其如世路**艰**。浮云殊未**闲**。

《钦定词谱》没有《吴山齐》调。这首词为双调36字，前后阕格式相同，各四句，三平韵，一叠韵，与《吴山青》谱式的字数、韵均相符。《吴山青》又名《长相思》《双红豆》《忆多娇》等。南唐后主李煜词名《长相思令》，宋人林逋词名《吴山青》。所以，这首词的准确调名应是《吴山青》。

第八,《柳梢青·七感集歌》:

往古来**今**。忠臣烈女,感慨相**寻**。铁石肝肠,冰霜节操,长使人**钦**。　　我来自托悲**吟**。想吟处、精灵照**临**。用妥幽馨,专扶世道,还证初**心**。

这首词为双调,前段六句三平韵,后段五句三平韵,与《钦定词谱》中的《柳梢青》正体体式相同。《柳梢青》又名《云淡秋空》《雨洗元宵》《玉水明沙》《早春怨》。

第九,《浣溪沙·秋月辞》:

卷尽浮云见月**光**。秋天无处不清**凉**。倚楼闲兴月商**量**。　　明月有情应笑客,经年何事未还**乡**。徘徊今夜意难**忘**。

《钦定词谱》所收《浣溪沙》双调42字,前段三句三平韵,后段三句两平韵,以韩偓《浣溪沙》(宿醉离愁慢髻鬟)词为正体。上面这首《浣溪沙·秋月辞》与正体体式相同。

阮行《观东海》诗集中共有9首汉词,运用8种词调,其中有2首词的词调名不准确(第六、七首)。鉴于阮行的词作皆由后人传抄,所以这些错误可能是在传抄过程中出现的,不一定是作者之误。

阮行另有《鸣鹃诗集》[①],其中有19首汉词。19首中有5首在《观东海》诗集中出现,它们是《满江红·北城送春》《浪陶沙·北城新春为人题》《吴山齐·三叠山》《柳梢情·七感集歌》和《浣溪

---

① 阮行:《鸣鹃诗集》,越南汉喃研究院图书馆,典藏号:VHv.109。

沙·秋月辞》。所以，在《鸣鹃诗集》中另外还有14首汉词。不过，其中最后4首与团氏点《传奇新谱》中词作近乎一致，应不是阮行自己的作品。故而其词实际还有10首。

第一，《浪陶沙·槟榔词奉呈南策府东堂裴贵台》：

此地好槟**榔**。味等琼**浆**。可怜市价却寻**常**。物不离乡那得贵，人故离**乡**。　　不树自联**房**。瞻望东**堂**。旅游何敢渎恩**光**。徒抱如丹心一片，口绣维**章**。

《钦定词谱》有《浪淘沙》谱式，一体单调28字，四句三平韵，但是阮行的这首《浪陶沙》是双调54字，所以，此词词调名不准确。

《钦定词谱》有《浪淘沙令》，双调54字，前后段各五句，四平韵。阮行这首词的字数、押韵情况均和《浪淘沙令》相同。所以，这首《浪陶沙》准确地说应是《浪淘沙令》。

第二，《浣溪沙·北城春暮》：

重到龙门使我**思**。江上虽是昔人**非**。奈何春晚尚流**离**。　　安用千金求骏马，也曾一饱解缁**衣**。为谁羁绊不能**归**。

这首词没有标注调名，只有题目“北城春暮”，但是符合《浣溪沙》的谱式，所以我们判断这首为《浣溪沙》词。

第三，《卜阑干·北城再遇清明节忆旧游人》：

春光犹恋帝王**州**。争奈客心**愁**。乱后繁花，旅中滋味，总觉为**秋**。　　清明辰节还来了，人也不同**游**。独自吟诗，欢然煮茗，冷淡风**流**。

《钦定词谱》收录《眼儿媚》，左誉词名《小阑干》，双调48字，前后段各五句，共五韵。这首词双调，48字，前段五句三平韵，后段五句二平韵，与《眼儿媚》谱式同，故我们判断调名系“小阑干”之误。

第四，《卢美人·北城旅怀》：

> 纷纷世局何时**定**。满目伤心**景**。无端又向市城**来**。正是不关名利也尘**埃**。　　故园一别青春**再**。松竹依然**在**。君问何事却迟**迟**。应为珠桂留恋不能**归**。

《钦定词谱》只收录有《虞美人》，以李煜《虞美人》(春花秋月何时了)为正体，56字，前后段各两仄韵、两平韵。

此词双调，56字，前后段各两仄韵、两平韵，谱式与李煜的《虞美人》词相同，属于正体。故调名为“虞美人”之误。

第五，《诉衷情·代婿作哀挽词》：

> 八旬金母返瀛**洲**。尘世岂能**留**？有情含泪攀送，不见使心**愁**。　　龙城外，珥水**流**。去悠**悠**。瑟衣舞散，蒿里歌残，从此千**秋**。

《钦定词谱》收录《诉衷情》词牌有单调和双调。单调者，或间入一仄韵，或间入两仄韵，韦庄、顾敻、温庭筠所作三词略同。双调者，全押平韵，毛文锡、魏承班所作三词略同。双调41字，前段五句四平韵，后段四句四平韵，以毛文锡的《诉衷情》(桃花流水漾纵横)为正体。

这首《诉衷情·代婿作哀挽词》，双调，44字，前段四句三平韵，后段六句三平韵，与《诉衷情》谱式不同。

《钦定词谱》收录《诉衷情令》，双调44字，前段四句三平韵，后段六句三平韵，以晏殊的《诉衷情令》(青梅煮酒斗时新)为正体。阮行的这首词《虞美人·北城旅怀》与晏殊的《诉衷情令》词谱式相符，故调名准确说应该是《诉衷情令》。

第六，《诉衷情·前词为子述》：

哀哀我母竟何**之**。七十果然**希**。至哉母也，天只感慕曷穷**时**。　　弹血泪，挽灵**輀**。送将**归**。云迷三岛，月落西湖，万古于**斯**。

这首词没有标注调名，但是题目说“前词”，格律也符合前一首《诉衷情》的谱式，所以我们判断这首也是《诉衷情》词，而准确的调名也应是《诉衷情令》。

第七，《上西楼·思乡》：

故乡何日归**来**。意悠**哉**。不恨此身漂泊、恨无**才**。　　时变**易**。人离**析**。尽堪**哀**。只有一腔忠孝、望乡**台**。

这首词完全符合《钦定词谱》收录的《上西楼》正体谱式。前段三句三平韵，后段换头间入两仄韵，再换与前段韵部相同的两平韵。

第八，《如梦令·悼亡代作》：

此日锵锵鸣**凤**。今日断肠声**送**。聚散忽匆**匆**。总被化儿撩**弄**。如**梦**。如**梦**。只有鳏夫情**重**。

这首词为单调，33字，七句，五仄韵、一叠韵。原没有记载词调。查《钦定词谱》可知，这首词的字数、用韵均与《如梦令》正体相同。所以，我们认为这首词的词牌是《如梦令》。

第九，《法驾导引·哀挽代作》：

瑶池路，瑶池路，金母此回**归**。四十余人同泣送，春云秋暗不能**飞**。邻里亦依**依**。

这首词没有标注调名，但是谱式符合《钦定词谱》中所收录的陈与义《法驾导引》谱式，前二句为叠句，且与陈词同样以“路”结尾，后为三平韵。所以我们判断这首是《法驾导引》词。

第十，《门前过》(自度曲)：

独自闭门**卧**。车马门前**过**。赤白熏人尘满**头**。君今何苦不肯暂时**休**。

这首词26字，四句，两仄韵，两平韵。标为“自度曲”，是阮行自创。

《鸣鹃诗集》在上面这首自度曲之后，还有4首为一组的“春夏秋冬”组词。第一首标题为“春词”，没有标注调名，但谱式基本符合《钦定词谱》中所收录《春光好》调第二体的和凝“蘋叶软”例词谱式，只是格律上稍有差异。第二首“夏词”标调名为《满浦联》，再从整体句式的节奏来看，应是《钦定词谱》中收录的《隔浦莲近拍》一调，此调又名《隔浦莲》，各体均为73字，以周邦彦词为正体。但是可能因为周词在历史上有关字数、断句、分段的问题，都多有争议，所以导致了这首“夏词”只有64字。第三首“秋词”标调名为《步步蟾》，查得与《钦定词谱》中所收录《步蟾宫》调最后一体，即

《全芳备祖》中词作略近，但格律上的平仄差异比较大。第四首“冬词”标调名《一剪枝》，与《钦定词谱》收录的《一剪梅》调中张炎词的谱式相近，但格律上也有一些差异。上述这4首无疑也是词作。但我们发现这4首作品与团氏点《传奇新谱》中所载4首“春夏秋冬”组词近乎一致，具体词文略有不同而已，而团氏点及其著作的所属年代应早于阮行，所以我们认为《鸣鹃诗集》中的这4首词应该不是阮行自己的作品，而只是对团氏点《传奇新谱》中词作的一个抄录版本，产生这种情况的原因不明。

所以，阮行两部诗集共有他自己所作的19首词，其中1首为自度曲。

5. 胡春香（Hồ Xuân Hương，1772？—1822？）《瑠香记》

胡春香是越南最伟大的女诗人之一，生平跨后黎朝和阮朝两代。她擅写喃字诗，现代越南诗人春耀（Xuân Diệu，1916—1985）肯定了她对越南文学发展的贡献，称她为“喃字诗女王”。她的诗大多散佚，《春香诗集》中收录有50首，时人争相传诵。①

在她的《瑠香记》中收录有9首词。1960年，越南研究者发现了胡春香的《瑠香记》被保存在越南文学院图书馆里②，这本书没有记录年号、题跋。在第一页记载着“驩中古月堂春香女史辑”，并记有“乐府词”三字。

第一，《江南调·述意兼柬友人枚山甫》组词共6首：

花飘**飘**。木萧**萧**。我梦卿情各寂**寥**。可感是春**宵**。　鹿呦**呦**。雁嗷**嗷**。欢好相期在一**朝**。不尽我心**描**。

① 陈竹漪：《胡春香汉喃诗及其女性意识研究》，高雄：中山大学硕士学位论文，2005年。

② 胡春香：《瑠香记》，越南文学院图书馆，典藏号：HN.336。

江泼**泼**。水活**活**。我思君怀相契**阔**。泪痕沾夏**葛**。　诗屑**屑**。心切**切**。浓淡寸情须两**达**。也凭君笔**发**。

风昂**昂**。月茫**茫**。风月空令客断**肠**。何处是滕**王**。　云苍**苍**。水泱**泱**。云水那堪望一**场**。一场遥望触怀**忙**。

日祈**祈**。夜迟**迟**。日夜偏怀旅思**悲**。思悲应莫误佳**期**。　风扉**扉**。雨霏**霏**。风雨频催彩笔**挥**。笔挥都是付情**儿**。

君有**心**。我有**心**。梦魂相恋柳花**阴**。诗同**吟**。月同**斟**。一自愁分袂，何人暖半**衾**。　莫弹离曲怨知**音**。直须弃置此瑶**琴**。高山流水晚相**寻**。应不恨吟叹古**今**。

君何**期**。我何**期**。旅亭来得两栖**迟**。茗频**披**。笔频**挥**。一场都笔舌，何处是情**儿**。　好凭心上各相**知**。也应交错此缘**缔**。芳心誓不负佳**期**。[……]

第一首到第四首词是按照《长相思》格律，其中第三、第四两首后段最后一句开头多了叠字。第五首和第六首词格律基本相同，但第六首脱漏了末句。第五、第六首的前半段类似《梅花引》，后半段类似《阳关曲》，但也存在不少出入，不知为何调。《钦定词谱》没有记载《江南调》，也没有符合这两首词的词调格式，不知是不是胡春香自己的创作。

第二，《少年游》：

琼筵坐**花**。飞觞对月，风流属谁**家**。李子挥毫，徐妃援笔，思雅入诗**歌**。　[……]今夕是如**何**。促席谈心，回灯叙事，扰笔一呵**呵**。

《钦定词谱》记载：《少年游》调见晏殊《珠玉集》，因词有“长似少年时”句，取以为名。此调最为参差，今分七体，其源俱出于晏词。或添一字，摊破前后段起句，作四字两句者；或减一字，摊破前后段第三、四句，作七字一句者；或于前后段第二句，添一字者；或于两结句，添字、减字者……

胡春香的这首《少年游》词，双调44字。前段六句三平韵，后段四句二平韵，但“花”“家”二韵与后面三韵分属不同韵部。这首词属于变体，与晏几道“绿勾栏畔”一词同体，但后段起句少了两个四字句。

第三，《春庭兰》：

> 月斜人静戍楼**中**。卧咱（听）铜**龙**。起咱（听）铜**龙**。夜半哀江响半**空**。声也相**同**。气也相**同**。相思无尽五更**穷**。心在巫**峰**。魂在巫**峰**。恩爱此遭**逢**。闲倚东**风**。倦倚东**风**。　一园红杏碧青**葱**。繁华惜已**空**。今朝又见数枝**红**。莺儿莫带春风去，只恐桃夭无力笑东**风**。风清月白，把奇香、入客吟**中**。

汉词没有《春庭兰》词调。越南学者陈清卖认为，这词调是《满庭芳》。[①]但《钦定词谱》的《满庭芳》的格律，与这首词全不相符。所以，陈清卖的说法不准确。

我们暂时也未找到相似《春庭兰》的词调。但这首词前面十二句句式与《一剪梅》高度相似，只有第十句缺少两个字。不过，仍与《一剪梅》平仄、韵脚都有较大的区别。这首词后半部分有些句式类似《虞美人》，但也存在较大的差别。这首词或许是胡春香的自度曲，有待进一步考证。

---

① 陈清卖：《〈瑠香记〉的发现来源》，《文学杂志》1964年号。

第四,《秋夜有怀》:

夜深人静独踟**蹰**。云楼酒冷银环半,水阔风长玉漏**孤**。花花月主人**吾**。　　春寂寂,春兴不多**乎**?雁影何归云自住,蛩声如诉水空流,岁晏须**图**。

这首《秋夜有怀》词应为双调,但《瑠香记》没有记载词调,句式比较独特。前段四句三平韵,后段五句两平韵,“住”似为叶韵。查阅词谱,字数相近的词调都没有收录这种体式,有些词调虽然前段相似,但后段完全不同,故而不知这首词所用的是什么词调。

按照《钦定词谱》及《词律》等,胡春香留下的9首汉词都有不同程度的谱式、格律问题。但是,如果我们把胡春香的9首汉词当作汉词在越南所产生的新的变体,或许能够解释这一现象。胡春香或许是有意创作变体词作,或许是对于汉词词调不够熟悉。这一事例证明,中国词在越南发生了一些显著的变化,在被越南文人本土化的过程中,形式也发生了变化。

6. 吴时香(Ngô Thì Hương,1774—1821)《梅驿诹余》

吴时香,字成甫,号篛斋,越南吴家文派著名诗人之一,吴时仕之子,吴时任、吴时志的幼弟。他们兄弟三人都是当时著名的文学家。吴时香六岁时(1780)父亲去世。吴时香由他的长兄吴时任扶养。[①]1782年,郑主幕府发生政变,郑楷夺取政权,成为新的郑主。郑楷不能容忍告发过自己的人,逮捕并处死了很多牵涉其中的大臣,因此吴时任弃官逃至太平府(今越南太平省)隐居。处于社会动

① 吴时任(1746—1803),一作吴时壬,字希尹,号达轩。越南历史学家、文学家、儒学学者,越南吴家文派人物之一。曾先后出仕后黎朝、西山朝。

荡时期的吴氏家族也渐渐衰落分散，因而吴时香从小学习环境并不理想。但是嘉隆皇帝刚登基，吴时香就马上被召进宫授以官职。嘉隆八年(1809)担任阮朝外交使团的副大使。明命元年(1820)，他再一次被推举为副大使，并计划出使中国，但在出使途中去世，病故于越南广西省南宁府永顺县，年仅四十七岁。

吴时香的文学作品有《梅驿诹余》一书。[①]他的创作主要是汉诗，在第一次出使(1809年)途中就有描写风景与抒发情感之作。

吴时香在《梅驿诹余》中有3首词，为中国清仁宗嘉庆皇帝(1760—1820)五十寿庆而作。3首词前有“言引”曰“预拟万寿词引七言长篇”，“臣今拜首献三阕，感华封三祝唐”。作者引用中国的成语“华封三祝”，寓意祝嘉庆皇帝过寿的三个美好祝愿：荣华富贵，多子多孙，永寿无疆。词如下。

第一，《千秋岁·履永延臣国王》：

斗柄初旋，候虫正蛰，圣寿八千方五**十**。祥凝瑞翕□极照，耀向衮龙光熠**熠**。介辰厘，萧韶奏，山千**立**。　　皇天申休命用**集**！圣人致和福用**集**！安事乔松呼与**吸**！□恭寅畏黄金饵，操存省勅丹砂**粒**。寿无疆，重咏九，□诗**什**。

《钦定词谱》有《千秋岁引》词牌，双调82字。此词是按照《千秋岁引》词牌创作的，依王安石正体词谱式。这首词的调名准确说是《千秋岁引》。

第二，《贤圣朝》：

① 吴时香：《梅驿诹余》，越南汉喃研究院图书馆，典藏号：A.117a/16。

奉琛万里朝嘉**旦**。济济衣冠**灿**。一堂春色，上堂绅□，下堂歌**管**。　景星庆云开糺**缦**。愿龟龄鹤**算**。如日若月，运行不息，昭回天**汉**。

《钦定词谱》没有《贤圣朝》词牌，但有《贺圣朝》。这首词48字，前后段最后由三个四字句组成，与《词律》所收赵彦端《贺圣朝》词相近。所以《贤圣朝》应该为《贺圣朝》之误。

第三，《清平乐》：

福岁玉**食**。永建中和**极**。位禄寿名归大**德**。四海九□是**式**。　车书文轨攸**同**。泰山盘石增**隆**。亿载光华帝旦，□如今日春**风**。

《钦定词谱》收《清平乐》词牌，双调46字，前段四句四仄韵，后段四句三平韵，以李白《清平乐》(禁闱清夜)为正体。

这首《清平乐》，双调46字，前段四句四仄韵，后段四句三平韵，与正体相同。

吴时香一共创作了3首词，都是祝寿词。他将词当成送给当时清朝嘉庆皇帝的生日礼物，这不仅表现了他的艺术性外交方式，更表现了他对中国文学的熟练掌握和深刻认识。

7. 朱允致(Chu Doãn Trí，1779—1850)《谢轩先生原集》

《谢轩先生原集》[①]是朱允致的一部诗集，收录了他创作的所有文学作品。这部诗集主要收集了朱允致和他朋友的诗歌，由朱允致的儿子朱弘夫编辑，门人陶春桂编校，阮方亭批评，完成于1858

---

① 朱允致：《谢轩先生原集》，越南汉喃研究院图书馆，典藏号：A.2432。

年的二月。《谢轩先生原集》第一部分为朱允致的诗集《朱谢轩诗集》,共两卷:卷一有83首诗,"补遗"有6首,故卷一共有89首诗和词作,其中补遗部分有2首汉词;卷二共有137首诗,"附录"有一首。《谢轩先生原集》第二部分是《朱谢轩先生遗文》,一共有21篇文章。

朱允致,字远夫,号谢轩,越南北宁省东万乡人。在《朱谢轩诗集》卷一"补遗",有2首汉词。第一首名为《南乡子·代拟宣光参协夫人祭幄》,但是按照词谱来看,这首词词调不是《南乡子》。根据词的文本字数和句式,作者应是按照《南歌子》词调来写的,但很可能在编辑过程中,"歌"字被误写成"乡"字。在这首词前有注文:"故黎昭皇女生于燕,二首。"第二首的词题跟第一首的词题一致,词调是《桃源忆故人》。

第一,《南歌子·代拟宣光参协夫人祭幄》:

回首燕台月,伤心汉苑**春**。周全三载凤羊**姻**。暂别谁知永诀、泪沾**巾**。　　箧断回文锦,奁□宝镜**尘**。此生抱恨似安**仁**。不觉他生肯共、白头**新**。

《钦定词谱》卷一记载:《南歌子》词牌源于唐教坊曲名,有单调、双调。单调者,始自温庭筠词。双调者有平韵、仄韵两体,平韵者始自52字毛熙震词,而周邦彦、杨无咎、僧挥之54字体,无名氏53字体,俱本此添字。

《南歌子·代拟宣光参协夫人祭幄》一词,双调,52字。前后段各四句三平韵。对照词谱,这首词是按照平韵毛熙震词的体式创作的。

第二,《桃源忆故人·代拟宣光参协夫人祭幄》:

琚璜韵在瑶台**迥**。上苑依稀光**景**。花晚不堪霜**冷**。奈此春冰**命**。　　几回懒把褕衣**整**。剩有啼声堪**咱(听)**。三十余年人**境**。未熟黄粱**顷**。

《钦定词谱》称《桃源忆故人》一名《虞美人影》，或名《胡捣练》，双调48字，前后段各四句，四仄韵。按照词谱，《桃源忆故人·代拟宣光参协夫人祭幄》符合正体规范。

8. 潘辉注(Phan Huy Chú，1782—1840)《华轺吟录》

潘辉注，字霖卿，号梅峰，越南阮朝著名学者和官员。潘辉注出生在国威府安山县(今越南河内市国威县)，是潘辉益第三子。他自幼好学，六岁时便跟随舅舅吴时任学习。1807年和1819年，潘辉注曾两次参加会试，后来成为生徒。但潘辉注一直郁郁不得志，直到编成《历朝宪章类志》之后，才获得明命帝的赏识，1821年被授国子监编修一职。①

1825年，潘辉注作为副使出使清朝。1831年，再次作为副使出使清朝。翌年他奉命出使荷属东印度(今印尼雅加达)。归国后，于1834年授工部司务，不久辞官退隐。1840年病逝，时年五十八岁。②

他的文学作品有《历朝宪章类志》《皇越都奠志》《梅峰游西城野录》《华轺吟录》《华程俗吟》等。

潘辉注的最大贡献是编辑越南的《历朝宪章类志》，这是他呕

---

① 《潘辉注和潘辉家族》，河山平省：文化通讯局出版社，1983年。此书由多人合著，其中我们主要参考四篇文章：潘辉黎《关于潘辉家族在寒山》，谢玉柳《事业永久》，金英《从角色家庭形成潘辉注人才》，阮俊盛《潘辉注——伟大的典籍家》。

② 潘辉注：《历朝宪章类志》，河内：社会科学出版社，1992年；陈文岬：《对汉喃书库的考察》，河内：科学出版社，1990年。

心沥血十载的巨著（该书于1809年开始编纂，于1819年完成）。与其研究工作相比，潘辉注的诗歌显得不那么突出，只有《华轺吟录》[1]一集。《华轺吟录》编撰于1826年，有何巽甫（何宗权）题字，现在越南汉喃研究院图书馆有藏本，一卷，180页。这本书里有275首汉诗，4首赋，8首词。这是潘辉注在第一次出使途中所作，内容以他在路上的所见所闻为主，其中8首咏潇湘的诗，他称为“潇湘八景咏”，并配有自序。在每首诗后都各附有一词，潘辉注把词称为“诗余”，所以每一首诗的诗题也是每首词的词题。具体如下。

第一，《更漏子·潇湘夜雨》：

响萧萧，声瑟**瑟**。滴滴恼却，秋江旅**客**。万山寂，一流**寒**。烟光缈茫**间**。 残灯**影**。孤衾**冷**。枕上关河梦**醒**。三楚思，十年**情**。淋漓夜五**更**。

《钦定词谱》收录《更漏子》词调的令词谱式，双调46字，前段六句两仄韵、两平韵，后段六句三仄韵、两平韵，以温庭筠《更漏子》（玉炉香）词为正体。

这首令词双调，48字，前段七句，两仄韵、两平韵；后段六句，三仄韵，两平韵。此词的谱式与《钦定词谱》收录《更漏子》的正体相近，但将正体前段第二句的六字句增为了两句四字句。

第二，《西江月·洞庭秋月》：

迢递九江烟浪，沧茫千里湖**山**。一轮桂魄夜团**团**。照彻素秋景**色**（叶韵）。 岳浦展开明镜，湘峰点缀云**寰**。几人携酒泛

[1] 潘辉注：《华轺吟录》，越南汉喃研究院图书馆，典藏号：A.2041。

重**澜**。解倒巴陵清**影**(叶韵)。

这首词双调50字,前后段各四句,两平韵、一叶韵。此词的谱式与《钦定词谱》收录柳永词相同,属于正体。但前后段末字叶韵不规范。

第三,《浪门沙·远浦归帆》:

翠岭拥长**流**。烟水悠**悠**。忽从天际见归**舟**。樯影凝茫天外树,浩缈汀**洲**。　　斜照暮溪**头**。言望踟**蹰**。凉飙吹动白蘋**秋**。满目关山随处泊,烟景夷**犹**。

《钦定词谱》《词律》《唐宋词格律》都没有收录《浪门沙》词调名。

这首《浪门沙·远浦归帆》,双调54字,前后段各五句,四平韵,谱式与《钦定词谱》所收录《浪淘沙令》词调的谱式相同。潘辉注此词调名有误,应为《浪淘沙令》,属于正体。

第四,《惜分飞·平沙落雁》:

远浦衔芦秋弄**影**。草阵行行对**整**。萧瑟西风**冷**。斜阳沙向沧洲**静**。　　万里云烟江路**永**。暮宿朝飞无**定**。关山消息**迥**。顾倩传书通桂**岭**。

《钦定词谱》收《惜分飞》,又名《惜双双》《惜双双令》《惜芳菲》,双调50字,前后段各四句,四仄韵,以毛滂《惜分飞》(泪湿阑干花著露)词为正体。上面这首词,谱式与毛滂《惜分飞》词相同,属于正体。

第五,《梅花·江天暮雪》:

林萧紫(**瑟**)。水寂**寞**。朔风吹散冰晶**落**。雨乍**阑**。波增**寒**。银花万朵,堆满几重**山**。 梅林吐艳光争**洁**。清晖照对高空**月**。芦苇**津**。归棹**人**。孤蓬舒眺,诗思彻寒**云**。

《钦定词谱》《词律》《唐宋词格律》未收录《梅花》这一词调名,但有《梅花曲》《四犯剪梅》《江城梅花引》《梅花引》。

这首《梅花·江天暮雪》,双调57字,前段七句三仄韵、三平韵,后段六句两仄韵、三平韵,与《钦定词谱》所收录的《梅花引》正体体式相同,所以调名《梅花》准确地说应是《梅花引》。

第六,《小重山·山市晴岚》:

翠巘苍岩霁景**重**。庯廛何处是、半云**中**。鱼虾蔬菜路西**东**。人来往、斜影照层**峰**。 几多野客渔**翁**。晚阳沽绿酒、醉清**风**。林光溪色淡还**浓**。舒望里、依约武陵**丛**。

《钦定词谱》收录《小重山》词牌,又名《小冲山》《小重山令》《柳色新》,双调58字,前后段各四句,四平韵,以薛昭蕴的《小重山》(春到长门春草青)为正体。上面这首词谱式与薛昭蕴《小重山》词相同,只后段第一句多一字。

第七,《渔家傲·渔村夕照》:

夹岸峰峦烟景**寂**。沧江迢递萦洲**碛**。孤村几簇芦花**白**。斜日下,残红缭绕云山**碧**。 寒浦西风吹短**笛**。岩溪隔断红尘**迹**。绿蓑青笠饶闲**适**。好光景,清吟触起潇湘**客**。

《钦定词谱》收录《渔家傲》,双调62字,前后段各五句,五仄韵,以晏殊《渔家傲》(画鼓声中昏又晓)为正体。上面这首词除前后段第四句未押韵外,谱式与正体相同。

第八,《霜天晓角·烟寺晨钟》:

蒲牢远**叫**。响八江窗**绕**。借问起从甚处,岩上禅关清**晓**。　烟岚寒缭**缈**。征人迷梦**杳**。枕畔数声唤起,坐对云山悄**悄**。

《钦定词谱》收录《霜天晓角》词牌,又名《月当窗》《踏月》《长桥月》,押仄韵者有两种正体,分别以林逋《霜天晓角》(冰清霜洁)、辛弃疾《霜天晓角》(吴头楚尾)为代表。这首词谱式与辛弃疾词相同,只前后段末句不作"折腰体"。

潘辉注的《华轺吟录》收录8首汉词,以中国的"潇湘八景"为主题,每首词运用一个词调。其中有2首词的词调名不准确。

9. 李文馥(Lý Văn Phức,1785—1849)《西行诗纪》

李文馥字邻芝,号客斋,越南明乡人后裔,阮朝官员、文人。李文馥先世原籍中国福建,他在嘉隆年间中举后入仕为官,在翰林院和礼部、户部、工部,以及广义、广南任职,曾经奉命出使南亚、东南亚、葡属澳门及中国清朝等地达11次之多,见闻和交游甚广,在后世有"周游列国的越南名儒"的称号。此外,他长于汉文及喃文创作,撰有《西行见闻纪略》《闽行杂咏》《粤行吟草》《掇拾杂记》《二十四孝演音》《玉娇梨新传》及《周原杂咏》等,反映其外交经历及文学才华,亦使他在文坛留名。

李文馥在阮朝文坛上有着重要地位。阮朝官修史籍《大南实录》称:"文馥有文名,为官屡踬复起,前后阅三十年,多在洋程效劳,风涛惊恐,云烟变幻,所历非一,辄见于诗云。"在现代,中国学者陈庆浩称他是“阮朝重要的汉喃文作家和出色的外交家”。

嗣德元年(1848),朝廷再次起用李文馥,任郎中,办理礼部事务。嗣德二年(1849),升任光禄寺。据《大南实录》记载,他在此之后不久去世,朝廷追授他为“礼部右侍郎”,后世一般以1849年为其卒年。中国学者陈庆浩对此提出质疑,认为李文馥在其著作《掇拾杂记》中所写的序,是在嗣德三年(1850),因此应该卒于该年之后。

在《西行诗纪》中记载有他创作的3首词。

第一,《巫山一片云·九月二十四日抵寓》:

序历三时久,人徙万里**归**。家山无信息,黄花解语故依**依**。　　夜黑频烹茗,窗红尚掩**扉**。诗书非懒读,秋情半逐故乡**飞**。

第二,《江城梅花引·独坐》:

微微朔吹拂庭**阶**。秋绕过,冬又**来**。旅邸凄凉,还与影低**徊**。方脱水中鱼,更望天边雁,情到处、总开**怀**。　　又开**怀**。看花谢,看花**开**。夜深入梦又开**怀**。犹疑是、海角天**涯**。学语喃呢,三五伴书**斋**。笔架诗筒时对,儿童作还,好消息、待江**梅**。

第三,《千秋岁·恭遇孟冬时享作》:

寒飕淡霭,一天日**朗**。侧耳听,环佩**响**。圣情重孝理,殷勤陈时**享**。在其**上**。洋洋乎一陟一**降**。　　百尔仙**仗**。遥遥肃瞻**仰**。馥也郁,不知**量**。区区此一片,仍作当年**想**。彼既**往**。奚与乎荣枯得**丧**。

10. 阮福晈(Nguyễn Phúc Đảm, 1791—1841)《明命御制文》

明命帝阮圣祖,讳阮福晈,越南阮朝第二代君主,1820 年至1841年在位,年号明命。明命帝勤于政事,进行了多项改革,使阮朝处于鼎盛时期。1841年初逝世,葬于孝陵。明命帝恬静好学,博览群书,擅长汉文诗,精通儒学,崇尚孔孟之道。他本人撰有诗集《御制剿平南圻贼寇诗集》。另外在《御制诗集》《御制文集》等阮朝初期几位皇帝的诗文集合编中也有其作品集。现今,越南汉喃研究院图书馆保留有《御制诗集》《御制文集》的几种版本。在其中的《明命御制文(第二集)》[①]中有一首《一剪梅·红白莲花》:

见红霞放白荷**开**。他乃新**栽**。此亦新**栽**。南风一阵忽吹**来**。人也徘**徊**。我也徘**徊**。　若登寿域上春**台**。红似霞**杯**。白似琼**杯**。岁月莫须**催**。诗酒相**陪**。笑语相**陪**。

11. 何宗权(Hà Tông Quyền, 1798—1839)《诗文杂集》

何宗权《诗文杂集》[②]的内容主要是记载他及其他一些作家的各种文学作品,其中有一些诗词是为何宗权祝寿而作。此集中有一首词题名《满庭芳·尊堂双寿筵词》,这首词引言较长,在此不录。据这段引言可知,词是何宗权儿子的朋友所作,所以,词题称"尊堂"。

另外一首词题作"姻族寅贺双庆寿筵词",词调《锦堂春》,目前未明确这首词的作者是谁。

第一,《满庭芳·尊堂双寿筵词》:

---

① 阮福晈:《明命御制文》,越南汉喃研究院图书馆,典藏号:A.118。

② 何宗权:《诗文杂集》,越南汉喃研究院图书馆,典藏号:A.449。

桂海流辉，紫峰裕荫，冠绅琚瑀齐**芳**。同庚配俪，寿岂协嘉**祥**。团双镜、瑞彩焜**煌**。真正是，家门乐事，后辉而前**光**。　　台黄征吉址，茂偕松柏，高并山**岗**。介眉开胜席，日月照逢**阳**。京邸怡愉椿帐，故岩复媚萱**堂**。继今后，十年一节，引翼庆流**长**。

《钦定词谱》所收录《满庭芳》共有1种正体、6种变体。《满庭芳·尊堂双寿筵词》与这7种体式都不相同。与正体相比，除了前段缺少第六句（共六个字）之外，后段第四、五、七句句式也不同。

第二，《锦堂春·姻族寅贺双庆寿筵词》：

鸿岭风光不老，柴岩烟景重**新**。达人清福山齐寿，颐养一腔**春**。　　中馈琴瑟乐友，满街芝桂芳**芬**。耆筵双寿逢初度，乐意此中**真**。

查《钦定词谱》中《乌夜啼》一调的说明："五字起者，或名《圣无忧》；六字起者，或名《锦堂春》。宋人俱填《锦堂春》体，其实始于南唐李煜，本名《乌夜啼》也。《词律》反以《乌夜啼》为别名者，误。"

这首《锦堂春·姻族寅贺双庆寿筵词》，双调49字，四平韵，与《乌夜啼》"六字起者"体式相同，故调名作《锦堂春》。

《诗文杂集》记载的这2首汉词，都是何宗权儿孙的友人为他过七十大寿而作，具体作者姓名不可考。

12. 梅庵公主（Mai Am，1826—1904）《妙莲诗集》（或名《赖德公主妙莲集》）

梅庵，皇女贞慎，字淑庆，号梅庵、妙莲。她是明命皇帝的第二十五个女儿，也是阮朝著名的诗人，是阮绵审一母同胞的妹妹。梅庵被封为赖德公主。她和两个姐妹归德公主阮福永贞、顺礼公主阮福静和，被并称为“阮朝三卿”。[①]

梅庵公主小时候跟母亲与三个姐妹生活在端正院内城，后来搬到阮绵审的住所。因为这是阮绵审与当时很多文人交流的地方，并且是松善诗社活动的主要地点，所以梅庵很早便跟诗歌结缘。梅庵就读于皇家的孙学堂，由阮绵审负责教授学业。梅庵与月亭、惠圃三位公主因为跟文学接触很早，再加上受到皇兄阮绵审的长期培养，很快成为当时文坛上著名的诗人。三人之中，以梅庵的文学才华最为杰出。梅庵还创立诗歌文会“请月庭”，经常跟当时文人一起作诗、论诗。

《妙莲诗集》[②]一共有370首汉诗，分为三卷，补遗一，附录一，现存越南汉喃研究院图书馆。1867年，《妙莲诗集》曾第一次刊行，共二卷，177首汉诗，由梅庵亲自精选，阮绵审校阅作序。还有阮绵寘、潘清简（梁溪）、张广溪、阮任山为其注评，阮翰宁撰例言。可以看出，当时梅庵在文坛的地位很高，很多著名文人都很重视她与她的作品。

在《妙莲诗集》的“补遗”及“附录·杂著”中，有她的2首词《望江南》，与梅庵的其他作品如赋、散文等混在一起。

第一，《望江南·佳节赏元宵》：

江南忆，佳节赏元**宵**。银烛金樽湖上宴，红牙紫袖月中**箫**。小立赤栏**桥**。

---

① 阮福永贞（1824—1892），号月亭；阮福静和（1830—1882），号蕙圃。

② 梅庵：《妙莲诗集》，越南汉喃研究院图书馆，典藏号：VHv.685。

第二,《望江南·消夏赋闲居》:

> 江南忆,消夏赋闲**居**。荔熟浦湖催客宴,花开夹路导慈**舆**。风景未曾**虚**。

《钦定词谱》收录《忆江南》词牌,又名《谢秋娘》《江南好》《春去也》《望江南》《梦江口》《望江梅》《安阳好》《梦仙游》等,唐词单调,至宋词始为双调。单调者27字,五句三平韵,以白居易《忆江南》(江南好,风景旧曾谙)为正体。

梅庵的2首《望江南》词,都是单调五句三平韵,两首词的谱式与白居易词正体谱式相同。

13. 阮黄中(Nguyễn Hoàng Trung,?—?)《阮黄中诗杂集》

关于阮黄中的生平材料与其他文学作品,到现在为止学界还不是很清楚。目前仅知其《阮黄中诗杂集》存于越南汉喃研究院图书馆,一卷。①

此集"诗余"部分除了收录作者22首汉词外,还收录有一篇《诗雏小引》:

> 余生八岁,解诗律声病,好吟咏,课书暇执阅唐宋诗,及粗得旨趣,便觉忘味。尤好佳词艳曲,常于桃园之叙天伦,兰亭之集少长,必效为之。严君日以为戒,不敢复作,得句随即弃置。成年来涉猎经史,放浪江湖,游侠之子,多与之游。其间咏怀,或出于怨刺,或出于感伤,或出于一室之晤言,或出于一场之谈笑。至于支离穷悴,不可向人言者,往往形诸篇什,且不复自留

① 阮黄中:《阮黄中诗杂集》,越南汉喃研究院图书馆,典藏号为A.2274。

其草。诸宾友举以示人，则正人君子见而病之，以为工于雕琢，浮于轻薄，而不自知也。

噫！人之生也，五性具焉，七情出焉。余与人俱得性情之正也。而风雨尘埃，艰难险阻，所以劳苦其身，斫丧其心者，甚则不得其正。而余更有其甚焉者，则其发于咨嗟咏叹，安得不雕琢而轻薄也哉。十三《国风》，变风也，自从删后，变风之变也。文武之俗，一变为秦，变至于今，又何为哉？余非无情，又非不及情者，至于吟咏，其变风之情欤？情动于中而形于言，则咏歌之不足，而情与吟相为邀引，相为终始，将为无穷期矣。余曷若余辍吟以拔情荄，去其雕琢轻薄，以复性情之正哉？虽然，少年心血，乌可辄自毁弃？仍且收拾癸亥以前所作之篇，得之宾友笥中及门第所抄记者，不翅十之一二。词无铨次，录而名之曰诗雏。雏，鸟子也，羽翼未成，雏雏然鸣。义取鷇音，言出天倪，夫亦不忘十九年以前之情与言云耳。若夫辍吟之后，复为冯妇故态，则余又未敢信余。

甲子春仁亭阮黄中自识

从《诗雏小引》我们可以清楚地看出越南儒家当时对词的态度，阮黄中的父亲就是其中代表。在阮黄中年幼时，已经接触到词，而且“尤好佳词艳曲”。虽然他的父亲“日以为戒”，他也因此“不敢复作，得句随即弃置”，但是他对词的喜爱之心仍一如既往。

阮黄中自称创作词“仿唐宋词体”，是按照唐宋体而作。他的词作可以分为三部分：第一，单调小令，有11首；第二，双调小令，9首；第三，长调，2首。

第一部分，单调小令词。

第一，《梦江南·望春集古》：

好春节，云物望中**新**。心似百花开未得，出门都是看花**人**。毕竟是谁**春**。

这首《梦江南·望春集古》，单调27字，五句三平韵。此词的谱式与《钦定词谱》收录白居易《忆江南》（江南好，风景旧曾谙）谱式相同，属于正体。

第二，《忆王孙·秋夜不寐集古》：

孤灯挑尽未成**眠**。枕上真成夜似**年**。月落乌啼霜满**天**。别神**仙**。只是当时已惘**然**。（结句一作“零落残魂倍黯然”。）

第三，《忆王孙·怀望》：

萋萋芳草碧连**天**。望断平芜阻夕**烟**。渺渺予怀倍黯**然**。是情**牵**。江尾江头两少**年**。

《钦定词谱》收录《忆王孙》，又名《独脚令》《忆君王》《豆叶黄》《画蛾眉》《阑干万里心》《怨王孙》。此词有单调与双调。单调31字者，五句五平韵，以秦观《忆王孙》（萋萋芳草忆王孙）为正体。《忆王孙·秋夜不寐集古》与《忆王孙·怀望》都是单调31字，五句五平韵。两首词的谱式与秦观《忆王孙》谱式相同，属于正体。

第四，《捣练子·倚楼》：

秋色淡，月光**寒**。茅店鸡声唱夜**阑**。最是离人愁重处，含情无语倚阑**干**。

《钦定词谱》收录《捣练子》词调，又名《深院月》《捣练子令》，有两体，一体单调27字，五句三平韵，以冯延巳《捣练子》(深院静)为正体。

这首《捣练子・倚楼》，单调27字，五句三平韵，与冯延巳《捣练子》词的谱式相同，属于正体。

第五，《花非花・春游》：

客情忙，春起**早**。拂长鞭，踏芳**草**。游人岂怕晓霜寒，争先一步看花**好**。

《钦定词谱》收录《花非花》调，原作见白居易《长庆集》，以首句为调名，单调26字，六句三仄韵，以白居易"花非花，雾非雾"之作为正体。

这首《花非花・春游》词，单调26字，六句三仄韵，谱式与白居易之作谱式相同，属于正体。

第六，《风流子・语落花》：

趁晓寻芳香**国**。减却几分春**色**。红满地，白空枝，道是东风无**力**。等闲，识**得**。且探东君消**息**。

《钦定词谱》收录《风流子》，单调34字，八句六仄韵，以孙光宪《风流子》(楼依长衢欲暮)为正体。

这首《风流子・语落花》的谱式与孙光宪的《风流子》相同，只第六句"闲"字未押韵，共五仄韵。

第七，《如梦令・花答》：

香国葩千蕊**万**。春色红娇紫**嫩**。总为落情风，应惹蜂愁蝶

怨。如**愿**。如**愿**。长与东君缱**绻**。

《钦定词谱》收录《如梦令》，又名《忆仙姿》《宴桃源》《不见》等，单调33字，七句五仄韵、一叠韵，以后唐庄宗《如梦令》（曾宴桃源深洞）为正体。

这首词为单调33字，七句五仄韵、一叠韵，谱式与后唐庄宗词的谱式相同，属于正体。

第八，《一叶落 · 惜落花》：

妒雨**掷**。狂风**迫**。满地落红真可**惜**。最惜是谁人，帘内窥春**客**。窥春**客**。对此愁难**释**。

《钦定词谱》收录《一叶落》，为后唐庄宗自度曲，取首句为调名，单调31字，七句五仄韵、一叠韵，以后唐庄宗词为正体。

这首词，单调31字，七句五仄韵、一叠韵，谱式与后唐庄宗词的谱式相同，属于正体。

第九，《春宵曲（南歌子第一体）· 醉卧》：

酒入诗无敌，诗成酒不**禁**。移几卧花**阴**。纵然眠去也，梦中**吟**。

第十，《碧窗梦（南歌子第二体）· 秋起》：

杨柳梳风色，芭蕉点雨**声**。风风雨雨不胜**情**。怕杀孤眠人起、更愁**生**。

《钦定词谱》收录《南歌子》，有单调双调。单调者，始自温庭筠词，又名《春宵曲》《水晶帘》《碧窗梦》《十爱词》。一体23字，五句三平韵，以温庭筠“手里金鹦鹉”词为范例。另一体26字，五句三平韵，以张泌“锦荐红鸂鶒”词为范例。

上引《春宵曲》，23字，与温庭筠词的谱式相同，属于正体。上引《碧窗梦》，26字，与张泌词的谱式相同，属于变体。

第十一，《连理枝·闺思》：

寒峭纱窗**静**。懒把菱花**整**。恨压眉尖，青春暗老，冤家薄**幸**。是有谁堪诉、孤灯孤月，照人孤**影**。

《钦定词谱》收录《连理枝》，又名《红娘子》《小桃红》《灼灼花》，双调70字，前后段各七句，四仄韵，以李白词“雪盖宫楼闭”为正体。

这首词为单调，35字，七句四仄韵，第六句九字，第七句四字，与正体前段不同（正体第六句八字，第七句五字）。我们认为阮黄中这首《连理枝·闺思》是按照《连理枝》格律创作的，但是只有正体的一半，是单调的《连理枝》。

第二部分，双调小令词。

第十二，《上西楼·怀人》：

花前月底孤**吟**。忆知**音**。曲有江南、无路寄情**深**。　更漏**尽**。帘幕**静**。泪盈**襟**。多少相思、夜夜梦中**寻**。

《钦定词谱》收录《上西楼》词牌名，又名《相见欢》《秋夜月》《西楼子》等，双调36字，前段三句三平韵，后段四句两仄韵、两平韵，以薛昭蕴“罗袜绣袂香红”词为正体。

这首词双调36字，前段三句三平韵，后段四句两仄韵、两平韵。此词的谱式，除了后段第一、第二句的韵脚“尽”和“静”通押之外，与薛昭蕴词的谱式相同。

第十三，《减字木兰花·梅花》：

南枝梅**放**。风情占断花头**上**。不受尘**埃**。也向村庄雪里**开**。　　香清色**白**。足称物外佳人**格**。玉骨冰**肌**。莫使霜禽粉蝶**知**。

《钦定词谱》收录《减字木兰花》词牌，又名《减兰》《木兰香》《天下乐令》，双调44字，前后段各四句，两仄韵，两平韵，以欧阳修《减字木兰花》(歌檀敛袂)为正体。

这首词的谱式与欧阳修《减字木兰花》词的谱式相同，属于正体。

第十四，《忆汉月·水仙花》：

嬛嬛凌波青**秀**。昨夜东风初**透**。玉台金盏动清香，那管春光泄**漏**。　　仙家原耐冷，黄白事、不消火**候**。枕流漱石足生涯，问你几生修**就**。

《钦定词谱》收录《忆汉月》，又名《望汉月》，双调50字，前段四句三仄韵，后段四句两仄韵。前后段结句或六字，或七字。六字结句者，以欧阳修“红艳几枝轻袅”词为正体；七字结句者，以柳永“明月明月明月”词为正体。

这首词双调50字，前段四句三仄韵，后段四句两仄韵，谱式与欧阳修《忆汉月》词的谱式相同，属于正体。

第十五,《忆秦娥·闺词》:

山河**越**。思君暗把愁心**结**。愁心**结**。秦筝如诉,声声悲**咽**。　　鱼沉雁杳音书**绝**。佳音欲寄凭谁**说**。凭谁**说**。几多恩爱,几经离**别**。

《钦定词谱》收录《忆秦娥》,又名《秦楼月》《双荷叶》《蓬莱阁》《碧云深》《花深深》。双调46字,前后段各五句,三仄韵、一叠韵,以李白《忆秦娥》(箫声咽)为正体。

这首词双调46字,前后段各五句,三仄韵、一叠韵,谱式与李白《忆秦娥》词的谱式相同,属于正体。

第十六,《城头月·其二(闺词)》:

晚风帘幕轻寒**透**。恰是相思**候**。底事关情,不须提起,且看眉儿**皱**。　　香消玉减如今**又**。只管人消**受**。寄语天涯,花阴柳影,莫使檀郎**瘦**。

《钦定词谱》收录《城头月》,双调50字,前后段各五句,三仄韵,以马天骥《城头月》(城头月色明如昼)为正体。

上面这首词的句式、用韵形式与马天骥词正体相同。

第十七,《行香子·春花》:

和气冲**融**。春色玲**珑**。看花间、点缀春**工**。千千嫩白,万万嫣**红**。偬舞春晴,含春雨,笑春**风**。　　春开好景,花铺奇艳,惹春情、偷眼花**中**。双双戏蝶,两两游**蜂**。好抱花须,餐花蕊,宿花**丛**。

《钦定词谱》收录《行香子》，双调66字，前段八句四平韵，后段八句三平韵，以晁补之《行香子》（前岁栽桃）为正体。

这首《行香子·春花》词的谱式与晁补之《行香子》相同，但首句也押韵，属于正体。

第十八，《望江南·月夜赏花》：

风月夜，深园俟花**开**。花面娟娟含月笑，花香冉冉惹风**来**。予美契予**怀**。　　花色色，夜发最为**佳**。我适爱花频怅望，花仍爱我共徘**徊**。蜂蝶莫相**猜**。

《望江南》一调又名《忆江南》《梦江南》《江南好》等，《钦定词谱》收录一体双调54字，前后段各五句三平韵，以欧阳修《忆江南》（江南蝶）为正体。

这首词双调54字，前后段五句三平韵，谱式与欧阳修《忆江南》词的谱式相同，属于正体。

第十九，《菩萨蛮·秋夜相思》：

秋声一夜来风**雨**。寒侵旅院孤吟**苦**。终夜不成**眠**。为情空自**怜**。　　雨声和漏**滴**。愁杀相思**客**。无梦寄相**思**。青灯挑夜**迟**。

《钦定词谱》收录《菩萨蛮》，又名《重叠金》《菩萨鬘》《花间意》《梅花句》等，以李白《菩萨蛮》（平林漠漠烟如织）为正体，双调44字，前后段各四句，两仄韵、两平韵。

这首《菩萨蛮·秋夜相思》的谱式与李白《菩萨蛮》相同，属于正体。

第二十,《临江仙(第四体)·其二(秋夜相思)》(自注:中调):

> 乡国地违千里,江湖天入三**秋**。不堪风雨夜悠**悠**。声声敲旧恨,点点滴新**愁**。　幽恨凭谁解释,多情枉自绸**缪**。秋声更乱我烦**忧**。挑灯心似火,听雨泪如**流**。

这首词双调58字,前后段各五句,三平韵,与《钦定词谱》收录《临江仙》调的徐昌图“饮散离亭西去”词谱式相同,属于变体。

第三部分,长调词。

第二十一,《满江红·春尽》:

> 晴望江村,春去也、花飞片**片**。惆怅与、东君离别,无言相**饯**。嫩绿丛中蜂暗过,红疏枝上莺高**啭**。最思春、到底觅春踪,春不**见**。　转盼处,空留**恋**。幽恨事,难消**遣**。奈东风无力,流光似**箭**。寥落不愁香径淡,蹉跎只恐朱颜**变**。惜多才、误了少年春,终谁**谴**。

《钦定词谱》收录《满江红》调正体93字,前段四仄韵,后段五仄韵,以柳永《满江红》(暮雨初收)词为准,例用入声韵。

这首《满江红·春尽》词,93字,前段八句四仄韵,后段十句五仄韵,谱式与柳永《满江红》词的谱式相同,只是未按惯例押入声韵。

第二十二,《凤凰台上忆吹箫·无题》:

> 夜月帘栊,春风巷陌,几多柳暗花**明**。叹伯劳飞燕,到底无**情**。望断天涯芳草,嘶马路、十里长**亭**。人何处,思思想想,冷冷清**清**。　叮**咛**。少年心事,怎说与傍人,空自惺**惺**。忆

香肩檀口，悄语低**声**。欲探青春消息，多管是、有影无**形**。谁却道，怜怜惜惜，款款轻**轻**。

《钦定词谱》收录《凤凰台上忆吹箫》，又名《忆吹箫》，双调97字，前段十句四平韵，后段九句四平韵，以晁补之《凤凰台上忆吹箫》（千里相思）词为正体。又一体双调95字，前段十句四平韵，后段十一句五平韵，以李清照《凤凰台上忆吹箫》（香冷金猊）为例。

这首词双调95字，前段十句四平韵，后段十一句五平韵，与李清照词的谱式相同。

综上，《阮黄中诗杂集》中有22首词，使用19调。通过阮黄中的词作可以看出，他对词体比较熟悉。虽然他的词作存于"诗杂集"里面，但他主动把所有的词作集中一处，称为"诗余"，而不是与诗作混在一起。

14. 阮述（Nguyễn Thuật，1842—1911）《荷亭应制诗抄》

阮述，原名阮公毅，字荷亭，1842年生于广南省升和府礼阳县河蓝乡（今在越南广南省升平县河蓝市）。阮述是越南阮朝杰出名臣之一。1880年他出使中国时写成了《每怀吟草诗集》，在中国也积极传播越南文学作品，1882年来中国之前，他就准备将仓山、苇野、妙莲等越南著名诗人的诗文集带至中国，后与中国知识分子交往颇多，或为诗文集作序，或互赠楹联、书画，或诗文唱和。

在中国时，阮述买了很多书法作品、汉文书籍，他很关心中国的各地历史、人文，与中国朋友谈论经史，与在中国的日本人也用汉文交流。著有《南漂记事》《法越交兵纪略》。

阮述《荷亭应制诗抄》[1]中有《念奴娇・填词恭和御制〈念奴

① 阮述：《荷亭应制诗抄》，越南汉喃研究院图书馆，典藏号：VHv.2238。

娇·幸翠云〉》词一首,原文如下:

翠云山**色**。恍蓬莱一峰,俯瞰川**泽**。拱护神京标胜迹,讵止出栖禅**宅**。夙驾迎风,舟师击楫,万迭涛痕**白**。中流顾盼,想象当年破**敌**。　　岩畔松柏森森,凉飙荐爽,花落香生**席**。静坐山亭临远海,底事不忘筹**画**。破浪非才,泛槎此度,谩问支机**石**。斗南瞻望,燕京来岁今**夕**。

《钦定词谱》收录《念奴娇》词牌,双调100字,前后段各十句,四仄韵,以苏轼《念奴桥》(凭空眺远)为正体。

这首词双调,100字,前后段十句四仄韵,与"凭空眺远"词相同。

阮朝时期,越南文人创作汉词的数量不多,诗文集中混入词作的,共有十三四位作者,十余部诗文集。[①]其中阮黄中的词作最多,有22首。各位作者使用较多的词调是《满庭芳》《西江月》《忆江南》《浪淘沙令》和《千秋岁》。其中阮行的《门前过》确定为其自度曲。

(三) 词集

目前所知,阮朝时期保存有两部专门的词集。

一是阮绵审的《鼓枻词》[②],有115首汉词,运用79调,其中:《望江南》11首;《行香子》《浣溪沙》《摸鱼儿(摸鱼子、迈陂塘)》各4首;《减字木兰花》《临江仙》《西江月》《虞美人》各3首;《鹧鸪天》

① 其中何宗权《诗文杂集》中的两首作品都不是其本人所作,作者是否是同一个人,不得而知。

② 阮绵审(白毫子):《鼓枻词》,载龙榆生主编:《词学季刊》第三卷第二号,上海:开明书店,1936年。

《菩萨蛮》《疏帘淡月》《丑奴儿令》《柳梢青》《扬州慢》《醉春风》《浪淘沙》各2首；其他词调各1首。

二为陶晋的《梦梅词录》。但据我们的研究和考辨，此书中的词作均非陶晋本人所作。

关于这两部词集的具体情况，将在后面章节进行专题研究，在这里不作展开。

(四) 已失传的阮朝汉词

阮绵审《鼓枻词》收录有《鹧鸪天・题栗园填词卷后》一作：

> 急管繁弦夜未休。双鬟劝酒唱伊州。十年明月随流水，一树垂杨欲暮秋。　　今善病，复工愁。闭门独卧爱居幽。红颜顾曲甘输尔，占断春风燕子楼。

"填词"是作词的意思。唐宋人作词，初无定式，多自己谱曲，亦可改动旧调而创制新调。后人作词，须按照已有谱式之字句、声韵等格式安排，故称填词。清代龚自珍《金明池》词称："按拍填词，拈箫谱字，白日销磨无绪。"[①]郁达夫《题刘大杰诗词稿后》诗云："立志勉追刘禹锡，填词漫学贺方回。"[②]因此我们认为，这首《鹧鸪天・题栗园填词卷后》之作，是阮绵审在阅读《栗园填词卷》后所作。栗园即阮绵宽(1826—1863)，明命皇帝第三十三子，是阮绵审的弟弟，被封为乐边郡公。

又，阮绵寘《苇野合集》中有一篇文章《与仲恭论填词书》里写道："闻君言子裕著词话，间及仆词，加以评语，极意赞叹，不觉

① 《近代名家名人文库・龚自珍　严复》，呼和浩特：内蒙古人民出版社，2009年，第50页。
② 郁达夫：《郁达夫诗词集》，杭州：浙江文艺出版社，1988年，第148页。

面赤惭汗。"[①]从这段文献记载,可以略知,子裕著有词话,而且阮绵寊也有词作,并得到子裕的赞赏,选入其《词话》。而子裕即阮绵宽。

从上面的材料记载可知,在阮朝时期,除了阮绵审和陶晋有词集之外,阮绵宽很可能也有词或词集,或即名《栗园词》和《栗园词话》,但是现在未见。此外阮绵寊也有词作,但是现在我们在越南文献里也找不到他的词作。

故而,阮朝时期,词以三个形式存在:第一,词作在传记、小说里;第二,词作混在诗集文集里;第三,词作在现存的两部词集里,分别是阮绵审《鼓枻词》和陶晋《梦梅词录》。在越南文学史上,阮朝时期词的创作比以前任何时候都要繁荣,有较大的发展,甚至有成就上的极大突破。

二、阮朝文人创作词的影响因素

为何在阮朝时期,词能够突破前代的成就,繁荣发展呢?经过对此阶段的作家以及社会背景的考察,我们认为汉词在此阶段发展起来,有以下四个主要原因。

首先,词作本身的性质对阮朝儒家有一定的吸引力。如伯士(1788—1867)《疑庵初学识》[②]中说道(翻译为白话):

> 我国学业自古以来,意志仅如此。除了举业为考试外,没有任何志向,除了科榜外,学者都没有任何的志向。同学上学以此定志,老师也以此为学生定志。累积此习惯久了,人们都没有其他意志。

---

① 阮绵寊:《苇野合集·文三》,越南汉喃研究院图书馆,典藏号:A.782。

② 如伯士:《疑庵初学识》,越南汉喃研究院图书馆,典藏号:VHv.308,VHv.2237。

这段话概括了越南古代文人的情况。他们学习主要是为了考试，为了能在朝廷当官。所以，在这种情况下，包括词在内的文学原本是无用的，可是却仍对越南儒家具有无法抗拒的吸引力。比如阮黄中，他从小喜欢中国诗词："课书暇执阅唐宋诗，及粗得旨趣，便觉忘味。尤好佳词艳曲，常于桃园之叙天伦，兰亭之集少长，必效为之。"虽被父亲往举业方向培训，但实际上他不仅研习唐朝宋朝之作品，而且还了解词谱的各种知识。由此可见，越南的儒家是对词这种文体有着浓厚的兴趣和较深的理解的。并且在阮朝阶段，词在中国已经过不同的发展过程，这也为阮朝词家学习词创作提供了重要条件。

其次，此阶段词的创作仍具有继承前人的性质。一些著名作者如吴时香、潘辉注等，他们祖先都曾经创作词。除了一般儒学外，在"家学"内也能了解此类文学，祖先的这些词作在他们在心里已经慢慢产生影响，使他们对这种文学样式具有一种"家学"的认同感与亲切感。吴时香出使清朝时，写了3首词给清朝嘉庆皇帝（1760—1820）祝寿，接续了匡越大师、黎光院等在外交活动中开创的写作词的传统。[①]潘辉注在出使过程中创作8首词描写潇湘之美。阮朝时期词的创作，也是继承并发展之前阶段的传统的结果。

再次，涌现了一些有关汉词创作的书籍。据越南《内阁书目》[②]

---

① 清仁宗爱新觉罗・颙琰（1760年11月13日—1820年9月2日），清朝第七位皇帝，清军入山海关后的第五位皇帝，乾隆帝的第十五子。年号嘉庆，在位二十五年。乾隆二十五年（1760）十月初六日出生，母魏佳氏。乾隆五十四年（1789），封为和硕嘉亲王。颙琰在位前四年是太上皇乾隆帝弘历发号施令，他并无实权。乾隆帝死后才独掌大权。惩治贪官和珅，肃清吏治，是他在位期间唯一做的一件大事。颙琰对贪污深恶痛绝，他的治贪方式仅针对和珅一人，不肯扩大扫荡范围，以致于收效有限，更无以改变朝廷全面性的腐化。终嘉庆一朝，贪污问题不仅没有解决，反倒更加严重。嘉庆二十五年（1820）驾崩，庙号仁宗，葬于清西陵之昌陵。

② 《内阁书目》，越南汉喃研究院图书馆，典藏号：A.133。

记载，阮朝内阁书库总目录中汉词相关书籍有9种。尽管词类尚未在科举中应用，但是越南儒家慎重的态度，以及对中国文化的渴求，促使当时越南的儒家文人进一步掌握了这种体裁。这也是之前从未有过的新特点。

上述这9种有关汉词的书籍具体如下：其一是清代黄仲则《两当轩诗词抄》一部4册；其二是清代夏秉衡《清绮轩词选抄》，一部4册；其三是康熙皇帝敕编《御纂历代诗余》，一部32册；其四是清代秦恩复《词学丛书》，一部9册；其五是南宋周密《绝妙好词》，一部4册；其六是清代王昶《清词综》，一部8册；其七是清代查继超《词学全书》，一部8册；其八是清代万树《词律》，一部12册；其九是夏秉衡《清绮轩词选》，一部6册。

除了阮朝的内阁书库中收藏的此类书，皇族作家的私人图书馆中也还有很多关于词的书籍。例如据阮绵审《鼓枻词》自序，他提到自己收藏有从五代到清代的著名作家词作之书，阮绵审对这些词籍很有兴趣，并且特别用心地去研究。

最后，除受到中国传过来的词作的影响外，阮朝词作家也相互影响。阮绵寊在嗣德皇帝问他有关填词之事时，称尝跟已过世的礼官申文权及过世的哥哥阮绵审学习(《诗词合乐疏》)。阮绵寊也曾与阮绵审谈论填词有关事宜。阮绵审在《鼓枻词》中有些词作则是送给弟弟阮绵宽的。总之，阮朝的各位词作者如阮绵审、阮绵寊、阮绵宽、梅庵等皇族作家都经常互相交流诗词创作。

阮朝时期，越南和中国官员以及诗人交流活动特别频繁，特别是两国诗人的传统诗词唱和活动，更加为当朝皇帝所重视：

> 越南四年两贡并进，使臣中途纪行，及与华人相投赠之作，亦传播人口，而莫由窥全豹也。道光己酉岁，余奉天子命，宣封

> 越南，请封陪臣阮君，暨贡使潘君靖、枚君德常、阮君文超先后过桂林，来相谒见，皆以所作诗为贽。其诗皆雅驯可诵。……其中杰构居然登中华作者之堂而浸浸及于古，吾不知其视朝鲜诗人何如，要非他国所能望其项背，章章明矣。[①]

除此之外，阮朝还有很多诗人的别集中有中国清朝文人、官员所作的序，如（括号内为越南汉喃研究院典藏号）：

《粤行杂草》（VHv.1797）：缪莲仙、陈家璨、冯尧卿序；

《燕轺诗文集》（A.199）：李文田、吴仲嗣同治八年（1869）序；

《大珠使部唱酬》（VHv.1781）：唐景崧、倪懋礼序；

《苇野合集》（A.782）：长沙杨恩寿序。

此阶段作家创作词之兴起，其中一个很重要的原因就是中国词学相关书籍在越南的传播，以及清代词与词学的中兴。总之，清代词与词学对越南汉词学的影响引发了汉词在越南再一次兴起，并在其历史发展过程中达到高峰。

三、阮朝词家填词的原因

越南阮朝时期出现了两部专门词集，阮绵审《鼓枻词》和陶晋《梦梅词录》，这是此阶段与前一阶段有区别的地方。但此一时期的主要存词状态与前阶段的情况相似，即在一些书内，词与诗混合记录。但也有一些作者是把诗和词区别看待的，如吴时香、潘辉注、朱允致、梅庵、阮黄中等，他们都把词称为“诗余”。由此可见，虽然他们都没有把词作跟诗作分开记录，但是已经有了区别诗词体格的明确意识。

---

① 劳崇光：《南国风雅统编序》，转引自李未醉：《中越文化交流论》，北京：光明日报出版社，2009年，第159页。

在这个时期，词在中国经历了长期的尊体过程，在文坛的地位提高了。“诗余”长期作为词的别称，在中国词学中具有很丰富的含义：第一，词继诗而起，曲继词而起，因此词为“诗余”，曲为“词余”；第二，词在表情达意方面有余于诗，能言诗之不能言；第三，词的内容与诗歌有共同之处，又有差别，诗言志，表达士大夫可登大雅之堂的个人情怀或者家国大义的志向，而那些不能在诗中流露的男女私情只能通过词来书写，因此词为“诗余”；第四，词的价值和地位不及诗，处于附庸地位，因此称“诗余”。

俞彦《爰园词话》云：

> 词何以名诗余？诗亡然后词作，故曰余也。非诗亡，所以歌咏诗者亡也，词亡然后南北曲作。非词亡，所以歌咏词者亡也。谓诗余兴而乐府亡，南北曲兴而诗余亡者，否也。①

俞彦通过音乐这一条线索，将诗词曲串成一线，称在可“和乐歌唱”方面，词继诗而起，因此称为“诗余”，但并不是词兴起以后诗就消亡了，而是诗的演唱方法失传了而已。这段文字在一定程度上虽然与历史事实相近，但是仍然没有从内容层面解释清楚“诗余”的含义。

> 独至诗余一名，以《草堂诗余》为最著，而误人为最深。所以然者，诗家既已成名，而于是残鳞剩爪，余之于词；浮烟涨墨，余之于词；诙嘲亵诨，余之于词；忿戾谩骂，余之于词。即无聊酬应，排闷解酲，莫不余之于词。亦既以词为秽墟，寄其余

---

① 唐圭璋编：《词话丛编》，北京：中华书局，1986年，第399页。

兴，宜其去风雅日远，愈久而弥左也。此有明一代词学之蔽，成此者升庵、凤洲诸公，而致此者，实诗余二字有以误之也。今宜亟正其名曰词，万不可以诗余二字自文浅陋，希图塞责。[①]

所谓“寄其余兴”，比较深刻地揭示了词这一文体在中国文化、文学中的功能定位；所谓“其去风雅曰远，愈久而弥左也”，亦比较切合词在当时主流文化观念中的社会定位。

中国文人的这种观念对越南文人的影响很深刻，所以他们往往把自己的词看作“诗余”。从而大部分人将词作或跟诗作混在一起，或放在附录，并多有表达艳丽的词藻、女性化的风格、粗俗的格调等。

除了阮绵审之外，这时期别的词家作词的目的，跟前阶段的词家也很相似。他们或是作词来描写风景（如潘辉注写了8首咏潇湘风景的潇湘八景词，阮行诗集名《观东海》和《鸣鹃诗集》等），表达祝寿（潘辉益、吴时香、何宗权等），还用来表现感情，如伤春悲秋之念与离愁别恨等（阮黄中、胡春香、阮绵审、陶晋等）；词作也在外交中被应用，或在小说、传记内表现主人公之才华，或表现作家自己的诗歌才华（如《同窗记》《越南奇逢实录》）。

《同窗记》《越南奇逢实录》的作者把词运用在小说中，可能是受到中国明清小说手法的影响，特别是才子佳人类小说。小说内容中嵌入词作，也出现在18世纪的越南文学中，所以这也是接承传统的情形。而阮绵审的词作，把私人思想、感情、爱国之心都放在词作中，使得词的应用范围扩大。

可以看到，这段时间词作者对词的态度与词的创作理念较复

① 张璋等编纂：《历代词话续编》（上），郑州：大象出版社，2005年，第536页。

杂。作家的人数及作品的丰富性以及词集、词论的出现，表明阮朝阶段汉词取得了较高的成就，已吸引了一些大作家的参与，其中阮绵审、阮绵寊、陶晋等作家以非常认真的态度进行词的创作。这使阮朝汉词与越南前阶段的作品相比，产生了重要的改变。这段时间也出现一些对词体的评论，如阮绵审、阮绵寊的词论，是非常宝贵的词学资料。

第三节　阮朝汉词主要内容及艺术风格

一、阮朝汉词主要内容

阮朝汉词主要内容可以分为祝颂词、写景咏物词、抒情词等类型。不过这样划分只是相对的，因为在此阶段很多词有着各种内容相互融合的现象。

（一）祝颂词

中国研究者梁葆莉对祝颂词进行界定并分为五类：

> 第一类：凡是为皇室歌功颂德，比如太平盛世、国泰民安、繁华富庶等的词作，以及为由此产生的各种良好景象表达歌颂、颂扬意图的词作，均为祝颂词。这种祝颂作品，行文不免夸大，有着明显的阿谀色彩，有学者称其为谀颂词或谀圣词。凡是呈现出这类意图的词作，均称为祝颂词。
>
> 第二类：凡是为人的生日而写的词作，均为祝颂词；一些词作并不是专为祝贺生日，而是宽泛意义的祝寿，即广义的寿词作品，这些也归类为祝颂词。
>
> 第三类：凡是对人仕途顺利、建功立业、应试成功等表达良好祝愿、为人祈福的词作；对人仕途顺利、建功立业、应试成

功等喜事表达祝贺之意的词作，均归类为祝颂词。

第四类：凡是对人婚姻、生子、生女、得孙、新居落成等人生大事表达祝愿、祝贺之意的词作，均归类为祝颂词。

第五类：其他对人的功德、能力、才情、仪容、气质、品行、情趣、惠政、家世等进行颂美的词作，包括对已逝人物的颂扬之作，也归类为祝颂词。[①]

按照梁葆莉对祝颂词的界定，阮朝汉词中的祝颂词可以分为谀圣词、贺寿词以及对人婚姻等人生大事表达祝愿、祝贺之意的词作。

第一类是谀圣词作，以吴时香、潘辉益的词作为代表。

1790年，潘辉益为乾隆帝庆贺七十寿庆而写了10调12首词。《裕庵吟集·星槎纪行》记载“大万寿词曲十调”，前面有“饮祝”，作者亲自交代词的创作环境与应用的场合：

春季入觐，议成，余奉拟祝嘏词十调。先写金笺，随表文投递。清帝旨下，选本国伶工十名，按拍演唱，带随觐祝，至是饮侍。御殿开，礼部引我国伶工，前入唱曲，奉大皇帝嘉悦，厚赏银币。再命太常官，选梨园十人，依我国伶工妆样，秀才帽，交领衣，琴笛声鼓齐就。召我伶工入禁内，教他操南音，演曲词，数日习熟。开宴时，引南北伶工，分列两行，对唱。体格亦相符合。[②]

在这12首祝寿词中，虽然有的词作格律跟词谱规范还不是很

① 参见梁葆莉：《宋代祝颂词研究》，北京：北京师范大学博士学位论文，2007年。

② 潘辉益：《裕庵吟集》，越南汉喃研究院图书馆，典藏号：A.603。

相符，但是这也表明越南文人对中国词十分了解和熟悉。潘辉益的词写出来后，受到中国乾隆皇帝的嘉奖，“奉大皇帝嘉悦，厚赏银币”，再令太常官“选梨园十人，依我国伶工妆样，秀才帽，交领衣，琴笛声鼓齐就”，并模仿越南声音来演唱，“开宴时，引南北伶工，分列两行，对唱”。这也许是因为潘辉益的祝寿词语言典雅，非常符合中国祝寿词的用语风格。例如：

> 皇图日月长，圣德乾坤大。春盖瑶池醉碧桃，寿纪同山海。　　灿烂紫垣高，渥优洪泽沛。莺歌凤吹绕仙洲，喜溢明堂外。(《卜算子》)
>
> 崒屼南山齐寿，辉耀比辰在睹。休嘉骈出羲轩古，艾臧膺景祚。　　道化成恩泽溥。举垸埏同闼户。明堂玉帛遵侯度。唱时虔祝嘏。(《谒金门》)
>
> 圣功巍荡乾坤瑞，彩耀宸垣。春融万宇，祥微云色，度协山言。　　海隩地远，覃教声共，球觐帝关。天威咫尺，香风馥郁，恩渥便藩。(《贺圣朝》)
>
> 春醉桃英，香浓桂秀。银蟾当牖。祥云缥缈，琼楼玉宇，钧韶传奏。　　万国衣冠灿烂，千行鸳鸯，阳光和照。承恩觇，枫陛形弓，湛路媚祝。亿斯年圣寿。(《乐春风》)

与潘辉益类似，吴时香于1809年被选为副大使出使清朝，参加清仁宗嘉庆帝（1760—1810）五十岁祝寿礼之会，他撰写了3首寿词《千秋岁·履永延臣国王》《贤圣朝》《清平乐》。

这3首词有“言引”，“预拟万寿词引七言长篇”，“臣今拜首献三阕，感华封三祝唐”。作者潘辉注引用中国“华封三祝唐尧”典故，与吴时香的词一样，都有寓意祝皇帝长寿、荣华富贵、多子多孙、永寿无疆的意思。

越南将词应用于外交的传统，是由匡越大师（10世纪）开创的[①]，经黎光院（18世纪）[②]，到此阶段被吴时香、潘辉益继承。他们作为越南北使身份创作汉词，已经发挥了“诗赋外交”的作用。

吴时香与潘辉益的寿词，寿主为中国清朝皇帝。皇帝为天下之主，皇帝过寿是一件普天同庆的大事。所以历代寿圣诗词非常多。吴时香与潘辉益等人在词作中祝愿帝王长寿无疆，而且祈愿国运无尽、帝业长久、天下永固：“位禄寿名归大德。四海九□是式。”“万国衣冠灿烂，千行鸳鸯，阳光和照。承恩觋，枫陛彤弓，湛路媚祝。亿斯年圣寿。”“崒屼南山齐寿，辉耀比辰在睹。休嘉骈出羲轩古，艾臧膺景祚。”“天家盛会，九阶鼓吹，万国梯航。”“景星庆云开纠缦。愿龟龄鹤算。如日若月，运行不息，昭回天汉。”

第二类是给亲戚祝寿。越南阮朝汉词出现了不少为亲戚祝寿的词，代表作是《诗文杂集》中的两首词，为何宗权祝寿；阮行、范廷琥也有祝寿词。给父母写祝寿词一般首先是描述祝寿的场合：“桂海流辉，紫峰裕荫，冠绅琚瑀齐芳。同庚配俪，寿岂协嘉祥。团双镜、瑞彩焜煌。真正是，家门乐事，后辉而前光。”“三春醅正熟，

---

① 匡越大师写《阮郎归》词送给宋朝使臣李觉是在公元987年。

② 黎光院：《华程偶笔录》，越南汉喃研究院图书馆，典藏号：A.697。其中记载有四首词，为祝清朝乾隆帝寿辰（1773）：

《西江月》：秋月澄凝水面，金风缭绕桐枝。共游追想始交时。不禁暮春相忆。　　椽笔得来龙句，汤尘堪写遐思。前程远大是相期。岂必花前共酌。

《贺圣朝·恭述》：皇州万宇韶光满。早报春花信。竹声除旧，桃符焕彩，楼台歌管。　　金钟响引光华旦。正明星未烂。一声请跸，九成迭奏，清平协赞。

《春光好》：春色好，雾烟轻。柳条青。黄鸟枝头向日鸣。弄新声。　　梅驿一留一别，江亭如醉如醒。碧草不堪题别赋，几含情。

《宫中调笑》：春夜。春夜。歌管谁家唱和。可堪多少新声。令人思入秦筝。秦筝。秦筝。一曲巫山莫写。

八表庚初度。陪舅母。庭前缭绕斑衣舞。”“歌管会,锦衣献寿,媚祝万斯春。”此外则是为报父母养育之恩,祝愿父母身体健康,心情舒畅,福如东海,寿比南山,焕发童颜,安享晚年等的美好语言。如祝愿身体健康:“台黄征吉址,茂偕松柏,高并山岗。介眉开胜席,日月照逢阳。”“鸿岭风光不老,柴岩烟景重新。达人清福山齐寿,颐养一腔春。”“耆筵双寿逢初度,乐意此中真。”又如祝愿子孙满堂:“维新。隆盛世,子重镇、母太夫人。灿盈门珠紫,列鼎甘珍。七秩婺星焃彩,高堂晏、乐意欣欣。”还如祝愿长生不老:“老干茂,孙枝秀。未能成宅相,且共介眉寿。看年年,长八千春仙树。”上述这些内容,给亲戚祝寿,都带有“封建士大夫互标风雅、互颂功德的缺陷”[①],其中有不少溢美之词,有些甚至言过其实。

第三类是对婚姻等人生大事表达祝愿、祝贺之意的词作。其代表为阮绵审的词作。他的朋友东仲纳姬时,阮绵审曾填《贺新郎·戏赠东仲纳姬》词送给他:

> 宋玉兰台客。锦囊诗、扬华振采,声名藉藉。况复今宵好花烛,玉帐薰香满席。半醉里、樱桃弄色。却笑陈王洛神赋,怅盘桓梦后无消息。岂不是,痴曹植。　　青春行乐君须惜。不重来、匆匆却去,留之无策。京兆张郎画眉妩,看取湘编情迹。也一线、春心脉脉。眼底娉婷世无匹,有情人谁复禁情得。这便是,千金刻。

此词开头先是婚姻场景:“锦囊诗、扬华振采,声名藉藉。况复

① 刘扬忠、王兆鹏主编:《宋代文学年鉴(2008—2009)》,武汉:武汉出版社,2011年,第250页。

今宵好花烛，玉帐薰香满席。”接下来写男子的形象：“却笑陈王洛神赋，怅盘桓梦后无消息。岂不是，痴曹植。”还有写女子的容貌与心态：“半醉里、樱桃弄色。”“京兆张郎画眉妩，看取湘编情迹。”最后写对男女二人的祝愿：“也一线、春心脉脉。眼底娉婷世无匹，有情人谁复禁情得。这便是，千金刻。”

范廷琥也是此类词代表作者之一，有2首词是为祝贺新婚而作。

《步蟾宫·贺刑部侯弟就赘同部参知之女》：

深深绣阃千金价。喜正是、枌榆旧社。珩琚图史大家风，郎才女貌双双可。　　红丝幕里斯牵过。好谱作、词林佳话。满城士女庆喧阗，秋曹卿亚成姻娅。

《贺新郎·贺刑部侯弟就赘同部参知之女》：

莲沼香风细，况分明、绿阴鸟哢，夏交秋际。裘马翩翩新结束，来自浓山珥水。道是奉、部堂钧旨。历览山水闲，礼数兼优文致。　　合卺遥前花烛下，一对天然佳丽。百年共、清华福履。更勉君、尽书窗努力。大登科继，小登科喜。方不忝，此门地。

第一首词下片写婚姻场景：“红丝幕里斯牵过。好谱作、词林佳话。满城士女庆喧阗，秋曹卿亚成姻娅。”上片则是写男子、女子的形象，“深深绣阃千金价”，“珩琚图史大家风，郎才女貌双双可”。还有第二首词的“合卺遥前花烛下，一对天然佳丽”，也是如此。当然，总要写对男女二人的祝愿：“百年共、清华福履。更勉君、尽书窗努力。”这种写法在贺婚词里比较常见。

在阮朝时期祝颂词中，虽然贺婚的词作数量并不多，艺术成就也不高，但展示了阮朝时期祝颂词丰富的内容，在表现形式方面很有特点。

（二）写景咏物词

阮朝汉词中，写景词值得注意的是潘辉注的8首描述潇湘风景的作品，题为“潇湘八景”。前面有作者的自序，表明写词的环境与灵感：

> 予昨以夏节八楚，江水盛长，山容郁茂，三湘吟咏，景致淋漓。今归棹溯泗，初冬届候，潦水尽而寒江清，烟光凝而暮山紫。回视来时，又别是一番景色。其岩峦洲渚之萧疏，风雨雪霜之寥落，在宿昔品题之所不及者。江蓬眺览，重觉兴生，因思古人八景题目，点缀曲尽。予今日丕览，盖已会得精神。舟次舒闲，仍即此八题分咏诗调，每景诗一调一，共十六章。庶几岩溪风物，描写见真，以无负此度潇湘游也。吟成，因叙之以见意云。①

“潇湘八景”在中国审美艺术文化中很早就成为风景佳胜的代称而频繁出现在诗歌、绘画中，尤以北宋画家宋迪所绘之“潇湘八景”对后世影响大，沈括《梦溪笔谈》中说：“度支员外郎宋迪工画，尤善为平远山水，其得意者有平沙落雁、远浦归帆、山市晴岚、江天暮雪、洞庭秋月、潇湘夜雨、烟寺晚钟、渔村落照，谓之八景。好事者多传之。”②“约在唐宋之间及其后，‘潇湘八景’发展成为东方审美文化中的‘典型意象’，而在中国周边的越南、朝鲜、日本等国的诗歌

---

① 潘辉注：《华轺吟录》，越南汉喃研究院图书馆，典藏号：A.2041。

② 沈括：《梦溪笔谈》，上海：上海古籍出版社，2015年，第109页。

绘画中广远流布。若追溯实景来源，'潇湘八景' 正好分布在越南北使行经湖南境内的舟行路线上，自南而北依次为：'潇湘夜雨' ——永州城东潇湘二水合流处景观；'沙落雁平' ——衡阳回雁峰景观；'烟寺晚钟' ——衡山城北清凉寺景观；'山市晴岚' ——湘潭境内湘江之滨的昭山景观；'江天暮雪' ——长沙湘江橘子洲冬雪景观；'远浦归帆' ——湘阴城湘江汇入洞庭湖处景观；'洞庭秋月' ——岳阳洞庭湖秋高气爽皓月当空景观；'渔村夕照' ——常德西洞庭湖白鳞洲黄昏夕照景观。"①

潘辉注在出使清朝回国的路上（1825—1826年），创作了一组共8首诗来描述潇湘风景，表达了"岩溪风景被真确地描述，不辜负此潇湘游玩"的思想。从自序看出，每个题目有一诗和一词："予今日丕览，盖已会得精神。舟次舒闲，仍即此八题分咏诗调，每景诗一调一，共十六章。"每一首词都从不同的角度描述了潇湘景观：《更漏子· 潇湘夜雨》《西江月 · 洞庭秋月》《浪淘沙 · 远浦归帆》《惜分飞 · 平沙落雁》《梅花 · 江天暮雪》《小重山 · 山市晴岚》《渔家傲 · 渔村夕照》《霜天晓角 · 烟寺晨钟》。通过对潇湘优美风景的描写，潘辉注表达了自己对山水风景的热爱。而在8首词当中有一词明确地表达了作者的思乡之情，即《霜天晓角 · 烟寺晨钟》：

蒲牢远叫。响八江窗绕。借问起从甚处，岩上禅关清晓。　　烟岚寒缭缈。征人迷梦杳。枕畔数声唤起，坐对云山悄悄。

这首词作显示了越南文人高深的汉文化修养和出色运用汉诗

① 詹志和：《越南北使汉诗与中国湖湘文化》，《中南林业科技大学学报（社会科学版）》2011年第6期。

词以抒发自我情感的才能。

除了潘辉注外,阮行词也擅长叙景,主要描写的是越南景观。

如《满庭芳·南窗》:

鸿岭云高,碧潭月静,村烟岸树重重。两江一带,荡漾夕阳红。敛入故园光景,衡门下、可以从容。方池外,芭蕉杨柳,并水木芙蓉。　　庭中。观不尽,黄花翠竹,怪石苍松。总诸般书册,几个孩童。随意啸吟自乐,闲来放、一枕南窗。终日觉,惺惺如也,茫(潇)洒主人翁。

《吴山齐·三叠山》:

叠叠山。又叠山。三叠山雄交爱间。平明人度关。　　上山难。下山难。山路何如世路艰。浮云殊未闲。

除写景词外,咏物也是阮朝汉词的主要内容之一,其代表是阮黄中、阮绵审的词作,他们的词作特点主要是咏吟花草。从阮黄中的咏物词,我们可以看出他有独特的趣味。

如《如梦令·花答》:

香国葩千蕊万。春色红娇紫嫩。总为落情风,应惹蜂愁蝶怨。如愿。如愿。长与东君缱绻。

《减字木兰花·梅花》:

南枝梅放。风情占断花头上。不受尘埃。也向村庄雪里开。　香清色白。足称物外佳人格。玉骨冰肌。莫使霜禽粉蝶知。

《忆汉月·水仙花》:

嫋嫋凌波秀。昨夜东风初透。玉台金盏动清香,那管春光泄漏。　仙家原耐冷,黄白事、不消火候。枕流漱石足生涯,问你几生修就。

作咏物词最多是阮绵审,其《鼓枻词》中有40多首词咏物。阮绵审不仅咏物词作多,在越南文人的词作中,他的词在内容与艺术上也显得很突出。《鼓枻词》中的咏物词大约有两类:一类是单纯以咏物为题,仅限于描摹物态,没有较深内涵,如《蝶恋花》《柳梢青》《柳梢青·柳》《花非花》等;另一类则是将身世之感融入所咏之物,如咏梅有《一枝春·谢拙园兄惠梅花一枝》《疏帘淡月·梅花》,咏菊有《行香子·咏菊》,家国之慨隐约寓于其中,这类词比较多。他的咏物词表达的是对徜徉于山野田园、与菊为友、与风嬉乐的自由闲散生活的喜爱之情,这正是越南古人的社会理想。他的词作中用了很多典故,他所作咏物词从内容与意境来看,与越南古代文学以隐逸为主题的诗歌主题极其相似。他带着想脱离世俗的态度,以高僧、道士为学习的榜样,在"万众离开红尘处"寻找清闲、逍遥。

总之,潘辉注、阮行、阮黄中、阮绵审的词作通过描写风景与咏物,以寓作者各自不同之情,或表现对中国"潇湘八景"的赞美,或述"功成身退"的归隐之志,表现归隐后恬淡的生活,在尘俗外寻找乐趣的闲适心情。

（三）抒情词

阮朝汉词中的抒情词作数量最多。

其中，描述国破家亡的感触、一生旅客飘泊的词作，以阮行、杜令善作品为代表。

阮行为黎朝旧臣的子孙，遇到国变之时，没有参加科举。他的词作都是他在升龙时创作的，此处是帝都，是他受皇族较多恩典之处。即使是他替别人创作的词里，表现得很是洒脱自在，但他仍然心怀匡复旧朝的心愿。通过他的词作可以看出在时代巨变之下，他只能隐秘地描述和表达自己的心愿。透过他游戏人生的词中态度，读者只要细心一点就仍可察觉出其积极入世的想法。

如《卢美人·北城旅怀》：

纷纷世局何时定。满目伤心景。无端又向市城来。正是不关名利也尘埃。　　故园一别青春再。松竹依然在。君问何事却迟迟。应为珠桂留恋不能归。

升龙是他的旧都，但已经变化，所以他写《满江红·北城送春》云：

公子王孙，重来访，皇都春色。回首属，楼台城市，已非畴昔。往事依依浑若梦，新愁缕缕长如织。最无端、漂泊可怜身，经年客。　　尘埃里，谁相识？朝过了，还谋夕。把一春乐事，等闲忘却。不惜烟花零落尽，只愁岁月虚抛掷。怅平生、怀抱未曾开，头空白。

再看杜令善的《西江月·旅怀》：

擢第喜光家业，登朝倏值国屯。乡情旅思两纷纭。父母妻孥何在？　种种羁愁萦抱，悠悠闺泪沾巾。皇天有意相文人。早愿否祛为泰。

在杜令善的词作中，流露出因国破家散，而“乡情旅思两纷纭，父母妻孥何在”及“种种羁愁萦抱，悠悠闺泪沾巾”的悲伤情感。

阮行到升龙之时，与杜令善因思乡病而成为知己。阮行去世时，杜令善作诗怀念友人，非常悲切。关于生活及个人境遇的思想，对于亲人、朋友的感情，被阮行记录在诗集《观东海》与《鸣鹃诗集》里。《观东海》按中国唐代元稹《离思》诗意编写。作者寓意说阮氏家族已经奉事黎朝，便只忠于黎朝。从这两部诗集的标题，就可看出阮行诗与词里的思想。

因为有相同的政治态度、个人境遇及同为风流才子的性格等，所以他们二人作品有较多相同点，较多表现感时、恨别、伤亲等情思。他们都把自己的真实感情渗透入词作之中，因此词作不但文辞华美，而且还感触深刻，一艳美，一悲美，对于越南读者有深远的影响力。

阮朝词的主体内容，一般来说都不出伤春悲秋、感时恨别、男女相思之窠臼，其中关于爱情的词作占大多数。爱情本来就是诗歌艺术的主题之一。然而在君主时代因为较多注重载道、明道、诗教等内容，所以男女相思与情爱较少被注意，谈论时也比较隐晦、微妙。到阮朝之时，男女相爱的感情成为词中重要内容，不同阶层的感情一起出现在各词作中。其中代表有杜令善、范彩、胡春香、阮黄中及《同窗记》《越南奇逢实录》等小说集中的词。

此阶段较有代表性的作者就是阮黄中。他是一位对自己的创作有明确意识的作家。他之所以写词，主要缘于他对唐宋文学的喜爱，正如他曾经在《诗雏小引》里讲述的一样。对于阮黄中来说，作词首先是一种对艳情文学体式的体验。

如《梦江南·望春集古》：

好春节，云物望中新。心似百花开未得。出门都是看花人。毕竟是谁春。

《忆王孙·秋夜不寐集古》：

孤灯挑尽未成眠。枕上真成夜似年。月落乌啼霜满天。别神仙。只是当时已惘然。

《望江南·月夜赏花》：

风月夜，深院俟花开。花面娟娟含月笑，花香冉冉惹风来。予美契予怀。　　花色色，夜发最为佳。我适爱花频怅望，花仍爱我共徘徊。蜂蝶莫相猜。

上述三首词所用的句子主要从唐代著名诗人如杨巨源、曹松、李商隐、杜甫等人诗中摘录。由此可看出他不仅喜爱艳美的词句，而且在内容上偏向爱春惜春、离愁别恨、男女相思等情感的表现。

又如《忆王孙·怀望》：

萋萋芳草碧连天。望断平芜阻夕烟。渺渺予怀倍黯然。

是情牵。江尾江头两少年。

《捣练子·倚楼》:

秋色淡,月光寒。茅店鸡声唱夜阑。最是离人愁重处,含情无语倚阑干。

《菩萨蛮·秋夜相思》:

秋声一夜来风雨。寒侵旅院孤吟苦。终夜不成眠。为情空自怜。　雨声和漏滴。愁杀相思客。无梦寄相思。青灯挑夜迟。

阮黄中尝试在不同的题材及调式中进行创作,抒发伤情,词体形式从小令到长调都有。长调如《满江红·春尽》:

晴望江村,春去也、花飞片片。惆怅与、东君离别,无言相饯。嫩绿丛中蜂暗过,红疏枝上莺高啭。最思春、到底觅春踪,春不见。　转盼处,空留恋。幽恨事,难消遣。奈东风无力,流光似箭。寥落不愁香径淡,蹉跎只恐朱颜变。惜多才、误了少年春,终谁谴。

阮行(1首)、朱允致(2首)、阮绵审(10首)都创作有悼亡题材的词。阮行、朱允致悼亡的词作,从内容与语言都体现作者的悲情,如“有情含泪攀送,不见使心愁”,“暂别谁知永诀、泪沾巾”。人生只不过是:“几回懒把褕衣整。剩有啼声堪咱(听)。三十余年人境,未熟黄粱顷。”“瑟衣舞散，蒿里歌残，从此千秋。”

阮绵审《鼓柮词》中按《望江南》调为过世的妻子写了10首悼亡词：

堪忆处，小阁画帘垂。杨柳扑窗风翦翦，荼蘼绕架雨丝丝。春思压双眉。

堪忆处，晓日听啼莺。百裥细裙偎草坐，半装高屧踏花行。风景近清明。

堪忆处，银钥锁朱门。倦绣髻边拖弱缕，微吟眉际蹙愁痕。不语暗消魂。

堪忆处，酒困起来慵。银叶添香钗影亸，玉纤研墨钏声松。纸尾代郎封。

堪忆处，浴罢骨珊珊。六曲屏风遮玉树，九枝灯檠耀银盘。叶叶试冰纨。

堪忆处，兰桨泛湖船。荷叶罗裙秋一色，月华粉靥夜同圆。清唱想夫怜。

堪忆处，翦烛夜裁书。风雨五更呵笔砚，缣缃四部注虫鱼。侍者有清娱。

堪忆处，愁病卧春寒。被底萧条红玉瘦，枕边历乱绿云残。泪眼怕人看。

堪忆处，明月掩空房。漫说胸前怀荳蔻，却怜被底散鸳鸯。水漏夜茫茫。

堪忆处，警梦寺钟鸣。三尺新坟兰麝土，六如妙偈贝多经。从此证无生。

阮绵审上述悼亡词中，将其对亡人的怀念描写得淋漓尽致，真诚感人。他利用梦境的创作方式回忆了亡妻的容颜与生前的生活细节。通过与眼前凄凉处境的对比，突出自己的无限哀思。从这些词作中的追念，可以看出阮绵审对亡妻的一往情深。

阮朝时期汉词内容除了以男女相思内容为主的，并喜欢用华美言词表现真挚感情、以才子佳人为词作中重要形象的，还有不少词作表现的是国破家亡、离愁别恨的情感，基调慷慨悲切。可以说阮朝的词人队伍比此前的作者，进一步接近了词的"愁恨"本质。这主要是由于阮朝的社会变革，所以这时期词的情调也染上了淡淡的感伤。

我们可以说，在经历了很长一段时间的停滞后，到18世纪，汉词又重新活跃于越南文坛。到阮朝，虽然是君主巩固集权的阶段，政治观念占据支配地位，较不利于词类发展，可越南汉词在继承了前阶段的基础上，在与中国的交往过程中又直接受到清词以及中国词籍的影响，得以继续发展，甚至达到高峰，词作者、作品与词别集层出不穷。在此期间，阮朝皇族的词人对于词的发展有重大的贡献，特别是阮绵审。

二、阮朝汉词的艺术风格

阮朝汉词的艺术风格主要偏于婉约，阮朝主要词作者胡春香、范彩、阮黄中、阮绵审等皆为其代表。

作为一位女性词人，胡春香的词以少女、少妇的生活为主要内容，深沉婉约，表现了如李清照一样的情窦初开的少女情怀和处于离别相思中的少妇哀愁。如《江南调·述意兼柬友人枚山甫》：

> 花飘飘。木萧萧。我梦卿情各寂寥。可感是春宵。　鹿呦呦。雁嗷嗷。欢好相期在一朝。不尽我心描。
>
> 江泼泼。水活活。我思君怀相契阔。泪痕沾夏葛。　诗

屑屑。心切切。浓淡寸情须两达。也凭君笔发。

风昂昂。月茫茫。风月空令客断肠。何处是滕王。　　云苍苍。水泱泱。云水那堪望一场。一场遥望触怀忙。

日祈祈。夜迟迟。日夜偏怀旅思悲。思悲应莫误佳期。　　风扉扉。雨霏霏。风雨频催彩笔挥。笔挥都是付情儿。

君有心。我有心。梦魂相恋柳花阴。诗同吟。月同斟。一自愁分袂，何人暖半衾。　　莫弹离曲怨知音。直须弃置此瑶琴。高山流水晚相寻。应不恨吟叹古今。

君何期。我何期。旅亭来得两栖迟。茗频披。笔频挥。一场都笔舌，何处是情儿。　　好凭心上各相知。也应交错此缘缔。芳心誓不负佳期。[……]

这一组词以明白晓畅的语言，回环往复的节奏反复描写相思之苦，情调柔婉低沉，感人至深。

阮绵审的词作虽然也属于婉约风格，但是风格与胡春香还有区别。某种意义上说，他的词风以及在越南汉词史上的价值，与中国南宋词人姜夔有一定相似。“他在以前婉约词人的基础上，摆脱了词的世俗化、市民味，走上了雅词的路子，追求词的格调醇雅，格律精严的艺术效果。其词作首要特点是清空骚雅。在创作时不依据事物的实体，而摄取其神态来表现中心，达到格调醇雅的艺术风格，这便是清空的写作要旨之所在。”[①]

比如阮绵审词一些咏物之作，鲜明地体现出“清空”“骚雅”的词风。词多为描写清幽的形象、冷艳的色调和空灵淡远的意境，形成了清虚淡雅、高冷疏离的艺术风格。

① 周萍：《骚雅探余味——浅谈姜夔词的艺术风格》，《群文天地》2012年第12期(下)。

如《疏帘淡月·梅花》：

朔风连夜，正酒醒三更，月斜半阁。何处寒香，遥在水边篱落。罗浮仙子相思甚，起推窗、轻烟漠漠。经旬卧病，南枝开遍，春来不觉。　谁漫把、几生相摧。也有个癯仙，尊闲忘却。满瓮缥醪，满拟对花斟酌。板桥直待骑驴去，扶醉诵、南华烂嚼。本来面目，君应知我，前身铁脚。

《鼓枻词》的语言风格，最大的特点就是“幽韵冷香，清虚淡雅”。阮绵审在词中喜用这类传达清冷之感的词汇，是词人清峻高洁、洒脱高雅的人品和词这门艺术相结合的自然表现。词人以“愁”的心态来贯穿全词，通过这些字、词的使用，流露出内心飘泊无依、老而无归的情怀与空虚孤寂的心态，其词以凄冷的色调、空灵缥缈的意境，从而达致“幽韵冷香，清虚淡雅”的境界。

阮绵审词作中存有大量“寒”“冷”“清”“凉”一类字眼，词人运用各种感官意象传达清幽的精神和意旨，在词间流露凄凉的心事，又被同样敏感的读者抓住，正所谓“词心”存焉。在阮绵审的《鼓枻词》中，“寒”“冷”均为高频字符。据统计，“寒”“冷”字共出现28处，“寒”字使用22处，“冷”使用8处。比如以下“寒”字句：

白雪楼高，晓寒多、一片冻云疏雨。(《一枝春·谢拙园兄惠梅花一枝》)

岁寒寂寞，野径相羊。任几番风，几番雨，几番霜。(《行香子·咏菊》)

只恐阳乌不耐寒，裂尽云间翮。(《卜算子·寒夜有怀》)

更漏迢迢寒夜。小院寂如僧舍。(《如梦令·寒夜独酌》)

有意思的是，在这阶段有一位作者用喃字填词，即范彩，他的《梳镜新妆》作品里面有4首词，这是越南汉词历史中第一次也是现可知唯一一次用喃字来创作词。范彩的喃字词作都严格遵守词调规律，言词清雅，声音协婉，达到高超的艺术水平。4首喃字词作，每首都是一封情书。前两首为《西江月》，第一首为男生（范金）表白感情，第二首为女孩（张琼如）的回答（按原韵）。按《一剪梅》调创作的后面两首词作也是一样。作品用比兴寄托的手法，以春景述春心，以"蝶翼回梅"述说春情渴望，以武陵典故寓意寻找桃园之路。"以我观物"，所以物表现我的色彩，这是"古诗之可贵在动"（阮绵寘《静圃诗集序》）的境界。可注意的是，在范彩的喃字词作里多频率使用的复词，是他语言的独特之处，也是用越南国音创作词的优势与特色。此外关于爱情题材的词作，还有《越南奇逢实录》里的各词，也都深入抒发了各人物的内心感情。

另如阮黄中的词作特点是追求语言的艳美与形象，言词清逸，不爱用典故，内容主要是旅客愁思、爱春惜春、男女相思等。从他词作里的内容、语言，可看出他深受唐宋婉约派的影响。

如《凤凰台上忆吹箫・无题》：

夜月帘栊，春风巷陌，几多柳暗花明。叹伯劳飞燕，到底无情。望断天涯芳草，嘶马路、十里长亭。人何处，思思想想，冷冷清清。　　叮咛。少年心事，怎说与傍人，空自惺惺。忆香肩檀口，悄语低声。欲探青春消息，多管是、有影无形。谁却道，怜怜惜惜，款款轻轻。

阮朝时期词家对词进行刻苦钻研，并获得突破性的成就。在这段时间，词在越南汉文文学史上也取得了比较高的成就，虽然不能跟别的文学体式相比，但越南文人已经主动学习创作词，他们改变了对词的看法。阮朝汉词的主要风格偏向婉约一路，在主要作家身上体现出这一共同倾向，但一些作家也由于作品过少，无法判断其主要艺术风格。不过这种风格取向体现出越南词人对于词体特性的认知，这是存在一定程度共识的。

第五章　阮绵审及其《鼓枻词》

第一节　阮绵审的家世生平

一、阮绵审的家世生平

阮绵审(Nguyễn Miên Thẩm)是阮朝时期著名的作家,在越南古代文学史上他的词作最多,他所有的词作结为一集,即传世的《鼓枻词》。

关于阮绵审的生平,通过越南史料我们总结如下。

阮绵审即阮福绵审(Nguyễn Phúc Miên Thẩm,1819—1870),字仲渊、慎明,号仓山,又号白毫子,是越南阮朝明命皇帝(1791—1841)第十子,母亲是淑嫔阮氏宝(1801—1851)。关于阮绵审出生的那天,还有一段相当离奇的故事:

> 出生辰,右眉有一长白毫,体有四乳,腰有紫痣,左胸前有瘢,方一寸,形似小印,瘢上生毛。世祖高皇帝闻而喜之,赐黄金十两。性善啼,又多病,淑嫔日夜顾复,无不尽意。未周期,啼愈甚,两目瞑而血。淑嫔忧之,多方治,不效。忽有道士名云者见之曰:"此太白金星降精也,禳之即愈。"果如其言。[①]

---

① 高春育:《大南列传正编》卷五《从善郡王阮绵审传》,越南国史馆维新三年(1909)刊本,越南胡志明市考古研究中心,典藏号:HNv.227。

这段史传记载尽管有荒谬的成分，但其中关于阮绵审白眉的事实也不可否认。阮绵审《白毫子歌》云："余眉间有一毫，长可及口而白，因自号白毫子。"[①]

绵审是明命帝第十子，从小就"聪敏好学，为上所眷，与予兄弟同居，常得病，上于文明殿朝罢，即步行往视之"[②]。绵审的文学才能受到父亲的影响。明命皇帝是一位"雅好文学，游神古典，修己治人之所寓，爱民视政之所存，万概余暇，多发之于诗，诸皇子皆慕效之"[③]。他认为诗歌"贤于他好"，决定将诗歌设为各皇子日常学习的主要课程。明命的教育主张直接影响到诸皇子一生的情操。阮朝明命与嗣德两个时期出现不少诗人，他们同时也是皇族出身。[④]可以说，阮绵审的父亲和几位兄弟对文学都有热爱之心，而且他们身为皇子同时也是诗人，因此他们成为阮朝时期文学的代表人物，他们的作品成为阮朝时期富有特色的创作。

阮绵审受其母亲的影响不少。母亲阮氏宝，为司空阮克绍的独生女。阮克绍师从嘉定处士武长缵，阮氏宝因父亲阮克绍过世很早，被武长缵收为义女。阮氏宝的义父武长缵"为人聪颖，经学籍，立志高，仰迹前轨，遭伪西之乱儒墨，隐居授徒"[⑤]。他的弟子很多人

---

①② 阮绵审：《白毫子歌》，《仓山诗集》，嗣德二十五年（1872）刊本，越南汉喃研究院图书馆，典藏号：A.1496。

③ 张登桂：《广溪文集》，《文派合钞》，抄本，越南胡志明市考古研究中心，典藏号：HNv.213。

④ 阮绵审的兄弟，除了其二兄夭折以外，其余兄弟也多"博涉群书，有诗名"。其长兄绵宗，即绍治皇帝（1807—1847），文学成就也不错。三兄寿春王绵定，也撰有《明命宫词》，另有《静明爱芳诗集》。四兄宁顺郡王绵宜，号拙园，有《菖蒲诗集》。五兄永祥郡王绵宠，号为宁静，有《宁静诗集》。另外阮绵寘、梅庵公主也是越南古代文学后期的著名作者。参见高春育：《大南列传正编》卷五《寿春王绵定传》，国史馆维新三年（1909）刊本，越南胡志明市考古研究中心，典藏号：HNv.277。

⑤ 阮仲合：《大南列传正编》卷十九《阮克绍传》，影印国史馆成泰元年（1889）刊本，东京：东京出版社，1962年。

如吴仁静、黎光定、邓怀德等是阮朝的开国功臣，同时也是杰出的文学家。由于明命皇帝国事繁忙，所以阮绵审的学习都是母亲来管教和督促的。绵审《明命宫词》第六十一首云：

温期半月两童生，阿母双双校对精。一字不教轻错过，从头绵审到绵寘。①

又自云：

家慈与黎婕妤庶母甚相亲，绵审、绵寘幼日同学于养正堂。每温期，两母会坐，召至，收其书册，命各以净本一一暗写而校之。②

阮绵审与诗歌有一种解不开的缘分。他在有着浓厚文学气息的环境中出生成长，加上从小就受到良好的文化教育③，所以他的文学天赋很早就显露出来了：

明命三年，（绵审）才四岁，最颖异。初从宫中师氏学，授《孝经》。七岁，就传于养正堂，勆学，不事游戏，每背读期至百余纸。一日，入侍淑嫒，见案上有一扇书唐人五绝句，中有数字未甚晓，而读之颇悦于口，乃固请之。……其早慧如此。八年

①② 阮绵审：《明命宫词》，《仓山诗集》卷四十，嗣德二十四年（1872）刊本，越南汉喃研究院图书馆，典藏号：A.1496。

③ 明命六年（1825），阮绵审七岁时开始和七兄绵宸、八兄绵富、九兄绵守、十一弟绵寘、十二弟绵宝、十三弟绵宁等七人在养正堂一起生活学习。明命八年（1827），明命皇帝在养正堂前又盖了另一座宫室，名为明善堂，给阮绵审、绵寘和绵宝三人居住。

春郊，公从之，有《南郊诗》，辰时方九岁也。[①]

又阮绵寘《答诏札子》记云：

> 于明命六年，蒙居宫城内之养正堂，故黎棠花充讲习，才知占毕，不通旨义。至十二年，出外就傅，居广福堂，与弟故绵宝同学，则充讲习者多，又或更换，亦无出类拔萃者，臣不尽记。惟讲习臣故申文权教授甚久。臣兄故绵审在广善堂别有讲习，而日常过臣，从文权教授，后文权为礼官，臣与兄亦常常从学。文权之为人专精，身体力行，深得诸经义蕴。诗古文辞，亦首开示法度，而不多作，作亦不存草。大学士臣故张登桂、儒臣故潘清简，亦奉为师。[②]

阮绵审是一位极其孝顺的人。1847年，嗣德皇帝（阮福时，1847—1883年在位）继位。嗣德三年（1849），阮绵审在公府后面建立潇园，接母亲和三个妹妹（阮福永贞、阮福贞慎、阮福静和）从宫里出来一起居住。三位公主出嫁后不久母亲就过世了，阮绵审自己在潇园居住，断绝了公务往来和私人宴请，为母亲守孝三年。

嗣德七年（1849），阮绵审被封为松善王。嗣德十六年（1858），在顺化阳春卖田十二亩，建造私府，取名“芳村草堂”。

阮绵审的思想中，占主导地位的是儒家思想。儒家教育的最终目的是塑造齐家、治国、平天下的君子，这也是儒家学者的最高理想。

---

① 高春育：《大南列传正编》卷五《从善郡王阮绵审传》，越南国史馆维新三年（1909）刊本，越南胡志明市考古研究中心，典藏号：HNv.227。

② 阮绵寘：《苇野合集・文一》，嗣德乙亥（1875）刊本，越南汉喃研究院图书馆，典藏号：A.782。

阮绵审首先是一位皇族子弟，之后才是儒家学者。皇族的身份给身为儒家学者的阮绵审带来不幸。为了避免皇族内各皇子争权夺利，阮朝法律取消了皇子们所有参政的机会，具体有不许参加科举考试，不许在朝廷做官，不参加政事商讨等。所以阮绵审的聪明和才智注定不能在政治上有任何发挥，因此他只能把所有的才华寄托于文学上。也正因为这个原因，他借助特殊的地位（因为他是明命皇帝的皇子，绍治皇帝的弟弟，嗣德皇帝的叔叔）、良好的生活条件和教育背景，专注于文学创作，越南阮朝才有了这样一位杰出的文学家。

阮绵审虽是一位皇子，但是他讨厌功名利禄，无心政治，喜欢淡泊闲逸的生活。阮绵审也曾随绍治皇帝（阮福暶，1841—1847年在位）巡视北方。经过这次北方的巡视，他进一步观察了解了广大人民的生产和生活，深刻体会他们的内心世界。此后，阮绵审对人民与社会生活的看法有了很大的改变。他平时生活简朴，接近于普通民众的生活。这样的生活态度也影响到他的文学创作风格和内容，因而他的诗词风格平易清淡，内容也大多表现百姓生活。

嗣德十一年（1858），法国和西班牙联军进攻岘港，不久进攻嘉定；嗣德十五年（1862），法国强迫阮朝缔结了第一次《西贡条约》，把南越东三省嘉定、边和、定祥以及昆仑岛割让给法国；嗣德二十年（1867），法军又占领南越西三省。因此，在阮绵审四十岁之前，他的生活一般在诗文的娱乐中平静地度过；四十岁之后，面临国家政治、经济和社会的巨大动荡，晚年生活深受影响。紧接着发生的法国全面侵越的一系列事件对阮绵审影响更大，这在他的后期诗歌中都有大量记叙。

如《闻嘉定近状》诗：

嘉定隆兴地，频年苦用兵。极当忧国步，不暇问乡情。草没剑侯庙，霜寒敕勒营。左公桥畔路，指点泪丛横。[①]

又如《病中答仲至见怀之作》诗：

> 病榻无眠数漏频，伤今怀古并沾巾。左徒死不忘哀郢，公子贤犹仪帝秦。泽国山川晴忽雨，村家昏黑鬼兼人。劳君郑重斯文意，惭愧余年素食身。[②]

从阮绵审晚年的诗歌中，我们看到很多诸如“惭愧余年素食身”的心迹剖白，如“匡时剑子政，惭愧汉家亲”[③]，“深愧吾生徒口腹，国恩家况共巾裳”[④]等，句句渗透着阮绵审面对国破家亡的悲伤，和自己无能为力的无助之感。不仅如此，在嗣德十九年（1866）阮绵审的大女婿段征在顺化起兵反阮。《大越实录正编（第四集）》记载：

> 嗣德十九年秋……八月……从善公阮绵审之女，初嫁逆征，是日事发，乃其女并所生子解纳，又以不能早行纠举，上疏请罪。帝曰：“从善公素有学，久蒙宠眷，岂有何心，但择婚不清，有玷声价，罪疑惟轻，罚俸八年。”[⑤]

---

①② 阮绵审：《仓山诗话》，嗣德二十四年（1871）刊本，越南汉喃研究院图书馆，典藏号：A.1496。

③ 阮绵审：《春日感赋示壁人》，《仓山诗集》，嗣德二十五年（1872）刊本，越南汉喃研究院图书馆，典藏号：A.1496。

④ 阮绵审：《大檬果》，《仓山诗集》，嗣德二十五年（1872）刊本，越南汉喃研究院图书馆，典藏号：A.1496。

⑤ 阮仲合：《大越实录正编（第四集）》，国史馆成泰十一年（1899年）刊本，越南胡志明市考古研究中心，典藏号：HNv.317。

这事对阮绵审的打击极大。他虽然被免除牵连之罪，但心理上的创伤是无法弥补的。1860年至1870年之间，阮绵审不愿意与外界交流，宁愿孤独生活。他买田地回来，独自耕种，保持着自己高洁的品性，过的是“半是幽人半王者”的生活。

阮绵审的晚年生活是极为孤独的。一是由于大女婿段征在顺化起兵事件，虽然后来得到平反，但是这件事多多少少把他牵连其中；二是众多兄弟或诗友有的去世，有的告老还乡，有的忙于国事，只剩下阮绵审一个人寄情园中，早已不复往日的交游盛况。

嗣德二十三年(1870)三月三十日，阮绵审因病去世，享年五十二岁。《从善郡王阮绵审传》云：

> 二十三年，薨，辰年五十二也。初，公病，帝特赐尚诊治，分给尚方参桂，中使省问无虚日。公因手书遗表寄进，略曰：“死生命也，惟以不获见南北幅员依旧为恨耳。伏望思缔造之维艰，凛保之不易，一财一力所当惜，一游一豫所当防，相辰制宜，上下一念，尊庙之福，天下幸甚。”帝览表，谓内阁曰密录史馆一道，以备修传，不没人之善也。及病笃，嘱子孙以丧祭从俭，又以指画一绝句云：“半身学道太糊涂，脱屣如今知去途。荐爽亭泼天老月，水香林影有人无。”写毕而绝。讣闻，帝悼惜之，辍朝三日，加赐锦缯、钱布、神器，并银钱，又亲制祭文，命绥理王赐祭赐酒，谥文雅。葬之日，命协领侍从胡文显护送。①

阮绵审去世对阮朝文坛来说是一大损失。闻其去世，越南当时

① 高春育：《大南列传正编》卷五《从善郡王阮绵审传》，国史馆维新三年(1909)刊本，越南胡志明市考古研究中心，典藏号：HNv.277。

士人多有哀悼的诗篇，兹录其中若干篇如下。

嗣德皇帝《望从善公墓》云：

古来名寿两兼艰，一代诗翁逝不还。数尺新坟毗母墓，几篇旧咏播人寰。如何坠落随园梦，曾否皈依净土关。叹息英才犹未竟，悠悠流水与高山。①

又《经过故从善公别业四首》云：

新户乍题清净退，故人不谓已长辞。墨亭书榭基犹昨，无复骚人社集诗。

自古才难岂刻评，百年间出孰经营。若非笃好还多暇，几得成家副毓英。

圣云辞达汉享风，归祥庄淡旨亦通。纳被何须劳鼻祖，相期直谅始如终。

乱渡乘舟过旧津，诗魂何处吊灵均。九原若悟还吾道，莫向桑门语怪神。②

阮绵寘《追哭十兄仓山先生》云：

性道渊源独许参，宫墙瓒仰尚多惭。一空血泪存遗表，千首声诗振盛南。孤露白头生亦苦，儿嬉黄壤死应甘。孔怀岂仅深入剡，更为斯文痛不堪。③

---

①② 阮绵审：《仓山诗集》卷首，嗣德二十五年（1872）刊本，越南汉喃研究院图书馆，典藏号：A.1496。

③ 阮绵寘：《苇野合集・诗》，嗣德乙亥（1875）刊本，越南汉喃研究院图书馆，典藏号：A.782。

这些诗篇的价值不仅在于对阮绵审的哀悼,通过这些诗篇我们更可以了解当时文人对阮绵审的多方面评价,如为人、修养、经术、诗文、成就等。可以说,阮绵审不仅是阮朝著名诗人,而且他对当时的文坛影响极大:他的文学才能为世人所认可,他的品德得到世人的尊敬推崇。

二、阮绵审的文学事业

阮绵审是阮朝皇派文人中最杰出的代表之一,嗣德皇帝御赐"一代诗翁"称号。阮绵审自称"独有恋诗癖而近乎痴迷"。事实也是如此,据说他还在家供奉屈原与曹植的灵位。由此可说明他对中国文化不仅仅是喜爱,更是崇拜。当时,阮绵审与阮绵寘(明命皇帝第十一子)与阮绵宝(明命皇帝第十二子)三位兄弟组织了"从云诗社",吸引了大量的文人墨客前来唱和,每次都有很多人参加,有时候多达四五十人。阮绵审当时与很多文人儒士交流,他有不少挚友也是当时著名的诗人,如阮文超、高伯适等。对于他们的才能,当时嗣德帝如此评价:

> 文到超(阮文超)适(高伯适)无前汉,诗到从(阮绵审)绥(阮绵寘)失盛唐。

在越南古代文学历史上,对文人这样高的评价是从来没有过的。这表明他们的文学成就不仅在当时是空前的,在后世也具有广泛的影响力。

当时阮绵审的文学才能也受到中国文人的赞许。阮绵寘为阮洪依《循陔别墅诗合集》作序时说:

> 兄仓山先生诗冠冕一代,劳公崇光称为"仓山一老,式是

> 南邦”。劳公清国钦使，中原第一流人也，四方艺苑闻者无异辞焉。[①]

劳崇光（1802—1867），湖南善化（今中国湖南省长沙市）人，字辛阶，清代诗人。道光十二年（1832）进士，官至广西巡抚、云贵总督。他曾接待越使，也曾出使越南。阮绵审曾嘱北使将自己的《仓山诗钞》送呈时任广西巡抚的劳崇光作序。[②]绵审的诗句引起了劳氏的共鸣，认为可以与元好问比肩，不仅在诗中叹赏，且作序时又赞叹不已。幸运的是，劳氏为《仓山诗集》所作的序《仓山诗钞序》仍存，见于《书序摘录》。[③]从《循陔别墅诗合集序》可知劳崇光对绵审的评价是“仓山一老，式是南邦”，从《仓山诗钞序》的文字也能看出劳崇光对阮绵审诗歌才华的赞赏，因此阮绵审在中国诗人的心中是有一定地位的。

阮绵审一生著述甚丰，多为汉文。《从善郡王阮绵审传》云：

> 生平著述十四集：《纳被集》《仓山诗集》《仓山诗话》《仓山词集》《净衣记》《式谷编》《老生常谈》《学稼志》《精骑集》《历代帝王统系图》《诗经国音歌》《读我书抄》《南琴谱》《历代诗选》。为人刊刻七集：《广溪诗集》《梁溪诗集》《漫园诗集》《欣然集》《范蕉林诗集》《贡草园诗集》《三高士诗集》。[④]

---

① 阮洪依：《循陔别墅诗合集》，越南汉喃研究院图书馆，典藏号：A.2985。

② 阮绵审：《仓山诗话》，嗣德二十四年（1871）刊本，越南汉喃研究院图书馆，典藏号：A.1496。

③ 《书序摘录》，越南汉喃研究院图书馆，典藏号：VHv.350。

④ 高春育：《大南列传正编》卷五《从善郡王阮绵审传》，国史馆维新三年（1909）刊本，越南胡志明市考古研究中心，典藏号：HNv.277。

20世纪60年代越南学者陈文岬所编的《对汉喃书库的考察·阮绵审小传》中，把阮绵审著作增加到17种：

> 《北行诗集》《河上集》《仓山诗集》《仓山诗话》《仓山词集》《诗奏合编》《纳被集》《读我书抄》《老生常谈》《净衣记》《学稼志》《精骑集》《式谷编》《南琴谱》《历代帝王统系图》《历代诗选》《诗经国音歌》，此外还临官刊刻阮朝作家七集。[①]

关于阮绵审著作，陈文岬在这里并没有提出什么新材料，他提供的证据实际上都是从《大南列传正编》记载中所得，而且在材料上存在许多错误。[②]

根据越南三部文学史料记载，阮绵审著作尽管有所不同，也有很多作品遗失，我们现在无法亲眼看到，但是通过史料记载，我们可以确定阮绵审的文学作品丰富多样，诗、词、诗话、记、表等均有涉猎，文学成就极其突出。

除了文学著作之外，阮绵审还编著过十余种不同的典籍，如《三才合编》(卷数不明)、《高青丘诗集》三卷、《沈归愚诗选》四卷、《越南历代诗选》(卷数不明)、《历代诗选》十七卷、《元诗选》(卷数不明)、《广溪诗集》四卷、《贡草园诗集》一卷、《历代文选》十五卷等。阮绵审除了编撰诗集、文集、史集等，他还为许多诗文集作点评，如阮咸宁《静斋诗集》、梅庵《妙莲诗集》、惠圃《惠圃诗集》等。

值得注意的是，三部文学史料中都记载阮绵审有《仓山词集》一部，但是现在在越南找不到此集。在越南河内汉喃研究院图书馆

---

① 陈文岬：《对汉喃书库的考察》(第二卷)，河内：科学出版社，1990年。

② 阮庭复：《阮绵审〈历代诗选〉研究》，南京：南京大学博士学位论文，2006年。

收藏的《仓山诗话》[①]一书前有“仓山诗集目录”，该目录刻有“鼓枻词”，但书中并没有任何词作。我们认为记载在三部文学史料中的阮绵审《仓山词集》，不过是《鼓枻词》的另外一个称呼，实际上阮绵审只有《鼓枻词》一部词集而已。

总而言之，阮绵审一生著作极其丰硕，以上我们只是介绍了现存的版本和各种书籍中的相关著录，我们确信阮绵审全部作品应当不止这些。阮绵审的作品，特别是诗词，在问世后已随越南阮朝使臣的脚步来到中国。《鼓枻词》在这样的情况下，很早就传到喜爱词作、喜爱越南文学的中国清代文士手中，并广泛流传。

第二节　《鼓枻词》文本研究

阮绵审《鼓枻词》一卷，一共有115首汉词，是越南古代文学史上收词最多的一部词集。从越南汉词的源头时期直至越南阮朝，阮绵审《鼓枻词》的出现在整个越南历史上是特殊的现象。这不仅证明词在越南阮朝时期进入“复兴的时代”，而且对词的看法相较于前人有很大变化。不仅如此，阮绵审《鼓枻词》跟当时的阮朝诗人创作词也有很大不同，几乎所有阮朝文学家都把他们的词作跟别的文学体类混在一起，好像没有意识到要把词作与诗作区分开来（除了陶晋的《梦梅词录》）；而阮绵审不仅把所有的词作都集中在一部词集里，而且还亲自给这部词集作序。由此可见，他对自己的词创作花了不少功夫。当时的诗人有谈到阮绵审的词，但从来没有提及阮绵审词集名为《鼓枻词》，甚至他的弟弟兼诗友阮绵寊在其传下

---

① 阮绵审：《仓山诗话》，嗣德二十四年（1871）刊本，越南汉喃研究院图书馆，典藏号：A.1496。

来的文集当中，也没提及《鼓枻词》。如果说他们知道这本词集，则词集名为何不见诸文字记载？如果说他们不知道这本词集，为何又谈到阮绵审的词作？何况还有阮绵审自己所作的《鼓枻词》自序。这一点实在令人疑惑和费解。

但是，阮绵审《鼓枻词》在中国的命运，与在越南国内大相径庭。据史料记载，阮绵审的《鼓枻词》在1854年就已传入中国，并得到中国当时官员、诗人的欣赏和收藏。从1854年迄今，《鼓枻词》传本情况如何？下面进行具体描述。

一、《鼓枻词》在越南以外流传情况

阮绵审是在什么时候完成《鼓枻词》的呢？由于文献材料缺乏，到现在为止还没有一个准确的答案。但有趣的是，《鼓枻词》先在中国普遍流传开来，后来才传回到越南本土，直到今天，越南汉喃研究院图书馆所存的《鼓枻词》也是从中国的刊本复印来的。在越南关于阮绵审《鼓枻词》的资料中，未找到阮绵审的著作原本。所以，研究《鼓枻词》的流传过程，并非可从越南开启，而是要从中国记载的相关文献入手。

饶宗颐先生在《清词与东南亚诸国》云：

> 东南亚各国，以越南之汉文学，最为发达。其词人作品，享誉中土者，惟阮绵审一人。况周颐《蕙风词话》尤称道之(卷五)。阮绵审字仲渊，号白眉子，有《鼓枻词》一卷。咸丰四年，越使过粤，遂传入华，善化梁莘畬在粤督幕曾录存之。郭则沄于《清词玉屑》卷五亦载其事。[①]

① 饶宗颐：《饶宗颐东方学论集・清词与东南亚诸国》，汕头：汕头大学出版社，1999年。该文把词调“归自遥”记为“归国遥”。

可见，阮绵审的《鼓枻词》一卷很早就被中国著名的词学家注意到。况周颐《蕙风词话》卷五叙述朝鲜、越南汉词云：

孙恺似布衣，奉使朝鲜，所进书有《朴闇填词》二卷，名《撷秀集》，封达御前，见蒋京少《瑶华集述》。海邦殊俗，亦擅音阕，足征本朝文教之盛。庚寅，余客沪上，借得越南阮绵审《鼓枻词》一卷。短调清丽可诵，长调亦有气格。《归自谣》云："溪畔路，去岁停桡溪上渡。攀花共绕溪前树。重来风景全非故。伤心处，绿波春草黄昏雨。"《望江南》十首，录二云："堪忆处，晓日听啼莺。百裥细裙偎草坐，半装高屧蹋花行。风景近清明。""堪忆处，兰桨泛湖船。荷叶罗裙秋一色，月华粉靥夜双圆。清唱想夫怜。"《沁园春·过故宫主废宅》云："好个名园，转眼荒凉，不似前年。忆雕甍绣闼，芙蓉江上，金尊檀板，悲翠帘前。歌扇连云，舞衣如雪，历乱春花飞半天。曾无几，却平芜牧笛，颓岸渔船。　悠悠往事堪怜。况日暮经过倍黯然。但夕阳欲落，照残芳树，昏鸦已满，啼断寒烟。暂驻筇枝，浅斟杯酒，暗祝轻浇废址边。微风里，恍玉箫仿佛，月下遥传。"《玉漏迟·阻雨夜泊》云："长江波浪急。兰舟叵耐，雨昏烟湿。突兀愁城，总为百忧皆集。历乱灯光不定，纸窗隙、东风潜入。寒气袭。钟残酒渴，诗怀荒涩。　料想碧玉楼中，也背著阑干，有人悄立。彤管鸾笺，一任侍儿收拾。谁忍相思相望，解甚处、山川都邑。休话及，此宵鹃啼花泣。"阮绵审，字仲渊，公爵。[①]

由上面短文可知，1890年在上海，况周颐从他的朋友处借得一

① 况周颐：《蕙风词话》，上海：上海古籍出版社，2009年，第147页。

卷《鼓枻词》，但是并未说当时他手里的《鼓枻词》具体是什么版本，有多少首词。

郭则沄《清词玉屑》云：

> 白毫子词。越南人士多能诗者，未闻其擅依声。攸县余陆亭（德沅）藏有白毫子《鼓枻词》一卷，白毫子为越南王宗室，封从国公，名阮绵审，字仲渊，号椒园，眉有白毫，因以自号。咸丰四年三月贡使过粤，推椒园所著《仓山诗钞》及是词。[①]

龙启瑞《汉南春柳词》中有《庆清朝》词，词序云：

> 今年冬，越南贡使道出武昌，其副使王有光以彼国大臣诗集来献，且求删订。余以试事有期，未之暇，略展阅数卷而封还之，其中有越国公阮绵审及潘并，诗笔之妙，不减唐人。[②]

不过，我们在1936年6月出版的《词学季刊》第三卷第二号中可找到明确的答案。这一期的《词学季刊》中登载了《鼓枻词》，后有跋一篇云：

> 右《鼓枻词》一卷，越南白毫子著也。白毫子为越南王宗室，袭封从国公，名绵审，字仲渊，号椒园。眉间有白豪，因以自号。又著有《仓山诗钞》四卷。仓山，其别业也。清咸丰四年三月，越南贡使晋京，道过粤中，携有《仓山诗钞》及此《词》。

---

① 郭则沄：《清词玉屑》，杭州：浙江古籍出版社，2014年，第208页。

② 陈乃乾辑：《清名家词》（九），上海：上海书店，1982年，第10页。

时予舅祖善化梁莘畬先生适在粤督幕府，见而悦之，手抄全册存箧中。归即以赠先父敬镛公，以先父为其及门得意弟子也。予久欲为刊行未果。今幸沪上《词学季刊》社方搜采名家著述，公布于世。乃录副奉寄，借彰幽隐。噫！越南南服小邦耳，乃有殚精词学，卓然成家者。固山川灵淑之气，虽绝域不能终閟，亦足见当日中华声教诞敷一统同文之盛。迩来越南板图，改隶于法，已三十季。其学术久沦欧化，未知尚有研究吾华文学如白毫子其人否。兴思及此，不禁唏嘘南望，有无穷之感矣。中华民国二十三年惊蛰日，攸县余德沅陆亭跋，时年七十。[①]

这材料是由余敬墉的儿子余德沅（1864—1949）提供的，他把阮绵审的词作抄录寄给《词学季刊》。余德沅所撰此跋，对阮绵审《鼓枻词》的研究是很重要的材料。通过此跋，我们可以推测大致有以下几个版本的《鼓枻词》。

版本一：阮绵审原手稿本（时间：1854年以前）

版本二：越南贡使晋京携本（时间：1854年，清咸丰四年三月）

版本三：善化梁莘畬手抄本（时间：1854年，清咸丰四年三月）

版本四：余德沅手抄本（时间：1934年，中华民国二十三年）

版本五：《词学季刊》刊印本（时间：1936年，中华民国二十五年）

余德沅先生不仅提供了《鼓枻词》中所有的115首词，更重要的是还提供了《鼓枻词》流传过程中的各个版本的大概信息。

我们认为，由越南贡使晋京所携带的阮绵审《鼓枻词》，可能是一个刻本，欲进贡给朝廷，并受到中国词家的喜爱和抄录。这也

① 夏承焘选校，张珍怀、胡树森注释：《域外词选》，北京：书目文献出版社，1981年，第155页。

意味着，在这五个版本之外，很可能还有其他更多不同的抄录本。例如，龙启瑞《汉南春柳词》、况周颐《蕙风词话》、郭则沄《清词玉屑》中他们各自所提及的《鼓栅词》，应该都是越南贡使晋京所进携的刻本，但是《汉南春柳词》中所说的不太可能是善化梁莘畬的手抄本，《蕙风词话》和《清词玉屑》所说的也不大可能是《词学季刊》刊印本，因为这二书与《词学季刊》很巧都在1936年出版。在这三部史料中，记载较为详细的是《蕙风词话》，不仅列出阮绵审的5首词，而且还有"短调清丽可诵，长调亦有气格"这样精要的评论。

通过上面一些史料记载，可以看到《鼓栅词》在中国的流传情况。当时《鼓栅词》传到中原后，应不止一个版本，还应有不少抄录本，并且受到当时清朝文士的喜爱，他们读过这部词集，并给予它很高的评价。可惜由于缺乏材料，我们现在能找到的唯一版本就是《词学季刊》刊印本，连余德沅手抄本也下落不明。越南的《鼓栅词》现存版本就是从《词学季刊》复印而来的。既然1854年阮绵审《鼓栅词》跟着越南使臣进入中国，由此可以判断，其完成时间最晚也在1854年。

二、《鼓栅词》在越南传本流传情况

越南提及《鼓栅词》的第一人是番文葛教授[①]。1998年，番文葛在越南《文学杂志》发表《阮绵审的一些汉词》一文，自此，当代越南读者才知道在越南文学史上有《鼓栅词》这部词集。[②]但是在这篇文章中番文葛教授只向读者介绍了《鼓栅词》中的3首词而已。

1999年，番文葛教授在《白毫子——〈鼓栅词〉》一书中继续向

---

① 番文葛（1936—），越南汉喃研究院院长，教授。

② 番文葛：《阮绵审的一些汉词》，《文学杂志》1998年第3期。

读者介绍了阮绵审的14首汉词。[①]在这本书中，番文葛教授所作的工作就是把这14首词的汉语繁体字翻译成越南现代语，并对某些重点词句作了一些注解。

现在仔细看这本书，当时番文葛教授所接触、翻译的《鼓枻词》并不是余德沅手抄本或《词学季刊》刊印本，可能他还不知道《鼓枻词》的全部面貌。从词的数量上看，番文葛教授所接触、翻译的《鼓枻词》应该是夏承焘先生选校的《域外词选》中的作品。[②]在《白毫子——〈鼓枻词〉》这本书的"前言"里，番文葛教授甚至认为《鼓枻词》只有14首而已。而对照以上我们的考察，番文葛教授的认识和理解是不够准确的。

2001年，陈义教授发表一篇题为《〈鼓枻词〉原本的面貌》[③]的文章。在这篇文章中，作者罗列出《鼓枻词》的104首词，有的有词题，有的没有词题；但是既没有具体各首词的内容，也没有关于它的传本的任何信息。从数量和顺序上看，陈义教授所依据的当为上述第五个版本，即1936年的《词学季刊》刊印本。从陈义教授的这篇文章，越南学者才第一次知道《鼓枻词》的全部面貌。

现在越南境内，我们没有找到比《词学季刊》更早的《鼓枻词》的其他版本，也许已失传了。但幸运的是我们在阮绵审另外的文学作品《仓山外集》卷四中，找到阮绵审自己写的《鼓枻词》自序。[④]在该序中，阮绵审讲明自己创作了一部词集，取名为《鼓枻词》。

在越南，现存的《鼓枻词》版本其实是复印自《词学季刊》，并

---

① 番文葛：《白毫子——〈鼓枻词〉》，河内：越南汉喃研究院，1999年。

② 夏承焘选校，张珍怀、胡树森注释：《域外词选》，北京：书目文献出版社，1981年，第143—154页。

③ 陈义：《〈鼓枻词〉原本的面貌》，《汉喃通报》2001年第4期。

④ 阮绵审：《仓山外集》卷四，越南汉喃研究院图书馆，典藏号：A.781。

有余德沅跋文。该复印本被收录于《古学院书籍手册》中。此《手册》由黎允升编辑，阮进谦、阮伯卓注，在启定帝(1885—1925)第九年至第十年(1924—1925)开始编撰。

我们这里所研究的阮绵审《鼓枻词》，即以阮绵审自序和1934年《词学季刊》上的115首词为基本材料。

那么，阮绵审的《鼓枻词》是什么时候问世的呢？在《鼓枻词》和《鼓枻词》自序中都没有记载年代，但我们通过相关史料记载，认为《鼓枻词》最晚是在1854年完成，因为越南使臣在1854年带着它和《仓山诗钞》一起来到中国。而且《鼓枻词》是阮绵审经过多年创作才完成，他把所有词作集中在一起，才成《鼓枻词》一集。在《鼓枻词》自序中，阮绵审也提到了填词过程中的一些事情。

关于《鼓枻词》词作的数量，况周颐《蕙风词话》和郭则沄《清词玉屑》中都只说到《鼓枻词》一卷，而没有提及具体有多少首词。越南学者陈义、中国学者何仟年的说法跟谢承焘《域外词选》一致，都认为《鼓枻词》有104首词。

仔细考察《鼓枻词》，我们发现《鼓枻词》收词的数量不是104首，而是115首，共79调。使用的词调从多到少依次为：《望江南》11次，《行香子》《浣溪沙》《摸鱼儿(摸鱼子、迈陂塘)》4次，《减字木兰花》《临江仙》《西江月》《虞美人》3次，《鹧鸪天》《菩萨蛮》《疏帘淡月》《丑奴儿令》《柳梢青》《扬州慢》《醉春风》《浪淘沙》2次，其他词调都是1次。115首词中，有的有词题，如《小重山》下有词题“次韵答子裕见寄”；有的在词题后还有作者的引言或序，如《丑奴儿令》小序说“歌妓□儿艺颇工而歉于色，季卿乞余诗赠之，书此词以应”；还有很大一部分只有调名，无题、序。

阮绵审《鼓枻词》一卷，在越南汉词史上是存词最多的词集。其中收录词的数量比越南从10世纪至18世纪创作的汉词数量总和还要多(从10世纪到18世纪,越南汉词有91首词作,共使用58种词调)。[①]阮绵审《鼓栧词》及其与阮绵寊对词的评论,证明词在越南阮朝时期取得了超越前代的巨大成就。

第三节　《鼓栧词》的内容与艺术

阮绵审虽然只有一卷《鼓栧词》传世,但是从《鼓栧词》的具体内容以及中国、越南学者的评价看,可以肯定阮绵审词的艺术成就不比诗歌差。比如,于在照评价阮绵审的词称"阮绵审在词学方面造诣很高,深得宋词的真谛"[②],"阮绵审的词风格婉约、清丽。他善于运用中国文化典故,参酌或浓缩中国古典诗词的一些佳句,使他的词凝练、优美,成为越南汉文学中的一朵奇葩"[③],"阮绵审的词与中国宋词一脉相承,同时也别有新意,别具特色。阮绵审的词与同时代的清朝词相比毫不逊色"[④]。

一、《鼓栧词》的内容

按照词作的具体内容,阮绵审《鼓栧词》中的115首词可以分为三类:第一类是咏物词,第二类为交游酬赠词,第三类则系抒写身世之感的作品。

(一)《鼓栧词》中的咏物词

关于阮绵审创作《鼓栧词》的缘由和其词的主要风格,其《鼓栧词》自序说:

元次山"水乐无宫徵"者何妨,许有乎"圭塘曰欸乃"者恰

① 范文映:《黎中兴时期的汉词研究》,河内:河内社会和人文大学硕士学位论文,2007年。

②③ 于在照:《越南文学史》,北京:军事谊文出版社,2001年,第176页。

④ 同上书,第177页。

好。谢真长之知我，洵子夏之起予。亟浮大白，引足扣舷；旋唤小红，应声荡桨。即按宋元乐章四七调，俱调为渔父之歌；朗诵俳优小说数千言，不暇顾天人之目也。

阮绵审的词与中国宋词一脉相承，所以研究阮绵审咏物词的特点，要从中国宋代咏物词讲起。阮绵审咏物词风格很明显受到姜夔和张炎咏物词的影响。

张炎在《词源》中对咏物词提出："诗难于咏物，词为尤难。体认稍真，则拘而不畅；模写差远，则晦而不明。要须收纵联密，用事合题。一段意思，全在结句，斯为绝妙。"[①] 咏物词大致可分为两类：一类咏物而有寄托，一类纯咏物而不及其他。

阮绵审跟很多之前的诗人相似，通过诗歌来抒泄胸中苦闷，求得内心的宁静。诗歌可以寄托性情，山水园林同样可以寄托性情。所谓"泉石膏肓，烟霞痼疾"（《新唐书・田游岩传》），说起自然的功能，除了满足人们的审美之外，还可以让人们寄托性灵。自古以来自然风物就是文人的知音，阮绵审也不例外，生活中的不满，使他在自然中找到心灵的慰藉，把自然当作知音。

在《鼓枻词》中，有40多首词为咏物词。《鼓枻词》的咏物之作，一类单纯以咏物为题，仅限于描摹物态，没有较深内涵，如《蝶恋花》《柳梢青》《柳梢青・柳》《花非花》等；另一类则将身世之感融入所咏之物，如咏梅有《一枝春・谢拙园兄惠梅花一枝》《疏帘淡月・梅花》，咏菊有《行香子・咏菊》等，对家国的感慨隐然寄寓其中，这类词比较多。

---

① 张炎、沈义父著，夏承焘校注、蔡嵩云笺释：《词源注 乐府指迷笺释》，北京：人民文学出版社，1963年，第20页。

阮绵审把咏物与抒情结合起来，也是其咏物词最大的特点。《鼓枻词》咏物之作的特点是“花”样繁多，如：咏梅花以《疏帘淡月·梅花》《一枝春·谢拙园兄惠梅花一枝》最具盛名；咏荷以《花非花》《法曲献仙音》《醉花阴》《念奴娇》等为代表；咏柳则有《浣溪沙》《水调歌头》《章台柳》《醉春风》《淡黄柳》《柳梢青》等；咏菊有《行香子·咏菊》《满庭芳·寄题驸马克斋菊花》《虞美人》等；此外还有咏墨兰、山茶花与水仙花者各一首。

在咏物词中，阮绵审最为擅长的是咏梅花，数量也最多。同时，阮绵审跟姜夔一样，独爱梅花(在《姜白石词校注》中，夏承焘先生统计姜夔有17首咏梅花词)。[①]《鼓枻词》[②]里有15首或直接或间接咏梅花之作，如《疏帘淡月·梅花》《好事近》《虞美人·回文》《扬州慢·素馨灯席上作》《西江月》《醉花间》《祝英台近·送春》《减字木兰花·代人答女伴和韵》《西江月》《行香子·听歌席上代人作》《林江山·船中送春次韵同苇野》《浣溪沙》等。

如《一枝春·谢拙园兄惠梅花一枝》：

> 白雪楼高，晓寒多、一片冻云疏雨。经旬闭户，懊恼无由见汝。重帘未暖，怎般梦、罗浮大庾。甚处觅、疏影暗香，只益襄阳吟苦。　　美人一枝寄与。银瓶风袅袅，檀心刚吐。丰神秀朗，竟似陆郎眉宇。双鬟佐酒，几能禁、十觞累举。还少个、醉苦阿兄，为梅作谱。

又如前曾引述的《疏帘淡月·梅花》：

---

① 夏承焘校，吴无闻注释：《姜白石词校注》，广州：广东人民出版社，1983年。

② 下所讨论的阮绵审《鼓枻词》，均见龙榆生主编：《词学季刊》第三卷第二号，上海：开明书店，1936年，第102—122页。

朔风连夜，正酒醒三更，月斜半阁。何处寒香，遥在水边篱落。罗浮仙子相思甚，起推窗、轻烟漠漠。经旬卧病，南枝开遍，春来不觉。　　谁漫把、几生相摧，也有个癯仙，尊闲忘却。满瓮缥醪，满拟对花斟酌。板桥直待骑驴去，扶醉诵、南华烂嚼。本来面目，君应知我，前身铁脚。

"罗浮"或"罗浮仙子"的典故选自唐柳宗元《龙城录·赵师雄醉憩梅花下》。阮绵审在这里用"罗浮仙子"指梅花。"前因"与"曾嚼梅花八百春"即《疏帘淡月》词中的"前身铁脚"。

我们再看几首阮绵审特咏梅花和泛及春花的词。

如《好事近》特咏梅花：

一点小梅开，莫是东君初至。恰恰兔华圆了，正恼人天气。　　杨花输与谢娘慵，玉户萎蕤闭。兀坐含情无限，却劝郎先醉。

如《虞美人·回文》两首泛及春花：

微微梦雨红窗掩。悄悄蛾眉敛。暖香沉水碧烟孤。落日隔花啼鸟有人无。　　空杯剩酒残妆浅。别恨重山远。去鸿归雁几能逢。可似睡鸳交绣帐西东。

帘波不动春风静。月里霓裳冷。红墙十丈小楼高。夜半有人和露摘金桃。　　花朝欲过清明近。怕到酴醾信。因循渐觉损年芳。脉脉无端玉筯污新妆。

再如《祝英台近·送春》也提到梅花：

倒金尊，敲檀板，今日送君去。水竹村边，残照半江雨。筵前唱彻阳关，棹歌声起，黯然早、开船挝鼓。　问前路。君看几点梅花，临水两三树。消息他朝，此是断肠处。双鱼书札殷勤，缄愁寄恨，可能有、陇头佳句。

阮绵审如姜夔一样爱梅花，姜夔的两首词《疏影》《暗香》是咏梅花的代表作。阮绵审在《一枝春·谢拙园兄惠梅花一枝》中对“疏影暗香”做出两种解读，一是“疏影暗香”辞面本身，即眼前之景，一是作者由此联想到姜夔的《疏影》《暗香》两首词，故可视为双关之意。

阮绵审爱花，喜欢通过梅花思考人生，“谁漫把、几生相摧”？为什么阮绵审对梅花这么喜爱呢？原因是阮绵审所追求的品性与操守与梅花有相通之处。阮绵审虽然是皇族，但是他隐逸终老，清高散淡；而由于“无意苦争春”的习性，梅花历来被视作清高品格的象征。梅花开在冬天，百花尚未盛开之时，因此不与百花争艳，高标自持，这一点与追求人格修养的文人尤其是隐逸之士尤其相似。作为一位隐逸者，阮绵审自然对梅花情有独钟，他将梅花视作一种人格操守的象征。阮绵审有一位朋友，即当时著名诗人高伯适①。其人品格高洁，他曾经说过一辈子只对梅花低头。高氏有一首著名的诗

① 高伯适（1809—1854），字周臣，号敏轩、菊堂，越南阮朝时期的著名诗人。高伯适是北宁省嘉林县富瑞乡人，年幼时即具有天赋而且好学。1821年通过乡试，1831年在河内通过会试考中举人，1841年获准在礼部行走。1847年翰林园成立膜文诗社，他与阮咸宁、丁日慎、松善王阮绵审、绥理王阮绵寘等著名文人加入这个诗社。1850年，高伯适被补授国威府（今越南山西省）教授之职，但由于常受到上司的欺凌，愤而辞官归乡教书。1854年，越南山西省发生农民起义，黎维柜被推为起义盟主。高伯适前去投奔，被黎维柜封为国师。同年腊月，越南山西省副领兵黎顺奉命清剿这股被称为“蝗贼”的起义军，高伯适被俘，后被押回家乡斩首示众。

咏梅花，即《题黄御史梅雪轩》：

> 豸冠峨峨面似铁，不独爱梅兼爱雪。爱梅爱雪爱缘何？爱缘爱雪梅清洁。

高伯适以擅长文学而闻名于北圻，后来的嗣德皇帝十分赞赏其文才，曾称赞“文如超（阮文超）适（高伯适）无前汉”。1834年，高伯适在河内的西湖和竹帛湖一带建立府邸，并与阮文超、阮文理等著名文人经常往来。

高伯适诗歌有句云“十载论交求古剑，一生低首拜梅花”。这是他一生的理想和他最高的气节表现。阮绵审和高伯适在性格上十分相似，品性孤洁。所以可以说他们一辈子只对梅花“低首”而已。在这点上，越南高伯适、阮绵审跟中国战国时代的诗人屈原有着相同的孤高气质。

在阮朝嗣德帝时，由于朝廷和农民矛盾越来越大，无法解决，再加上法国军队入侵，引起当时文人对朝廷的态度分化，一些人在诗歌上敢于揭露丑陋现实，另一些人则逃避现实。阮绵审是当朝的皇室成员，不属于第一种文人。他选择逃避现实的态度，将所有的心事、情感都寄托在文学创作中。所以，他的《鼓枻词》自然会用山水来寄托无处安放的情怀。因此，在《鼓枻词》的咏物词中常以梅花以及荷花来表现他自己的人格。

通过以上述作品为代表的咏物词，我们很清楚地看到，热爱自然是《鼓枻词》的重要主题，也可见阮绵审对大自然和万物怀有一种隐士般的亲近感。从中国隐逸诗人之宗陶渊明的“采菊东篱下，悠然见南山”，到越南所谓的“古诗天爱天然美”（胡志明语），都无例外。并且通过自然主题，我们看到了诗人、词人的艺术思想和特征。

阮绵审经常赞美清丽的景色。如《清平乐·早发》:

> 青鞋布袜。不待平明发。未暖轻寒清欲绝。一路晓风残月。　春山满眼峥嵘。马蹄乱践云行。拖醉高吟招隐,流泉如和新声。

此词风格十分清淡,描写的景色也是隐居田园之景。其意是说,一个人虽然很渺小,但不觉得孤独,有晓风残月,流泉和声,即已足够。在这首词作中,作者营造出人与大自然琴瑟和鸣的意境。对景物的观察和描写达到细致入微的地步,景物时时处于人情感的映射下。马踏云行,流泉如和,无不体现人与自然的交融。

在《金人奉玉盘·游山》及《浣溪沙·春晓》中,阮绵审进一步流露出这种情感。

《金人奉玉盘·游山》:

> 爱山幽,缘山入到山深。无人处、历乱云林。禅宫樵径,棕鞋桐帽独行吟。东溪明月,恰离离、相向招寻。　辋川诗,柴桑酒,宣子杖,戴公琴。尽随我、此地登临。振衣千仞,从须教、烟雾荡胸襟。醉歌一曲,指青山、做个知音。

《浣溪沙·春晓》:

> 料峭东风晓幕寒。飞花和露滴栏干。虾须不卷怯衣单。　小饮微醺还独卧,寻诗无计束吟鞍。画屏围枕看春山。

上述两首词中，阮绵审通过自然描写，在景物词里寄托情感。他或把青山认作知音，或把自己置于春山中安睡，俨然能与自然对话一般，或者已成为自然的一部分。

自然成为阮绵审理想的生活场所。《金人奉玉盘》词中下片一开始提到的王维、陶渊明、阮修、戴逵，均是隐士。他们厌世而隐居，是因为厌弃官场的尔虞我诈，宁愿避世而居。阮绵审对于这些人的人生选择、人格追求、思想情操，无疑十分钦慕。因此，他也选择了避地而居，结庐世外，与自然山水为伴。

由上述几个例子可知，阮绵审《鼓枻词》中的咏物词最大的特点是将咏物与抒情结合起来。阮绵审像陶渊明爱菊一样爱着梅花，像中国隐士一样投身于自然之中。将自身的精神追求、理想人格都寄托在自然物象中，因此其咏物词具有很强的抒情色彩和隐喻意味。

（二）《鼓枻词》的酬唱词

《鼓枻词》的酬唱词主题可细分为两类：一是阮绵审与亲兄弟的酬唱词，二是阮绵审与朋友的酬唱词。

酬唱诗词本是文人大士夫间的一种社会交往手段，最主要的功能在于往来应酬。然而在阮绵审《鼓枻词》中，第一种酬唱词却不同于一般性的社会酬唱，其主题是表达兄弟之间的亲密交往，如《贺新郎・戏赠东仲纳姬》《满庭芳・寄题驸马克斋菊花》《倦寻芳・寄子裕》《小重山・次韵答子裕见寄》《行香子・和栗园韵却寄》《临江仙・舟中送春次韵同苇野、栗园、莲塘赋》等。

我们看阮绵审的赠妹词《摸鱼子・晦日小集戏柬季妹》：

数韶光、三分减一，恰合蓂荚□落。人生端合当春醉，莫惜对花斟酌。开绮阁。好曳杖携尊、随处堪行乐。怎生错却。伛燕姹莺娇，桃夭柳媚，风景宛如昨。　　奈词客。几许支颐商略。逡巡班管难著。眼前别有相如女，持比婉儿不恶。嫌才薄。少个夜明珠，来愧尔延清（原文注：以上当有误字。笔者认为可能是“延祚”）。几回惋愕。□楼上衡文，台前坠纸，被斥结联弱。

在这首词里，阮绵审把小妹与卓文君、上官婉儿相比，不仅有娇媚的容颜，而且还有优秀的才情、温婉的性情。在这里“相如女”“婉儿”被信手拈来，可见阮绵审对中国历史人物和相关典故如数家珍。

他也多次填词寄给兄弟，与他们唱和。如《倦寻芳·寄子裕》：

瑶筝半掩，斑管空闲，庭院萧索。闻道春来，早遍水村山郭。几处新红才拂径，谁家嫩绿初藏阁。少年郎，任章台走马，玉鞭遗却。　　忆前度、同君幽讨，斗酒双柑，随意行乐。这段襟期，好付谁人领略。岂是兴阑愁病困，不堪别后心情恶。更何时，续佳游，恣探丘壑。

《满庭芳·寄题驸马克斋菊花》：

三径烟霜，半篱月露，妆成一片清秋。平阳池馆，低亚万枝稠。无限金尊檀板，添桃李、多少风流。谁知道，芳心独抱，尚有此花幽。　　何郎偏爱汝，贞标逸品，移植轩头。把珠帘十二，高挂银钩。纵有赋家□李，比平叔、终觉难俦。吹箫罢（一作箫声咽），衔杯弄翰，佳句满秦楼。

《水调歌头·答子裕兼示同人》：

湖水鸭头绿，洗出蔚蓝天。江花岸柳摇漾，闻道已新年。却怪醯鸡坐困，不逐城东游侠，总为病相缠。忽枉栗园子，缄意问缠绵。　　坐深深，愁悄悄，涕涟涟。谢家玉树憔悴，草长脊鸰原。算有坤章老圃，东仲弟兄和甫，阿裕与臞仙。更似分飞鸟，抚景也凄然。

《西江月·和栗园韵柬和甫》：

冉冉樱桃风信，濛濛芍药烟霏。美人别后梦依稀。试问相思还未？　　抛掷花明酒酽，伶俜燕语莺飞。兰缸石铫皂罗帏，管领书香茶味。

《行香子·和栗园韵却寄》：

酒熟灯明。难破愁城。觉年来、绝少风情。已沾絮重，不系舟轻。任老侵寻，花开谢，月亏盈。　　欲言未语，似醉还醒。总无心、书品诗评。哀蝉恨曲，别鹤悲声。问有鸿都，教小玉，报双成。

阮绵审不仅用词与亲人唱和，他还有一些写给朋友的作品，代表作是《贺新郎·戏赠东仲纳姬》《摸鱼儿·送别》《摸鱼儿·得故人远信》《扬州慢·忆高周臣》等。

他的朋友东仲纳姬时，阮绵审曾填词《贺新郎·戏赠东仲纳姬》送给他：

宋玉兰台客。锦囊诗、扬华振采，声名藉藉。况复今宵好花烛，玉帐薰香满席。半醉里、樱桃弄色。却笑陈王洛神赋，怅盘桓梦后无消息。岂不是，痴曹植。　　青春行乐君须惜。不重来、匆匆却去，留之无策。京兆张郎画眉妩，看取湘编情迹。也一线、春心脉脉。眼底娉婷世无匹，有情人谁复禁情得。这便是，千金刻。

在交游酬唱词中，最值得注意的是阮绵审写给他的朋友高伯适的词。高伯适（1809—1854），字周臣，号菊堂、敏轩，阮朝文坛著名诗人。高伯适年幼时即具有文学天赋且好学，1821年即通过乡试，1831年在河内通过会试考中举人。以擅长文学而闻名于北圻，后来的嗣德帝十分赞赏其文才，曾称赞“文如超（阮文超）适（高伯适）无前汉”。1834年，高伯适在河内的西湖和竹帛湖一带建立府邸，并与阮文超、阮文理等著名文人经常往来。1841年，获准在礼部行走。1847年，翰林院成立膜文诗社，高伯适与阮咸宁、丁日慎、从善王阮绵审、绥理王阮绵寘等著名文人加入了这个诗社。

1841年，高伯适曾因以主考身份修改试卷而遭革职，甚至入狱三年。针对这件事，阮绵审写了一首《摸鱼儿 · 送别》词送给他：

最伤心、骊歌才断，离肠恁地抽绪。莺花□底春多少，叵赖魂消南浦。留不住。念五字河梁，此恨犹千古。临岐数语。嘱药裹曾携，朝餐须饱，总是别情苦。　　征车发、一片□红如雾。迢迢相望云树。酒醒人远昏钟动，但见满天风雨。君且去。待修禊流觞，佳节还相遇。石塘南路。会撑出扁舟，沽来浊酒，认取我迎汝。

1850年，高伯适被补授国威府（今越南山西省）教授之职，但由于常受到上司的欺凌，愤而辞官归乡教书。1854年，越南山西省发生农民起义，黎维柜被推为起义盟主。高伯适前去投奔，被黎维柜封为国师。同年腊月，山西省副领兵黎顺奉命清剿这股被称为“蝗贼”的起义军，高伯适被俘，后被押回家乡斩首示众。

越南学者阮氏琼花分析此词说：

> 离别最是伤心之事。离歌才罢，离别在即。虽是人有悲欢离合，此事古今难全，但阮绵审与高伯适交情极好，且知道高伯适此去艰险重重，怎能不伤心呢？所以他反复叮咛，希望友人前途多多保重。无论怎样离情缱绻，朋友也不可能不走。阮绵审遥望着转动的车轮，渐渐地，红尘满天，一片模糊，因而想到，以二人之间的友情，分别之后，每当自己遥望云天、思念故友之际，必然也是故友思念自己之时。于是将重逢的欢乐寄托于来日，期望着在不久的一个春日，二人一起“修禊”。那时会有一只带着一壶浊酒的小舟从石塘的南边划出来，就是词人去迎接故人。①

阮绵审另有《摸鱼儿·得故人远信》和《扬州慢·忆高周臣》两首词，都与高伯适有关。

《摸鱼儿·得故人远信》：

> 草萋萋、陌头三月，王孙行处遮断。青山忆昨日登眺，时节未寒犹暖。风□晚。歌一曲，白云不度横峰半。兴长书短。已暮两(雨)人归，东风花落，回首旧游远。　　经年别，何处更

① 阮氏琼花：《越南词人白毫子及其〈鼓枻词〉》，《古典文学知识》2001年第3期。

逢鱼雁。相思□□无限。朝来对客烹双鲤，摘取素书临看。心转乱。谁料尚、飘零琴剑江湖畔。天回地转。愿跨海营桥，划岩为陆，还我读书伴。

《扬州慢·忆高周臣》：

草阁微凉，笆篱落日，晚来斜凭栏杆。望平芜十里，尽处是林峦。忆相与、长亭把酒，秋风萧槭，细雨阑珊。脱征鞭持赠，怕歌三叠阳关。　流光荏苒，到如今、折柳堪攀。岂缨绂情疏，江湖计得，投老垂竿。纵有南归鸿雁，音书寄、天海漫漫。但停云凝思，不禁楚水吴山。

从上面两首词的内容，可以看出阮绵审对高伯适的浓厚感情。此外，《转应曲·怀友》可能也是在抒发对高伯适的怀念之情：

春树。春树。日暮相思何处。江南江北遥望，细雨斜风断肠。肠断。肠断。瘦损缘君大半。

高伯适生性狂放不羁，有侠肝义胆、仙风道骨，平生浪迹天涯，交游甚广，从皇室成员乃至无可考之平民，皆有知己，有莫逆之交，在他的诗歌中也有许多送别诗与酬答诗。阮绵审与高伯适可谓一生都是“文章知己”。

（三）《鼓枻词》中的抒情词

在《鼓枻词》里，阮绵审不仅通过咏物词来寄托个人志趣，还有很多其他题材的词作直接表现他的所思所感，这些词主要是抒写对国家命运的忧虑以及个人的心境。阮绵审虽然隐逸终老，但是作为皇室成员的他并非不关心国家。在阮绵审的词中也隐约透露出他对阮朝国运渐渐衰败的忧虑之情。因而，阮绵审在《鼓枻词》里，可谓是一个多愁、多病的"一半王者、一半幽人"的形象。

如《卜算子 · 寒夜有怀 》：

炉温蕙火红，鼎沸茶烟碧。风雨凄凄此夜长，真个相思夕。　孤吟兴转阑，多病愁增剧。只恐阳乌不耐寒，裂尽云间翮。

《如梦令 · 寒夜独酌》：

更漏迢迢寒夜。小院寂如僧舍。无奈雨声迟，愁杀茂陵独卧。休怕。休怕。浊酒汉书堪下。

《天仙子 · 病寒自嘲》：

卧病经旬书懒看。底事愁如丝自绊。空阶落叶转萧萧，风一半。雨一半。并作枕边声不断。　独拥金炉燃兽炭。瘦骨凌兢寒未散。忽惊檐际动帘钩，衣也唤。香也唤。喘月吴牛堪一粲(一作真漫汉)。

《太常行(引) · 卧病戏赠》：

薰炉药椀伴匡床。夜夜宿空房。深负好春光。侭由汝、浓妆淡妆。　侬郎文弱，多愁多病，岂合怨侬郎。愁病尚堪伤。不胜似、清斋太常。

《多丽·揽芳轩看花》:

日痕红。满庭花雾濛濛。起披衣、曲廊斜度,萦回路转墙东。露华浓。蔷薇犹湿,烟光淡、芍药轻笼。渐觉香飘,微窥影□,隔帘摇荡一栏风。看不尽、新枝嫩叶,锦秀缀重重。添多少、娇莺婉燕,浪蝶游蜂。　　正寻思、闲携酒伴,更须三两诗翁。倒芳尊、笑呼孟祖,裁乐府、催觅玲珑。白雪调弦,乌丝叠句,也应不负许多丛。却无奈、交游冷落,南北各萍逢。谁堪得、西园春色,病里愁中。

在《鼓枻词》中,阮绵审笔触所到之处皆是淡淡的"闲愁",但背后流露出的却是一种深深无奈的身世之感。

阮绵审出生于一个生活豪华且有高雅艺术气息的环境中,受到良好的教育,他的父亲明命皇帝和他的兄弟都是阮朝著名文人。阮绵审本身是松云诗社的主要人物,跟很多当时著名文士有交往。青年时期他过着一种风流倜傥、富贵豪华的生活。但自从国家被法国军队入侵后,朝廷内部从皇家亲属到官员,存在着很多无法解决的矛盾。作为皇孙、皇子、皇弟、皇叔身份的阮绵审眼见阮氏王朝从辉煌渐渐衰微,而自身却无力帮助国家解困。所以,他在《鼓枻词》中明显表现出一种忧愁的情绪。

"身无用世之具,位非用世之地",这不是阮绵审的谦语,而可谓一种埋怨,埋怨自己的不幸。他心中的创伤,他内在世界的冲突,从他的处境来说,要平衡这所有的一切,只能通过艺术的途径,从而养得一片平和怡然的心境。诗歌可以寄托性情,山水园林同样可以寄托性情。在混乱复杂的时代中,文人更重视清洁的品格,往往正是通过自然清音来求取平和怡然。

二、《鼓枻词》的艺术特色

关于《鼓枻词》的风格，大多研究者都认为“深受南宋词人姜夔的影响”。他们对《鼓枻词》风格的评价都相当一致，认为他跟中国南宋姜夔与张炎词的风格一脉相承。我们在研究《鼓枻词》和阮绵审自序中的内容，以及阮绵审诗歌观念的过程中，可以得出跟前辈研究者一致的结论。在《鼓枻词》自序里，阮绵审讲到他填词的过程与他对词的观点看法：

夫御善马良而北，与楚愈离；众咻一傅之闲，求齐不可。仆生从南国，隔断中原。既殊八方之音，兼失四声之学。加以闻无非乐，见并是儒。饬鼓钟而杂作，谁为识曲之人；谈性命以相高，不屑倚声之业。何由搦管，翻喜填词。从擩染以言之，其工拙可知矣。

嗟夫！古人不见，乐意难忘。苟志虑之独专，冀精神之遥契。槐榆数变，箧衍遂多。实欲享敝帚以为珍，对白云而自悦而已。

客有谓：娥皇检谱，犹寻天宝遗声；宋沇闻钟，仍获太常古器。况周德清之韵，本张叔夏之《词源》。谱注于姜夔，旨明于陆辅。前而草窗所辑，后之竹垞所抄。此外则宋元语业数百家，明清粹编数十部。予靡不岁添鸠阅，日在吟哦。虽河间伎女，未被管弦；乃衡阳巾箱，颇盈卷帙。但后广宁善笛，江夏工琴。北南固远而歌喉抗，当不殊途；雅郑能分而笔意清空，自然高品。所谓过片择腔之法，赋情用事之言，去亢宜抑而后扬，入促贵断而后续，未必举皆河汉，全是葫芦，奚不试卖和成绩之痴符，强作马子侯之解事。广贻同调，相与和歌。庶几后生有作，借以为筚路蓝缕之资；绝业无泯，待或备马勃牛溲之用也。

始闻言而翘舌，爰纳手而扪心。

夫八月江南之美，为世所称；一池春水之工，干卿何事。柳三变之晓风残月，左与言之滴粉搓酥。风尚如斯，走僵莫及。设徒夸其疥骆，恐不免如画龙。无已则尚有一言，或援前例。自昔诗美南音之及钥，既不僭差；以斯翼主乐府之为星，又其分野。纵非皆中钩中矩，亦当在若存若亡。

今天子礼乐追修，文明以化。岂应幅陨之广，而词学独无棫朴之多，而古音不嗣也乎？则臣技极知莫逮，顾君言亦有所宜。元次山"水乐无宫徵"者何妨，许有孚"圭塘曰欸乃"者恰好。谢真长之知我，洵子夏之起予。亟浮大白，引足扣舷；旋唤小红，应声荡桨。即按宋元乐章四七调，俱调为渔父之歌；朗诵俳优小说数千言，不暇顾天人之目也。[①]

从这篇自序里，我们可见出阮绵审对词的一片热爱之情。首先，他交代了自己作词的背景和在填词过程中遇到的困难。"今天子礼乐追修，文明以化。岂应幅陨之广，而词学独无棫朴之多，而古音不嗣也乎？"加上其本人对词的喜爱，故用功学习填词。但他在创作词的过程上也遇到不少困难。第一是距离造成的困难，从越南到词的源出地中国很遥远，语言文化的差异使他不易把握词的本质；第二是语音声调不同；第三是越南文士没有人重视词这类文学体裁。尽管如此，阮绵审对词还是十分热爱。所以，作词虽然遇到千万困扰，但他克服各种困难，不仅自己收藏关于词的书籍，而且花费不少心血，努力学习研究词的创作，自己尝试创作。

何况阮绵审除了热爱学词，还有优越的条件，他自己知识深广，

---

① 阮绵审：《仓山外集》卷四，越南汉喃研究院图书馆，典藏号：A.781。

加上收藏了中国许多著名的词籍如周德清《中原音韵》、张炎《词源》、姜夔《词谱》与陆辅之《词旨》等，所以取得巨大创作成就是在情理之中的。他的词学观念应该也受到中国这些词籍中词学观念的影响。

夏承焘先生编选《域外词选》时除了介绍阮绵审的词作，还对阮绵审词作的特点给出了评论：

> 前身铁脚吟红萼，垂老蛾眉伴绿缸。唤起玉田商梦境，深灯写泪欲枯江。
>
> 白毫子名阮绵审……有《鼓枻词》一卷，共一百〇四首。风格在白石、玉田间，写艳情不伤软媚。《疏帘淡月》咏梅花云："板桥直待骑驴去，扶醉诵、南华烂嚼。本来面目，君应知我，前身铁脚。"《小桃红·烛泪》上下结云："想前身合是破肠花，酿多情来也。""纵君倾东海亦应干，奈孤檠永夜。"等等，皆堪玩味。[①]

夏承焘先生认为阮绵审词风格在"白石、玉田间"，在《鼓枻词》自序里阮绵审也讲到他曾经研究过姜夔词和张炎《词源》，他认为填词最好的是"笔意清空，自然高品"。这不仅是阮绵审作词的"宣言"，也是他创作词选择的道路。在诗歌神韵理论基础上，阮绵审词的创作走上"风雅词派"的道路，也是自然而然。他认为，作词的最高境界是要达到"笔意清空"，也就是词所表现的意态情致、意境格调要达到"清空"的标准。但是他又认为，要顺从"自然"，才是高品。

① 夏承焘选校，张珍怀、胡树淼注释：《域外词选》，北京：书目文献出版社，1981年，第4页。

我们不妨将前曾论及的阮绵审《疏帘淡月·梅花》与姜夔词进行比较。阮词：

朔风连夜，正酒醒三更，月斜半阁。何处寒香，遥在水边篱落。罗浮仙子相思甚，起推窗、轻烟漠漠。经旬卧病，南枝开遍，春来不觉。　　谁漫把、几生相摧。也有个癯仙，尊闲忘却。满瓮缥醪，满拟对花斟酌。板桥直待骑驴去，扶醉诵、南华烂嚼。本来面目，君应知我，前身铁脚。

姜夔《暗香》：

旧时月色。算几番照我，梅边吹笛？唤起玉人，不管清寒与攀摘。何逊而今渐老，都忘却、春风词笔。但怪得、竹外疏花，香冷入瑶席。　　江国。正寂寂。叹寄与路遥，夜雪初积。翠尊易泣。红萼无言耿相忆。长记曾携手处，千树压、西湖寒碧。又片片、吹尽也，几时见得？[①]

姜夔《疏影》：

苔枝缀玉。有翠禽小小，枝上同宿。客里相逢，篱角黄昏，无言自倚修竹。昭君不惯胡沙远，但暗忆、江南江北。想佩环、月夜归来，化作此花幽独。　　犹记深宫旧事，那人正睡里，飞近蛾绿。莫似春风，不管盈盈，早与安排金屋。还教一片随波

① 杜伟伟、姜剑云解评：《姜夔集》，太原：三晋出版社，2008年，第118页。标点有调整。

去，又却怨、玉龙哀曲。等恁时、重觅幽香，已入小窗横幅。[①]

阮绵审《疏帘淡月・梅花》在题材和风格上的确接近姜夔词。“何处寒香，遥在水边篱落。罗浮仙子相思甚，起推窗、轻烟漠漠。”语言隽永，风格与姜词极为相似。而且，就词的用典情况来看，也多半来自白石词。比如，词中“铁脚”就是来自《暗香》的“红萼”。该词前段描写春景，红梅花开，香气沁人，春意盎然；后段写词人对花酌酒，抒发闲情逸致。实际上二者都是联类托想，写出梅魂、梅恨，写出作者对南北隔绝、国难当头的忧愤。

再看阮绵审词与张炎词的关系。

张炎《法曲献仙音・席上听琵琶有感》：

云隐山晖，树分溪影，未放妆台帘卷。篝密笼香，镜圆窥粉，花深自然寒浅。正人在、银屏底，琵琶半遮面。　语声软。且休弹、玉关愁怨。怕唤起、西湖那时春感。杨柳古湾头，记小怜、隔水曾见。听到无声，谩赢得、情绪难翦。把一襟心事，散入《落梅》千点。[②]

阮绵审《法曲献仙音・听陈八姨弹南琴》：

露滴残荷，月明疏柳，乍咽寒蝉吟候。玳瑁帘深，琉璃屏掩，冰丝细弹轻透。旧轸涩、新弦劲，沉吟抹挑久。　泪沾袖。为前朝、内人遗谱，冷落后、无那(一作争忍)当筵佐酒？

---

① 杜伟伟、姜剑云解评：《姜夔集》，太原：三晋出版社，2008年，第120页。标点有调整。

② 张炎著，黄畬校笺：《山中白云词笺》，杭州：浙江古籍出版社，1994年，第126页。标点有调整。

老大更谁怜，况秋容、满目消瘦。三十年来，索知音、四海何有？想曲终漏尽，独抱爨桐低首。

两首词无论是语言，还是写法、风格，都有很大的相似性。

从阮绵审的《鼓枻词》自序中，我们确定他的词作风格是受到中国姜夔与张炎词风的影响，所以阮绵审的词风与中国的风雅词派是一致的。

阮绵审《鼓枻词》一卷，共115首，79调。不仅创作数量、使用词调之多为越南史上仅有，其创作成就也堪称越南之最。所谓“诗到从（阮绵审）绥（阮绵寊）失盛唐”，实则阮绵审的词作造诣并不比其诗歌造诣差。《鼓枻词》不仅在越南卓有影响，在中国也得到了高度赞誉。

以上面列举的《鼓枻词》中作品来看，阮绵审在词学方面造诣很高。他创作的作品，与中国南宋词相似，足见其词风渊源。他的作品，虽有渊源，却又有新意，另具特色，与中国清代填词中兴时期的作品相比，也毫不逊色，所以其作品受到清人的赞赏也就不足为奇了。

第六章　阮绵寊的词学观念

阮朝的皇族词家不仅创作词，而且他们还撰作了一些关于词学的理论著作，代表是阮绵宽的《词话》一书（已失传）及阮绵审的《鼓枻词》自序。而越南对词学有深入的系统性思考的人应推阮绵寊，在其《苇野合集》中有《诗词合乐疏》《答诏札子》《词选跋》《与仲恭论填词书》4篇文字专门谈词，是越南汉词学领域的珍贵材料，我们可以由此看出阮朝儒家对词的观念和古代越南儒家对词的态度。

第一节　阮绵寊的生平与文学事业

一、阮绵寊的生平

（一）生平经历

阮绵寊（Nguyễn Miên Trinh，1820—1897），越南阮朝伟大的诗人、文学思想家。原名阮福绵寊（Nguyễn Phúc Miên Trinh），又名阮福书（Nguyễn Phúc Thư），字坤张、贵仲，号静圃、苇野。嘉隆十八年（1820）出生，明命皇帝第十一子，生母是靖柔婕妤黎氏爱（1799—1863）。[①]《苇野合集》卷五《自作年谱》云：

---

① 靖柔婕妤黎氏爱（1799—1863），顺化省风田安潮人。她是陈进铖校尉的第三个女儿。1813年进宫为宫仁，1820年封为才人，1842封为美人，1836年封为婕妤。

世祖高皇帝嘉隆十八年已卯十二月丁丑十九日丁未，康子牌。先母生绵寘于太子宫清和殿后之院，祖仁皇帝明命元年赐名书。八月召入大内居端正院。……四年四月日始定帝系，赐名绵寘。①

阮绵寘从小就天资聪颖学习勤奋，加上母亲严格和全面的教育，他的文学才能很早就凸显出来，七岁时会背《孝经》，十三岁时已有著名诗作，被称誉为“皇翁诗”。②

阮绵寘的母亲黎氏爱，知识广博，在教育孩子的过程中，对绵寘要求十分严格，要求他阅读儒家的书，按照儒家的规定来行礼。阮绵寘跟阮绵审一样，六岁时就跟其他皇子在养正堂一起学习。他们的老师就是阮绵寘和阮绵审的母亲。她俩对各位皇子学习要求很严格。《苇野合集》卷五《自作年谱》云：

六年十月建养正堂在禁城内。命皇幼子绵辰、绵富贵、绵守、绵审、绵寘、绵宝、绵宁几七人居此。先兄仓山《宫词》其六十一云：“温期半月两童生，阿母双双校对精。一字不教轻错过，从头绵审到绵寘。”自注云：“家慈与黎婕妤庶母甚相亲。绵审、绵寘幼日同学于养正堂。每温期，两母会坐，召至，收其书册，命各以净本一一暗写而校双之。”

七年，绵寘八岁。绵寘病热。上临幸视之，宫中以为异数。先兄仓山《宫词》其十二云：“文明殿角亘红墙，墙里书声养正堂。不是绵寘今疾病，此间何处得天香。”自注云：“皇十一子绵寘聪敏好学，为上所眷，与子兄弟同居，常得病。”

①② 阮绵寘：《苇野合集·文五》，越南汉喃研究院图书馆，典藏号：A.782。

> ……明命十九年,谕封皇十子绵审为从国公,皇十一子绵寊为绥国公,皇十二子绵宝为襄国公。[①]

在几位皇子之中,阮绵寊是最受父皇明命皇帝疼爱的。

阮绵寊是一个孝顺的儿子,尤其是对母亲,愿意做任何事情让母亲开心。母亲病时,绵寊仔细侍奉。绍治七年(1847),阮绵寊在苇野建造静圃府,接母亲到自己府里奉养,每天早晚都来请安。母亲每次有事要出府,阮绵寊都陪伴在她的轿旁,寸步不离。嗣德二十一年(1868)母亲过世,阮绵寊为此退职,待在私府,不参加任何朝政活动。《苇野合集》卷二《先母黎婕好神道表》云:

> 先母姓黎氏,……生而端慧静淑。母自少校尉公授以《孝经》与《二十四孝国音歌》,皆成诵,通大义。绵寊四岁时,母以口授。及七岁,上命诸皇幼子居养正堂,敕谓习黎棠茸授朱子《大学》《中庸》《孝经》,绵寊则皆了了。[②]

嗣德七年(1854),阮绵寊被封为绥理王。因性格严谨,嗣德皇帝让他来负责管理尊学堂,这是一所专门给皇家子孙学习的学校。

嗣德皇帝(1829—1883)遗诏说,把国家托付给绵寊和几位有道德、有威信的老功臣,令他们在国家有事时必须直话直说。但是当时两位大臣阮文祥(1824—1886)和尊室说(1839—1913)夺权,所有国家事务都由他们掌控,所以阮绵寊不可能实践嗣德皇帝的遗言。

---

① 阮绵寊:《苇野合集 · 文五》,越南汉喃研究院图书馆,典藏号: A.782。

② 阮绵寊:《苇野合集 · 文二》,越南汉喃研究院图书馆,典藏号: A.782。

阮绵寘虽然有爱国爱民之心，但由于受到封建意识的影响，以皇朝的权利和利益为重，只能悄悄地和尊室说、阮文祥对抗。阮绵寘的儿子洪参，与协和皇帝谋划靠法军除掉尊室说与阮文祥。事败后，协和皇帝与洪参都被杀害。绵寘为避免自己被他们陷害，不得已隐瞒身世，到顺安的法国军营避难。后来，法国人带阮绵寘回到京城，但是他再一次被陷害，终于逃到广艾省生活。

1885年，中法战争结束，清廷与法国缔约，承认法国对越南的保护权。法越双方通过《第二次顺化条约》，确立了法国的殖民统治。

法军进入顺化后，封阮绵寘为副政王，但是他找理由退职不任，一直生活在广艾省。直到1885年同庆皇帝（1864—1889）登基后，才让人接阮绵寘和他的家人回京城，恢复他以前的爵位。自此绵寘的生活才相对稳定。

阮绵寘是一位简朴、爱民如子的皇室成员。在日常生活中，他的生活很朴实，跟所有的人交往都态度和雅，不以身份高低、富贵贫穷区别待人。他本性忠诚、仁爱、正直，虽然出身皇族，但是对劳苦农民的生活十分体恤和尊重。因此，当时人们把他称为“孝皇翁”和“穿布衣服的皇翁”。

1890年成泰皇帝（1879—1954）元年，阮绵寘任第一扶正身臣兼尊恩府左尊正；成泰八年（1897），由于年岁已高，身体不适，阮绵寘退职回绥理王府中安养，当年10月24日，阮绵寘病重辞世，寿七十七岁。

（二）人物评价

通过一些现存在绥理王府（今在越南顺化省阮生恭路）的牌匾、对联，如“文质兼优”“孝忠益茂”“达天下尊”“河间大雅”，又如“文仪魏曹植，德企汉刘苍”，“才学知河间上品，德齿爵天下达尊”，“遭世变，还久蓄，受命于天，眉寿无害；值时难，居冢宰，复政厥辟，德音不瑕”，“与国同休周冢宰，处家乐善汉东平”，“四朝蕃辅分台席，一代风骚失主明”[①]，可知当时人们对阮绵寘是十分尊敬的。

绵寘德才兼备，纯良孝悌，作为一位皇室成员，他对国家尽心尽力，对名利富贵非常淡泊，他的文学才能在当时文坛也为翘楚，他和阮绵审、阮文超、高伯适等在阮朝文人中最负盛名，因此才会有“文如超适无前汉，诗到从绥失盛唐”之誉。他和其兄绵审、其弟绵宝合称“阮朝三堂”。

二、阮绵寘的文学事业与文学观点

（一）文学事业

阮绵寘所有文学作品都集中在《苇野合集》中，该集于1875年刊印，今存于越南汉喃研究院图书馆，共有十二卷，依次为文五卷、诗六卷、自传一卷，中有阮德达[②]的评语和中国王先谦[③]的赞颂之语。

阮绵寘一生创作了大量的诗歌作品，流传至今的有700余首。他的诗歌创作涉及的题材非常广泛，而且在不少题材上都有名作。除了诗歌，阮绵寘还创作别的文学体类如赋、记等。

《苇野合集》对越南文学史有重要的价值。《苇野合集》一部二

---

① 依据为绥理王府（今在越南顺华省阮生恭路）今存的牌匾、对联等。

② 阮德达（1825—1887），字豁如，号可庵、南山主人、南山养叟，阮朝英山府人。其著作有《勤俭汇编》（1870年自序）、《越史剩评》（1877年自序）、《考古臆说》（1878年自序）、《葫样诗集》（1879年自序）、《南山丛话》（1879年）及《可庵文集》《南山遗草》《南山窗课制义》《南山窗课赋选》。诗文作品又见于《诗草杂编》《名公诗草》《国朝文苑》《咏史合集》等众多作家的诗文选集中。

③ 王先谦（1842—1917），湖南长沙人，清末学者，字益吾，因宅名葵园，学人称为葵园先生。史学家、经学家、训诂学家、实业家，是著名的湘绅领袖、学界泰斗。曾任国子监祭酒、江苏学政，湖南岳麓书院、城南书院院长。王先谦博览古今图籍，研究各朝典章制度。治学重考据、校勘，荟集群言。除校刻《皇清经解续编》外，还编有《十朝东华录》《续古文辞类纂》等。著有《汉书补注》《水经注合笺》《后汉书集解》《荀子集解》《庄子集解》《诗三家义集疏》等。为文远追韩愈，又以桐城派、阳湖派自许；其诗被称为“得杜（甫）之神，运苏（轼）之气”，“置之清代集中，挺然秀拔”，有《虚受堂诗文集》。

册,收录诗序以及诗论、书信十几篇,是越南文学史上重要的典籍之一,其中代表作品有《静圃记》《苇赋》《竹赋》《静圃赋》《顺安阅习水步诸陈赋》等。阮绵寘也给当时很多著名文人的诗集作序,如为阮绵审作《仓山诗集序》,为建瑞公作《建瑞公诗集序》等。阮绵寘在《苇野合集》中有几篇文章论诗谈词,说明自己对作诗、填词的观点,以及论诗词与乐的关系,如《诗词合乐疏》《答诏札子》《论诗札子》《词选跋》《与仲恭论填词书》。

可见,阮绵寘一生文学创作成果丰硕。他除了写诗、赋、文之外,也创作词。虽然他没有词作流传下来,但通过他的几篇谈词的文章内容,可以说他对汉词有一定的了解,也有自己对词的见解与观点。

（二）阮绵寘的文学观点

阮绵寘虽然是皇族诗人,通过他的文学创作内容,我们可以认定他是现实派诗人。他忧国忧民,人格高尚,诗艺精湛。所谓“民间疾苦,笔底波澜”,这本是对杜甫诗歌的评价,但用于阮绵寘身上亦无不可。

阮绵寘过世后,他的王府成为顺化省最有名的王府。人们知道他,不仅因为他是一位阮朝皇室成员,更因为他是一个才华横溢的诗人,与当时著名文人如高伯适、阮文超等不分伯仲。阮绵寘不只在越南诗名大震,还扬名海外。1981年,法国伽利玛出版社集结出版19世纪诗人的诗歌中,就有阮绵寘的作品。

中国文人很早就关注并欣赏阮绵寘的文学才能。在《苇野合集》中收录了王先谦的《苇野诗文合钞序》,云:

> 光绪七年,越南阮君述来京师,以其国《苇野诗文合集》视余,苇野者,仓山之弟也。仓山工为诗,中国见者靡不叹异。苇

野诗至,见仓山诗者咸惊谓不亚仓山。[①]

阮绵寊在《苇野合集》卷一《论诗札子》中提出自己对诗的观念,云:

> 臣兄从国公绵审诗云:"格高韵远青丘子,骨重神寒蚕尾翁。欲把长洲论气力,恨渠宣武似司空。"臣以为知言。由是则查慎行其庶几欤。[②]

可见,其观念与阮绵审的文学思想是一脉相承的,诗歌观念也是基本一致的。这也不难理解,他们俩年纪相仿,生活在同一个环境,接受的教育也相似,而且在生活中经常有交往,所以他们的思想、文学创作风格也有相似之处。但是阮绵寊在诗学方面有他自己的观点,我们在研究阮绵寊与阮绵审的作品及其诗歌理论,发现他们的诗学观点之间还是有区别的。

虽然阮绵寊诗学观念自认是受到阮绵审的影响,在文学创作方面也承接着阮绵审,但是在《苇野合集》卷二《静圃诗集序》中[③],我们看到阮绵寊有另外不同的观点。

《静圃诗集序》云:

> 客有问于余曰:"夫人之于诗者,犹山之有岚,水之有波,鸟之有声,花之有香也,皆因其心之动,发之为声。心动于哀,其声为凄;心动于喜,其声为浓;心动于乐,其声为淫;心动于

---

① 阮绵寊:《苇野合集》卷首,越南汉喃研究院图书馆,典藏号:A.782。

② 阮绵寊:《苇野合集·文一》,越南汉喃研究院图书馆,典藏号:A.782。

③ 阮绵寊:《苇野合集·文二》,越南汉喃研究院图书馆,典藏号:A.782。

怒，其声为雄。古诗之可贵在动，或为活动，为变动，为灵动，为流动，无非动也。古人之诗亦多以动见长，谢灵运得动之萌也，曹阿瞒得动之雄也，沈佺期得动之华也，宋之问得动之精也，李太白得动之幻也，杜子美得动之极也。是数者亦足徵也。足下何取于静而以静名圃，以静圃名诗乎？抑有所说乎，敬将洗耳！”

予曰：“有诗之动也古，予不能然，亦不愿学也。子何抑静之甚耶？古人亦有之，陶渊明之神也，左太冲之高也，王摩诘之旷也，孟浩然之远也，韦应物之淡也，储光羲之厚也，非静邪？即水之于波，鸟之于声，固其动也；山之于岚，花之于香，亦动而生耶？此可见动之不能擅长而静非不佳妙也。然予恶得古人之静乎，亦愿学之耳！予性鲁而拙，动辄见尤，不如静之以藏拙而寡尤也。其以静名圃，以静圃名诗，不亦宜乎？”

客唯唯而退，曰：“昔也见小。得闻足下之教，开发胸襟，将易吾所学以从足下进也。”予遂弁问答之辞于卷端云。

阮绵寘提出自己对诗歌“静”和“动”的辩证观点。其实他的观点不过是中国的“神韵”和“格调”派诗歌、诗论艺术的变相而已。如果阮绵审诗学观念是神韵和格调的糅合，则阮绵寘诗学观念比较接近“神韵说”理论。在《静圃诗集序》里面，绵寘提高“静”的地位，拔高陶渊明、王维、孟浩然、韦应物等人的诗歌风格。创作文学道路上，他以陶渊明、王维、孟浩然和韦应物的诗学思想为极高的标准和学习榜样。

我们明确地看到阮绵寘独尊“神韵说”诗学理论。这观点也影响到他对词的观点。他对文学创作，要求有神韵，文艺作品要有情趣韵致、含蓄蕴藉、冲淡清远的艺术风格和境界。通俗地说，神韵就是传神或有味。

阮绵寘的诗歌观念比较进步，追求诗歌真正的艺术价值，对越南汉文学创作有很大影响，使这一阶段汉诗文学发展进入鼎盛时期。

第二节　阮绵寘的词学观念

一、阮绵寘的词体价值观

唐宋人作词，初无定式，可自己谱曲，亦可改动旧调创制新调。后人作词，须按照已有谱式之字句定格、声韵安排等，故称填词。

阮绵寘的词学观念在一定程度上受到中国古代词学的影响，而中国词学中，词体价值一直是一个具有争议的话题。下面我们进一步具体研究阮绵寘的词体价值观。

（一）诗词同源与词体价值

阮绵寘认为，“填词，诗之苗裔”。关于词的起源，阮绵寘提出“诗词同源”的看法。我们明确地看到，阮绵寘的观点是由中国宋代著名词家苏轼的观点而引发的。但是在此基础上，二人所得出来的结论有很大的差别。

苏轼在“无适而不可”（《灵璧张氏园亭记》）的艺术精神指引下，提出诗词同源、同质的主张。他以诗衡词，并且在具体创作中以诗入词，从而提高了词的格调，使之成为具备独立地位和独特价值的文人抒情诗体，扭转了柳永以来的俗词之弊，引导了整个词坛风格的新变。

苏轼以诗为词，不仅用作诗的手法创作词，打破言情的传统，以词“言志”，以词表达其人格理想和人生志趣，而且在某些地方不拘格律，打破词体固有的体式规范，体现出了强烈的革新意识。其《祭张子野文》云："清诗绝俗，甚典而丽。搜研物情，刮发幽翳。微词宛转，盖诗之裔。"[①]他较早提出词为诗之苗裔的观点，对后世影响深远。

苏轼由诗词同源的观点，得出诗词同质的结论，从而提升了词的地位。

而阮绵寘虽然也认同诗词同源，但他的逻辑和结论与苏轼并不相同。在他的观念中，诗词同源与诗词同质是两个概念，两者之间不存在因果关系。也就是说，诗词同源并不意味着词就应该获得与诗一样的地位。

阮绵寘在《诗词合乐疏》中提出：

> 填词，诗之苗裔。诗词即乐之表里。原夫圣人作乐，以养性情，育人材，事神祇，和上下，用之祝颂，用之宴赏，用之邦国。其体式功效最为广大深切。乃诗篇乐章配于五音六律诸书，汗牛充栋。又参以气运算数，铢秤寸度，如宋《新乐图记》，司马光则主阮逸、胡瑗之论，范镇则主房庶之说，相争莫已。而齐固失矣，楚亦未为得也。东枨西触，鹘突蔑略，总无定见。[②]

阮绵寘对词的起源的看法与苏轼的观点是一致的，认为词与诗同源，是诗的苗裔，但是他并没有完全像苏轼那样以诗衡词，他认为词的地位还是比诗低。所以阮绵寘听到子裕在《词话》提到他的词作并评阅赞赏时，并没有露出喜色：

> 闻君言子裕著《词话》，间及仆词，加以评语，极意赞叹，

① 《苏轼全集》(下)，北京：中国文史出版社，1999年，第1327页。

② 阮绵寘：《诗词合乐疏》，《苇野合集・文三》，越南汉喃研究院图书馆，典藏号：A.782。

> 不觉面赤惭汗。词固不易佳，而仆于词实未有所解，亦不愿学之。[1]

绵寘对词的态度并非是极端的，他不鼓励文人作词，但是也不反对。此文后面又提到，他不赞同方苞的看法，认为他对词的态度“太拘”。方苞为人刚直，好当面斥责人之过错，因此，受到一些人的排挤。他以为，作词害道。但是，阮绵寘不同意方苞的看法。

阮绵寘对词的观点是有一定矛盾性的，他既不否定词，也不肯定词，对于方苞对词的鄙视态度，他是有所批判的，但是他也并没有推尊词体。一方面，他认为诗词同源，导源于乐，而乐可用于祝颂宴赏，“用之邦国”，肯定音乐的体式功效，但是作为“乐之表里”的词，是不是也具有这样的功能，他在文中则含糊其词。另一方面，自己的词作得到他人赞赏时，他又觉得羞愧，并表示自己不懂词，本来也不愿意学词。也就是说，他肯定诗词同源，但是并不认为诗词同质，也不认为词像音乐一样益于邦国，具有深刻广大的社会影响。

可惜的是，现今通过史料我们也只是知道阮绵寘创作过词并受到当时文人称赞，并没有亲眼看到他的词作，所以无法获悉他创作的词与他的观点是否一致，只能了解到他对词体相对有所认识，并尝试提高词的地位。

（二）儒家经学与词体价值

阮绵寘自称不懂词，也不愿意学习作词，但是他具有自己独特的词学观念。他曾自明心迹，称“故臣于词家不必尽废，亦不敢滥”[2]。从个人角度，阮绵寘认为文人可以填词也不必填词：

---

① 阮绵寘：《与仲恭论填词书》，《苇野合集・文三》，越南汉喃研究院图书馆，典藏号：A.782。

② 阮绵寘：《词选跋》，《苇野合集・文二》，越南汉喃研究院图书馆，典藏号：A.782。

> 予则谓诗与文不甚相远，而词亦不必不作。盖诗则学者经史已外，偶用消遣，自能陶淑情性最佳，传之来者亦可表；见词，则可以作，亦可以不作。[①]

阮绵寘的“可以作，亦可以不作”的态度，说明他对于词体的价值还是缺乏应有的认可。这种认知与中国经学家焦循对于词体价值的认知，有一定可比性：

> 焦循从经学家的立场出发，肯定作词对于经术的益处，但并不认可词体本身的价值，但是却认为词可以更好地帮助实现经学的价值。焦循（1763—1820），清代著名的经学家，扬州学派的主要学者，他除了“于治经之外，如诗、词、医学、形家九流之书，无不通贯”，他对词学的观点很有特色。焦循从经学理论要求作词要阴阳平衡。他提出这观点，首先是针对作词不利于诗文这一结论谈了他自己的观点。通过词曲这类侧重抒发儿女之情且风格偏于柔和的艺术样式发泄阴柔之气，可使性中的清纯之气长流于诗文等正统文学样式之中。因此他从阴阳角度来看，学词不仅无妨诗文，而且对诗文的创作也是有利的。焦循接着又将词看成娱情养性的一种文艺作品，谈了词的创作和治经之间的阴阳关系。以古人如朱熹等著名经学家证明自己的观点，认为前者（朱熹）“一室潜修，不废啸歌”，后者以经学名世界（真西山），也不废词，都是深得阴阳互补的妙处。[②]

---

① 阮绵寘：《与仲恭论填词书》，《苇野合集·文三》，越南汉喃研究院图书馆，典藏号：A.782。

② 朱惠国：《论焦循阴阳平衡的词学观》，《文艺理论研究》2006年第3期。

焦循从经学的角度对于词体价值的认可，正意味着对于词体本身价值的否定。阮绵寘的词学观虽然与之有一定的差别，但是在词体价值的问题上，二人的看法可以说具有相近的地方。在《词选跋》中，阮绵寘在作词以及废词两种观点之间，对词持并不重视的态度，所以把自己的词说成是在宴聚场合迎合人意的情况下写作的。绵寘认为文体价值序列中，离道最近的是经史，古文次之，诗又次之，词则离道最远。

阮绵寘对于词的认识带有鲜明的儒家道统色彩。他从小就受到儒学教育，在儒教文化氛围成长，所以，在他的脑海中还是儒家思想的影响更深刻。这意味着，他不能完全摆脱词为“小道”的观念，潜意识中认为词是功用狭窄、地位低下的文学体类。

中国士人视词为“小道”的观念，对于阮绵寘有深刻影响。可以明确地说，词为“小道”观念也是越南文人头脑里一个根深蒂固的意识。虽然到了绵寘时代，词在中国的观念和命运已发生较大变化。但是，从越南的具体情况来看，词从来没有走上光明的道路，词的地位仍然比诗低，仍然是一种娱乐文学。词较之于诗，思想上更解放，甚至可说是彻底放开，它不承载“言志”的使命，只是“绮筵公子，绣幌佳人”和“用助妖娆之态”的工具[①]。所以，社会主流思想对于词的价值缺乏足够的认可，且从事词的创作的越南文人数量非常有限，这是汉词在越南没有得到重视与全面发展的重要原因。

二、词体形式和内容的关系

阮绵寘认为，首先，词体“意格为重，声调次之”，在词的创作上，从“可以作，亦可以不作”的态度出发，强调填词之人不要太“不求其工”。他所提出的填词要求，即作词的标准，让越南当时想填词

---

① 龚鹏程：《中国文学史》（上），上海：东方出版社，2015年，第474页。

的人能够知道何为一首好词。真正的好词，他认为“自然是极品”。阮绵寘说明了词的内容与形式之间的关系。[①]

词有形式和内容两个维度，中国古代文人作词分为两个方向：一是重意格，一是重声调。前者以苏轼为代表，注重词的文学性，后者以提出“词别是一家”的李清照为代表，注重词的音乐性，强调四声、轻重、清浊等形式规范。

阮绵寘提出“意格为重，声调次之”，糅合了中国宋代苏轼与李清照的观点。在填词中注重词的意格、内容，然后才讲究声调，注重词的情感内涵而不是过分用力于词的形式，但又不忽视形式问题。

其次是自然与雕琢的关系。在创作词方面，阮绵寘不仅有“意格为重，声调次之”的说法，他还将“天之籁即人之声耳”作为好词的评判标准，讨论填词的自然与雕琢的关系，词家的用语、句法的问题。

这涉及词家在创作词时的观念、填词的法则等方面。自然界的声音，是万物自然而然发出的声音，他以风声、鸟声、流水声等比喻诗文浑然天成，不经雕饰。“天之籁即人之声耳”，即自然与雕琢的关系，意思就是创作词不追求雕琢藻饰，而是更加注重词的自然性。“天籁”一词最早出现在庄子哲学理论中，是《庄子·齐物论》中一个特别重要的名词：

> 南郭子綦隐机而坐，仰天而嘘，荅焉似丧其耦。颜成子游立侍乎前，曰：“何居乎？形固可使如槁木，而心固可使如死灰乎？今之隐机者，非昔之隐机者也。”子綦曰：“偃，不亦善乎，而问之也！今者吾丧我。汝知之乎？汝闻人籁而未闻地籁，汝

① 阮绵寘：《答诏札子》，《苇野合集·文一》，越南汉喃研究院图书馆，典藏号：A.782。

闻地籁而未闻天籁夫!”[①]

南郭子綦达到了“丧我”的境界,但颜成子游认为他是“丧其耦”(丧其偶),于是南郭子綦说子游只知人籁而不知地籁,只知地籁而不知天籁。何为“人籁”和“地籁”呢?请看:

子游曰:“敢问其方。”子綦曰:“夫大块噫气,其名为风。是唯无作,作则万窍怒号。而独不闻之翏翏乎?山林之畏佳,大木百围之窍穴,似鼻,似口,似耳,似枅,似圈,似臼,似洼者,似污者;激者,謞者,叱者,吸者,叫者,号者,宎者,咬者,前者唱于而随者唱喁。泠风则小和,飘风则大和,厉风济则众窍为虚。而独不见之调调,之刁刁乎?”子游曰:“地籁则众窍是已,人籁则比竹是已。敢问天籁。”子綦曰:“夫吹万不同,而使其自已也,咸其自取,怒者其谁耶!”[②]

从庄子时代到现在,学者对此的注疏大体延续一致,对天籁有着比较明确的理解。张少康云:

天籁则是众窍的“自鸣”之美,它们各有自己天生之形,承受自然飘来之风,而发出种种自然之声音。“咸其自取,怒者其谁邪?”它和地籁之区别在不受“怒者”之制约,完全是“无待”的,所以是最高层次的音乐美。符合“天籁”水平的音乐,称为“天乐”。[③]

---

① 庄周著,陈鼓应译:《庄子》,上海:上海辞书出版社,2003年,第16—17页。

② 同上书,第17页。

③ 张少康:《中国文学理论批评史》(上),北京:北京大学出版社,2005年,第54页。

我们看到阮绵寘的观点接近中国清代学者刘熙载的观点。刘熙载《词概》曰:“古乐府中,至语本只是常语,一经道出,便成独得。词得此意,则极炼如不炼,出色而本色,人籁悉归天籁矣。”[①]意思是说,一首好词中的字与句应很像是不经意写出的。所谓锤炼到极致,反而像未经雕琢,浑然天成。

阮绵寘并不主张下很多功夫作词,他自称“于词实未有所解,亦不愿学之”。他对填词手法的论述没有中国词人所说的那么复杂,他主张作词一方面要随性情所至,不必费力;另一方面又需要守格律。《与仲恭论填词书》中,绵寘说明了自己填词的方法与态度:

> 又北人里巷往往歌之,其音已熟,兴之所至,偶一拈毫,犹不甚费力。今我乃按字之平仄,句之长短以填,安得许多工夫也。[②]

他的观点很明确,填词需要性情,也需要格律规范,但是不必精雕细琢。他认为填词不是很难,也不要花很多功夫,这与刘熙载等人对填词的认识是不同的。

阮朝以文才而著名的嗣德皇帝对填词的规律也不甚了解,阮绵寘《答诏札子》中记录嗣德帝与之讨论,嗣德帝说他自己对填词一事有所不明:

> 但以余臆说,则词似只仿平仄,要无差旧式,则已免大家之笑否。何《词律》乃拘拘上去入不可移,则甚局促难展。抑平

① 刘熙载著,王气中笺注:《艺概笺注》,贵阳:贵州人民出版社,1986年,第357页。

② 阮绵寘:《与仲恭论填词书》,《苇野合集·文三》,越南汉喃研究院图书馆,典藏号:A.782。

仄亦可更，要顺口如诗而已？[①]

从嗣德帝的话我们可以分析出他已经按照词谱的规定来创作词，所以他感觉填词很难，需花费很多功夫，词律也十分严格复杂。于是，他根据本国音乐填了词以后，交由阮绵寘审阅指导：

又意本国诸歌曲即是北国之词，即如帘外一曲久充歌格可知也，未知合不？交所作干首，为之阅评，如前何者合格不合格，愿详言直指无隐，来日派人来取回览。[②]

阮绵寘为了帮嗣德皇帝解决这个问题，通过分析苏轼《念奴娇》的用调，证明填词不一定按照词谱规定的那样严格，因为作词最主要的是立意、内容，而不是格律形式。填词应该首先看重内容，当内容的需要与格律发生矛盾时，格律需要迁就内容，词人在创作时也可以改变词律：

臣谨按：词源于隋唐，沿于五代，流于宋元，大抵亦本诗教。意格为重，声调次之。如苏轼《念奴娇》词，有“大江东去”句，而后此词一名为《大江东去》，则从来词家特以为词中大手，而平仄句读未尝印定。又“千古风流人物”，在五物部；“一尊还酹江月”，在六月部，则韵亦可叶如五古诗耳。古词今可歌，北词南可歌，惟要顺口。[③]

古代作词又称“填词”和“倚声”，因此，选择词调、谱式就成为

①②③ 阮绵寘：《答诏札子》，《苇野合集・文一》，越南汉喃研究院图书馆，典藏号：A.782。

填词的第一步。阮绵寘认为，填词要按照词谱严格规定，但是可能由于他作词并不是很愿意用心，所以他对这个问题谈得很简略，主要说的还是诗和音乐的关系，以及内容与形式的关系问题。由此，也不难看出当时越南词人关于词的知识是有限的。

三、阮绵寘的词史观

关于词的历史发展情况，阮绵寘在《答诏札子》中也简略谈了词史："词源于隋唐，沿于五代，流于宋元，大抵亦本诗教……" 基本上他所说的词史发展是按照中国词史上的演变来综述的，但不完全准确。中国文学史上词确实起源于隋唐时代，从五代发展到宋代后进入鼎盛时期，成为"一代之文学"。到了元、明时期，词逐渐衰落。但是在明末清初，词进入复兴阶段。然而，阮绵寘未提到词在明、清的发展情况，会让读者误以为，词发展到元代就停滞了。阮绵寘虽然是当时著名的文学家，知识深广，但是可能接触的中国词史文献不足，对于明清词学成就缺乏足够的认知，所以他认为词发展到元代就进入了衰落时期，没有进一步发展。

"词衰于元" 的原因，阮绵寘认为是词失去了与音乐的联系：

> 至元明遂无乐书，礼官经师，不一留意，只凭伶人歌工，洵口噱嗄。皆借口以《乐经》亡，使古乐不得复，可胜叹哉！殊不知诗自诗，声自声，而成乐矣。①

他把元代开始词体进入衰落阶段的最重要原因归于音乐失传。但是，中国学者研究的结果早已指出，在这段时间词不发展有很多原因，而词乐失传只是原因之一而已。所以，对中国词的历史发展

---

① 阮绵寘：《诗词合乐疏》，《苇野合集 · 文一》，越南汉喃研究院图书馆，典藏号：A.782。

情况与词进入衰落的原因，阮绵寘的观点有失妥当与全面。

在唐宋时期，词体是一种特殊的音乐与文学形式，它与音乐有紧密的关系。但是宋元之后，词乐逐渐失传，歌词之法也逐渐失传，词逐渐成为案头文学。失去音乐这一有力的传播途径，词体渐渐进入“衰”的状态，但这并非词史的终结，只是从音乐和词的关系角度来审视而得到的观点而已。事实证明没有音乐，词体还是一样可以获得辉煌的成就，如词在清代的复兴。而阮绵寘的看法比较简单，他只看到词进入衰落的一个原因而已，实际上词在元明时期衰落的原因是很复杂的，这里就不展开了。

在《答诏札子》中，有一个值得深思的问题：为什么阮绵寘把宋代词与元代词联合在一起，称词“流于宋元”？为什么阮绵寘没有谈到清代的词？而在《诗词合乐疏》，嗣德帝要求绵寘提供《词综》。《词综》恰恰没有收入清代的词。根据这种情况，我们可以判断阮绵寘或许只是根据《词综》的内容来谈论词的历史发展。如果这一判断准确的话，阮绵寘词史观念的局限性恐怕是因为资料不足，即他接触清词比较少。为了更深入了解这个问题，我们再看另外一个阮朝皇子对词发展史的观点，即阮绵审。他在《鼓枻词》自序中有一段话谈到中国词史发展：

> 娥皇检谱，犹寻天宝遗声；宋沇闻钟，仍获太常古器。况周德清之韵，本张叔夏之《词源》。谱注于姜夔，旨明于陆辅。前而草窗所辑，后之竹垞所抄。此外则宋元语业数百家，明清粹编数十部。予靡不岁添鸠阅，日在吟哦。①

① 阮绵审：《仓山外集》卷四，越南汉喃研究院图书馆，典藏号：A.781。

阮绵审有广博的词学知识，他特别注意到宋、元的词学理论成就。此外他也注意到明、清时期的词学成就，尽管如此，阮绵审的《鼓枻词》还是“即按宋元乐章四七调”创作。

阮绵审藏有明清词籍数十部，但是并没有材料显示作为兄弟的阮绵寘曾通过阮绵审接触过这些词集。以阮绵寘对于词的轻视，以及他不愿意花功夫学习作词的态度，他很可能并没有仔细阅读过兄长收藏的这些词籍，对明清词的发展情况缺乏了解。而且，二人对当时清朝词都没有什么兴趣，没有用来模仿学习，还是按照宋词风格来创作。原因应是两位词人都认为宋代时期词已经达到最鼎盛时期，后代的创作成就远不及宋。至于词论，他们也认为词论发展到宋元已是辉煌时期了，清人不可能超越他们，所以他们对清词不感兴趣，也是可想而知的。

综合来说，在越南词史上，阮绵寘的词学观念还是比较明确的，他对于词的认识和理解虽然有一定局限性，但是对于考察越南词人尤其是阮朝词人的词学观念来说，他的几篇词论文章是非常有价值的。通过阮绵寘，不难看出，词在越南阮朝文学史上的地位还是不能跟诗相比，阮朝时期的诗尊词卑的观念还是很深入人心的。所以，阮朝越南儒家虽然有不少人创作词，但它并未成为主要的文学形式。

第七章 陶晋及其《梦梅词录》

生于"武地文天"时期的陶晋被称为多才多情的人，他不仅给他的故乡平定省增添了光彩，而且也为国家做出了很大贡献。陶晋不仅闻名于戏剧界，同时他也是一位杰出的词作家和诗人。实际上，越南读者对陶晋的诗和词作还比较陌生。一方面，由于他的诗词数量还不太确定；另一方面，他的戏剧相较于他的诗词更胜一筹，因而使读者不太关注他的诗词。关于陶晋诗词研究的成果也很少，而且不够专业、系统。这些研究成果大部分都散见于报纸、杂志中。[①]因为陶晋的词集《梦梅词录》一般被认为是越南古代文学史上已知现存的两部词集之一，具有很高的研究价值。所以本章即对陶晋及此集进行研究与讨论。

---

① 春耀:《读陶晋诗和词》,《越南古典诗家》,河内: 文学出版社,1985年,第425—433页。此外,何春长《在一段路程》(河内: 文学出版社,1984年)中有《从陶晋的生平再认识陶晋的文艺事业》,肯定陶晋是民族的艺术家、伟大诗人,已进入人民的心里,他提出很多问题存在在生活里——他自己还没找到答案的问题,是第一个敢破除一些前人不敢破除的问题的人。黎春利《陶晋诗词的春天》认为:"陶晋希望自己的梦想不要变化,准确之心不改。但是生活的现实在眼前,使他的心必须改变,否则所有的梦想都会被破坏。陶晋的悲剧在于此。春天来,诗人难受；春天去,诗人哭。陶晋的痛苦缠绵在他的诗作中……"《义平文艺报》1978年号,第425—433页。

第一节　陶晋的生平与诗词事业

一、陶晋生平和评价

陶晋(Đào Tấn,1845—1907),平定安仁(今越南平定省安仁县)人,字指淑,别号苏江、梦梅。父亲陶德讶,母亲何氏鸾。幼时因家境贫寒,他只能在家跟父亲学习。当时著名的从剧作家秀才先生阮妙发现了陶晋的才能,认为他是一个可塑之才,因此收养了他,所以陶晋从小就对从剧耳濡目染,并深得阮妙真传。嗣德二十年(1867),在科考中陶晋考中举人,但之后屡试不第。四年后(1871)嗣德皇帝广纳贤才,审阅未录取之人,陶晋始被召,补充典籍所,充入内阁校书(即朝廷的作家会),负责编辑与创作。1874年陶晋就任于广平省旨府。1880年升试讲学士,兼任参附各府。1883年嗣德帝驾崩后,陶晋失意离开官场,回到家乡。1886年同庆帝登基后,陶晋回朝任参附各府。1888年任参旨部护。成泰元年(1889)任补作安静总裁,1894年任工部尚书,1896年任刑部尚书,1902年在顺化任工部尚书。1904年他被撤职并回乡,直至辞世。①

嗣德皇帝1883年驾崩后,兵权旁落在尊室说(1839—1913)和阮文祥(1824—1886)两者手中,国家陷入混乱的“四月三王”阶段。②1858年8月,法国军队和西班牙军队进入越南岘港。1862年6月,嗣德皇帝跟法国签约割让越南东边三省。1867年,法军把越南西部三省一并占领,巩固他们在越南南部的地位,从此越南南部

---

① 武玉瞭:《陶晋——书目和资料》,平定省:京剧院出版社,1985年,第10页。

② 裕德帝(1853—1883)在位三天;协和帝(1847—1883年)在位四个月;建福帝(1869—1884)在位八个月。

成为法国的殖民地,即所谓“交趾支那”(Cochinchine);1873—1886年,法国军队渐渐占领越南北部;差不多在1883—1884年,法国已正式把整个越南置于殖民统治之下。陶晋一生在阮朝为官,历经四位皇帝,更是经历了皇帝更替带来的政治动荡,而且还亲眼目睹阮朝君臣因软弱而被辱的政治局面,国家内部由于分化和矛盾致使国家主权逐渐落入法国殖民者手中。但凭他一己之力毕竟无法救国救民于水火之中,因而他的内心痛苦不堪。

陶晋在阮朝为官时间较长,从嗣德皇帝至成泰皇帝时期,他担任过参编、安静总管、刑部尚书、工部尚书等职务,被奉为大学者,1904年被撤职并告老还乡。他是四朝元老,但朝廷仍然信任他并委以重任。然而当时人与后人对他的为官意图褒贬不一,甚至于对陶晋的人格产生了误解。但即便为官一生,甚至在法国殖民越南时期为官,他也从未做过违背良心的事。嗣德帝以过分尊崇宋儒而闻名,但也尊崇陶晋的“不畏强御”精神。像阮绵审、阮绵寊这样的皇族学者曾批评甚至逮捕他,但后来他们都成为陶晋亲密的朋友。他也曾经参军反抗法国侵略,有一段记载陶晋参加越南光复会的事迹:“隔几个月,越南光复会成礼,由潘佩珠和阮含组成……陈廷复、阮友徘、阮述、阮桑、陶晋、番瑨和独韵贤是属于最先参加的,他们都是有忠君爱国之心的官员。”[①]陶晋不仅参加潘佩珠的组织,还暗中帮助、保卫会员的安全。陶晋出来为官也可能只因为“有母”,所谓“天子体臣量事收职,小人有母移养就官”。最后他醒悟“天不予闲且向慢中寻小暇,事都如戏何须假笑非真”。要让生活“十里回车看竹长,一春残酒待莲开”。用自己的名字给家园命名——“以为名字为园圃,亦有因缘有性情”。他死后,越南士大夫文人赞称他的

① 武玉瞭:《陶晋——书目和资料》,平定省:京剧院出版社,1985年,第16页。

品格为“贤相风流驩郡十年犹传草,名园消息濑江千里忆寒梅”。

陶晋《番廷奉悼哀》对仗长联云:

> 成败英雄莫论。此孤忠,此大义,誓与诸君子始终。朱之英,墨之灵,读书每念纲常重。可恨者,垂颠大厦,一木难支。宫冷烟消,谁人不作深山怨。况当日龙飞云暗,共嗟人事无常。可怜罗越江山,百年文献翻弓马。
>
> 古今天地无穷。而流水,而高峰,同此大丈夫宇宙。蓝之风,鸿之雪,冲寒无奈柏松凋。谓何哉,溃决颓波,中流砥柱。星移物换,何人不起故园情。及此时雁散风吹,堪叹天心莫助。独此松梅气节,一死精神串斗牛。①

在武玉瞭等主编的《陶晋——书目和资料》中有一篇题为《夏尔·戈瑟兰——访问陶晋》(*Charles Gosselin —— Hội kiến Đào Tấn*)记载了1902年总管院一个法国高级官员夏尔·戈瑟兰(Charles Gosselin)访谈陶晋之事。文中说:

> (陶晋)瘦而高,有着清秀的面貌,眼睛光亮而聪明,穿着深色的长衣……在一生许多重要的职务中,陶晋都是一个贫穷的人,但他都全心全意。这使得陶晋的信誉度日益增长,并超过当时其他各位官员。②

可见,在夏尔·戈瑟兰眼里,陶晋是一个形貌端正的人,而对他

---

① 武玉瞭:《陶晋——书目和资料》,平定省:京剧院出版社,1985年,第110页。

② 同上书,第31—37页。

为人品行的论述，可以看出法国殖民者不仅不敢轻视他，甚至特别敬佩他。

陶晋活在阮朝的衰落时代，目睹了国家的衰亡败落，尤其是法国殖民者的入侵，使得这个爱国者的思想表现出很大的矛盾性。为官，离职，告老还乡又重新为官，虽得到了帝王的赏识，但这一切又是在法国殖民者的控制之下。然而他是一位真正爱国的士大夫，他秘密帮助许多越南革命者。陶晋的行为、思想体现着他清白的人格，在国家混乱的情况下，他选择变通的方法，希望改变国家的局面。后来武玉瞭于1994 年《陶晋——越南歌剧的一位闻名艺人》中肯定道："虽本身还在官场，但在陶先生眼里，那儿全是象鼻虫、闹剧、吸尘处，因此他对乌烟瘴气的官场感到烦恼。"[①]在《梅园故事》里，邓贵迪也认为："造成陶晋先生高贵的价值，不仅在一列列上面的歌颂，而且就在陶先生的道德。"[②]

他的品格如同他诗中所赞颂的梅花一般，其《题梅山寿园》云：

闲向梅山卜寿园，石头高踞笑无言。梅山他日藏梅骨，应有梅花作梦魂。[③]

又如《赠梅僧》：

南国梅僧老学神，淡将素性作春筵。醉颓落下莲花帽，背后群姬笑欲颠。[④]

---

① 武玉瞭：《陶晋——书目和资料》，平定省：京剧院出版社，1985年，第121页。

② 同上书，第229页。

③ 武玉瞭：《陶晋——诗和词》，河内：舞台出版社，2003年，第173页。

④ 同上书，第214页。

19世纪末的阮朝，一方面中央和地方产生了猛烈的冲突，另一方面成泰皇帝本身大权旁落，而黄高凯和阮申成为当权派。但此两人也在争权夺利，又都是法国殖民者的爪牙。陶晋是一位很重视名誉的士大夫，朝廷里一些官员滥用皇权的事使得陶晋如鲠在喉，由于不是当权派，他只能通过京剧（即从剧）创作表达反抗，并借此痛骂当权派。因此像陶晋这样耿直的官员自然成为黄高凯、阮申之流的眼中钉、肉中刺。1904年六十岁的陶晋被阮申所逼，无奈告老还乡。成泰皇帝想保住他，却心有余而力不足，但还是为陶晋保留了职务。陶晋离开官场，在家乡生活了两三年后便离世了，再也无法为朝廷及国家做出自己的贡献。但也正因为这样，他在这几年中得以把精力放在从剧艺术上，培养了大批优秀的学生，不但发扬光大了家乡的从剧艺术，也为越南从剧艺术的发展做出了巨大的贡献。

其实，陶晋为官的经历被许多学者和研究者重视并纪念。越南国家新闻部也举行过第一届（1978年）和第二届（2007年）“陶晋会谈”，这些座谈会高度认可他的高贵品格，一致认为他是一位清白正直的官员，并得到了人民的爱戴。这里引用越南学者夕光先生对他的评价，以便更清晰地了解陶晋的一生。夕光先生在《陶晋——一位天才艺人、一位模型政客》一文中说：

> 可以看出陶晋当官的一生，尤其在成泰朝廷下，他被赋予主管任务时，如南艾主管，安静主管，工部、兵部、刑部尚书，是主动为国牺牲。在一个王不像王、官不像官的腐烂朝代，侵略多发的时代，短暂、悲哀、背叛的时代，他更多深刻了解到各种各样当官之痛苦。但陶晋个人总“十景兴亡国家事”，还由于爱国士大夫的责任，他帮助成泰皇帝处理国家事务。他相信他

不会丢失正直、忠义之心，永远不会失去救国精神，并给救国的英雄们创造出最好的条件。有许多事实表明，成泰帝不屈的民族精神、自强意志对陶晋——成泰帝深信的这位近臣影响很大，当代的前辈称陶晋为“官锁者”也绝不是偶然。①

夕光先生已明显看出陶晋的变通主张与当时其他朝臣“假权变，真投降”的本质区别。陶晋他本身还对混乱时代士大夫角色存有幻想，希望可以扭转事实，但事与愿违，一切非其所想，也非其所能为。我们可以借用其从剧作品《黄飞虎过界牌关》里的黄飞虎形象解读他的内心。通过考察他歌剧作品的内容，我们亦明显看出陶晋对时势的态度。陶晋成为对阮朝尽忠职守的儒家代表：在殖民主义的侵略面前感慨世事艰难，但仍努力保持“达则兼济天下，穷则独善其身”（《孟子·尽心上》）和“居庙堂之高则忧其民，处江湖之远则忧其君”（范仲淹《岳阳楼记》）的士大夫品格。

陶晋是一位有仁爱之心的人，他为官地区的人民大都歌颂他的恩德，他曾经抢救海南岛四百多位遭遇沉船危险的渔民，该地区渔民为感谢陶晋而修建了陶庙。②

总之，陶晋是一位仁爱、清廉、正直的“人民艺术家，爱国士大夫”，是越南京剧（即从剧）的第二翁祖，著有40篇京剧稿本及不少诗词、对联作品。我们借用学者俊杰《陶晋——一朵莲花》一文的评价以为总结：

陶晋是一朵清廉的莲花，活在满是黑雾的社会，但还不停

① 武玉瞭：《陶晋——书目和资料》，平定省：京剧院出版社，1985年，第155—156页。

② 同上书，第8页。

朝着美丽而努力……在黑夜中他是一盘圆圆的月亮……他一生即使没得到荣华富贵，但还荣光发亮。[①]

二、陶晋的诗词事业

根据武玉瞭的研究，陶晋诗和词的存本很复杂，而且所有的作品都没有作者的手稿，所以，我们现在接触其诗词，主要通过其亲友的书籍记载以及学者的考察。

1987年，武玉瞭《陶晋——诗和词》一书中有一段话：

陶晋的诗与词记载在很多别集中，有的专门抄陶晋诗作，有的跟别的作者的作品混在一起，其中《先严梦梅吟草》由他的两位女儿竹嫌和之嫌记录，由静波奉抄在1964年12月的，是最可靠的版本。这本一共一百零七首诗和词。原本藏于义平省博物馆，另一抄本则收于义平京剧院图书馆。[②]

同时，该书也认为这个义平省博物馆所收藏的《先严梦梅吟草》原本还存在很多错误，有的记载材料也不准确。而番福皆和莫文纵认为，《先严梦梅吟草》的原名是《梦梅吟草》，包括诗和词，1945年前，两位学者已经接触到这本书。[③]

除了《先严梦梅吟草》之外，陶晋还有《梦梅词录》（收59首词）和《梦梅诗存》（收36首诗）等。[④]陶晋的诗和词，还和一些其他作品混在一起。

---

① 俊杰：《陶晋——一朵莲花》，《义平报》1981年第29期。

② 武玉瞭：《陶晋——诗和词》，河内：文学出版社，1987年，第19页。

③ 武玉瞭：《陶晋——书目和资料》，平定省：京剧院出版社，1985年，第14页。

④ 《梦梅诗存》和《梦梅词录》（均为阮送奉抄写）现均藏于平定省义平京剧院陶晋研究所。

据以上资料可见,陶晋的诗和词现存大概有247首,但是据我们考辨,这247首诗与词很多是重复的,而且存在错误。一方面陶晋的诗词作品遗失很多,已经不可考;另一方面,《梦梅诗存》和《梦梅词录》找不到原本,其准确性及可靠性还有待于进一步辨正。

第二节 《梦梅词录》考辨

一、《梦梅词录》以往研究

关于陶晋词作的数量,目前主要有以下文献资料有涉及,可供考证。

1985年,武玉瞭等主编《陶晋——书目和资料》一书,讲到陶晋的诗词事业:陶晋现存《梦梅吟草》有107首汉诗与词;《梦梅词录》有59首汉词,保存在义平京剧院图书馆。

1987年,武玉瞭等主编《陶晋——诗和词》[①]一书,介绍了陶晋的24首词。

2003年,武玉瞭辨考性质的《陶晋——诗和词》[②]一书,介绍陶晋《梦梅词录》一共有60首词。除了1987年已介绍的24首词之外,作者补充了36首词。武玉瞭此书的目的虽然是辨考,但是实际上只是对陶晋所有材料的综述,把他的词作、诗作集中在这本书中。

2013年,阮庭复在《仓山、梦梅,越南词的两个不同境界》一文认为,关于陶晋词作的数量是90余首,云:

梦梅一生著作甚富,有《梦梅吟草》《梦梅诗存》《梦梅词

① 武玉瞭:《陶晋——诗和词》,河内:文学出版社,1987年。
② 武玉瞭:《陶晋——诗和词》,河内:舞台出版社,2003年。

> 录》《梦梅文集》《梦梅剧集》《戏场随笔》等行世。梦梅词主要见于《梦梅吟草》和《梦梅词录》，共九十余首。[①]

阮庭复的文章中，并没有提及陶晋词作的词调名以及词作内容，只有一个词作总数。但这个数字是不可靠的，因为《梦梅吟草》《梦梅诗存》《梦梅词录》等书中的词作有重复，这一问题武玉瞭已经指出。

在美国，2003年，陈文惜（Trần Văn Tích）是第一个关注研究陶晋《梦梅词录》文本问题的学者。陈文惜在美国发表的文章《陶晋的一些汉字词校勘》[②]中，对陶晋24首汉词与1987年版《陶晋——诗和词》进行校勘，指出《梦梅词录》中有不少词作是抄自中国词作。

在越南，关于《梦梅词录》文本的研究，范文映获得了巨大的突破。他与陈文惜先生采用同一个研究方法，把全部陶晋的词作集中在《陶晋——诗和词》一书中，进行校勘。

2009年，范文映发表《〈梦梅词录〉的真相面貌》（“*Sự thực nào cho Mộng Mai từ lục*”）[③]，通过考辨，指出《梦梅词录》60首词之中有38首词是抄自中国词作。他也给后来人研究《梦梅词录》开拓出一条更宽广的道路。在剩余的22首词中，范文映确认其中13首是陶晋所作，9首暂时不明确是否为陶晋所作。

2011年，范文映发表《陶晋〈梦梅词录〉一些留意点》（“*Thêm một số lưu ý về Mộng Mai từ lục của Đào Tấn*”）[④]一文，进一步指出

---

① 阮庭复：《仓山、梦梅，越南词的两个不同境界》，《中国韵文学刊》2013年第1期。

② 陈文惜：《陶晋的一些汉词的校勘》，载《文学》2003年号，第203—204页。（《文学》是一种越南文学书刊，用越南语在美国加利福尼亚州出版。）

③ 范文映：《〈梦梅词录〉的真相面貌》，《文学研究杂志》2009年第9期。

④ 范文映：《陶晋〈梦梅词录〉一些留意点》，《汉喃杂志》2011年第3期。

在《梦梅词录》的60首词之中有43首词不是陶晋的词作，而是抄自中国词作。可见，《梦梅词录》文本问题很复杂。根据范文映的考证，真正的陶晋词作只有17首而不是60首。

目前为止，陶晋的《梦梅词录》原稿并没有被发现。而《梦梅词录》的词作存本的情况比较复杂、混乱，作品不集中在一本书而分散在其他文学作品中，这给研究工作带来了很大的困难。

那陶晋有没有创作过词？他是否真有一部《梦梅词录》？通过他的朋友的文学作品，不难找到答案：当时，陶晋确有一部词集称《梦梅词录》。他的朋友阮仲篪（Nguyễn Trọng Trì，1854—1922）有一首诗《读〈梦梅词录〉》：

Gối lạ đèn côi giấc chẳng thành,"Mộng Mai từ lục"đọc thâu canh.

Luật âm phóng khoángTô khôn sánh, Ý tứ cao xa Liễu khó bằng.

Sông núi nước nhà oằn nặng nghĩa, Trăng hoa oanh liễu láng lai tình.

Ba năm chưa gặp ông Đào được, Đọc hết Từ ông tựa thấy hình.[①]

这首诗的大概意思是：

枕头陌生灯独睡不着，整夜看《梦梅词录》。

律音放旷苏轼的词也比不上，意思深远超越柳永的词。

① 阮决胜、阮伯世：《越南历史人物词典》，河内：社会科学出版社，1992年，第670页。

山水祖国很重情义，月光花草应含着深情。
三年不见陶翁，看完词好像看到他的影子。

阮仲篪号左庵、安仁，平定省人，越南19世期末的诗人，嗣德二十九年（1876）举人，有《左庵诗集》《西山名将征南》《西山梁将外传》《云山集笔》。1897年，他回故乡平定省参加陶晋的诗社，跟其他文人一起唱酬。阮仲篪对陶晋的从剧很有兴趣，他收录120种从剧剧目，给陶晋过目。陶晋看完，写一首诗称赞。所以，阮仲篪看过陶晋的《梦梅词录》，这件事是可信的。①

阮仲篪的这首诗对陶晋的《梦梅词录》给予了较高的评价，认为陶晋的词既在音律、风格方面超过苏东坡的作品，在内涵方面也超越柳永的作品。无论这段评论是否客观，最重要的是，通过这首诗，我们可以确定陶晋有一部词集叫做《梦梅词录》。

但是，现在我们所见的《梦梅词录》与当时阮仲篪看到的《梦梅词录》是同一部词集吗？到目前为止阮仲篪看到的《梦梅词录》原稿不知所踪，也暂时没有其他相关材料，所以很难断定。

我们这里对陶晋的《梦梅词录》进行研究，接承前辈对《梦梅词录》版本的研究结果，并通过对《梦梅词录》进行辨考，从而得出以下结论：

第一，陶晋创作词，并有《梦梅词录》词集，但不知是否存世。

第二，陶晋《梦梅词录》的原本中，不能确定有多少首词。因没有找到任何关于这件事情的史料记载。所以，我们只能通过后人编辑整理的成果来进行研究。

第三，按照既往的考证结果，《梦梅词录》60首词中至少有43首

① 何娇：《阮仲篪——谁忘记谁记得》，《平定月册》2000年第4期，第20—32页。

词是抄自中国词人的作品，剔除了这些，《梦梅词录》中最多只有17首词可能是陶晋创作的。

二、《梦梅词录》考辨

不过，通过对《梦梅词录》文本进行考辨，我们竟然能发现剩余的17首词也不是陶晋作品，而是中国词作。具体可分为两种：清代词人的作品与近现代易君左的词作。

（一）与清代词人作品相同的共8首（每首词的序号按照2003年版《陶晋——诗和词》一书中的编序，标点有调整）

第四首《过金龙驿》：

浪迹年年叹未收。重过金龙驿、忆同游。垂杨何处系扁舟。香江水、依旧向东流。　　寂寞转添愁。闲鸥随浪影、自悠悠。斜阳尽处远山浮。西风里、无数蓼花秋。①

这首词缺少词牌，根据《钦定词谱》，体式符合《小重山》规范。查《全清词·顺康卷》，有张戬《小重山·过瓜步驿》与此词近同：

浪迹年年叹未收。重过瓜步驿、忆同游。垂杨何处系扁舟。长江水、依旧向东流。　　寂寞转添愁。闲鸥随浪影、自悠悠。斜阳尽处远山浮。西风里、无数蓼花秋。②

两首词的区别主要有三点：陶词缺少词牌名，词题作“过金龙驿”，张词题作“过瓜步驿”；第二句陶词作“重过金龙驿、忆同游”，

① 武玉瞭：《陶晋——诗和词》，河内：舞台出版社，2003年，第576页。

② 《全清词·顺康卷》，北京：中华书局，2002年，第355页。标点有调整，下同。

张词作“重过瓜步驿、忆同游”；陶词第五句“香江水、依旧向东流”，张词作“长江水、依旧向东流”。

张戬，字晋侯，浙江钱塘人，张台柱之父，《清代官员履历档案全编》收有张台柱（更名星耀）雍正七年（1729）十月初十奏折一封，署“臣张星耀，四川顺庆府西充县人，年四十九岁，康熙五十九年举人，候选知县”[①]。据此可知，张星耀生于1681年。其父张戬应为明末清初人。陶晋生于1845年，卒于1907年，晚张戬二百年左右。因此，张戬不存在抄袭陶晋的可能。

第五首《秋怨》：

秋风一夜满天涯。几树丹枫叶作花。漫倚高楼对落霞。不归家。又见横空雁影斜。[②]

聂先、曾王孙所编《百名家词钞》（清康熙绿荫堂刻本）收录有狄亿《绮霞词》，其中有《忆王孙·秋怨》一词，与此词一字不差。狄亿为康熙三十年（1691）进士，早于陶晋一百余年，不存在抄袭陶晋的可能。

第七首《苏暮遮》：

白云来，红日去。暮暮朝朝，几度流光曙。家在归仁城外住。画鼓楼船，总是伤心处。　　花溪，杨柳渡。野水寒烟，梦断前村路。曾记年时游别浦。一片黄芦，飞出无边絮。[③]

① 秦国经主编：《清代官员履历档案全编》（第十一册），上海：华东师范大学出版社，1997年，第547页。

② 武玉瞭：《陶晋——诗和词》，河内：舞台出版社，2003年，第577页。

③ 同上书，第579页。

《苏暮遮》应为《苏幕遮》之误。《全清词·顺康卷》收录有牛日旼《苏幕遮·感怀》一词：

白云来，红日去。暮暮朝朝，几度流光曙。家在天津城外住。画鼓楼船，总是伤心处。　杏花溪，杨柳渡。野水寒烟，梦断前村路。曾记年时游别浦。一片黄芦，飞出无边絮。[①]

两首词几近全同，陶词前段第五句为“家在归仁城外住”，牛词作“家在天津城外住”，陶词后段第一句“花溪”，牛词作“杏花溪”。

牛日旼，字子穆，《东白堂词选》收有其词作一首，该书为康熙十七年(1678)刊刻。《(雍正)畿辅通志》称牛日旼为“大兴人”，生卒年不详，约生活在康熙、雍正时期，早于陶晋一百余年。因此他不存在抄袭陶晋词的可能。

这首词的作者应该是牛日旼。归仁，是越南的一个省份，是陶晋为官的地方。这首词将“天津”改为“归仁”，手法并不高明。

第二十四首《转应曲》：

杨柳。杨柳。绿遍春江渡口。风前旋舞腰支。管尽人间别离。离别。离别。飞絮漫天如雪。[②]

《全清词·顺康卷》收录有陈见鑨《转应曲》一词：

杨柳。杨柳。绿遍春江渡口。风前旋舞腰支。管尽人间

① 《全清词·顺康卷》，北京：中华书局，2002年，第8948页。

② 武玉瞭：《陶晋——诗和词》，河内：舞台出版社，2003年，第596页。

别离。离别。离别。飞絮瞒天如雪。[①]

两首词相比，只有一处不同，陶词最后一句“飞絮漫天如雪”，陈词作“飞絮瞒天如雪”。

陈见鑨，《全清词·顺康卷》载“字在田，号淮士，虞山人”，“与沈荃、尤侗、徐乾学、纳兰成德等酬唱，有《藕花词》”。虽生卒年不详，但可以确定是清初人，早于陶晋一两百年。因此，不存在抄陶晋词的可能。

第三十八首《江南好》：

前路远，小泊绿杨桥。花港月明人影乱，玉楼风细笛声高。独客夜无聊。[②]

《全清词·顺康卷》收录有姚士陛《江南好·真州道中》一词：

前路远，小泊绿杨桥。酒肆月明人影乱，水楼风细笛声高。独客夜无聊。[③]

除了词题外，这两首词只有“花港”与“酒肆”，“玉楼”与“水楼”不同。

姚士陛，字别峰，安徽桐城人，康熙三十二年(1693)举人，康熙三十八年(1699)卒，有《空明阁集》，附词。姚士陛早于陶晋两百年左右，因此，不存在抄袭陶晋的可能，这首词的作者应该是姚士陛。

---

① 《全清词·顺康卷》，北京：中华书局，2002年，第1574页。

② 武玉瞭：《陶晋——诗和词》，河内：舞台出版社，2003年，第610页。

③ 《全清词·顺康卷》，北京：中华书局，2002年，第9620—9621页。

第四十六首《雨中晚归》：

秋暮。秋暮。衰柳寒潮古渡。晚风许我船归。细雨芦花雁飞。飞雁。飞雁。江上琵琶声断。[①]

这首词没有词牌，查《钦定词谱》，谱式即《调笑令》。《全清词·顺康卷》收录此词，作者为孙琮，原题《调笑令·雨中晚归，再别文虎》。孙琮，字执升、质声，号寒巢，浙江嘉善人，约生于明崇祯九年（1636），有《山晓阁词》。“早期词作，与胡殿陈、顾璟芳、李葵生、顾琦坊、郑允达等六人之作合编为《兰皋诗余近选》二卷，附《兰皋明词汇选》以行。”[②]孙琮早于陶晋二百余年，因此不存在抄袭陶晋的可能。这首词的作者应是孙琮。

第二十首《如梦令》：

春夜小楼寒重。花插胆瓶香冻。烛泪串红珠，透入月痕窗缝。如梦。如梦。何处晓钟吹送。[③]

第四十七首《乌夜啼》：

清明小雨如丝。姊归啼。不道落红如许、踏成泥。　塔影湿。树阴碧。倚楼时。细细一湾流水、曲通池。[④]

① 武玉瞭：《陶晋——诗和词》，河内：舞台出版社，2003年，第618页。
② 孙克强、杨传庆、裴喆编著：《清人词话》（上），天津：南开大学出版社，2012年，第504页。
③ 武玉瞭：《陶晋——诗和词》，河内：舞台出版社，2003年，第529页。
④ 同上书，第619页。

查《全清词》,这两首词与许田的词作一字不差。[①]

许田,字莘野,一名畾,字畾父,一字改村,别号青塍,浙江钱塘(今杭州)人。清康熙四十二年(1703)进士,官四川高县知县。著有《春梦词》《水痕词》《屏山词话》。许田早于陶晋一百五十年以上,不存在抄袭陶晋词的可能。所以,可以断定这两首词也不是陶晋的作品。

以上8首词,皆为清代词作,且作者皆早于陶晋一百年以上,或有词集行世,或收入词选中,若为陶晋所作,显然不应该出现在这些词学文献中。《梦梅词录》中出现这些作品,说明编者是有意伪造为陶晋词的。但编者对于中国词显然不甚了解,因此在作伪时出现许多错误,乃至将宋代蒋捷《虞美人》(少年听雨歌楼上)这种广为人知的词作都伪托为陶晋的作品。[②]

(二) 与易君左作品相同的共9首

除上述外,《梦梅词录》剩下的9首词皆重见于近现代易君左的诗词集中。

第九首《鹧鸪天》:

> 乡国兴亡感慨多。半生行径笨如鼍。从今收拾丝和竹,不作风花雪月歌。　　书黯淡,剑婆娑。中年豪放奈愁何。闲时自酌些些酒,穷极犹绛薄薄罗。[③]

《易君左四十年诗》有《鹧鸪天》一首,与此词一字不差,并有

① 《全清词·顺康卷》,北京:中华书局,2002年,第10887页。

② 武玉瞭:《陶晋——诗和词》,河内:舞台出版社,2003年,第573页。

③ 同上书,第581页。

词题"裂新衣"三字。[①]

第十一首《绮罗香》:

> 塞雁南飞,江云北渡,画角悲凉如诉。锦绣江山,霭霭碧云将暮。正风吹、落日荒城,又雨打、乱烟飞絮。莽男儿、为国牺牲,长枪匹马杀仇去。　辽阳谁问白骨,但看人间孤坟,哀哀无主。胡马燕尘,梦里犹怀惊惧。恨书生、多负时艰,还作甚、断肠诗句。点中宵、尚在酣眠,闻鸡应起舞。[②]

查《易君左四十年诗》,有《绮罗香·闻义勇军迫近辽阳》一词:

> 塞雁南飞,江云北渡,画角悲凉如诉。锦绣河山,霭霭碧云将暮。正风吹、落日荒城,又雨打、乱烟飞絮。莽男儿、为国牺牲,长枪匹马杀仇去。　辽阳谁问白骨,但有人间孤愤,哀哀无主。胡骑燕尘,梦里犹怀惊惧。恨书生、多负时艰,还作甚、断肠词句。黯中宵、尚在酣眠,闻鸡应起舞。[③]

此词与陶词高度雷同,仅几处细节不同:"锦绣江山"与"锦绣河山","但看人间孤坟"与"但有人间孤愤","胡马燕尘"与"胡骑燕尘","断肠诗句"与"断肠词句","点中宵"与"黯中宵"(繁体字形近)。

第十八首《菩萨蛮》:

---

① 易君左著,易鹗编:《易君左四十年诗》,易鹗自刊本,1987年,第174页。

② 武玉瞭:《陶晋——诗和词》,河内:舞台出版社,2003年,第603页。

③ 易君左著,易鹗编:《易君左四十年诗》,易鹗自刊本,1987年,第187页。标点有调整,下同。

去年不比前年好。今年更比去年老。未老是雄心。毁忧国难深。　　九边烽火急。一派承平意。不必问梅花。寒枝尽暮鸦。[1]

《易君左四十年诗》有《菩萨蛮》一首，与此词一字不差，但多出词题“□□风□”。[2]

第二十五首《虞美人》：

珊珊花影霜寒重。凄绝还乡梦。谁家帘外柳丝垂。一夜罡风吹散、满城飞。　　伶仃孤燕归何处。不向梁间住。可怜哀泪已无多。流到香江滴滴、尽成波。[3]

《易君左四十年诗》有《虞美人·还乡》一词：

珊珊花影霜寒重。凄绝还乡梦。谁家帘外柳丝垂。一夜罡风吹散、满城飞。　　伶仃孤燕归何处。不向梁间住。可怜哀泪已无多。流利湘江滴滴、尽成波。[4]

两首词的差别有两处：易词有词题“还乡”，与词作内容相合；“流到香江”，易词作“流利湘江”，不过，“利”字应为讹误。

第二十六首《蝶恋花》：

---

① 武玉瞭：《陶晋——诗和词》，河内：舞台出版社，2003年，第590页。

② 易君左著，易鹗编：《易君左四十年诗》，易鹗自刊本，1987年，第187—188页。

③ 武玉瞭：《陶晋——诗和词》，河内：舞台出版社，2003年，第597页。

④ 易君左著，易鹗编：《易君左四十年诗》，易鹗自刊本，1987年，第189页。

长河千里英雄迹。落日飞乌，一片兴亡意。暮霭苍茫星粒粒。倚桥人望香江碧。　　少年吐尽如虹气。壮岁登高，且把清泉汲。塞北天南刁斗急。此生不死终歼敌。①

《易君左四十年诗》中有《蝶恋花·运河桥上》与此词近同：

长江千里英雄迹。落日飞乌，一片兴亡意。暮霭苍茫星粒粒。倚桥人望金山碧。　　少年吐尽如虹气。壮岁登高，且把清泉汲。塞北天南刁斗急。此生不死终歼敌。②

两词相较，仅三处不同：易词有词题"运河桥上"，而陶词没有；易词首句作"长江千里英雄迹"，陶词作"长河千里英雄迹"；易词第五句"倚桥人望金山碧"，陶词作"倚桥人望香江碧"。

第二十七首《青玉案》：

男儿不向幽燕去。忍局蹐、江南住。负此头颅知已许。鲜花血染，热情汤沸，一掷成孤注。　　当年跃马清郊路。彩笔争传好诗句。乐到而今都变苦。满腔忧愤，八方风向，万里长城哭。③

查《易君左四十年诗》，有《青玉案·平津紧急，愤欲北行》一词：

① 武玉瞭：《陶晋——诗和词》，河内：舞台出版社，2003年，第598页。
② 易君左著，易鹗编：《易君左四十年诗》，易鹗自刊本，1987年，第172页。
③ 武玉瞭：《陶晋——诗和词》，河内：舞台出版社，2003年，第599页。

男儿不向幽燕去。忍局蹐、江南住。负此头颅知几许。鲜花血染，热情汤沸，一掷成孤注。　　当年跃马清郊路。彩笔争传好诗句。乐到而今都变苦。满腔忧愤，八方风向，万里长城哭。

两词相较，差别有二：其一，"负此头颅知已许"，易词作"负此头颅知几许"，"几许"即"多少"，语义更畅通；其二，易词有词题，交代了词作背景，更切实可靠。

第二十八首《满江红》：

云锁南楼，烟迷北固，故乡有梦难成。中秋月色最分明。天似洗、山光拂镜，风不动、花影摇庭。从头忆，几年依约，屈指堪惊。　　鸾飘凤泊，扁舟载酒，无奈狂名。痛田园荒废，匪盗纵横。问何日、五风十雨，让我辈、同乐升平？关情处，双株金桂，一架紫藤棚。①

《易君左四十年诗》有《潇湘夜雨·秋风起矣，怀故乡所居南楼》：

烟锁南楼，云迷北固，故乡有梦难成。中秋月色最分明。天似洗、山光佛镜，风不动、花影摇庭。从头忆，几年依约，屈指堪惊。　　鸾飘凤泊，扁舟载酒，无奈狂名。痛田园荒废，匪盗纵横。问何日、五风十雨，让我辈、同乐升平？关情处，双株金桂，一架紫藤棚。②

① 武玉瞭：《陶晋——诗和词》，河内：舞台出版社，2003年，第600页。
② 易君左著，易鹗编：《易君左四十年诗》，易鹗自刊本，1987年，第179页。

两首词的差别主要有四处。其一,陶晋词调标“满江红”,易君左词调为“潇湘夜雨”。按《钦定词谱》,《潇湘夜雨》即《满庭芳》。但是陶词与易词体式相同,与《满江红》体式差别较大,与《满庭芳》相近。而第四、五句各七字,在《满庭芳》中应为四字、五字句或五字、四字句。因此,这种体式可谓《满庭芳》变体,不符合词谱。陶词将词调误作《满江红》,更错上加错。其二,易词有词题“秋风起矣,怀故乡所居南楼”,交代了写作时间与动机,比陶词更具体。其三,“云锁南楼,烟迷北固”,易词作“烟锁南楼,云迷北固”。其四,“山光拂镜”,易词作“山光佛镜”,语义更通。

第二十九首《临江仙》:

一曲清歌犹在耳,可怜花事阑珊。此生恩怨结成团。余霞空自丽,飞梦与谁看?　　遥指御屏山下路,香江烟树低连。离怀惆怅暮云天。如何今夜月,却何别家圆。①

《钦定词谱》所收《临江仙》体式中,这首词与贺铸词体式相同,属于变体。

《易君左四十年诗》中有《临江仙》:

偶阅白石一词有感,依韵对唱,不觉愀然。

一曲清歌犹在耳,可怜花事阑珊。此生恩怨结成团。余霞空自丽,飞梦与谁看?　　遥指金牛山下路,洞庭烟树低连。离怀惆怅暮云天。如何今夜月,却何别家圆。②

① 武玉瞭:《陶晋——诗和词》,河内:舞台出版社,2003年,第601页。

② 易君左著,易鹗编:《易君左四十年诗》,易鹗自刊本,1987年,第186页。

两首词不同之处有三点：其一，易词有词题，说明创作动机和方法；其二，“遥指御屏山下路”，易词作“遥指金牛山下路”；其三，“香江烟树低连”，易词作“洞庭烟树低连”。“御屏山”和“香江”为越南顺化地名，在阮朝首都。“金牛山”和“洞庭”为中国地名。按《钦定词谱》的《临江仙》格律，第七句作“仄平平仄平平”，陶晋“香江”二字出律，易君左词更合规范。

第三十首《菩萨蛮》：

清宵自酌三钟酒。泪珠满滴倾如斗。极北望烽烟。贼尘正蔽天。　　梅花红似血。不敌心头热。坐老在香江，含羞月一弯。[①]

《易君左四十年诗》收录有《菩萨蛮·书愤》一词：

清宵自酌三钟酒。泪珠雨滴倾如斗。极北望烽烟。胡尘正蔽天。　　梅花红似血。不敌心头热。坐老在江南。含羞月一弯。[②]

两首词相比，有四处不同：易词有词题“书愤”，陶词“雨滴”作“满滴”，“胡尘”作“贼尘”，“江南”作“香江”。其中“香江”为越南地名，在阮朝故都顺化。但此句应押韵，“江”字不韵，易词正确。

易君左，易顺鼎之子，生于1898年，卒于1972年。陶晋卒于1907年，早于易君左六十多年。但是这本《梦梅词录》并非陶晋生前的版

① 武玉瞭：《陶晋——诗和词》，河内：舞台出版社，2003年，第602页。

② 易君左著，易鹗编：《易君左四十年诗》，易鹗自刊本，1987年，第188页。

本，而是后人所编，成书年代不详，在越南出现已是20世纪80年代。上面9首词与易君左词高度相似，总结两者的不同，约有三点：

第一，易君左的词作，词题更全，词调更准确。陶晋词作中，有误以词题作词调的，如《过金龙驿》；有词调错误的，如《满江红》。第二，易词的词作内容与词题大多吻合，且交代了创作时间、背景、动机或者方法等，如《临江仙》系读白石词有感，因此步韵而作。第三，易君左词更符合词体规范，而陶晋词与易词不同之处者，不无出律的现象，如《临江仙》"香江烟树低连"及《菩萨蛮》"坐老在香江"落韵。第四，易君左词作与陶晋词作的差别多在于地名上，如"湘江"与"香江"，"瓜步驿"与"金龙驿"等，显然是有人故意剽窃作伪。

综合以上不同，易君左词在创作背景、创作时间、创作动机上更加明确，且更符合声律规范。我们认为，易君左应为原作者，《梦梅词录》中的这些词作则均是伪作。这也可以从两人的词作流传过程中得到证明。

易君左曾遍游东南亚，与海外华人华侨关系密切，词名远播，且与越南华侨有唱和，其词作在越南有流传，并且远播美国。而《梦梅词录》在陶晋去世后（1907年）很长一段时间内并无音讯，越南境内至今未发现其他存本。因而这本《梦梅词录》的来源十分可疑。

在前人研究的基础上，我们通过进一步考证，认为《梦梅词录》60首词全都不是陶晋的作品。那么，这些词为什么会成为陶晋的作品呢？理论上存在以下两种可能：第一，陶晋抄袭了中国词作；第二，现存的《梦梅词录》等书的编辑者在编辑过程中，有意将中国词作作伪进去，伪托为陶晋作品。目前来看，第一种情况的可能性较小，陶晋作为一位从剧大师，在文坛享有盛誉，词的创作固然不是其主业，但他仍不至于剽窃他人作品而据为己有，故第二种情况的可能性更大。

结 语

词，是中国古代诗歌的一种，很早以前就传到了越南。但是，与散文、诗、小说等其他文体相比，中越两国在词学方面的关系较少获得学界的关注。

本书收集、介绍、研究越南汉词的发展情况，不仅可以把握越南汉词的主要特点，而且对这一特点形成的历史根源、外部影响、内部原理等问题形成了较为全面的认识，全面细致地考察了越南人对词这一来自中国的文学体类采取的态度，以及所进行的接受与改造等活动，以便通过这一文学现象透视越南文化与中国文化的交流与相互影响。

本书的主要内容是研究越南阮朝的词家、词作与阮朝文人的词体观念。从词史的角度来看，在接受中国词时，越南诗人、作家有意或者无意地对于词这一文体进行了一定程度的改造，丰富了词史；从越南文化的角度来看，通过对词这一文体的接受与改造，更加丰富了越南本土的文化。越南词人的创作也取得了较高的成就，一方面体现了越南文人的高超才艺，另一方面也在词史上烙下了越南自己的烙印。

本书梳理了越南汉词的发展过程，将越南汉词与中国词进行对照，指出了中越文化、文学互相影响以及越南汉词人对词的新创造。到了阮朝时期，词作者基本上都博学多识，将越南汉词推向了历史新高度。出现这一状况的原因较为复杂，除了宋词的影响，明清词籍的南传，此外还有使者往来而致的文化上的直接交流等。从词出现在各诗集、传奇或在各小说里的状况，可以看出在越南，诗与词的功能尚未明确区分，特别是在阮朝之前，词与诗相混，带着深重的诗化性质。

早期，词在越南古代文坛中地位很低，很少吸引到士大夫诗人创作。可以说词这一文学体类在它传入越南的早期，发展缓慢。但是到了黎中兴时期与阮朝时期，词繁荣发展且达到空前的成就，创作词的作者队伍以及词作的数量、质量都达到了空前的水平。作家及作品的丰富，以及词别集、论词文字的出现，说明在阮朝阶段，词已吸引了较多作家，并发展到了空前的阶段，其中阮绵审、阮绵寘等是具有代表性的大家。

阮朝时期是集权君主制巩固的阶段，政治观念严重支配着文学创作，社会情况较不利于词类发展。然而，在继承前阶段成就基础上，又加上与中国的频繁交流，以及中国词籍的传入，直接影响了越南词的创作，使得阮朝汉词达到越南汉词史的高峰。词作者、作品层出不穷。在此阶段的词作里，阮朝皇族词人对于词的发展有重大的贡献。在这段时间出现了一部专门的词集，即阮绵审《鼓枻词》。不管是从内容还是艺术上，《鼓枻词》都是越南词的代表，成为越南汉文学中的一朵奇葩。这也证明，越南文人对词的观念有所改变，他们克服了语言上的障碍、格律上的束缚，成为杰出词家，创作了杰出词作。

词学观念上，虽然在阮朝时期，越南儒家对词的观念相对开放了，但是从具体情况来看，在整个越南中代文学史上，词从来没有走上光明的道路，词的地位仍然比诗低，仍然是一种娱乐文学。

中华民族古老而灿烂的文化，对全人类的贡献以及影响之巨大,是举世公认的;越南受到中国文化的影响,更是众所周知。笔者本人研究越南词学,在2012年有机会来到中国攻读博士,在导师朱惠国教授指导下,选择“越南阮朝汉词研究”作为博士论文题目。毕业后笔者在广西民族大学工作,继续关注中国古代与越南古代词学领域,在2021年申报成功教育部课题《中国古代词体文学在越南生成与变迁》,再次证明各位专家与领导对域外汉文学的重视。希望本书在某些方面对越南词研究领域有填补空白的意义。

但是由于诸多主客观原因,本书仍存在以下不足之处:

第一,作为一位外籍学者,笔者需要克服语言、文化、思维习惯等方面的障碍,才能完成研究和论文写作。本书并未能很理想地达到这一目标,在逻辑思维、语言表达等方面存在着诸多不足。

第二,本书在资料收集方面仍有补充完善的空间。由于需要搜集大量的中国文献和越南文献,而很多文献目前仍未见到。如陶晋的《梦梅词录》或许已经失传,或许尚有存本。如果能够见到存本,本书中的考证将更具说服力。其他材料仍然有待补充。

第三,越南汉词尤其是越南阮朝汉词的很多文献材料并非作者的手稿,主要由后人抄写下来。所以关于材料的异文、句字差别等问题,在研究过程中是一项任务繁重的工作,在研究过程中,作者由于知识储备不足,虽经过校对和复查,仍不免有差错。笔者希望,后续研究能对不足之处进行改进与完善。

附录一　越南词人及词作目录

1. 匡越大师（Khuông Việt Đại sư，吴真流，933—1011）

《王郎归》

祥光风好锦帆张。遥望神仙复帝乡。万重山水涉沧浪。九天归路长。　　情惨切，对离觞。攀恋使星郎。愿将深意为边疆。分明奏我皇。

2. 玄光神师（Huyền Quang Thiền sư，李道载，1254—1334）

《西江月》（残句）

癸丑一月十五，玄光大师道京城祝贺皇帝，后到报恩讲法。下午，他回到禅定房，偶遇见两只客鸟，不知从哪飞到他的前房，他们两一边飞一边不断啼叫，好像给人家喜信。玄光便吟一首《西江月》：

白鹊是何应兆，翔来庭户唤鸣。古称孝子有曾参。三足之乌冠正。[……]

3. 冯克宽（Phùng Khắc Khoan，1528—1613）

《鹧鸪天·元旦寿父亲》

兹当运属牛年，节逢鸡旦。东风日暖，香浮柏叶之樽；南极星高，敬祝高堂只寿。遐算欲齐龟鹤数，新词再唱《鹧鸪天》：

戏彩堂前展寿筵。处鸣贺臆祝椿年。名留天上长生禄，世羡人间不老仙。　克闾庆，子孙贤。好将衣钵作家传。年年春到今朝节，输献风流第一篇。

《沁园春·赏春词（并引）时同道两三人到，索句因戏作》

兹审九十日韶华，好个暄和之候；再一番快事，聊为胜赏之欢。会适逢嘉，兴来堪玩。可人惟有酒，喜兼四美二难；行乐须及春，何惜千金一醉。欲韡真率会，载唱《沁园春》。词曰：

天上阳回，人间春至，又一番新。盎开泰乾坤，韶光郁郁；向阳花草，生意欣欣。红衬桃腮，青窥柳眼，莺簧蝶拍弄缤纷。二三子，遇到来时节，风光可人。　这般美景良辰。欲行乐、须及此青春。聊问柳问花，香携红袖；一觞一咏，歌遏白云。进士打毬，侍臣陪宴，古来乐事尚传闻。今遭逢，圣天子，幸得致身。

《沁园春·饯谭公之乂安宪》

兹审谭公越南人豪，江西儒望。一门簪绂，世侈荣观。千载风云，亲逢嘉会。经济大施于实用，践歈荐历于华途。名播中朝，佥尹推其干事；权加外宪，缙绅喜其得人。方临祖饯贺之行，载唱《沁园春》之曲。词曰：

累世儒宗，六经文祖，谁如钜公。自弱冠蜚声，名联中鹄；强年噬仕，缘契攀竜。虎帐谈兵，乌台持论，韩其硕望魏其忠。圣天子，虑驩州要地，寔我关中。　骤加职任覔风。拜命了、这行轺秋肃，著脚春浓。到些郡些城，岳山威动；若民若吏，彼此情通。边境抚安，朝廷倚重，夫谁不曰用儒功。望来日，谠星辰曳履，圣眷叠蒙。

4. 团氏点（Đoàn Thị Điểm，1705—1748）

《传奇新谱》（别名《俗传奇》）中词作：

《春光好·春词》

春光似画，暖气微。爱日迟。桃花含笑柳舒眉。叶乱飞。　从里黄莺睍睆，梁头紫燕喃呢。浩荡春闺不自持。掇新词。

《隔浦莲·夏词》

乾坤增郁燠。草里青蛙闹。枝头寒蝉噪。声声杜宇恼。哑哑黄鹂老。频相告。春主今归了。如何好。　这般景色，添起一番撩撩。幸祝融君，鼓一曲南熏操。亲送荷香到。前番伤心，随风尽扫。

《步步蟾·秋词》

水面浮蓝山削玉。金风剪剪敲寒竹。芦花万里白依依，树色霜凝红染绿。　莹彻蟾宫娥独宿。瑶阶独步秋怀促。不如径来篱下菊花香，闲坐抚瓠弹一曲。

《一剪梅·冬词》

玄冥播令满关山。鸿已南还。雁已南还。朔风凛冽雪漫漫。遍倚栏杆。倦倚栏杆。　拥炉尚尔觉青颜。坐怎能安。卧怎能安。起观姑射落尘间。花不知寒。人不知寒。

《风雨恨》

才何佳，情何好。一片才情撩客恼。客恼几时消。相寻不怕遥。　风忽起。雨忽至。深嗟咫尺成千里。雨伯风姨太薄情。春愁寥寂户常扃。几回梦绕桃源里，欲把千金买一晴。

《忆秦娥》

巧样妆。这娇娘。现是观音幻道场。若教铁石，挂肚牵肠。　书房好伴清光。人间万愿总寻常。何时与会，明日西厢。

5. 陈名琳（Trần Danh Lâm，1705—1777）

词一首收录于《百僚诗文集》:

《画堂春》

宦成名立却行年。彩旗高揭影翩翩。都门夹道竞称贤。平地神仙。　始也云霄联翮，继而廊庙比肩。江亭今日饯荣旋。他日耆筵。

6. 黎光院(Lê Quang Viện,? —?)

《西江月·船头晚眺》

秋月澄凝水面,金风缭绕桐枝。共游追想始交时。不禁暮春相忆。 椽笔得来龙句,汤尘堪写遐思。前程远大是相期。岂必花前共酌。

《贺圣朝·恭述》

皇州万宇韶光满。早报春花信。竹声除旧,桃符焕彩,楼台歌管。 金钟响引光华旦。正明星未烂。一声请跸,九成迭奏,清平协赞。

《春光好·饯户科陈大人(并语)》

吾只此行,一时临别赠言,想已在诗囊收拾去矣。但碧草绿波,风光可爱,而长亭分袂,当如之何。弟所以无不缱绻于情者,聊具一言,以相慰云。

春色好,雾烟轻。柳条青。黄鸟枝头向日鸣。弄新声。 梅驿一留一别,江亭如醉如醒。碧草不堪题别赋,几含情。

《宫中调笑》

春夜。春夜。歌管谁家唱和。可堪多少新声。令人思入秦筝。秦筝。秦筝。一曲巫山莫写。

7. 邓陈琨(Đặng Trần Côn,? —?)

词收录于《名言杂著·抚掌新书》:

《蟾宫闺怨·春夜怀情人》

皓娟娟月护松阴。爱一刻千金。度一刻千金。听声声枕畔虫吟。诉一曲春心。催一曲春心。 独寝也五更深。温一半短衾。冷一半短衾。相思梦中寻。怕一唱翰音。醒一唱翰音。的凄凉愁思难禁。念一度沉沉。望一度沉沉。

《雨中花·春夜怀情人》

阶外银蟾临玉案。这里最、凄凉庭院。带闷纱窗,花生饿眼,不管神魂乱。　　猛咱(听)霜宵寒怯雁。心病处、一场离怨。想浪度时光,芳容瘦损,误此风流汉。

《满庭芳·戍妇寄征夫》

闷倚高楼,愁横秋塞,鼕鼕钟鼓云间。霜花山色,此去行路难。离何堪忍奈,平生不过望夫山。谁语的,冤冤苦苦,孤衾骨欲寒。　　藁砧何处是,魂迷楚岫,梦到秦关。只黄昏又夜,明月初残。穿尽灯前冷眼,几回把镜泣孤鸾。肠断兮,凭谁担去,剖与君看。

《望江湖(南)·戍妇寄征夫》

自从别后守空帷。直到于今眉懒画,病愁腿(褪)却小腰围。欲啼恐人知。　　愁无奈,相见无片时。梦则怜郎身不到,花园几度蝴蝶飞。郎何日归期。(按:原作"梦则怜身不到"及"郎郎何日归期",应误。)

《满庭芳·征夫寄还》

鞭马登程,风尘作客,匆匆人去云间。黄花古道,别易见难。闷杀河桥秋色,行行处、绿水青山。也寄得,长亭牢落,云路戟枝寒。　　春花又今日,魂归故里,身在重关。正名韁多绊,贼甲未残。弧矢男儿多事,卿卿有镜莫惊鸾。归去也,印大如斗,领与伊看。

《望江南·征夫寄还》(一)

他乡迹滞未能还。落落悲笳吹夜月,忙忙征雁度长关。痴梦不相干。　　惊醒处,霜侵铁衣寒。料想闺中红脸妇,含情空自滴庭兰。怎不损芳颜?

《望江南·征夫寄还》(二)

沙场万里衽成帷。结发于君多壮岁,竜泉三尺解重围。英雄草木知。　　著手处,功名须及时。弃掷最非轻薄子,归魂多自梦中飞。平淮策马归。

《长相思 · 征夫寄还》

日流西。月流西。数载风霜满在携。魂断夜猿啼。　天色低。山色低。蹁踟征马未归蹄(啼)。辜负你深闺。

《南乡子 · 夺锦荣归》(二首)

书剑上长安。对策丹墀吐笔端。辞源流万斛,潺潺。跨了龙门万丈澜。

步月甲枝攀。诘对嫦娥在广寒。且道今朝非昔日,寒酸。布衣换却锦衣还。

8. 阮玉蟾(Nguyễn Ngọc Thiềm,? —?)

词收录于《名言杂著 · 抚掌新书》:

《蟾宫闺怨 · 春夜怀情人》

冷清清月射书轩。恼一段熬煎。催一段熬煎。恙(恁)嚷嚷意马心猿。度一刻如年。捱一刻如年。　相思也凭幽栏。听一声杜鹃。怨一声杜鹃。孤另也上牙床。抚一枕无眠。催一枕无眠。竟何辰和你团圆。做一对因缘。好一对因缘。

《雨中花 · 春夜怀情人》

只个灯儿和个影。谁念我、书斋孤另。况雨打梨花,柴门半掩,愁杀春闺永。　鸾凤佳期何日整。沉吟处、寒风越冷。正无枕捣床,梦见不稳,添却相思病。

《满庭芳 · 戍妇寄征夫》

车马出门,风尘极目,时时有泪难干。妆楼孤倚,镜揽怯愁颜。惆怅垂杨满地,离别后、却为君攀。断肠处,珊瑚帐冷,不睡五更阑。　时光容易过,月明一片,秋满千山。正戎衣欲寄,力捣风寒。灯下重书锦字,凭雁并信与君看。沙场外,何时解甲,奏凯言还。

《望江湖(南)·戍妇寄征夫》

夫君一去几时还。魂梦乍知青海外,望眸不到玉门关。红泪湿栏杆。　　心意苦,不奈朔风寒。料想黄云征战地,壮怀直拟斩楼兰。宁肯念花颜。

《望江南·征夫寄还》

自从弓马别鸾帷。远塞迢迢空盼望,寒山片片幔遮围。情许梦魂知。　　才眼去,也是合欢时。寄语少年娇丽妾,倚门休唱惜春飞。妆束时予归。

《长相思·征夫寄还》(一)

月投西。客头(投)西。惹得离愁满袖携。如啼却不啼。　　天又低。云又低。万里山川驷马啼。何年合锦闺。

《长相思·征夫寄还》(二)

长相思。短相思。愁对云边点点垂。登楼叹夕晖。　　计佳期。索佳期。笔黛浓将点月眉。青春不负伊。

《南乡子·夺锦荣归》(二首)

雄笔扫长篇。占了儒林第一仙。显姓扬名新得意,翻翻。螭陛擎天雨露鲜。

白面称青年。梓里香风引玉鞭。昼锦堂清萧鼓沸,喧喧。烛傍青娥共倒颠。

9. 阮辉映(Nguyễn Huy Oánh,1713—1789)

著有《硕亭遗稿》,收录词作:

《贺圣朝·岁初耀武》(押平韵,实为《眼儿媚》)

五龙楼上树龙旗。张皇我六师。甲兵拴束,象马突驰,聚正分奇。　　敖敖炮响动江湄。天声振四维。并用双行,一张一弛,文恬武熙。

《贺圣朝·长安春日》(押平韵,实为《眼儿媚》)

帝京佳丽入新年。春色艷阳天。水晶晓发,云母霄悬,气象万千。　　踏歌初拥彩棚前。日暖玉生烟。遍照光明,时调玉烛,颂播瑶编。

《阮郎归·投簪戏作》(原题调名《阮郎妇》)

三十年来岁月卿。曾兼吏隐名。慢慢今阶缩步/路上行。含章迪可贞/级驰笑此生。　　王通粥,季膺羹。风味有谁知。福江院静月长明。高吟诵太平/傲百城。

《桂枝香·遂初行状》

岳降不迟。正尼山孔水,演秀钟奇。丁年鲤庭绛帐,温枕董帷。皇天不负读书人,帖金泥、捷信遄飞。皇都得意,甲榜题名,喜慰双慈。　　念功名、千载斯时。遂策驽砺钝,画墁抽丝。东西南北,内朝外镇孜孜。参谋赞理奏肤公,又皇华、遥拥使麾。绿野归来,松风萝月灞桥诗。

《清平乐·书怀》

功成名遂,对菊寻梅潇洒。应住忘机悟道心,管得无穷自在。　　莲沼一奁绿水,柽巢四座春风。明月随高作伴,灞桥驴背诗筒。

《菩萨蛮·闲中述事》

沼鱼园菓禾栖亩。成家正在经纶后。贫居胜富人,高吟对白云。　　青青三径菊,使便五经腹。抠衣趍鲤庭,八九子小生。

《南乡子·乡居即景》

竹径四时春。屈乘扫石静尘氛。天籁吹成萧管韵,摇闻。不可一日无此君。　　岭上兼白云。老年还羡葛天民。卖刀买得春耕犊,雨襦斜笠,闲人是贵人。

《西江月·登文笔山》

紫削嵚嵌砚硉,绿翘蒨蔓缤纷。掠镜擢鬟来媚人。多少龙骧豹隐。　　天影三山半落，沙洲一水中分。丹青班驳染成文。遮莫堆螺列笋。

《渔家傲·书怀》

乐世闲身岂易求。香山绿野更无忧。静与道谋非食谋。四宜休。归计何嫌笑沐猴。　　山履翻从鹿豕游。诲来且棹苦吟头。灞桥驴背五湖舟。月一钩。奚囊佳句足长留。

10. 吴时仕（Ngô Thì Sĩ，1726—1780）

字世禄，号午峰，越南后黎朝末期历史学家、文学家、儒学学者。越南吴家文派代表之一。吴时仕原籍青威县左青威村（今属河内市），景兴二十七年（1766）考中进士第一名，是为该科庭元。翌年担任东阁校书。后前往清化担任宪察，在当地因科举考试的过失而罢职还乡。不过，郑主郑森要他抄写《平南日历》，因此将他召回，担任郑主幕府的书翰。1775年为翰林校尉，1776年负责校正国史；1777年为谅山镇守，1780年卒于任内。吴时仕著作有《越史标案》《午峰文集》《英言诗集》《二青洞集》《观澜十景词》《义安诗集》《吴氏家训》《保障宏谟》等。其词记载在《英言诗集》《英言诗集》（下）和《午峰文集》中。

《英言诗集》记载吴时仕437首诗与词，其中词7首：

《满庭芳·偶成怀次室》

旅旅卢卢，言言语语，勤勤你你卿卿。铿铿衎衎，步步又声声。种种忻忻，恋恋曷匆匆，草草行行。夜夜依依忽忽，见袅袅娉娉。　　双双成踽踽，忡忡郁郁，黯黯惸惸。痛茫茫杳杳，梦梦醒醒。恳恳如如觉觉，常昭昭了了惺惺。夫夫妇妇，恩恩爱爱，记世世生生。

《苏幕遮》

天包含，地持载。人生其中，又递迟一会。长存正合三相对，那里天独在。　　势倾朝，颜绝代。转睫成空，忽然如龙迈。沧茫只作无情待。千古戏场，借渠当傀儡。

《蝶恋花·冬夜伤往》

忆起久年寒尚早。桑灰檀烟，画屏中对烧。玉怀取暖争耍笑。笑道宜人寒似好。　　如今客舍西风峭。剩枕半衾，愁听号寒鸟。倍怜重土藏花貌。冷落孤眠何日晓。

《惜分飞·述梦感怀》

枕边人去辞花室。令落素弦清曲。独挑残烛。思君几度偷眸哭。　　形疏影远恰孤呆，霎时亲香近玉。不晴更漏促。何时锦被双栖宿。

《一剪梅·白河书事》

千岩如拱水如奔。烟气朝暾。岚气黄昏。一条路入白河源，屋见天根。　　问何讲诱住何村。何倚何村。何禁何村。樵夫立担为予言，后有榔团，前有禁门。

《采桑子·扶烈夜泊》(原题《生香子》)

水去东南无昼夜，人□东西。千里江溪。问君何事苦栖栖。　　渔村炊晚禽归暝，柳渚烟迷。遥望前堤。隐隐灯光几店低。

《喜迁莺·送阮校讨出督谅山》(原题《乔迁莺》)

九重龙旨。命使君出督，谅山重地。国家籓篱，朝庭赤子，条件总关处置。迢迢母山千仞，漠漠团城万里。到此处，想恋阙怀乡，十分情致。　　情致。何须道，自古男儿，要一方孤矢。幕府上功，神京报政，早晚又来朝陛。短亭如此暂别，奚用闲言相慰。且行矣。须云台事业，方将得意。

《英言诗集(下)》开头有《观澜十景词(并引)》:

时余在义安试院，公暇，忽想在清化时游巢之兴，恨无长房术，得时临观。念巢前一山一水一花一石，如与故人别久，思一觌面。复为十词，形容诗中未尽之意，以写悠悠之情云尔：

《小重山·庆鹏列幛》

迎熏座上静观澜。梁江襟一水，带重山。那苓平峰相对看。双展翅，好似锦屏栏。　　何处响潺缓。垒空号地籁，激奔湍。天将砥柱植江关。山左右，帆在石中间。

《定风波·梁马双帆》

梁江水合马江流。征舶乘潮各上游。东岸帆交西岸去，何处，溯源瑞永是前头。　　纷纷如蝶相迎送，遥望，两岐无数往来舟。谁家短笛芦中唱，惆怅，月淡烟斜江又秋。

《浪淘沙·石象浴河》

浩淼碧泼间。何物蟠旋。吐潮吞汐勇回澜。激水江中时露顶，如象一般。　　出脚本来山。屹立当关。区区羁锁不相干。壮气雄威横宇宙，背上成斑。

《卜算子·岭龟出水》

山石久藏龟，龟与山为一。一朝缝石忽中开，背书龟踊出。　　临江幛水回，耸起冲霄笔。停杯问尔瑞云何，预文巢父室。

《醉花阴·古渡旗亭》

盘阿山下梁江渡。竹石村廛古。柳岸出孤舟，多少问津，往度来程路。　　数椽酒店彷深树。行客东西住。隔岸见归僧，隐隐山钟，烟锁寒江暮。

《巫山一段云·远岑烟树》

遥遥瞻隔岸，隐隐见参天。某岩某岛秀当前。烟树碧桐连。　　半空烟莽漠，弥岭树芊眠。晨岚暮霭总苍然。疑树又疑烟。

《武陵春·孤村茅舍》

江边错落住谁家，翠竹影沧波。不闻鸡犬见桑麻。溪外泛桃花。　　槟榔隙处柴扉山，人经去无多。远山烟起夕阳斜。儿童骑犊过。

《西江月·隔岸禅林》

隐约数峰挂石，参差一簇临涯。松篁深处见楼台。问是人家僧舍。　　塔影晴穿岩径，钟声午报禅斋。行行有客过江来。寺在太平山下。

《渔家傲·山下渔矶》

梁江江上悬崖岛。那山山下浮洲草。网罟成村蓑笠道。江潮早。拔篙石窟飞渔棹。　　鱼虾满载晨炊饱。泛舟深港沽村酒。醉歌一曲沧浪好。蓬窗倒。拳足戏童呼妇笑。

《少年游·江中牧浦》

航楫双流。烟波四顾，那得有来牛。九十聚犉，五三戏犊，往来狎晴鸥。　　浮洲一带江心现，翠草饱芳洲。浅岸肱靡斜阳背，笛闲却，牧儿游。

《午峰文集》为吴时仕的文集，共72篇，包括诗、幛子、碑记等，词作有2首：

《望江南·重阳无诗记》

重阳日，风雨满城来。飙馆阴浓斜雁陈，龙山肤合湿残苔。直待黄花开。　　菊花晚，争似桂花裁。月殿一枝攀入手，天香万斛把盈怀。岂负重阳杯?

《增字桂枝香·三科进士贺知贡举、吏部尚书沛川侯帐叙》

东岳灵英。毓熙朝瑞凤，吾道景星。甲科盛选，文昌几度司衡。未戌丑、二十五春风次，忻忻桃李满阶庭。光霁时亲雅宇，茂悦倍恒情。愿台缠、寿曜共晶荧。　　昔有裴尚书，三番知贡举，同时入彀，济济位公卿。选中次第循模楷，山斗贲鸿名。话谱长留在汗青。

今千载、跂谈旷事，古韵好重庚。庚些韵、三典礼闱，年八十、门生门下见门生。

11. 范阮攸（Phạm Nguyễn Du，1739—1786）

著有《石洞先生诗集》。这本书由后人编辑，有两集，一共有433篇作品，包括古风诗、近体诗、喃诗、句联等。词作从第七十六首开始，共5首，连在一起。五词都是言儒士的隐逸趣味。范阮攸之词带着想脱离世俗的态度，以高僧、道士为榜样，在"万众离开红尘处"寻找清闲、逍遥。

《行香子·赠堪轩》

买古为田。营堪成轩。居尘嚣、别具林泉。囊堆诗纸，袋满酒钱。另莫愁老，无羁客，不炼仙。　　初醒课子，半半闲读，易勘通、一任苍天。拥膝长叫，抱书高眠。看且至时，将到日，又来年。

《月中行·题武官画图》

近处山连远处山。山寂水无澜。长松百尺倚层峦。东风试不寒。　　寺闲日高僧未起，轻船客棹过危滩。寻常天上与人间。别占一壶闲。

《青玉案》

一壶景色清何许。甚处可曾相似。□疑蓬洲与牛渚。松东不动，禅关深钻，或说飞来寺。　　渔儿独立烟波次。除却扁舟无别事。古来孰得闲如此。山楼孤耸，高人散步，懒问他名字。

《一斛株》（原错记为《二斛株》）

幽居岑寂。孤塔横山枕壁。中间道士无踪迹。何处相寻，笑指乘驴客。　　尽日不言人亦石。树色长霜色白。几旬棹过渔溪窄。到底从容，红尘千万隔。

《行香子》

闲倚孤山，仰观太空。见分明、至理浑融。月□白碧，春树乃红。养一生愚，千日懒，四时慵。　　马上人热，车中客恼，看如何、那骑驴翁。吟囊纳月，道袖生风。饶十分智，千端巧，百般工。

12. 越南春君公阮俨（1708—1775）的门生

《鸿渔昼绣录》这本书的内容是记录阮俨退出官场以后的事情。包含句联、诗歌等，是他的朋友、徒弟等给他的祝贺文字。此书中有1首汉词《昼锦堂》，由阮俨的门生创作于1772年：

《昼锦堂·门生恭贺大宗师春郡公院尊台致仕荣乡词》

天佑斯文，帝生贤辅，表仪绅胄通班。历赞三朝治化，称德丕单。左辟宅师伊责副，迓衡昭义旦功完。浩然先，格引闲耆，游兴逸香山。　　些闻。斑衣舞，霓裳曲，高堂双庆朱颜。最喜家贤济美，舄奕卷抟。伫瞻蒲驷宾枫陛，重会冠绅拜查坛。齐声祝，稠叠绦人甲子，天下繁安。

13. 越南汉文小说《花园奇遇集》（18世纪末）中词作作者

《如梦令》

正倚花栏桥上。忽见玉人音向。潜步看芳姿，不顾环声喨。心想。心想。何日花园玩赏。

《西江月》

月下佳人玩景，风前才子摇琴。徐徐启步渐窥，忽见推弹递起。　　长叹一声何恨，欲成百岁佳期。何时君子遂初心，不负相如一曲。

《临江仙》

一睹娇姿肠欲断，满腔心事与谁悲。千思万想约佳期。园中花如锦，月下客如痴。　　我欲将心书未素，递怀一首新诗。客情无聊倍凄其。但愿花前一话，解我寸心悲。

《南柯子》

远寺钟声响，依稀梦不成。游仙神绕夜三更。掩卷长嗟短忆、□花生。　　桂树飘飘绿，长空皓皓清。秋风秋月太无情，空把一腔幽恨、醉酩酊。

《清平乐》

寒钟报晓。玉女探花何早。一言解得心头恼。安用信传青鸟。　　韩生犹托小红。况吾所遇不同。不日佳音报到，整衣登广寒宫。

《眼儿媚》

园中桃柳正菲芳。风送览凄凉。柳眼流涕，桃腮含泪，断尽人肠。　　绿梅飞染雪霜。幽闺一断肠。秋思若水，春心似醉，别恨空将。

《朝中措》

星斗上银河。长天万里赊。倚阁风飘可恨，纱窗月照堪嗟。　　绣衾牢抱，芳心如醉，愁乱如麻。抱枕长叹短叹，孤凄将奈如何。

《忆秦娥》

桃花笑。桃花酷似伊年少。伊年少。袅娜娇娆。清新窈窕。　　八字双眉含俊俏。一见令人增万恼。增万恼。幽恨添新，游仙神绕。

《桃源忆故人》

一见广寒，仙子嗟美。踽踽愁心乱意。对景关怀难已。又恨相思如水。　　倚遍斜阳空忆彼。何时绸缪翡翠。借问蓝桥何处是。解我芳心醉。

14. 潘辉益(Phan Huy Ích,1751—1822)

潘辉益,字之和,号裕庵、德轩。潘辉益的汉词集中在《裕庵吟集》里。《裕庵吟集》记载他的生平:"景兴三十六年乙未科会元,庭赐同进士出身,授吏部右侍郎,往北使回,升侍中御史、礼部尚书。"他主要生活在西山时期,是西山王朝期间最有名的诗人之一。在诗文创作上,他多用喃字,兼工汉语,诗文数量较多,诗有600多首,各类文章400多篇,这些诗文均收录在《裕庵吟集》和《裕庵文集》中。

《裕庵吟集》中的《逸诗略纂》部分在头一页记载:"起庚寅季春迄庚戌初夏,内颂一篇,七言律百十六首,小律二十六首,五言律十二,小律十首,词一调。"词作如下:

《满庭芳·己酉冬,奉拟谢福总督锦轴词调》

宏润流光,高崧毓德,宗臣派出仙源。文经武纬,品望盖中原。表里青籓黄阁,鸿谟伟烈赞贞元。真正是,弼星降世,八斗耀天垣。　　乾旋。参化纽,春风扇暖,冬日舒温。神功归太极,夫子无言。稠叠昆山渥水,七襄云锦下天孙。施泽普,遥歌戏款,献上棨衣辕。

《裕庵吟集》中的《星槎纪行》曰:"起庚戌仲夏迄季冬,内七言律七十六,五言律二首,五言排律一首,五言古一首,赞一首,词与曲十调。"在词前面标有"钦祝大万寿词曲十调",并讲明作词的来源:"春季入觐,议成,余奉拟祝嘏词十调,先写金笺,随表文投递。"所以,只有10调12首词作而没有曲作。词系祝清朝乾隆帝七十寿:

《满庭芳》

山海钟英,阴阳合得,弥纶乾始坤生。缓猷维后,岂弟作仪型。八袟台黄得寿,乾乾不息体天行。真正是,圣人久道,万化妙裁成。　　鸡寒逢盛会,光回宇宙,庆满寰瀛。荒陬归闼户,葵藿似诚。宸极煌煌日绚彩,四旁旋绕拱群星。铜柱外,普覃恩渥,瞻仰效山声。

《法驾引》三首

庆穰穰，庆穰穰，寿无强。虹渚在辰添海屋，螭阶有穆引天香。仙仗翕趋跄。

风招邀，风招邀，响笙箫。驿路九千通玉帛，宸垣咫尺接钧韶。衮冕见轩尧。

月团团，月团团，照管弦。宫扇光回霓羽宴，御炉暖出绮罗筵。翰羽到钧天。

《千秋岁》

秋秋皎皎。祥云华黼藻。桃始熟，椿未老。道德应纯嘏，训彝敷久道。希奇事，中国圣人兼寿考。　　健行符大造。柔附绥遐徼。所照所至，时怙冒。宸禁仰清穆，明堂虔舞蹈。将葵悃，久祝赓天保。

《临江仙》

丹霄灿烂秋云晓，天门次第重开。飘飘霓羽月中来。韶音和玉府，岁酒馥金杯。　　九采冠裳歌圣寿，山声响彻蓂阶。新潘玉帛仰柔怀。祥光瞻彩仗，和气畅寒崖。

《秋波媚》

中天紫极灿秋光。帝祉保悠长。圣人多寿，星云协庆，岭渎呈祥。　　枫庭馥郁御炉香。班列奉瑶觞。天家盛会，九阶鼓吹，万国梯航。

《卜算子》

皇图日月长，圣德乾坤大。春盖瑶池醉碧桃，寿纪同山海。　　灿烂紫垣高，渥优洪泽沛。莺歌风吹绕仙洲，喜溢明堂外。

《谒金门》

崒屼南山齐寿，辉耀比辰在睹。休嘉骈出羲轩古，艾臧膺景祚。　　道化成恩泽溥。举垸埏同闼户。明堂玉帛遵侯度。唱时虔祝嘏。

《贺圣朝》

圣功巍荡乾坤瑞，彩耀宸垣。春融万宇，祥微云色，度协山言。　　海陬地远，覃教声共，球觐帝关。天威咫尺，香风馥郁，恩渥便藩。

《乐春风》

春醉桃英，香浓桂秀。银蟾当牖。祥云缥缈，琼楼玉宇，钧韶传奏。　　万国衣冠灿烂，千行鸳鸯，阳光和照。承恩贶，枫陛彤弓，湛路媚祝。亿斯年圣寿。

《凤凰阁》

阊门开皇道，九重清穆。丹凤楼前鸾辂肃。璀璨簪丽服，炊金浮玉。咸韶响彻、齐声祝。　　檀香喷暖，宫扇五云阙。钧天迭唱瑶池曲。河汉曙、仙筹引，千秋海屋。长照耀、尧阶玉烛。

15. 杜令善（Đỗ Lệnh Thiện，1760—1824后）

《金马隐夫感情泪集》中词作：

《临江仙·冬过慈陵值云阴敬感作》

父母劬劳天海伤，裹毛剧切情深。松楸遥睇泪沾襟。万古幽愁地，千秋愧怍心。　　路旁迤逦情如醉，岭云一片沉吟。幽灵幸相此精忱。霾雾开红日，青岑散暝阴。

《苏幕遮·冬夜独坐》

冬夜长，冬雪冷。遥忆闺情，坐对寒灯影。哦诗烹茗心泉醒。何处蛩声，唧唧愁那咱(听)。　　月穿□，云度岭。乡思羁情，莫写愁中景。理会此间欲静。鸡店一声，喜已东明镜。

《长相思·冬夜忆闺》

悠悠我心悲。长相思。酷相思。都在孤衾半枕时。真情许梦知。

《西江月·冬夜忆闺》

娘是娆娇淑女，我为才隽文人。文人淑女两相怜。久属红丝牵引。　水月自谐两姓，瑟琴好合十春。红颜遽意多分屯。空抱此生别恨。

《西江月·旅怀》

擢第喜光家业，登朝倏值国屯。乡情旅思两纷纭。父母妻孥何在？　种种羁愁萦抱，悠悠闺泪沾巾。皇天有意相文人。早愿否祛为泰。

16. 范廷琥（Phạm Đình Hổ，1768—1839）

范廷琥号东野樵、赵琥。他是越南18世纪末19世纪初期的著名诗文作家与学者，著作涉及文学、历史、地理和语言研究等不同领域。文学著作有《雨中随笔》《东野学言诗集》《松竹莲梅四友》以及与阮案合写的《沧桑偶录》等作品。

范廷琥的《珠峰杂草》收录了他的各种文学类作品，其中在“诗余”的部分收录了6首汉词。

《小梁洲·问所知》

蕺蕺他乡一旅人。无雁访衡云。枣梅林海陇。关山千里，临风对月，愁思纷纷。　每思君子来，犹忆飞书赠，旅况转生春。叵奈时光，星霜荏苒，春来冬去，触绪伤神入梦频。

《千秋岁·拟从甥阮子辉瑾寿其外大母》

柳抽花吐。恰值韶光首。东日暖，条风煦。三春醅正熟，八表庚初度。陪舅母。庭前缭绕斑衣舞。　堂上慈颜慰，膝下余庆裕。老干茂，孙枝秀。未能成宅相，且共介眉寿。看年年，长八千春仙树。

《满庭芳·拟武兄乃翁襄事题帐》

人也何辜，天之不吊，无如大冶簸扬。今朝昨日，转眼忽沧桑。忆昔怡愉膝下，槐阴里、点缀韶阳。休提是，痴儿不肖，尘滴未堪偿。　　回头团聚日，韩桐艺绿，窦桂栽香。灵椿傲雪，秋菊凌霜。谁道化圈颠倒，无计挽、蓬岛游缰。南极外，一星灿烂，翘首望清光。

《步蟾宫 · 贺刑部侯弟就赘同部参知之女》

深深绣闼千金价。喜正是、枌榆旧社。珩琚图史大家风，郎才女貌双双可。　　红丝幕里斯牵过。好谱作、词林佳话。满城士女庆喧阗，秋曹卿亚成姻娅。

《贺新郎 · 贺刑部侯弟就赘同部参知之女》

莲沼香风细。况分明、绿阴鸟啭，夏交秋际。裘马翩翩新结束，来自浓山珥水。道是奉、部堂钧旨。历览山水闲，礼数兼优文致。　　合卺遥前花烛下，一对天然佳丽。百年共、清华福履。更勉君、尽书窗弩力。大登科继，小登科喜。方不忝，此门地。

《西江月 · 拟武生外翁祭堂题登》

弧矢四方壮志，韬钤奕世遗风。早投笔砚事从戎。定远嫖姚伯仲。　　六六筹添海屋，三三驾迈仙踪。桑沧苏块拥尘垄。明月清风长共。

17. 阮行（Nguyễn Hành，1771—1824）

《观东海》《鸣鹃诗集》中词作：

《满庭芳 · 南窗》

鸿岭云高，碧潭月静，村烟岸树重重。两江一带，荡漾夕阳红。敛入故园光景，衡门下、可以从容。方池外，芭蕉杨柳，并水木芙蓉。　　庭中。观不尽，黄花翠竹，怪石苍松。总诸般书册，几个孩童。随意啸吟自乐，闲来放、一枕南窗。终日觉，惺惺如也，茫（潇）洒主人翁。

《沁园春·南窗》

人心惟危，道心惟微，云何把持。唯端视审咱(听)，寡言慎动；默调鼻息，静摄心思。收敛精神，豁开襟量，内外都忘知我谁。常如是，即事来无事，美以制之。　　不为然后有为。只顺理而行，无碍处依。到毋意毋必，毋固毋我；磨而不磷，湼而不缁。月白风清，鸢飞鱼跃，蔼然天地归。成就处，举一圈太极，体得无亏。

《满庭芳·贺叶镇超成侯母七十寿》

阔海储精，神丁山名孕秀，妆台妙降玉真。当年作合，琴瑟友嘉宾。毓得一枝丹桂，滋培藉、厚德无垠。清风挹，陶欧千载，贤母出名臣。　　维新。隆盛世，子重镇、母太夫人。灿盈门珠紫，列鼎甘珍。七秩婺星炯彩，高堂晏、乐意欣欣。歌管会，锦衣献寿，媚祝万斯春。

《念奴娇·赠医者》

开天一昼，原医道、乃自吾儒流出。重重方书虽假托，施用一般是寔。振起沉疴，挽回天极，务尽吾仁术。积功到处，良医良相如一。　　慨自儒道不行，太和都变了，医家多疾。赞化调元希妙手，凭藉笼中参求。造物分功，生民系命，戒子全无失。壶中闲暇，擎杯谈笑弥日。

《满江红·北城送春》

公子王孙，重来访、皇都春色。回首属、楼台城市，已非畴昔。往事依依浑若梦，新愁缕缕长如织。最无端、漂泊可怜身，经年客。　　尘埃里，谁相识？朝过了，还谋夕。把一春乐事，等闲忘却。不惜烟花零落尽，只愁岁月虚抛掷。怅生平、怀抱未曾开，头空白。

《浪陶沙·北城新春为人题》

都会古升竜。胜事重重。浮云不定水流东。惟有春光依旧在，柳绿花红。　　安用叹飘蓬。随在从容。高朋满座酒杯浓。素位风流真可乐,乐兴人同。

《吴山齐·三叠山》

叠叠山。又叠山。三叠山雄交爱间。平明人度关。　　上山难。下山难。山路其如世路艰。浮云殊未闲。

《树梢青·七感集歌》

往古来今。忠臣烈女,感慨相寻。铁石肝肠,冰霜节操,长使人钦。　　我来自托悲吟。想吟处、精灵照临。用妥幽馨,专扶世道,还证初心。

《浣溪沙·秋月辞》

卷尽浮云见月光。秋天无处不清凉。倚楼闲兴月商量。　　明月有情应笑客,经年何事未还乡。徘徊今夜意难忘。

《浪陶沙·槟榔词奉呈南策府东堂裴贵台》

此地好槟榔。味等琼浆。可怜市价却寻常。物不离乡那得贵,人故离乡。　　不树自联房。瞻望东堂。旅游何敢渎恩光。徒抱如丹心一片,口绣维章。

《浣溪沙·北城春暮》

重到龙门使我思。江上虽是昔人非。奈何春晚尚流离。　　安用千金求骏马,也曾一饱解缁衣。为谁羁绊不能归。

《卜阑干·北城再遇清明节忆旧游人》

春光犹恋帝王州。争奈客心愁。乱后繁花,旅中滋味,总觉为秋。　　清明辰节还来了,人也不同游。独自吟诗,欢然煮茗,冷淡风流。

《卢美人·北城旅怀》

纷纷世局何时定。满目伤心景。无端又向市城来。正是不关名利也尘埃。　　故园一别青春再。松竹依然在。君问何事却迟迟。应为珠桂留恋不能归。

《诉衷情·代婿作哀挽词》

八旬金母返瀛洲。尘世岂能留?有情含泪攀送,不见使心愁。 龙城外,珥水流。去悠悠。瑟衣舞散,蒿里歌残,从此千秋。

《诉衷情·前词为子述》

哀哀我母竟何之。七十果然希。至哉母也,天只感慕曷穷时。 弹血泪,挽灵輀。送将归。云迷三岛,月落西湖,万古于斯。

《上西楼·思乡》

故乡何日归来。意悠哉。不恨此身漂泊、恨无才。 时变易。人离析。尽堪哀。只有一腔忠孝、望乡台。

《如梦令·悼亡代作》

此日锵锵鸣凤。今日断肠声送。聚散忽匆匆。总被化儿撩弄。如梦。如梦。只有鳏夫情重。

《法驾导引·哀挽代作》

瑶池路,瑶池路,金母此回归。四十余人同泣送,春云秋暗不能飞。邻里亦依依。

《门前过》(自度曲)

独自闭门卧。车马门前过。赤白熏人尘满头。君今何苦不肯暂时休。

18. 范彩(Phạm Thái,1777—1813)

《梳镜新妆》中词作:

《西江月》

莺燕唛嗱唫客,鞊花汉许惆埃(平,押韵)。飅春海海逐迻馸(平,押韵)。易遣悉疏贝緆(仄,叶韵)。 湿倘梭莺繸柳,春升粉蝶耒梅(平,押韵)。武陵賖演别包沩(平,押韵)。坤晦桃源兜些(仄,叶韵)。

《西江月》

厌厌幔霜待客，清清鞩月徐埃（平，押韵）。佳人才子氽舂趴（平，押韵）。郑想心情添繻（仄，叶韵）。　派派颸�茉柳，抛抛雪点梗梅（平，押韵）。嫰高振乞潋赊沩（平，押韵）。埃别蓬瀛压些（仄，叶韵）？

《一剪梅》

雪霜落度月熑熑（平，押韵）。桂滐香迻（平，押韵）。莲滐香迻（平，叠韵）。拽落逪空雁朗篕（平，押韵）。莺拱蜍於（平，押韵）。蝶拱蜍於（平，叠韵）。　茉梧颸哏萝巴初（平，押韵）。梅坞形疏（平，押韵）。竹坞形疏（平，叠韵）。曲夜清歌窖项啊（平，押韵）。宫广赊赊（平，押韵）。桥鹊赊赊（平，叠韵）。

《一剪梅》

腠燸域域紏嫩膴（平，押韵）。兰倘香迻（平，押韵）。菊倘香迻（平，叠韵）。歪印文色渃撑篕（平，押韵）。莺呐幽於（平，押韵）。燕呐幽於（平，叠韵）。　翻帆渚月颸�初（平，押韵）。敛点牢疏（平，押韵）。法派霜疏（平，叠韵）。征人喲笛嘲於啊（平，押韵）。韶乐空赊（平，押韵）。火会空赊（平，叠韵）。

19. 胡春香（Hồ Xuân Hương，1772？—1822？）

《瑠香记》中词作：

《江南调·述意兼柬友人枚山甫》

花飘飘。木萧萧。我梦卿情各寂寥。可感是春宵。　鹿呦呦。雁嗷嗷。欢好相期在一朝。不尽我心描。

江泼泼。水活活。我思君怀相契阔。泪痕沾夏葛。　诗屑屑。心切切。浓淡寸情须两达。也凭君笔发。

风昂昂。月茫茫。风月空令客断肠。何处是滕王。　云苍苍。水泱泱。云水那堪望一场。一场遥望触怀忙。

日祈祈。夜迟迟。日夜偏怀旅思悲。思悲应莫误佳期。　风扉扉。雨霏霏。风雨频催彩笔挥。笔挥都是付情儿。

君有心。我有心。梦魂相恋柳花阴。诗同吟。月同斟。一自愁分袂，何人暖半衾。　莫弹离曲怨知音。直须弃置此瑶琴。高山流水晚相寻。应不恨吟叹古今。

君何期。我何期。旅亭来得两栖迟。茗频披。笔频挥。一场都笔舌，何处是情儿。　好凭心上各相知。也应交错此缘缔。芳心誓不负佳期。[……]

《少年游》

琼筵坐花。飞觞对月，风流属谁家。李子挥毫，徐妃援笔，思雅入诗歌。　[……]今夕是如何。促席谈心，回灯叙事，抚笔一呵呵。

《春庭兰》

月斜人静戍楼中。卧啗(听)铜龙。起啗(听)铜龙。夜半哀江响半空。声也相同。气也相同。相思无尽五更穷。心在巫峰。魂在巫峰。恩爱此遭逢。闲倚东风。倦倚东风。　一园红杏碧青葱。繁华惜已空，今朝又见数枝红。莺儿莫带春风去，只恐桃夭无力笑东风。风清月白，把奇香、入客吟中。

《秋夜有怀》

夜深人静独踟蹰。云楼酒冷银环半，水阔风长玉漏孤。花花月主人吾。　春寂寂，春兴不多乎？雁影何归云自住，蛩声如诉水空流，岁晏须图。

20. 吴时香(Ngô Thì Hương,1774—1821)

《梅驿诹余》中词作：

《千秋岁·履永延臣国王》

斗柄初旋，候虫正蛰，圣寿八千方五十。祥凝瑞翕□极照，耀向衮龙光熠熠。介辰厘，萧韶奏，山千立。　　皇天申休命用集！圣人致和福用集！安事乔松呼与吸！□恭寅畏黄金饵，操存省勑丹砂粒。寿无疆，重咏九，□诗什。

《贤圣朝》

奉琛万里朝嘉旦。济济衣冠灿。一堂春色，上堂绅□，下堂歌管。　　景星庆云开纠缦。愿龟龄鹤算。如日若月，运行不息，昭回天汉。

《清平乐》

福岁玉食。永建中和极。位禄寿名归大德。四海九□是式。　　车书文轨攸同。泰山盘石增隆。亿载光华帝旦，□如今日春风。

21. 朱允致（Chu Doãn Trí，1779—1850）

《谢轩先生原集》中词作：

《南歌子·代拟宣光参协夫人祭幄》

回首燕台月，伤心汉苑春。周全三载凤羊姻。暂别谁知永诀、泪沾巾。　　箧断回文锦，奁□宝镜尘。此生抱恨似安仁。不觉他生肯共、白头新。

《桃源忆故人·代拟宣光参协夫人祭幄》

琚璜韵在瑶台迥。上苑依稀光景。花晚不堪霜冷。奈此春冰命。　　几回懒把褕衣整。剩有啼声堪咱（听）。三十余年人境。未熟黄粱顷。

22. 潘辉注（Phan Huy Chú，1782—1840）

《华轺吟录》中词作：

《更漏子·潇湘夜雨》

响萧萧，声瑟瑟。滴滴恼却，秋江旅客。万山寂，一流寒。烟光缈茫间。　残灯影。孤衾冷。枕上关河梦醒。三楚思，十年情。淋漓夜五更。

《西江月·洞庭秋月》

迢递九江烟浪，沧茫千里湖山。一轮桂魄夜团团。照彻素秋景色（叶韵）。　岳浦展开明镜，湘峰点缀云寰。几人携酒泛重澜。解倒巴陵清影（叶韵）。

《浪门沙·远浦归帆》

翠岭拥长流。烟水悠悠。忽从天际见归舟。樯影凝茫天外树，浩缈汀洲。　斜照暮溪头。言望踟蹰。凉飙吹动白蘋秋。满目关山随处泊，烟景夷犹。

《惜分飞·平沙落雁》

远浦衔芦秋弄影。草阵行行对整。萧瑟西风冷。斜阳沙向沧洲静。　万里云烟江路永。暮宿朝飞无定。关山消息迥。顾倩传书通桂岭。

《梅花·江天暮雪》

林萧紫（瑟）。水寂寞。朔风吹散冰晶落。雨乍阑。波增寒。银花万朵，堆满几重山。　梅林吐艳光争洁。清晖照对高空月。芦苇津。归棹人。孤蓬舒眺，诗思彻寒云。

《小重山·山市晴岚》

翠巇苍岩霁景重。庯廛何处是、半云中。鱼虾蔬菜路西东。人来往、斜影照层峰。　几多野客渔翁。晚阳沽绿酒、醉清风。林光溪色淡还浓。舒望里、依约武陵丛。

《渔家傲·渔村夕照》

夹岸峰峦烟景寂。沧江迢递萦洲碛。孤村几簇芦花白。斜日下，残红缭绕云山碧。　寒浦西风吹短笛。岩溪隔断红尘迹。绿蓑青笠饶闲适。好光景，清吟触起潇湘客。

《霜天晓角·烟寺晨钟》

蒲牢远叫。响八江窗绕。借问起从甚处，岩上禅关清晓。　烟岚寒缭缈。征人迷梦杳。枕畔数声唤起，坐对云山悄悄。

23. 李文馥（Lý Văn Phức，1785—1849）

《巫山一片云·九月二十四日抵寓》

序历三时久，人徙万里归。家山无信息，黄花解语故依依。　夜黑频烹茗，窗红尚掩扉。诗书非懒读，秋情半逐故乡飞。

《江城梅花引·独坐》

微微朔吹拂庭阶。秋绕过，冬又来。旅邸凄凉，还与影伭徊。方脱水中鱼，更望天边雁，情到处、总开怀。　又开怀。看花谢，看花开。夜深入梦又开怀。犹疑是、海角天涯。学语喃呢，三五伴书斋。笔架诗筒时对，儿童作还，好消息、待江梅。

《千秋岁·恭遇孟冬时享作》

寒飔淡霭，一天日朗。侧耳听，环佩响。圣情重孝理，殷勤陈时享。在其上。洋洋乎一陟一降。　百尔仙仗。遥遥肃瞻仰。馥也郁，不知量。区区此一片，仍作当年想。彼既往。奚与乎荣枯得丧。

24. 阮福晈（Nguyễn Phúc Đảm，1791—1841）

《一剪梅·红白莲花》

见红霞放白荷开。他乃新栽。此亦新栽。南风一阵忽吹来。人也徘徊。我也徘徊。　若登寿域上春台。红似霞杯。白似琼杯。岁月莫须催。诗酒相陪。笑语相陪。

25. 何宗权（Hà Tông Quyền，1798—1839）《诗文杂集》中词作者

《满庭芳·尊堂双寿筵词》

桂海流辉，紫峰裕荫，冠绅琚瑀齐芳。同庚配俪，寿岂协嘉祥。团双镜、瑞彩焜煌。真正是，家门乐事，后辉而前光。　　台黄征吉址，茂偕松柏，高并山岗。介眉开胜席，日月照逢阳。京邸怡愉椿帐，故岩复媚萱堂。继今后，十年一节，引翼庆流长。

《锦堂春·姻族寅贺双庆寿筵词》

鸿岭风光不老，柴岩烟景重新。达人清福山齐寿，颐养一腔春。　　中馈琴瑟乐友，满街芝桂芳芬。耆筵双寿逢初度，乐意此中真。

26. 梅庵公主（Mai Am，1826—1904）

《妙莲诗集》中词作：

《望江南·佳节赏元宵》

江南忆，佳节赏元宵。银烛金樽湖上宴，红牙紫袖月中箫。小立赤栏桥。

《望江南·消夏赋闲居》

江南忆，消夏赋闲居。荔熟浦湖催客宴，花开夹路导慈舆。风景未曾虚。

27. 阮黄中（Nguyễn Hoàng Trung，？—？）

《阮黄中诗杂集》中词作：

《梦江南·望春集古》

好春节，云物望中新。心似百花开未得，出门都是看花人。毕竟是谁春。

《忆王孙·秋夜不寐集古》

孤灯挑尽未成眠。枕上真成夜似年。月落乌啼霜满天。别神仙。只是当时已惘然。(结句一作“零落残魂倍黯然”。)

《忆王孙·怀望》

萋萋芳草碧连天。望断平芜阻夕烟。渺渺予怀倍黯然。是情牵。江尾江头两少年。

《捣练子·倚楼》

秋色淡,月光寒。茅店鸡寒唱夜阑。最是离人愁重处,含情无语倚阑干。

《花非花·春游》

客情忙,春起早。拂长鞭,踏芳草。游人岂怕晓霜寒,争先一步看花好。

《风流子·语落花》

趁晓寻芳香国。减却几分春色。红满地,白空枝,道是东风无力。等闲,识得。且探东君消息。

《如梦令·花答》

香国葩千蕊万。春色红娇紫嫩。总为落情风,应惹蜂愁蝶怨。如愿。如愿。长与东君缱绻。

《一叶落·惜花落》

妒雨掷。狂风迫。满地落红真可惜。最惜是谁人,帘内窥春客。窥春客。对此愁难释。

《春宵曲(南歌子第一体)·醉卧》

酒入诗无敌,诗成酒不禁。移几卧花阴。纵然眠去也,梦中吟。

《碧窗梦(南歌子第二体)·秋起》

杨柳梳风色,芭蕉点雨声。风风雨雨不胜情。怕杀孤眠人起、更愁生。

《连理枝·闺思》

寒峭纱窗静。懒把菱花整。恨压眉尖,青春暗老,冤家薄幸。

是有谁堪诉、孤灯孤月，照人孤影。

《上西楼·怀人》

花前月底孤吟。忆知音。曲有江南、无路寄情深。　　更漏尽。帘幕静。泪盈襟。多少相思、夜夜梦中寻。

《减字木兰花·梅花》

南枝梅放。风情占断花头上。不受尘埃。也向村庄雪里开。　　香清色白。足称物外佳人格。玉骨冰肌。莫使霜禽粉蝶知。

《忆汉月·水仙花》

嬝嬝凌波秀。昨夜东风初透。玉台金盏动清香，那管春光泄漏。　　仙家原耐冷，黄白事、不消火候。枕流漱石足生涯，问你几生修就。

《忆秦娥·闺词》

山河越。思君暗把愁心结。愁心结。秦筝如诉，声声悲咽。　　鱼沉雁杳音书绝。佳音欲寄凭谁说。凭谁说。几多恩爱，几经离别。

《城头月·其二(闺词)》

暗风帘幕轻寒透。恰是相思候。底事关情，不须提起，且看眉儿皱。　　香消玉减如今又。只管人消受。寄语天涯，花阴柳影，莫使檀郎瘦。

《行香子·春花》

和气冲融。春色玲珑。看花间、点缀春工。千千嫩白，万万嫣红。侭舞春晴，含春雨，笑春风。　　春开好景，花铺奇艳，惹春情、偷眼花中。双双戏蝶，两两游蜂。好抱花须，餐花蕊，宿花丛。

《望江南·月夜赏花》

风月夜，深院俟花开。花面娟娟含月笑，花香冉冉惹风来。予美契予怀。　　花色色，夜发最为佳。我适爱花频怅望，花仍爱我共徘徊。蜂蝶莫相猜。

《菩萨蛮·秋夜相思》

秋声一夜来风雨。寒侵旅院孤吟苦。终夜不成眠。为情空自怜。　雨飞和漏滴。愁杀相思客。无梦寄相思。青灯挑夜迟。

《临江仙(第四体)·其二(秋夜相思)》

乡国地违千里,江湖天入三秋。不堪风雨夜悠悠。声声敲旧恨,点点滴新愁。　幽恨凭谁解释,多情枉自绸缪。秋声更乱我烦忧。挑灯心似火,听雨泪如流。

《满江红·春尽》

晴望江村,春去也、花飞片片。惆怅与、东君离别,无言相饯。嫩绿丛中蜂暗过,红疏枝上莺高啭。最思春、到底觅春踪,春不见。　转盼处,空留恋。幽恨事,难消遣。奈东风无力,流光似箭。寥落不愁香径淡,蹉跎只恐朱颜变。惜多才、误了少年春,终谁遣。

《凤凰台上忆吹箫·无题》

夜月帘栊,春风巷陌,几多柳暗花明。叹伯劳飞燕,到底无情。望断天涯芳草,嘶马路、十里长亭。人何处,思思想想,冷冷清清。　叮咛。少年心事,怎说与傍人,空自惺惺。忆香肩檀口,悄语低声。欲探青春消息,多管是、有影无形。谁却道,怜怜惜惜,款款轻轻。

28. 阮述(Nguyễn Thuật,1842—1911)

《荷亭应制诗抄》中词作:

《念奴娇·填词恭和御制〈念奴娇·幸翠云〉》

翠云山色。恍蓬莱一峰,俯瞰川泽。拱护神京标胜迹,讵止出栖禅宅。夙驾迎风,舟师击楫,万迭涛痕白。中流顾盼,想象当年破敌。　岩畔松柏森森,凉飙荐爽,花落香生席。静坐山亭临远海,底事不忘筹画。破浪非才,泛槎此度,谩问支机石。斗南瞻望,燕京来岁今夕。

29.《越南奇逢实录》中词作者

《**踏莎行**》(原题《满庭芳》)

天外征鸿，庭边过雁。秋愁似海无涯岸。雨云彻夜绕阳台，乌鹊何时填北汉？　圣母祠前，祖龙庙畔。当初未了风花案。幽情好付月明知，夙分愿随东风干。

《**剪梅格**》

忆昔灯前月下时。情不可支。乐不可支。于今兰室懒画眉。人也胡而。月也胡而。　鸳鸯帐里是何时？倍我思惟。切我思惟。拟向鱼信一心依。用写相思。用表相思。

《**长相思**》(原题《望江南格》)

朝望君。暮望君。东房风月转愁新。红巾万点啼痕。　坐伤神。卧伤神。长安音信杳得闻。珥河几度问津。

30.《同窗记》中词作者

《**一剪梅**》

今如何夕偶相逢。一夕相逢。一夜相通。芳容相对五更风。梦到巫峰。梦会巫峰。　素娥今日到蟾宫。(按：此处漏一句四字韵句。)共宿东窗。才逢到别便匆匆。空忆娇容。乍忆娇容。

《**折杨柳**》

佳景轩前不卷帘。景幽然。娇红嫩绿著鲜妍。色连天。　目向花前谁是伴，秀婵娟。对花酌酒乐无边。小神仙。

《**西江月**》

天台客逢游客，章台人送情人。殷勤谢底思殷勤。确把芳心休劝。　永对天长地久，羞言暮楚朝秦。别君此去剩思君。一段芳灵战闷。

《**一剪梅**》

举目归鞍泪暗垂。方与君期。忽别君归。一朝花草暂分歧。

月下相思。花不相思。　　愁聚眉峰蹙五眉。鸾自孤栖。鸾自孤飞。问君此别几多时。再合佳期。再会佳期。

《同相思》

花有香，月有阴。花影重重月影沉。相思只浪吟。　　愁难禁。恨难禁。一般愁恨一般心。为我道知音。

《忆秦娥》

忆知音。知音无语只狂吟。暮灯惨淡，郑重情深。　　厌看野鸟啼阴。秦风楚雨倍伤心。愁也难禁。恨也难禁。

31.《传记摘录》中词作者

《西江月》

夜宿深山古庙，朝行草野荒村。闲来无事掩柴门。餐饱黄粱一顿。　　不管兴衰成败，斗酒满金樽。是非任我绝谈论，举杯邀皓月吞。

32. 阮绵审（Nguyễn Miên Thẩm，1819—1870）

《鼓枻词》中词作：

《贺新郎·戏赠东仲纳姬》

宋玉兰台客。锦囊诗、扬华振采，声名藉藉。况复今宵好花烛，玉帐薰香满席。半醉里、樱桃弄色。却笑陈王洛神赋，怅盘桓梦后无消息。岂不是，痴曹植。　　青春行乐君须惜。不重来、匆匆却去，留之无策。京兆张郎画眉妩，看取湘编情迹。也一线、春心脉脉。眼底娉婷世无匹，有情人谁复禁情得。这便是，千金刻。

《一枝春·谢拙园兄惠梅花一枝》

白雪楼高，晓寒多、一片冻云疏雨。经旬闭户，懊恼无由见汝。重帘未暖，怎般梦、罗浮大庾。甚处觅，疏影暗香，只益襄阳吟苦。　　美人一枝寄与。银瓶风袅袅，檀心刚吐。丰神秀朗，竟似陆郎眉宇。双鬟佐酒，几能禁、十觞累举。还少个、醉苦阿兄，为梅作谱。

《行香子·咏菊》

喜在村庄。不知岩廊。向九秋、独抱孤芳。岁寒寂寞，野径相羊。任几番风，几番雨，几番霜。　　天随宅废，陶令园荒。只此花、潇洒重阳。与松作对，和杞为粻。或餐落英，掇柔叶，佩柔香。

《一剪梅·夜钓》

短蓑圆笠称扁舟。才过沙洲。又过芦洲。一竿月里坐悠悠。残叶吟秋。横笛悲秋。　　信风泛泛逐闲鸥。道是消愁。却是无愁。三杯浊酒钓诗钩。水也淹留。山也淹留。

《卜算子·寒夜有怀》

炉温蕙火红，鼎沸茶烟碧。风雨凄凄此夜长，真个相思夕。　　孤吟兴转阑，多病愁增剧。只恐阳鸟不耐寒，裂尽云间翮。

《鹧鸪天·题栗园填词卷后》

急管繁弦夜未休。双鬟劝酒唱伊州。十年明月随流水，一树垂杨欲暮秋。　　今善病，复工愁。闭门独卧爱居幽。红颜顾曲甘输尔，占断春风燕子楼。

《如梦令·寒夜独酌》

更漏迢迢寒夜。小院寂如僧舍。无奈雨声迟，愁杀茂陵独卧。休怕。休怕。浊酒汉书堪下。

《望江南·美人睡起》

罗幕卷，灯影照残妆。寒雨殢人娇未起，红蕤枕畔恋余香。不省卧空床。

《天仙子·病寒自嘲》

卧病经旬书懒看。底事愁如丝自绊。空阶落叶转萧萧，风一半。雨一半。并作枕边声不断。　　独拥金炉燃兽炭。瘦骨凌兢寒未散。忽惊檐际动帘钩，衣也唤。香也唤。喘月吴牛堪一粲（一作真漫汉）。

《昭君怨·宫词》

残梦忽惊春尽。眄断君王来信。索性照菱花。泪如麻。　　休把菱花自照。怕恐天公错了。生得好红颜。又缘悭。

《满庭芳·寄题驸马克斋菊花》

三径烟霜，半篱月露，妆成一片清秋。平阳池馆，低亚万枝稠。无限金尊檀板，添桃李、多少风流。谁知道，芳心独抱，尚有此花幽。　　何郎偏爱汝，贞标逸品，移植轩头。把珠帘十二，高挂银钩。纵有赋家□李，比平叔，终觉难俦。吹箫罢（一作箫声咽），衔杯弄翰，佳句满秦楼。

《转应曲·怀友》

春树。春树。日暮相思何处。江南江北遥望，细雨斜风断肠。肠断。肠断。瘦损缘君大半。

《菩萨蛮·江山怀故人，效朱竹垞〈蕃锦〉集唐诗》

惊风乱飐芙蓉水柳子厚。河桥有酒无人醉许浑。脉脉万重心刘禹锡。流泉入苦吟释皓（皎）然。　　东南飞鸟处万齐容（融）。浦口秋山曙钱地（起）。枫岸月斜明雍裕之。愁多梦不成沈如筠。

《忆王孙·闺思》

卢龙塞外草初肥卢弼。荡子从征梦寐稀杜牧。不算山川去路非罗邺。忽分飞王维。身逐票姚几日归李嘉祐。

《太常行（引）·卧病戏赠》

薰炉药椀伴匡床。夜夜宿空房。深负好春光。侭由汝、浓妆淡妆。　　侬郎文弱，多愁多病，岂合怨侬郎。愁病尚堪伤。不胜似、清斋太常。

《念奴娇·采花》

春风似箭。怕匆匆过了，寻芳时候。蓦地相将林下去，娇束短彩窄袖。绕树盘桓，攀条笑语，不管人偵后。乱红如染，几回疑污纤手。　　拈得玉蕊才开，含情无限，遍索枝枝嗅。薄晚归房还独坐，羞被流莺僝僽。借问明朝，彩蓝初结，有约能来否？也应回答，权时忍辱依旧(一作相就)。

《临江仙·咏水仙花》

瘦石寒沙还旧契，依然一片潇湘。也应配食水仙王。凌泼疑向竹，招手唤英皇。　　冷落数花明砚席，灯前描就新妆。淡烟香雾月茫茫。幽人真籍汝，点染好山房。

《浣溪沙·春晓》

料峭东风晓幕寒。飞花和露滴栏干。虾须不卷怯衣单。　　小饮微醺还独卧，寻诗无计束吟鞍。画屏围枕看春山。

《倦寻芳·寄子裕》

瑶筝半掩，斑管空闲，庭院萧索。闻道春来，早遍水村山郭。几处新红才拂径，谁家嫩绿初藏阁。少年郎，任章台走马，玉鞭遗却。　　忆前度、同君幽讨，斗酒双柑，随意行乐。这段襟期，好付谁人领略。岂是兴阑愁病困，不堪别后心情恶。更何时，续佳游，恣探丘壑。

《少年游·和韵赠翰林某》

沉香亭北牡丹枝。恰好作花时。贺老挡筝，玉环劝酒，少李白题诗。　　长安市上谁家醉，闲院闭金扉。问待何年，梨园传勅，催进乐词归。(梨园一作伶官)

《清平乐·早发》

青鞋布袜。不待平明发。未暖轻寒清欲绝。一路晓风残月。　　春山满眼峥嵘。马蹄乱践云行。拖醉高吟招隐，流泉如和新声。

《点绛唇·山茶花》

不卷珠帘，含情细认琼花色。定从佛国。雨曼陀罗得。　欲写新词，只恐无人识。殷勤觅。髯苏醉墨。把盏边相忆。

《偷声木兰花·墨兰》

山房客去空萧散。清路光风香不断。对尔衔杯。愿乞骚翁九畹栽。　怜渠君子还文雅。半是幽人半王者。较似檀心。只博豪名百两金。

《疏帘淡月·弟惟善同群季会饮见招，不果往，书此却寄》

薄寒天气。好一斛葡萄，半炉沉水。吹杀东风，搅乱绿情红意。料应胜会真殊绝，笑青莲、漫夸桃李。唱余和汝，看来只少，临川作记。　恼不绝、病身愁思。总二竖相侵，五穷为祟。药灶经炉，冷淡自家况味。镜中颜色今憔悴，梦儿到、烟花场里。黄河赌唱，旗亭佳话，从斯由尔。

《减字木兰花·对弈》

小窗花影。月度银塘人语静。月午花香。半榻棋声钟漏长。　将愁却喜。赚得狂夫赢一子。不待他年。黑白分明到眼前。

《沁园春·过故公主废宅》

好个名园，转眼荒凉，不似前年。忆雕甍绣闼，芙蓉江上，金尊檀板，翡翠帘前。歌扇连云，舞衣如雪，历乱春风飞半天。曾无几，却平芜牧笛，颓岸渔船。　悠悠往事堪怜。况日暮经过倍黯然。但夕阳欲落，照残芳草，昏鸦正满，啼断寒烟。暂拄筇枝，浅斟杯酒，暗祝轻浇废址边。微风里，恍玉箫髣髴，月下遥传。

《谒金门·渔父》

江渺渺。无限白云沙鸟。斜月微风鱼艇小。棹歌声澈晓。　也爱溪山深窈。不管□鱼多少。世路波涛吾免了。此中堪送老。

《忆秦娥·春思》

长安道。王孙行处迷芳草。垂帘镇日，乱红谁扫。　　子规也为多情恼。客游休怕归来早。归来早。沉吟不断，燕残莺老。

《江城子·舟行》

蒲帆挂棹木兰船。浪花前。野鸥边。倚醉题诗、高咏睆山川。蜀锦宫袍明向日，人错道，李青莲。　　不晴不雨仲春天。水涓涓。草芊芊。任汝投竿、石上钓江鲜。纵使水寒鱼不饵，凉阴处，亦堪眠。

《玉漏迟·阻雨夜泊》

长江波浪急。兰舟叵奈，雨昏烟湿。突兀愁城，总为百忧皆集。历乱灯光不定，纸窗隙、东风潜入。寒气袭。钟残酒渴，诗怀荒涩。　　料想碧玉楼中，也背著栏杆，有人悄立。彤管鸾笺，一任侍儿收拾。谁忍相思相望，解甚处、山川都邑。休话及。此宵鹃啼花泣。

《木兰花慢·赠某少年》

看红尘起处，银鞍过、百花香。问何地游春，板桥东路，宦寺西厢。风光。个中最好，肯门前走马背垂杨。漫说六朝金粉，温柔便可为乡。　　高唐。云雨总微茫。枉自恼襄王。较调筝擘阮，珠歌翠舞，似此何尝。思量。人生行乐，只少年意气尚相当。不见江州老泪，也随商妇低昂。

《浣溪沙·题揽芳轩》

苔径无人悄悄愁。虚斋潇洒似清秋。梦回日午鸟声柔。　　花气扑帘红雨散，蕉阴拖地绿天幽。古琴白拂自风流。

《摸鱼儿·得故人远信》

草萋萋、陌头三月，王孙行处遮断。青山忆昨日登眺，时节未寒犹暖。风□晚。歌一曲，白云不度横峰半。兴长书短。已暮两(雨)

人归，东风花落，回首旧游远。　　经年别，何处更逢鱼雁。相思□□无限。朝来对客烹双鲤，摘取素书临看。心转乱。谁料尚、飘零琴剑江湖畔。天回地转。愿跨海营桥，划岩为陆，还我读书伴。

《石州慢·伎席戏赠某客》

银烛高烧，翠幕乍搴，春夜犹永。氍毹帖帖平铺，弦索枨枨初整。佳人二八，扇底传出新声，回身一转花无影。错道滑弓鞋，向风前难定。　　歌竟。纤腰滴玉，倦语吹兰，愁容越胜。借问当筵，妙处幽情谁省。知音不易，除却江左周郎，只应把似琴筌听。底（一作此，一作密）意怕人言，任河倾烟冷。

《满江红·舟中看花》

素练半铺，清江面、无烟无浪。日才平、蘋风吹座，柳阴维舫。夹岸红燃花欲卷，半塘绿浸潮微长。约邻舟把酒倚窗开，须酣畅。　　斜阳远，娇相向。暗香度，风骀荡。任莺嘲燕笑，不妨幽赏。弄蕊攀枝容汝辈，描神写韵应吾党。愿来朝添放几多丛，堪吟望。

《多丽·揽芳轩看花》

日痕红。满庭花雾濛濛。起披衣、曲廊斜度，萦回路转墙东。露华浓。蔷薇犹湿，烟光淡、芍药轻笼。渐觉香飘，微窥影□，隔帘摇荡一栏风。看不尽、新枝嫩叶，锦秀缀重重。添多少、娇莺婉燕，浪蝶游蜂。　　正寻思、闲携酒伴，更须三两诗翁。倒芳尊、笑呼孟祖，裁乐府、催觅玲珑。白雪调弦，乌丝叠句，也应不负许多丛。却无奈、交游冷落，南北各萍蓬。谁堪得、西园春色，病里愁中。

《水龙吟·江夜闻笛》

江村波静烟清，维梢夜向鸥边宿。渔人何处，船头扳笛，梅花一曲。溪月初斜，湖云忽起，数声幽独。定啸翁钓罢，醉□无事，蘋洲谱、吹还熟。　　梦醒闲听未足。晓招寻、山青水绿。笔床茶灶，书囊琴匣，今吾不俗。草屩捞虾，竹弓射鸭，平生所欲。待秋风借便，蒲帆高挂，愿来相逐。

《小重山·次韵答子裕见寄》

鱼雁劳劳尺素频。为怜多病客，却愁人。维摩丈室几由旬。飞花积（一作满），错道已残春。　　别调写来新。裁云缝月手，妙传神。为君度曲澈清晨。须病已，来看绕梁尘。

《后庭花·题南唐后主词集》

樱桃落尽春归去。寻芳无路。哀歌未断教谁补。城头金鼓。　　江南不少风流主。后庭玉树。胭脂空怨韩擒虎。一般辛苦。

《丑奴儿令·歌妓□儿艺颇工而歉于色，季卿乞余诗赠之，书此词以应》

红牙轻按樱唇启，心上分明。面上难明。偷背银缸巧送情。　　诙谐余亦张公子，烟也须评。月也须评。为向端端一寄声。

《归自遥》

溪畔路。去岁停桡溪上渡。攀花共送溪前树。　　重来风景全非故。伤心处。绿波春草黄昏雨。

《更漏子》

秋宵长，秋漏永。独立闲阶顾影。风翦翦，露凄凄。城头乌夜啼。　　今宵意。当年事。异地无由相寄。钟鼓转，夜池幽。声声点点愁。

《玉楼春》

芙蓉裙衩弓鞋小。环佩丁东香袅袅。今宵步月为谁忙，花底背人来得早。　　花开月满情多少。踏破青鞋看彻晓。拟将心事问嫦娥，却怕说时生妾恼。

《蝶恋花》

鹦鹉杯香桑落酒。灌得离情，如许伤心久。去岁别时还忆否。春风门巷余杨柳。　　今日相思明日又。一束腰肢，到底缘君瘦。

但要子规行处有。君听哀响应回首。

《法曲献仙音·听陈八姨弹南琴》

露滴残荷，月明疏柳，乍咽寒蝉吟候。玳瑁帘深，琉璃屏掩，冰丝细弹轻透。旧轸涩、新弦劲，沉吟抹挑久。　　泪沾袖。为前朝、内人遗谱，沦落后、无那（一作争忍）当筵佐酒？老大更谁怜，况秋容、满目消瘦。三十年来，索知音、四海何有？想曲终漏尽，独抱爨桐低首。

《鹊桥仙》

荆扉长掩，芸编惯读，持底禁愁教住。相望只隔水东西，待乌鹊桥成几度。　　评花赌酒，弹丝擫笛，自笑今吾非故。满城风雨近重阳，问谁更登高作赋。

《采桑子》

银灯影冻篝香冷，风也催愁。雨也催愁。怪杀今年又此秋。　　问谁植得愁根稳，刬却难休。摆却难休。心绪瞢腾不自由。

《凤凰台上忆吹箫·悼鹤奴》

瑞脑烟消，绣鸳被冷，可怜今夜偏长。是泪痕零袂，酒渍霓裳。休说鲛珠万斛，深情也、不哭神伤。从今罢，画眉京兆，熨体荀郎。　　凄凉。金闺悄悄，那忍对妆台，坠粉残香。念当年欢合，小院回廊。几度擘笺捧砚，偷眼看、词谱新腔。谁知是、商陵琴操，断绝人肠。

《声声慢·余雅有朝云之感，偶读〈玉田（句）草堂词〉，和郑枫人韵》

摧残院柳，憔悴林梅，看春也恐非春。旧梦依稀，瑶姬何处行云。巫山画屏十二，把峰峰、化作愁痕。相思苦，正东风似翦，细雨如尘。　　遥想一坏（抔）黄土，侭消沉玉骨，零落香魂。镇日无聊，谁怜情思昏昏。争如少君有术，纵来迟、景幻情真。何寂寞，枉伤心、花靥草裙。

《望江南·悼亡》

堪忆处，小阁画帘垂。杨柳扑窗风翦翦，荼蘼绕架雨丝丝。春思压双眉。

堪忆处，晓日听啼莺。百裥细裙偎草坐，半装高屧踏花行。风景近清明。

堪忆处，银钥锁朱门。倦绣髻边拖弱缕，微吟眉际蹙愁痕。不语暗消魂。

堪忆处，酒困起来慵。银叶添香钗影弹，玉纤研墨钏声松。纸尾代郎封。

堪忆处，浴罢骨珊珊。六曲屏风遮玉树，九枝灯檠耀银盘。叶叶试冰纨。

堪忆处，兰桨泛湖船。荷叶罗裙秋一色，月华粉靥夜同圆。清唱想夫怜。

堪忆处，翦烛夜裁书。风雨五更呵笔砚，缣缃四部注虫鱼。侍者有清娱。

堪忆处，愁病卧春寒。被底萧条红玉瘦，枕边历乱绿云残。泪眼怕人看。

堪忆处，明月掩空房。漫说胸前怀荳蔻，却怜被底散鸳鸯。水漏夜茫茫。

堪忆处，警梦寺钟鸣。三尺新坟兰麝土，六如妙偈贝多经。从此证无生。

《丑奴儿令·听歌》

檀槽斜捧鹍弦响，怕听清歌。却听清歌。子野空余唤奈何。　　从来哀乐中年事，丝也由他。竹也由他。况复江郎别恨多。

《虞美人》

月明庭院花阴薄。风袅鞦韆索。小楼高处卷珠帘。恰是恼人春色嫩凉天。　　夭斜半篆烧沉水。偏唤双鬟倚。轻敲檀板学人歌。背却玉郎笑唱定风波。

《迈陂塘·晚起》

倚南窗、纸屏石枕，竹凉又是如许。梦魂化蝶无拘束，随意采香花圃。帘影午。才一觉南柯，早已青山暮。绿苔庭户。恰萝径人归，柴门犬吠，栖鸟隔烟语。　　开新茗，待得樵青换取。玉川七椀方住。手中半卷残书在，兴到不寻章句。吟且去。待月上林梢，照遍前溪路。狎鸥盟鹭。有短桨扁舟，钓筒渔具，好向白沙浦。

《柳梢青》

愁病当家。簟纹灯影，一向生涯。积雨滋苔，狂风吹柳，细水浮花。　　今朝强起驱车。恰又是、西峰月斜。远寺疏钟，深林寒犬，古木昏鸦。

《青玉案》

水仙祠下青枫树。今夜是、维舟处。江上晚来微雨度。波心如镜，渔儿如织，刚好垂竿缕。　　红墙十丈珠楼暮。云母窗深锁春住。翠袖何人题恨赋。半庭修竹，满身凉月，相忆支颐苦。

《好事近》

一点小梅开，莫是东君初至。恰恰兔华圆了，正恼人天气。　　杨花输与谢娘慵，玉户萎蕤闭。兀坐含情无限，却劝郎先醉。

《疏帘淡月·梅花》

朔风连夜，正酒醒三更，月斜半阁。何处寒香，遥在水边篱落。罗浮仙子相思甚，起推窗、轻烟漠漠。经旬卧病，南枝开遍，春来不觉。　　谁漫把、几生相摧。也有个癯仙，尊闲忘却。满瓮缥醪，满拟对花斟酌。板桥直待骑驴去，扶醉诵、南华烂嚼。本来面目，君应知我，前身铁脚。

《柳梢青·柳》

漏泄春光。东风千树，嫩绿轻黄。细扑帘旌，半垂略彴，斜掩书堂。　　花飞酒店飘香。有几处、吴姬劝尝。恨少青莲，兴酣落笔，万丈光芒。

《水调歌头·答子裕兼示同人》

湖水鸭头绿，洗出蔚蓝天。江花岸柳摇漾，闻道已新年。却怪醯鸡坐困，不逐城东游侠，总为病相缠。忽枉栗园子，缄意问缠绵。　　坐深深，愁悄悄，涕涟涟。谢家玉树憔悴，草长脊鸰原。算有坤章老圃，东仲弟兄和甫，阿裕与臞仙。更似分飞鸟，抚景也凄然。

《剔银灯·灯》

一点豆青灿灿。只在案头长伴。雨阁开尊，秋窗读史，恰照修眉细眼。光明自满。谁计较、九枝千盏。　　乐事人间无限。多少歌楼舞馆。寂寞今宵，殷勤片影，剩借祛愁大半。更阑漏断。笼得住、风来不管。

《人月圆·元夕》

团团今夜人如月，风景况新年。佳游是处，笙歌楼上，灯火街前。　　问渠何事，别来只是，兀坐凄然。王孙草萋，美人花谢，触绪堪怜。

《鹧鸪天》

小凭红栏听夜泉。春愁脉脉怨芳年。半帘明月筛花影，一缕微风袅茗烟。　　空怅望，苦缠绵。欲言不语漫成怜。偷拈恨谱题新句，暗滴鲛珠湿彩笺。

《摸鱼子·晦日小集戏柬季妹》

数韶光、三分减一，恰合蓂荚□落。人生端合当春醉，莫惜对花斟酌。开绮阁。好曳杖携尊，随处堪行乐。怎生错却。倀燕姹莺娇，桃夭柳媚，风景宛如昨。　　奈词客。几许支颐商略。逡巡班管难著。眼前别有相如女，持比婉儿不恶。嫌才薄。少个夜明珠，来愧尔延清(以上当有误字)。(整理者按：或为“延祚”。)几回惋愕。□楼上衡文，台前坠纸，被斥结联弱。

《虞美人·回文》

微微梦雨红窗掩。悄悄蛾眉敛。暖香沉水碧烟孤。落日隔花啼鸟有人无。　　空杯剩酒残妆浅。别恨重山远。去鸿归雁几能逢。可似睡鸳交绣帐西东。

帘波不动春风静。月里霓裳冷。红墙十丈小楼高。夜半有人和露摘金桃。　　花朝欲过清明近。怕到酴醾信。因循渐觉损年芳。脉脉无端玉筯污新妆。

《摸鱼儿·送别》

最伤心、骊歌才断，离肠恁地抽绪。莺花□底春多少，叵赖魂消南浦。留不住。念五字河梁，此恨犹千古。临岐数语。嘱药裹曾携，朝餐须饱，总是别情苦。　　征车发、一片□红如雾。迢迢相望云树。酒醒人远昏钟动，但见满天风雨。君且去。待修褉流觞，佳节还相遇。石塘南路。会撑出扁舟，沽来浊酒，认取我迎汝。

《扬州慢·忆高周臣》

草阁微凉，笆篱落日，晚来斜凭栏杆。望平芜十里，尽处是林峦。忆相与、长亭把酒，秋风萧槭，细雨阑珊。脱征鞭持赠，怕歌三叠阳关。　　流光荏苒，到如今、折柳堪攀。岂缨绂情疏，江湖计得，投老垂竿。纵有南归鸿雁，音书寄、天海漫漫。但停云凝思，不禁楚水吴山。

《浣溪沙》

牡砺墙高万柳垂。画楼西畔绣罘罳。玉人红袖捻花枝。　　扇底半痕秋水侧，风前两道绿云欹。暗传幽绪指心儿。

《扬州慢·素馨灯席上作》

冷艳欺梅，香肤赛雪，摘来新自花田。向灯篝密绾，面面总蝉联。试燃著、莲釭半点，明珠有泪，暖玉生烟。更银筝檀板，依稀南汉尊前。　　沉沉五夜，几惊心、故国山川。怕兰烬残红，桂膏销绿，零落堪怜。谁识柔肠百结，今生也、犹被情牵。问坐中宾客，何人解吊婵娟。

《霓裳中序第一》(有序)

某少年与阿麟定情，麟故霓裳都中人也，善琴歌，放去，复居于苇野渡头。少年每劝其渡江来游。客有谈之者。因赋是词。

山屏展锦叠。夜久寒深花思怯。细把凉州按彻。似怨鹤啼霜，哀蛩吊月。丁香百结。度春风、翻个愁绝。殷勤数、开天旧事，偷借七弦说。　　呜咽。琴歌清切。侭相爱、银篦击节。此心叵奈寸折。念宿昔承恩，紫云一阕。缠头绡满箧。怅容易、繁华消歇。君休道、渡江无苦，忍复听桃叶。

《西江月》

半沼水天一色，满楼风露三更。循廊背手独闲行。愁杀当年花影。　　寂寞帘波縢响，依稀月誓香盟。水流花谢两无情。肠断桥南荀令。

《孤鸾·过亡姬鹤奴墓》

香林悄悄。正过雨余霞，夕阳啼鸟。系马松阴，一向故人凭吊。当年拍肩私誓，怅佳期、水空云杳。谁忍而今独卧，倩山僧祭扫。　　叹别来、心绪萦绕。侭见月长愁，逢花添恼。闭阁拚春，不管燕残莺老。遥怜此间幽阒，但六时、钟鱼昏晓。怕尔清秋情味，也相思难了。

《长相思》

朝钟鸣。暮钟鸣。朝暮闻钟空复情。那堪肠断声。　　新恨萦。旧恨萦。一片相思梦不成。孤房惟月明。

《浪淘沙》

窗外雨芭蕉。窗里寥寥。半尊浊酒带愁浇。何物关情忘不得，醒醉无聊。　风势夜调刁。高卷江潮。所思人在赤栏桥。纵有双鱼难寄与，烟水迢迢。

《南柯子》

暮色收银轮，秋风冷锦衾。夜来半阁雨淫淫。端是声声滴滴碎依心。　旧梦留愁住，新愁倩梦寻。愁多难梦费沉吟。只有孤灯一点五更深。

《意难忘·夜泊有怀》

夜泊秋江。正林枫渐赤，园橘初黄。船头风势劲，篷背雨声长。愁悄悄，梦茫茫。问底事思量。只恐他、无端无绪，没处参详。　萧条一点兰缸。伈倾干恨泪，燃碎离肠。闻钟还隐几，掩卷独支床。罗袂薄，锦衾凉。待诉与红妆。不奈伊、惯猜性格，道是佯张。

《夜行船》

昨夜东风寒峭。恁催得、桐花信早。黄粱春韭不成欢，却又是、绿波芳草。　一曲骊歌人上道。垂杨岸、画船开棹。依旧鸡窗还独掩，这滋味、钟残灯小。

《海棠春·有赠以折枝海棠且索答词，书此以应》

华清妃子春风面。不分到、江南相见。催晓睡难酣，殢酒寒犹颤。　杜陵老去才情浅。把秃管、未题先软。输与海桥词，学士秦郎善。

《临江仙·问潘梅川疾，戏题》

十笏小堂宜卧疾，依然欹案铜瓶。门阑潇洒冷如僧。蓬蒿三径绿，菡萏一花青。　老我文殊参讲席，也甘白首翻经。高高明月可中庭。但愁文字义，不是□□□。

《春光好》

红脸涴，黛眉消。殢人娇。掩屏尽日坐无聊。思迢迢。　薄幸檀奴何处，垂杨不挽长条。瞥灯光，还匿笑，盼明朝。

《醉花间》

休相见。怕相见。相见难当面。花影碎春愁，妾恨今宵满。　扇底一声歌，一声肠百转。素月下红墙，玉柱移金雁。

《金人奉玉盘·游山》

爱山幽，缘山入到山深。无人处、历乱云林。禅宫樵径，棕鞋桐帽独行吟。东溪明月，恰离离、相向招寻。　辋川诗，柴桑酒，宣子杖，戴公琴。尽随我、此地登临。振衣千仞，从须教、烟雾荡胸襟。醉歌一曲，指青山、做个知音。

《浪淘沙·玄机者，主家青衣也，见田郎而悦之，田固不知也，田固余友，或谈其事，令记之以词》

摆下个因缘。底事相缠。眉峰琐碎动春烟。硬说狂奴真比目，错怨青天。　憔悴损芳年。羞受人怜。桃花门巷背归鞭。纵有重来堪掷果，也不如前。

《醉春风·为田郎记事》

扇上惊相见。扇底羞回面。无端特地惹春愁，勉！勉！勉！心上眉头，丁香深结，芭蕉难展。　细雨垂杨晚。长路斑骓远。一鞭残照落花飞，遣！遣！遣！传语玉郎，齐纨轻薄，不堪题怨。

《祝英台近·送春》

倒金尊，敲檀板，今日送君去。水竹村边，残照半江雨。筵前唱彻阳关，棹歌声起，黯然早、开船挝鼓。　问前路。君看几点梅花，临水两三树。消息他朝，此是断肠处。双鱼书札殷勤，缄愁寄恨，可能有、陇头佳句。

《解佩令·题苇野南琴曲后,相传琴是前朝国叔遭谗罢政后所制,声甚哀,惟旧教坊陈大娘独得之》

孤桐三尺,哀丝五缕,代当年、房相传幽愤。恋国忧谗,把万斛、伤心说尽。董庭兰、愧他红粉。　　参横月落,猿啼鹤怨,纵吴儿、暂听谁忍？老我工愁,怎相看、文通题恨。恐明朝、霜华添鬓。

《西江月·应人属赋》

隔席回眸流碧,对人羞颊潮红。伯劳飞燕忽西东。不比鸳鸯同梦。　　芳草落花寂寂,衣香鞋迹匆匆。自怜无分醉春风。争忍临歧相送。

《恋绣衾》

残魂一缕无依著,似西风、欲断衰杨。侭解道、情为累,未死前、毕竟难忘。　　铜龙水滴鸾衾冷,觉秋来、滋味添长。纵病得、昏沉好,胜不言、忍泪神伤。

《菩萨蛮·病中》

酒筹歌扇闲抛掷。沈腰潘鬓谁怜惜。不病亦伤神。多愁易损人。　　琐窗深自闭。整整昏昏睡。幽梦细如烟。落花何处边。

《减字木兰花·代人答女伴和韵》

裁云缝月。谢女由来工咏雪。花外黄鹂。呖呖鸾笺幼妇词。　　闲愁不断。又是樱桃风信换。寂寞溪林。剡棹相思倘重寻。

屋梁落月。夜夜江亭双涕雪。打起黄鹂。远梦辽西未敢辞。　　烛残香断。翠袖天寒慵不换。花满园林。愁似春波一万寻。

《酷相思》

九叠屏山围烛影。奈窗里、孤眠冷。看如醉如痴都未醒。人到也、淹淹病。人去也、淹淹病。　　万丈游丝飞不定。把心绪、缠难整。问何夕鸳鸯双枕并。今夜也、无声应。明夜也、无声应。

《行香子》

绝代婵娟。芳意连绵。向无人、独语帘边。葡萄薄醉，艾蒳初燃。看眼儿沉，眉儿蹙，髻儿偏。　梨花夜夜，杨柳年年。被檀奴、乘巧牵缠。半衾况味，两字因缘。算十分愁，三分恨，七分怜。

《西江月·和栗园韵柬和甫》

冉冉樱桃风信，濛濛芍药烟霏。美人别后梦依稀。试问相思还未？　抛掷花明酒酽，伶俜燕语莺飞。兰缸石铫皂罗帏。管领书香茶味。

《两同心》

水精帘静，云母窗深。璧月高、宵烟袅袅，银河转、漏鼓沉沉。春风里，花是双头，人是同心。　何须恨语相寻。戏语相侵。酒半杯、分从合卺，琴一曲、弹向知音。休猜著，旧日情怀，个个如今。

《行香子·和栗园韵却寄》

酒熟灯明。难破愁城。觉年来、绝少风情。已沾絮重，不系舟轻。任老侵寻，花开谢，月亏盈。　欲言未语，似醉还醒。总无心、书品诗评。哀蝉恨曲，别鹤悲声。问有鸿都，教小玉，报双成。

《殢人娇》

云想衣裳，水如环珮。绣弓鞋、芙蓉裙衩。蔷薇花底，珍珠帘外。相见处、回头羞拈罗带。　细语难通，宿酲未解。殢人娇、湿红愁黛。思量今夜，悲欢此会。这一刻千金，从他不买。

《行香子·听歌席上代人作》

也遏行云。也动飞尘。奈秦青、不慰愁身。尊前一曲，无限伤春。恨此时花，今夜酒，昔年人。　君情妾意，多少酸辛。到相逢、却又相分。相思有泪，相见无因。但梦盈衾，香盈袖，泪盈巾。

《章台柳》

杨柳花飘何处。春来添长伤心树。昨夜东风作意吹，迸泪看花弹不去。

《花非花》

花非花，月非月。来非来，别非别。欢真莲子只贪多，侬是荷花开不绝。

《醉春风·戏寄何姬》

生怕阳关，拍不到、长安陌。小楼诘晓柳花飞，惜！惜！惜！一事要他，未尝回道，十分端的。　苔是青鞋迹。海是红珠滴。思量昨夜别奴词，觅！觅！觅！字里行间，琼枝璧月，是君颜色。

《临江仙·舟中送春次韵同苇野、栗园、莲塘赋》

万点落花春去也，依然青草残阳。山川平远是潇湘。沿州寻杜若，极目水天长。　纵有芙蓉开并蒂，兰舟何处横塘。巫云蜀雨梦茫茫。酒醒人又散，沙浦月如霜。

《小桃红·烛泪，甫堂索赋》

不管兰心破。不惜荷盘涴。寂寞更长，替人垂泪，潸然如泻。想前身合是破肠花，酿多情来也。　缕缕愁烟锁。滴滴明珠堕。凭吊当年，寇公筵上，石家厨下。纵君倾东海亦应干，奈孤檠永夜。

《浣溪沙》

春病恹恹一向臞。愁丝容易见春纡。见花不问问花奴。　四壁寒鸡人睡罢，半床落月客吟孤。零星芳梦有如无。

《霜天晓角·和辛稼轩》

楼头沙尾。花底三千里。前度一丸冷月，黄昏候，能来此。　眼中人老矣。惜春醒亦醉。芳草满地黾蛙，无情绪，聒双耳。

《醉花阴》

细雨微风秋意远。绿沼荷衣褪。幽恨更无端，燕子谁归，花妥雕阑晚。　　心香好在难如愿。但相看差稳。密语祝西风，叶叶离情，不比题红怨。

附文一
鼓枻词自序

阮绵审

夫御善马良而北，与楚愈离；众咻一傅之闲，求齐不可。仆生从南国，隔断中原。既殊八方之音，兼失四声之学。加以闻无非乐，见并是儒。饬鼓钟而杂作，谁为识曲之人；谈性命以相高，不屑倚声之业。何由搦管，翻喜填词。从擩染以言之，其工拙可知矣。

嗟夫！古人不见，乐意难忘。苟志虑之独专，冀精神之遥契。槐榆数变，箧衍遂多。实欲享敝帚以为珍，对白云而自悦而已。

客有谓：娥皇检谱，犹寻天宝遗声；宋沇闻钟，仍获太常古器。况周德清之韵，本张叔夏之《词源》。谱注于姜夔，旨明于陆辅。前而草窗所辑，后之竹垞所抄。此外则宋元语业数百家，明清粹编数十部。予靡不岁添鸠阅，日在吟哦。虽河间伎女，未被管弦；乃衡阳巾箱，颇盈卷帙。但后广宁善笛，江夏工琴。北南固远而歌喉抗，当不殊途；雅郑能分而笔意清空，自然高品。所谓过片择腔之法，赋情用事之言，去亢宜抑而后扬，入促贵断而后续，未必举皆河汉，全是葫芦，奚不试卖和成绩之痴符，强作马子侯之解事。广贻同调，相与和歌。庶几后生有作，借以为筚路蓝缕之资；绝业无泯，待或备马勃牛溲之用也。始闻言而翘舌，爰纳手而扪心。

夫八月江南之美，为世所称；一池春水之工，干卿何事。柳三变之晓风残月，左与言之滴粉搓酥。风尚如斯，走僵莫及。设徒夸其狝骆，恐不免如画龙。无已则尚有一言，或援前例。自昔诗美南音之及钥，既不僭差；以斯翼主乐府之为星，又其分野。纵非皆中钩中矩，亦当在若存若亡。

今天子礼乐追修，文明以化。岂应幅陨之广，而词学独无棫朴之多，而古音不嗣也乎？则臣技极知莫逮，顾君言亦有所宜。元次山"水乐无宫徵"者何妨，许有乎"圭塘曰欸乃"者恰好。谢真长之知我，洵子夏之起予。亟浮大白，引足扣舷；旋唤小红，应声荡桨。即按宋元乐章四七调，俱调为渔父之歌；朗诵俳优小说数千言，不暇顾天人之目也。

附文二
诗词合乐疏

阮绵寊

奏曰：奉交出词总并批示各理云云，钦此钦遵。

臣窃惟：

填词，诗之苗裔。诗词即乐之表里。原夫圣人作乐，以养性情，育人材，事神祇，和上下，用之祝颂，用之宴赏，用之邦国。其体式功效最为广大深切。乃诗篇乐章配于五音六律诸书，汗牛充栋。又参以气运算数，铢秤寸度，如宋《新乐图记》，司马光则主阮逸、胡瑗之论，范镇则主房庶之说，相争莫已。而齐固失矣，楚亦未为得也。东枨西触，鹘突蔑略，总无定见。

至元明遂无乐书，礼官经师，不一留意，只凭伶人歌工，洵口嚎嗄，皆借口以《乐经》亡，使古乐不得复，可胜叹哉！殊不知诗自诗，声自声，而成乐矣。《书》曰："诗言志，歌永言。"则诗人自言其志，或自歌，或使人歌之。永言者，长言也，言不足则长言之。盖诗者与歌者不相为谋。而声依永，律和声，则以乐器五音六律配之耳。经师学士多论宫为君、商为臣，配合纠结。至诸填词家与度曲者，拘拘相辨以宫商字句，然诘以何字为宫、何字为商，则瞠目挢舌，则何必争辨哉！即辨之亦逐末遗本矣。

盖乐虽极神极奇，然不外此宫、商、角、徵、羽，四、上、尺、工、五、六等字，则又极简极易矣。天之籁即人之声耳。人声未尝亡，而乐亡可乎？孟子曰“今之乐犹古之乐”，信哉！

经术莫邃于乐，乐虽亡而诸经言乐者具在，好学深思者，参考研求，自得其大致矣。

臣尝受业于礼臣故申文权与臣兄故绵审，乃知宫商有一定之声，而制辞与合乐，二者各别。制辞者不必知宫商，而合乐者必不可不知宫商。诸论辨发愤问难甚详，今力惫学荒，尚记一二，以寔陈奏。

附录二　越南汉词原始文献选要

一

冯克宽《言志诗集》所载《沁园春》二首

言志詩集

忘道與參春到蟄竜潜亦奮呼噪頭角聳天南、

立春、開退齋元日書堂詩韻、

節序周回又一初、春回和氣益茅蘆、庭芻綠勝蘆
陽復、來立青旛策日餘建正夏時須鳳曆、紀元孔
筆協麟書到來時節聊心賞、莫使光陰虛過處、

賞春詞、并引、時同道兩三人到素白日戲作、

茲審、九十、日、韶華、好箇暄和之候、再一、番、快事、聊
爲勝賞之歡會適逢宿興來堪玩、可人惟有酒喜
兼四美二難、行樂須及春、何惜千金一醉、歟韓真

幸會載唱沁園春、

詞曰

天上陽回、人間春至、又一番、新益闢、泰乾坤、韶光郁郁向陽花草生意欣欣、紅襯桃腮、青窺柳眼、鶯簧蝶拍弄、繽紛、二三子遇到來時節、風光可人、這般美景良辰、歡行樂須及此青春、恥閒柳巷香攜紅袖一觴一詠、歌邊白雲、進士打毬倚臣檻真古來樂事、尚傳聞今遭逢

聖天子幸遇致其、

信息松經霜絲愈精忭但知得歲先三平何必準
盘鷰五辛背節到来乖試手文章姱拙致吾具

餞譚公之义安憲

玆審譚公越南人豪江西儒望一門簪紱世俊桀
觀千載風雲覩逢爲會經濟大施於實用踐歷脊
履於華途名播中朝僉尹推其幹事權加外憲縉
紳喜其得人方臨祖餞賀之行載唱沁園春之曲

詞曰

累世儒宗六經文祖諱如錐公自弱冠登黃各聯

中巇強年噲𠇍緣㨂攀竜虎帳談兵烏臺持論韜
其磒塑魁其忠聖天子慮驛州要地皇是我圍中
驟如戰任皃風拜命了這行軺秋萬著脚春濃到
些郡些城𠰺内威動若民若吏彼此情通邊境撫
安朝廷倚重夫譁不曰用儒攻望來日過星辰𠬠
㗂聖眷豐蒙

詩曰

四方弧矢些奇男處内臺堪外憲堪驄馬出時遊
息陪車鉞處路迎驂許如課吏條嚴六恪迪當費

二

黎光院《华程偶笔录》中所载词

華程偶筆録

水行即事

路由香水渡、舟過茂材津、破浪湧聲少、揚波掉唱頻、林棲驚雨鳥、岸立隔江人、利涉吾方便、移舶接水濱、

步行偶占

寒飄吹蒻笠、泠雨濕蓑衣、沮洳迷人徑、泥塗滑地腊、行人無可語、老僕遠相隨、只向前程去、近來猶未知、

~~船頭晚眺、~~

兌嶺斜陽掛碧梧，雲收雨霽遠山幽，滿江流水皆朝海。一面東風欲掠舟，得氣賓鴻穿漢表，忘機白鷺戲蘋洲，清光不盡描題處，唱晚漁翁遡上流。

秋月澄凝水面，金風繚繞桐枝，共遊追想始交荊，不禁暮春相憶。祿筆得來龍句，湯塵堪寫遐思，前程遠大是相期，豈必花前共酌。

右調西江月

恭述

皇州萬宇韶光滿，早報春花信，竹聲除舊桃符煥彩，樓臺歌管

金鐘響引光華旦，正明星

未爛、一聲請蹕、九成迭奏、清平協賛、

右謌賀聖朝、

感興、

栁拂東風樹樹新、濃陰滿路傍遊人、黄鶯枝上漫語、莫使江湖遠客閒、

病痊喜作、二首、

天地之間人一身、寒霜傲畫更逢春、自吾氣順而心正、客氣消磨便是仁、

上天下地中之人、一氣周流都是春、外誘豈能來

鑠我自來泰宇一真醇、

餞[illegible]科陳大人、詩[illegible]詞一曲

春日楊和柳始青、多君先我赴前程、山聯鴻嶺多佳士、地半驩州一大城、民性彝倫無異昔　聖人教化寓於刑、福堂密邇通行路、好聽琴絃月下聲

其詞、別語：

吾只此行一𢬿臨別贈言、想已在詩囊收拾去矣、但碧草綠波、風光可愛、而長亭分袂、當如之何、弟所以無不繾綣於情者、聊具一言、以相慰云、

春色好、句　霧煙輕、韻　柳條青、叶　黃鳥枝頭向日鳴、叶
弄新聲、叶　梅驛一留一別、句　江亭如醉如醒、叶
碧草不堪題別賦、句　幾含情、叶

右調春光好、

春夜春夜、歌管誰家唱和、可堪多少新聲、令人思
八秦箏、秦箏秦箏、一曲巫山莫寫、

右調宮中調笑、

道中遇雨、

行旌猶未止、膏雨已隨濡、未識橫山樹、欣欣澤潤無

三

《名言杂著·抚掌新书》所载邓陈琨、阮玉蟾词作

名言襍著卷之一

58

名言襍著、

撫掌新書

阮玉蟾、山西和茂、　鄧陳琨、山南仁睦

春夜懷情人、蟾宫閨怨

皓娟娟月護松陰、愛一刻千金度一刻千金、聽聲聲枕畔虫吟、許一曲春心、催一曲春心、獨寢也五更深、温一半短衾、冷一半短衾、相思梦中尋、怕一唱翰音、醒一唱翰音、的凄凉愁思難禁、念一度沉沉、望一度沉沉、

右仁睦、

撫掌新書

泠清清月射書軒、惱一段熬煎、催一段熬煎、恙嚷嚷意馬心猿、度一刻如年、捱一刻如年、相思也凭幽欄、听一声杜鵑、愳一声杜鵑、孤另也上牙床、撫一枕無眠、催一枕無眠、竟何辰和你團圓、做一對因緣、好一對因緣、

右和茂、

只个燈兒和个影、誰念我書齋孤另、况雨打梨花、柴門半掩、愁殺春閨永、鸞凰佳期何日登、况吟處寒風越泠、正無枕揭床梦見不穩、添却相思病、

右和茂、

雨中花調

砦外银蟾临玉案，这里最凄凉。庭院带闲纱窗花生醎眼，不管神魂乱，猛咱霜宵寒怯雁，心病处一场离怨，想浪度时光，芳容瘦损，误此风流汉。

右仁睦。

戍妇寄征夫

车马出门，风尘极目，时时有泪难乾，粧楼孤倚，镜揽怯愁颜，惆怅垂杨满地，离别后却为君攀。断肠处珊瑚帐冷，不睡五更阑。时光容易过，月明一片，秋满千山。正戎衣欲寄，力揭风寒，灯下

連書錦字、憑雁併信與君看、沙場外何時解甲奏凱言還、

右和茂、滿庭芳調、

悶倚高樓、愁横秋塞、鼕鼕鍾鼓雲間、霜花山色、此去行路難、離何堪忍奈、平生不過望夫山、誰語的寃寃、苦苦、孤衾骨欲寒、蒙砧何處是、魂迷楚岫岫夢到秦關、祗黄昏又夜、明月初殘、穿盡灯前冷眼幾迴、把鏡泣孤鸞、腸斷兮憑誰担去剖與君看、

右仁犍、

自從别後守空帷、直到于今眉懶畫、病愁腿却

小腰圍、欲啼恐人知、慈無奈、相見無片時、夢則怜身不到花園、幾度蝴蝶約、郎郎何日歸期、

右仁睦

望江湖調

夫君一去幾時還、魂夢乍知青海外、望眸不到玉門關、紅淚濕杆欄、心意苦、不奈朔風寒、料想黄雲征戰地、壯懷直指斬樓蘭、寧肯念花顔、

右和茂

和前調

征夫寄還

鞭馬登程、風塵作客、匆匆人去雲間、黄華古道、

勾

二初二

别易見難、悶殺河橋秋色、行行處綠水青山、也
寄得長亭牢落、雲路戟枝寒、春花又今日、魂歸
故里、身在重關、正名韁多絆、賊甲未殘、孤矢男
男兒多少事、卿卿有鏡莫鶩鸞、歸去也即大如斗
頻與伊看、　右仁睦、
自從弓馬别、鸞帷遠塞、迢迢空盼望、寒山片片
幔遮闈、情許夢魂知、總眼去、也是合歡時、寄語
少年嬌麗、妾倚門休唱惜春詞、粧束時予歸、
右和茂、
和原韻、望江南調、

他鄉跡滯未能還落落悲笳吹夜月茫茫征雁
度長關、殘夢不相干、驚醒處、霜侵缺衣寒、料想
閨中紅臉婦、含情空自滴庭蘭、愁不損芳顔、

右仁睦
詞前調原韻、

沙場萬里衽成帷、結髮移居多壯歲、奄泉三尺
解重圍、英雄草木知、著手處、功名須及時、棄擲
最非輕薄子、歸魄多自夢中影、平淮策馬歸、

右仁睦
詞前原韻、

月投西、客頭西、惹得離愁滿袖携、如啼却不啼、

天又低雲又低、萬里山川駟馬嘶、何年合錦闈、

右和茂
長相思調

長相思、短相思、愁對雲邊點點垂、登樓嘆夕暉、

許佳期、筆黛濃索佳期、筆黛濃將點月眉、青春

不負伊、

右和茂

日流西、月流西、效載風霜滿在携、魄斷夜猿啼、

天色低、山色低、驕踟征馬未歸蹄、辜負你深闈、

右仁睦
和前韻調元韻

奉錦榮歸、

南鄉子調、

雄筆掃長篇、占了儒林第一仙、顯姓揚名新得
意、翻螭陛摯天雨露鮮、
白面袮青年、梓里香風引玉鞭、晝錦堂清、羊鼓
沸喧喧、燭傍青娥共倒顛、　右二首和茂、
書剩上長安、對策丹墀吐筆端、詞源流萬斛滂
滂、跨了龍門萬丈瀾、
步月甲枝攀、話对嫦娥在廣寒、且道今朝非昔
日、寒酸、布衣換却錦衣還、　右二首仁睦、
明妃出塞、　明妃即王嬙、字昭君、在西漢元帝時、

[illegible]

四

范彩《梳镜新妆》中所载喃字词

嘉隆甲子三年

梳鏡新妝

安常昭尊師撰

梳鏡新妝

12a

清貴𢇉分恪常〻鞆相数拱揚台𦊚的騾渚詳世
㗂燕哏呵役糊塗麻柴吏渚别朱真情世𢀭柴定
分明役之柴付調停默碎窒高特閣竜雷双鴈群特
斂堆𦛌𦝄澗澄窒墨宮西青鶯拱律色𨖅𨔈情錦
堂殿怒嚴更鵾鸚牢窖頭梗㖨𡄎楼高碧𡶀𨖅𣵰
黄鶯𡗉喈吒巖边墻仍類飛走物常群𨖲𥒥旦粧宫
路羅寓情払詠𠇮歌調西江月曲和商音
鶯燕㖨𡄎噲客鞊花漢許𢠩埃飈春海又逐遂
𣋚易遣悉踈貝繞
㳅竟沂枚

濕倘桜鶯繼柳春弁粉蝶来斷也梅武陵賒演別㐌

潙坤嗨桃源兜些

坤嗨桃源兜些
洞御溝招蘿情詩

枚台乂會相期
㐌迻情分吏皮風流

勾好迷待𠽔淑女
舡𨖅封堆𥶄同心

迤春𠲤貝知音
性情吁㩓𠰘琴𡰥朱

𢚸恨胡垈花踌雪
𡀯楼西搴月澗澄

悲除𢬣飈宮縢
爲緣𨖲緬赤繩吏低

曲彈𡰥𠰘𢭸和樂
𩈘恩情湼莫𢆥春

俗堆才子佳人
𩈘卬爻色清新劍𦓡
扡花檄蘿𪓇緣丕
払與緣由拱𠵌唭
扡燕南鴻情爻幅
東桃西柳客堆𡰱
焒恩極道麻空𤍌
波愛㕹恢拱極溈
畑月啻朋𨑜極絆
吀𤎎朱𤎏泼念最
𤎎朱𤎏泼念最
𢃊蓮繼義疎梅𢭂情
閙花自嗜風聲
𠵌香鏡閣泼名發坛
中情趣紅顏𠇮几
唯房香彰穌風光
𩕟𢙱尼貝焒香
㶝屏射雀𠵌床乘龍
㐬竟沂女

春意默東風料量　栽斤（情）朱當銅斤
書尼撒貝佳人　挠風月給（掞）塵𣎃緣
燕童領𥙩花箋及鴻侍女遂連香臺鴻娘𠲖收
每咥眾碎侯下恩歇礦傷踈𤠄敢𢟘吝單鷄塘
春蝶尋塘諭蛤爲恩珹沛範志固功麻女負功
牢停輅碎汝跳榱梗隊恩㕸子撿情羌傷朱珹
買敢噌床罪尼疎𠳨吀當加刑娘䁨董鼎恪情
隊燕童嗨分明每塘㑃扐議吏算量𥋳咥鴻貝
書払易䁨錦花𦍛幅續題差鴻吏卽時遂邀

厭〻慢霜待容清〻剢月徐埃佳人才子尒森
䫻鄭想心情添緜
派〻臉󠄁㭚茉柳㧕〻雪點梗梅巖高振乞𣻆𬩅
𤄷埃别蓬瀛庄𡦂
埃别蓬瀛庄𡦂　　㗂船𠁀隻𦵛𬩅〻
楼高𣉹相𪆧罨　　意羅刘子台𠀧徐郎
𠱤東皇默惎區處　　渚㧡春床𭕾𡏧间
接車𨔈月𭛣𣈗　　喂翁月𡗶中囊固之
𦅶詩題般𠖯尒𥙩　　謝𦅶紅好去人間

兜拕制事茷舌欣勉羅安分清閒渚𢚸遊急潜盤
斯賖亥吘拖戝玉䟃矯欺霜染颼坡冷涛月皮熫
雪皮冬桃淹蘿藩梅封𦲿鐄篭蘇錦淡年香箕花
買芺怒嗣買熛麻牢笆𢉢春耗嗙喁𥪝分惱那𥪝
緣催㐅吘渚𢚸煩鏡梳乙拱固畨燸棋娘𦟍鶯吶
每嗟𢫝残炤𢜝薩（漓）淹情拖愁提曲彈箏剪梅𠬠調
羕形𢙱秋

雪霜落度月𤓢𤓢　桂漱香迻　蓮漱香迻

拽落連皇鷹朗蘆　蔦拱蜍於　蝶拱蜍於

流竟沂攸

一二

茉梧𩙌㖷莽𢀨初　梅塢形疎　竹塢形疎
曲夜清歌窖項㖫　宮廣賖ㄑ　橋鵲賖ㄑ
賖ㄡ橋鵲𠇍吝　底牛女隔淹銀冷泙
蘇霓羽攝封边帳　𡾵宮仙易提埃逡
錦雲𠇍幅情詩　蜍於台𠆳民魚台鳫
强盃撥宮彈又曲　泛鴛鴦鬖状終ㄑ絿
姻縁窖彥䌊台　極咍姨月掛𠝹𠇍𥘊
払當撑𠋣楼高㟲彈永ㄑ律包边䏾哏知音易
𠇍埃初𣇜拱渚固䊷牙奇墻穿花蝶高低極𡗶

月老拱姨𡾵巫塵埃埃易勢呻憍恚迲子掛愁
騷人琴惱溪曲清新固朝別鶴固分離鳶隔澄
坤黙嗨嘶易算貝月坤盤貝花賞春和吏乏歌
金風撒律窻紗迻𠓨
吞印乏色渃撐籚宜下　鶯吶幽於　燕吶幽於
䏧燸域〆紏𡾵𦟍宜上　蘭倘香迻　菊倘香迻
翅帆遮月腮𢭸初　歆點牢疎　法派霜疎
征人㗂笛𠸗於呵　韶樂空賒　火會空賒
空賒火會尒重　覓灯埃極惱濃銀花
流鏡新妝

團士子忍牙𣎃月・
曲清這吻樂珠宫
蒖𡏧割錦繞紅
扰韶光吏衛逢暮春商
極路摱東皇懴所
麻秋光拱侶春容
吸噭梅陣香風
送牛女吏邀淹銀河
娘䁛衾𠰉賒又别哏彈意和歌調命唑臺阁床宫
庭如鶯唿柳音声觀年呣鶯每餕初𨎟仍埃羅儿
𢚸侯悲险俸䁛边厦楼西𠰉彈永々還台亥命鶯
哏圍凡才情主公朱典寓營學堂䁛屯最於青蘭
擂風流拱恪闌士人娘哏極沛沔斯青蘭𡏧闉清

五

阮辉映《硕亭遗稿》中所载词

碩亭遺藁

詩餘

歲初耀武　張皇我六師。　甲兵栓束

五龍楼上樹龍旗

象馬突馳　聚正分奇。　教数礮響動江湄

天聲振四維　並用偃行　弌張弌弛

文恬武熙　右賀聖朝

長安春日

帝京佳麗八新年　春色艷陽天　水晶曉蹀

雲母霄懸　氣象萬千　踏歌和擁彩棚前

日焕玉生烟　遍照光明　時調玉燭

頌播瑤編　右賀聖朝

收替戲作

三十年来嵩月鄉　曾兼吏隱名　慢慢今增

縮步路上行　含章迪可貞　綴駝笑此生　王通粥

李膺奚　風味有誰知　福江阮靜月長明

高吟誦太平傲百城　右阮郎婦

遂初行狀

嶽降不遲　正尼山孔水濱秀種奇　丁年鯉

庭絳帳温枕董帷　皇天不負讀書人　帖金
泥捷信遥飛　皇都待意甲榜題名　喜慰没
慈　念功名千載斯時　遂策駑礪鈍昼堤抽
絲　東西南北內朝外鎮孜孜　参謀贊理
奏膚公　九皇翠遥擁使麾　綠野歸来
松風蘿月溜橋詩　右桂枝香

書懷

功成名遂　對菊尋梅蒲酒　應住忘机悟
道心　嘗得無穷自在　蓮沼一奩綠水
檉篥四座春風　明月隨高作伴　灞橋驢背
詩筒

右清平樂

閨中述事

沼魚園菓禾樓計
勝富人
便五經腹
高吟對白雲
摳衣趨鯉庭
成家正在經綸後
青青三徑菊
八九子小生
貧居
使

右菩薩蠻

鄉居即景

竹徑四時春　屈曲掃石靜塵氛　天籟吹成

蕭管韻送聞　不可一日無此君　嶺上兼白

雲　老年還羨葛天民　賣刀買得春耕犢

雨襦斜笠　閑人是貴人

右南鄉中

登文筆山

崇前嶔嵌矻硉　綠翹蒨蔓繽紛　椋鏡擢襞

来娟人　多少龍驤豹隱　天影三山半落

沙洲式水中分　丹青班駮染成丈　遮莫堆

螺列蓟

右西江月

書懷

THẠC ĐÌNH DI CẢO

樂世間身豈易求　香山綠野更無憂　靜與
道謀非食謀　四宜休　歸計何嫌笑沐猴
山僂翻從鹿豕遊　誨来且棹苦吟頭
濡橋驢背五湖舟　月一鈎　奚囊佳句足
長留

右漁家傲

六

阮行《观东海》《鸣鹃诗集》中所载词

觀
東
海

水之就下徑而不來滔滔皆是水哉水哉

右水銘

癸酉　不昧牖銘一首

動也不昧靜也不昧晝也不昧夜也不昧生也不

昧死也不昧究竟不昧不昧本來本來不昧

乙丑　南塘題詞十首

鴻嶺雲高碧潭月靜村烟岸樹圍重重西江一帶

蕩漾夕陽紅斂入故園光景衡門下可以從容方

池外芭蕉楊柳并水木芙蓉庭中覓不盡黄花翠

竹、怪石蒼松總諸般書冊、幾箇孩童、隨意啸吟自樂、閒来放一枕南窓、終日覺惺惺如也、瀟洒主翁、

右調滿庭芳

人心惟危、道心惟微、云何把持、唯端視審唱、寡言慎動、默調鼻息、静攝心思、收斂精神、豁開襟量、内外都忘、知我誰、常如是、即事来無事、是以制之、不為然後有為、試順理而行無礙處、辰到毋意毋必毋固毋我、磨而不磷、涅而不緇、月白風清、鳶飛魚躍、謂然天地歸、成就處、攀一圈太極、体得無虧、

右 詞沁園春

賀叶鎮超成侯母七十壽詞一首、

瀾海儲精神丁 山名 孕秀、粧臺妙降玉真、當年作
合、琴瑟友嘉賓、毓得一枝丹桂、滋培藉厚德無壊、
清風挹陶欧千賢、載母出名臣、維新隆盛世、子重
鎮母太夫人、燦盈門珠紫、列鼎甘珍、七袞盤星炮
彩、高堂晏樂意欣欣、歌管會錦衣獻壽、媚祝萬斯春

右 滿庭芳詞一闋

贈臣者詞一首、

開天一畫、原医道，乃自吾儒流出，重重方書雖假託、施用一般是筌、振起沉痾、挽回天極、務尽吾仁術、積功到處、良医良相如一。慨自儒道不行、太和都変了、医家多疾、贊化調元希妙手、憑藉箇中参求、造物分功、生民繫命、戒子全無失、壺中閲瞭、擘盃談笑弥日、矣

右 詞名壺中天、即念奴嬌

傘圓山一首、山上有神廟最灵、我先校點公總太保公、来守此土、

傘圓無倚著、屹立駕層穹、自有生成質、非関積累

功、精灵常在上、雲雨必當中、大力能生物、真机不落空、名高衆宇志、坐鎮一方雄、怀武先君子、當年共祭封、(七)賦類、

(X)鷄鳴賦一首、

觀其静以取物兮、趯獨處夜之灵馴、体天樞之粹精兮、備五方之渾純、足搏距其下武兮、首戴冠其上文、遇敵敢鬭、近夫勇兮、見食相呼、近夫恭仁、抱知辰之信節兮、介弥篤於司晨、若夫、萃来炫燿、音響悲

清

不來市城、不試人情、人情萬變、真性乃煉、譬諸金也、精由大功、以情煉性、城市仙翁

羅城隱者吟、

有高而山、有淺而泉、有潛而魚、有飛而鳥、順其性之自然、

筆頌、

何以運筆曰手、何以運手曰心、何以運心曰氣、故氣之所至、心亦至焉、心之所至、手亦至焉、手之所至、筆亦至焉、筆之用在於動、筆之妙在於直、如風

霆之流行、如雲霞之巻舒、揮斥變化、成功而不居、斯其為神也歟、

贊、

思賢二首、

智謀節義、富貴精神仙、一人千古、獨占其全、張晉侯贊、

樂在彝倫、安於常業、高也可及、真也不可及、陶徵士贊、

詞、

北城遊春、

公子王孫、重來訪皇都春色、回首鳳樓臺、城市已

非嚋昔、往事依依渾若夢，新愁縷縷長如織。最無端、漂泊可憐身，經年客。塵埃裡、誰相識。朝過了、还謀久。把一春樂事等閑却忘、不惜烟花零落盡、只愁歲月虛拋擲。悵生平懷抱未曾開，頭空白。

右詞名滿江紅。

北城新春為人題

都會古昇竜、勝事重重、浮雲不定水流東。惟有春光依前在，柳綠花紅。安用難飄蓬、隨在從容、高朋滿座酒杯濃。素位風流真可樂，樂與人同。

右詞名浪淘沙。

女疊山

疊疊山反疊疊山、三疊山雄文愛間、平明人度開、

上山難下山難、山路其如世路娘、浮生殊未闌、

右詞名吳山青、

女感集歎、

往古來今、忠臣烈女、感慨相尋、鐵石肝腸、冰霜節

操、長使人欽、我來自託悲吟、想吟處精灵照臨、用

女為簪、專扶世道、还澄初心、

右詞名柳梢青、

首蒐浣

秋月辭

捲尽浮雲見月光、秋天無處不清涼、倚樓閑與月商量、明月有情應笑客、經年何事未还鄉、徘徊今夜意難忘、

右詞名浣溪沙⑤

記、

黄氏家庙前、山水樹木記、

為山水樹木於家庙之前者、所以致孝思也、盖以放尺之山、推而至於巍巍萬仞之山、斯山之為高、

鳴鵑譜引

鳥之苦鳴者，莫杜鵑若也。杜鵑南方之鳥也，以夏月鳴，晝夜不止，其鳴必向北，其聲若曰不如歸去，是偶譜然類之，故以為名。昔者莊周夢為蝴蝶，無怪乎余之鳴為杜鵑也。夫鳴鳥可已也。有道之朝，群賢和集，其鳳凰鳴之雝雝者乎！衰亂之世，下民離怨，其鴻雁鳴之嗷嗷者乎！故所感之機不同，則所鳴之聲亦異。而至於杜鵑之鳴，焉何苦矣！余又何苦而為杜鵑鳴，彼鶴鳴于九皐、則敢聞于天矣、鶴鳴在陰、則其子和之矣、若鳴之爲杜鵑也、其孰聞之、而孰和之耶、抑杜鵑之鳴也、先聞其敢者、主離別、學其敢者、主嘔血、噫若是其甚也、余之鳴寧有是耶、杜鵑之苦鳴也、盡則倒懸于樹而已矣、余之以文字鳴也、至是譜乃苦盡矣、庶幾乎可以已乎、其將有別敢、可聞而可和者、以繼譜之焉而鳴也、余則以其鳴、聽諸天、

龍輯己卯清明後二日日南阮衙南甫北城同春之寓

鳴鵑詩集

日南阮衡南甫著

樂在彝倫安於常業高也可及直也不可及　右陶徵士贊

檳榔詞奉呈南策府東堂裴貴台

此地好檳榔蒌等琼漿可憐市價都尋常物

不離鄉那得貴人故離鄉　不樹自騷房膽

望東堂旅遊何敢瀆恩光徒抱如丹心一片口

綉維章　右词名過龍門即浪陶沙

北城春暮

重到龍門使我思江山雖是昔人非奈何春

七三

晚尚流離安用千金求駿馬也曾一飽解緇
衣為誰羈絆不能歸

北城再遇清明節憶舊遊人　詞名卜算子
春光猶戀帝王州爭奈客心愁亂後縈最旅
中滋味總覺為秋　清明辰節還来了人也
不同遊獨自吟詩徹然煑茗冷淡風流

北城旅懷　詞名虞美人
紛紛世局何時定滿目傷心景無端又向市

城来正是不關名利也塵埃故園一別青春再松竹依然在。君問何事都遲々應為珠桂留恋不能歸。

北城送春　詞名滿江紅

公子王孫重訪皇春州邑回首處樓臺城市已非疇昔往事依々渾若夢新愁縷々長如縷最是無端飄泊可憐身經年客塵埃裡誰相識朝相過了還謀久把々一春樂事等閒

十四

忘却不惜烟花零落盡只愁拋虚擲悵平生
恨艳未曾開頭空白

代婿作哀挽詞　詞名郎哀情

八句金母返瀛洲塵世豈能留有情含淚攀
送不見使心愁龍城外珥水流去悠之琹衣
舞散蔼里歆残從此千秋

前詞為子述

哀之我母竟何之七十果然希至哉母也天只

感慕曷窮時彈血淚挽靈輀送將歸雲迷三

島月落西湖萬古於斯

〇三疊山

疊〻山又疊山三疊山雄交愛間平明人度

關　上山難下山難山路何如世路難浮雲殊未閒

〇北城新春

都會古昇龍勝事重〻流浮雲不定流水東

惟有春光依舊在柳緑花紅安用飄蓬隨在

從容、高朋酒（滿座）杯濃，素位風流真可樂，樂與人同。

思鄉（上西樓）

故鄉何日歸來，意悠哉。不恨此身漂泊，恨無才。時变易，人離析，盡堪哀。只有一腔忠孝，望（鄉臺）

題七感集　柳梢青

往古來今，忠臣烈女，感慨相尋。鐵石肝腸，霜冰節操，長使人欽。我來自托悲吟，想吟處、精靈照臨。用妥幽馨，專（專）扶世道，還證初心。

七五

悼亡 代作

此日鏘鏘鳴鳳，今日斷腸風送。聚散忽匆匆，總被化兒撩弄。如夢，如夢，祇有鰥夫情重。

哀輓 代作

瑤池路，瑤池路，金母此回歸。四十餘人同迲，送春雲秋暗不能飛。隣里亦依依。

門前過 自度曲

獨自閉門臥，車馬門前過，赤白熏人塵滿頭。

九六

君今若（何）不暫（肯）時休

秋月辭

捲盡浮雲見月光
秋天無處不清涼
倚樓閒與月思量
明月有情應笑客
經年何事未還鄉
徘徊今夜意難忘

春詞

春如晝暖風微愛日遲（椰）花含笑柳舒眉蝶
既飛叢裡黃鶯睍睆梁頭燕子喃呢浩蕩春

閒來自持綴新詩

夏詞　滿浦駢

乾坤增鬱燠草裡枝頭寒蟬噪聲々杜宇惱何々黃鸝老頻相告春去了如何好這般景色添起一番橑潦幸祝融君頻報西南薰操身送荷香到前番傷心隨風盡掃

秋詞　步々蟾

水面清浮藍江削玉金秋剪々敲寒竹蘆荻

七七

萬里白依依，樹色霜凝紅消綠瑩徹蟾宮蛾
獨宿瑶階移步秋悵促不如往年籬下菊香
滿座撫琴彈一曲。

冬詞　一剪枝

玄冥播令滿關山雁已南還鴻已南還朔風
凜冽雪漫漫偏倚闌干倦倚欄杆擁爐向火
覺青顔至怎能安臥怎能安起覓姑射落塵
閒花不知寒人不知寒

七

胡春香《瑠香记》中所载词

瑠香記

Lưu Hương Ký

解放後偶搜舊簏得是編
於斷簡中因翻國文謹迻
中央文史地班諸公審
閱參訂或小補云
阮文琇謹誌
(1957)

瑠香記

樂府詞

述意兼柬友人枚山甫

雒中古月堂春香女史輯

花飄々木蕭々我夢鄉情各寂寥可憐是春宵　鹿呦々鴈嗷々歡好相期存一款不盡我心搖

江潑々雨淡々　我思君懷相契濶　淚痕沾夏葛

詩腸々心切々　濃淡寸情須兩達　也憑君筆發

尼昴々月淡々　尼月空令客斷腸

何處見勝王　雲蒼又水泱又　雲水那堪望一場
一場逢望燭悵怳
日祈又夜遲又　日夜倫悵張罔懸　思悲鷹莫誤佳期
風飛又雨霏又　風雨頻催粉筆揮　筆揮都是付情兒
君有心我有心　曼浥相思椰花陰　詩同吟月同斟
一自結万秋　佳人睽半衾　莫彈離曲悲矣音
直須棄置此瑤琴　高山流水晚相尋　處不恨堅嘆古今
君何期我何期　張亭來得兩栖遲　若頻披筆頻揮

一場都筆古何處是情兒如隱心上各相知也應交错此緣

締芳心誓不負佳期　　右江南調

瓊筵坐花　羽觴对月　風流風雅家　李子摛毫

綠兆摸業　男雅入詩歌　今夕是如何　任眉隱心

回燈叙事　梅筆一呵又　　右調少年遊

月斜人靜戍樓中　臥咱銅竜　耗咱銅竜　程半哀江響半空

声也相同　氣也相同　相思無尽五更窮　心在巫峰　魂在

巫峰　恩愛此遭逢　閑倚東風　倦倚東風　一園紅杏伯君青

LƯU HƯƠNG KÍ

蒽繁羨惜已空。今朝不見數枝紅。鶯兒莫帶舊尾去只
悲桃欠無力哭東風。清月白把奇香入客吟中。右調番庭蘭

4/ 秋夜有懷

夜深人靜獨踟躕。雲樓洞冷銀環半。小閣風長玉漏孤。花
月主人吾春寂又春興不多。宵雁影隔雨雲自住蛩
聲如訴水空流。幾些須圓。

5/ 秋思歌

秋風起兮白雲飛。草木黃落兮雁南歸。蘭有秀兮菊

八

潘辉注《华轺吟录》中所载词

華軺吟錄

清漪、桂林早报春来信、一任湘鸿向此飛、

洋湘八景詠、并序、

予昨以夏節八楚、江水盛長、山容蘩茂、三湘吟咏、景致淋漓、今歸棹溯洄、初冬届候、潦水尽而寒江清、烟光泻而暮山紫、旧視来特、又别是一番景色、其岩峦洲渚之畢陳、風雨雪霜之寥落、在宿昔品題之所不及者、江蓬眺覧、重覺興生、因思古人八景題目、點輟曲尽、予今日歷覧盡已會得精神、舟次舒閑、仍即此八題分詠、詩調

每景詩一調一共十六章、庶幾岩溪風物、描寫見真、以無負此度洋湘遊也、吟成、因敘之以見意云、

洋湘夜雨、

暮色雲山幾萬重、寒声滴向一江空、漁村遠火凝茫外、晃渚滄波漸沍中、横艇無人尋箇寺、擁衾有客倚秋蓬、楚天不盡淒凉思、夢繞湘流曉岸風、

又詩餘、

響羊羔、声瑟瑟、滴滴惱却秋江旅客、萬山寂一流寒、

烟光渺茫闇残烬影孤衾冷、枕上關河梦醒、三楚思十年情淋漓夜五更、

右調更漏子、

洞庭秋月、

湖天浩蕩鏡光浮、雲水澄鮮桂魄秋、翠影千波湘浦岫、清暉五夜岳陽樓、氷壺世界通三楚、白玉仙臺恍十洲、歸客回頭浪烟遠、西風重憶木蘭舟、

又詩餘、

迢遞九江烟浪、滄茫千里湖山、一輪桂魄夜團團、照徹素秋景色、岳浦展開明鏡、湘峯點綴雲霞、幾人攜

洞庭重瀾解倒巴陵清影

右調西江月

遶浦歸帆

萬疊蒼山夕照斜、客舟何處向江沙、鷗頭泛泛蘆洲渚、蝶翅彩影漾浪花、千里影回湘水碧、三秋色照楚山多、江湖旅望舒悵爽、一曲滄浪韻棹歌、

又詩餘

翠嶺擁長流、烟水悠悠、忽從天際見歸舟、檣影迤邐天外樹、浩渺汀洲、斜照暮、溪頭言望踟躕、涼飆吹動白蘋秋、滿目關山隨處泊、烟景夷猶、

右調浪門沙、

平沙落雁

渺渺漁汀遠岸，閒飛飛鷗鳥半空來。西風吹共芦花墜，晚照斜連草字廻。不向嶺南傳海信，謾從衡傍轉江隈。閑山此度征鴻杳，熏憶音書一把杯。

又詩餘

遠浦啣芦秋弄影，草陣行行対甃。蕭瑟西風冷，斜陽沙向滄洲静。萬里雲烟江路永，暮宿朝彩無定。閑山消息迴。顧倩傳書通桂嶺。

右調惜分彩

江天暮雪

遥過山風吹晚瀾、清霜洿雨雪瀰漫、一望渦散銀漿瑩、六出衡開素練寒、鷺影依微迷鹽浦、芦花寂丕耕前灘、擁蓑歸客吟蓬冷、獨抱冰心向夜闌、

又詩餘、

林蕭紫水寂寞、朔風吹散冰晶落、雨作闌波增寒、銀花萬朵、堆滿幾重山、梅林吐艷光争潔、清暉照对高望月、芦蒂津歸棹人、孤蓬舒眺、詩思微寒雲、右詠梅花、

山市晴嵐、

重巒錯落碧江隈、江上層峯旗庙迴、貿易声和林鳥

哢、貝携影傍嶺花開、半空雲物濃烟景、一帶岩光簇
去來、萬里覘風征旆遠、山溪到處見生涯、

又　詩餘、

翠巘蒼岩霄景重、甫毫何處是半雲中、魚緩蔬菜路
西來、人來往斜影照層峯、幾多野客漁翁、晚阳沽綠
酒醉清風、林光溪色淡還濃、舒望裡依約武陵叢、

漁村夕照、　右調小重山、

簑艇生涯水國中、寒郁長傍荻芦叢、烟消楚竹滄波
聳、雲淡湖山落日紅、吹笛響催前嶺月、掛罾影動白

蘋風、斜陽吟客船頭望、指記清橋間釣翁、

又詩餘、

夾岸峯巒烟景寂、滄江逞迤縈洲磧、孤村幾簇芦花
白斜日下殘紅、繚繞雲山碧、寒浦西風吹短笛、岩溪
隔斷紅塵跡、綠簑青笠饒閒適、好光景清吟觸起洋
湘客、

右調漁家傲、

烟寺晨鐘、

征蓬斜掩曉霜寒、何處鐘声落半山、依約松林青靄
外滄茫鯨響白雲間、江湖客况禪相似、閑塞鄉心梦

HOA THIỀU NGÂM LỤC

乍聞寂寂岩溪㞢顏杳、西風吹棹過前灘、

又詩餘

蒲牢遠吽響八江窓繞、借問起從甚處、岩上禪閑清曉、烟嵐寒繚緲、征人㞢梦杳、枕畔效声唉起、坐对雲叫悄悄、

右調霜天曉角、

登三吾勝景连覽帰舟有依、

吾發元次山、高趣凌坐寰、脫跡簪組裡、移家泉石間、孤峰遥迳衍、清溪任盘桓、光景一以迴、心将更隱閒、

又

隱成高客、千秋留勝跡、古々亭蒼樹岩、遺（臺）留峦碧、明月

九

阮黄中《阮黄中诗杂集·诗余》

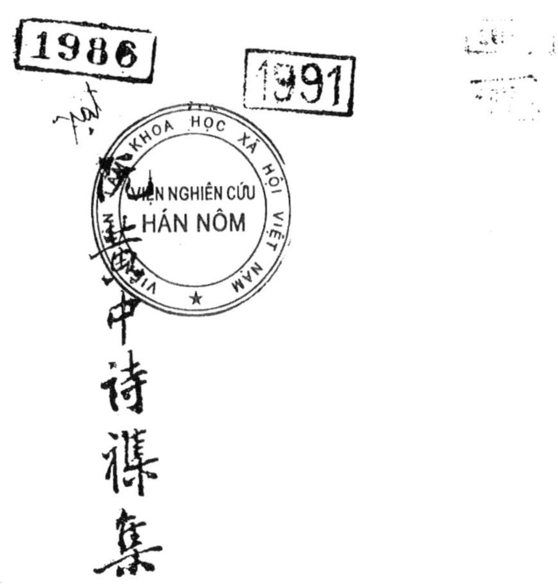
1986
1991
VIỆN KHOA HỌC XÃ HỘI VIỆT NAM
VIỆN NGHIÊN CỨU
HÁN NÔM
中
詩
襍
集

詩餘　倣唐宋詞體

望春集古　夢江南　單調小令以下

好春節，雲物望中新。心似百花開未得，出門都是看花人。畢竟是誰春。

秋夜不寐集古　憶王孫

孤燈挑盡未成眠。枕上真成夜似年。月落烏啼霜滿天。別神仙。秖是當旹已惘然。結句一作零落殘魂倍黯然

懷望　前調

萋萋芳草碧連天望斷平蕪阻夕煙渺　予懷倍
黯然兩情牽江尾江頭兩少年

倚樓　搗練子

秋色淡月光寒茅店鷄聲唱夜闌最是離人愁重處
含情無語倚闌干

春遊　花非花

旅情惜春起早拂長鞭踏芳草遊人豈怕曉霜寒
爭先一步看花好

語落花　風流子

趂曉尋芳香國，減却幾分春色，紅滿地白空枝。道是東風無力，等閒識得，且採東君消息。

花容　如夢令

香國籠千蘂萼，春色紅嬌紫嫩，總為舊情風露惹。蜂愁蝶怨如顛如癡，長與東君繾綣。

惜落花　一葉落

妒雨挪狂風，迫滿地落紅，真可惜。最惜是誰人簾內窺春客窺春客、對此愁難釋。

醉卧　春宵曲　即南歌子第一體

酒入詩無敵，詩成酒不禁，移几卧花陰。縱然眠去也

夢中吟

秋起　碧窓夢　即南歌子第二體

楊柳梳風色，芭蕉點雨聲，風風雨雨不勝情，怕殺孤

眠人起更愁生。

閨思　連理枝

寒峭紗窗靜懶把菱花整恨壓眉尖青春暗老冤家
薄倖是有誰堪訴孤燈孤月照人孤影

懷人　上西楼　雙調小令以下

花前月底孤吟憶知音曲有江南無路寄情深更
漏盡簾幙靜淚盈襟多少相思夜夜夢中尋

梅花　減字木蘭花

南枝梅放風情占斷花頭上不受塵埃也向村莊雪裡
開香清色白足稱物外佳人格玉骨冰肌莫使霜

會粉蝶知

水仙花・憶漢月

裊裊凌波青秀昨夜東風和遶玉臺金盞動清香

把那春光泄漏　仙家原耐冷黄白事不消火候枕流

漱石足生涯試問幾生修就

閨詞　憶秦娥

山河越思君暗把愁心結愁心結秦箏如許奈聲悲

咽　魚沉雁杳音書絕佳音欲寄憑誰說憑誰說

幾多恩愛幾經離別

其二　城頭月

晚風蕭慎輕寒透恰是相思候底事閑悵不須提

起且看眉兒皺　香消玉減如今又只管人消受寄語

天涯花陰柳影莫使檀郎瘦

春花　行香子

和氣沖融春色玲瓏看芸間點綴春工千々嫩白萬々

嫣紅儘舞春晴合春雨笑春風　春閑好景花鋪齊

二十

艷麗春情倫眼花中雙雙戲蝶兩兩遊蜂好挹花鬟

飡蕊蕊宿花散

月夜賞花　望江南

風月在深院俠花開蕊面媚媚合月與花香冉冉麗風

来予美契予懷　花色色在叢叢最為佳我適愛花頻悵

望花仍愛我共徘徊蜂蝶莫相猜

秋夜相思　菩薩鬘

秋夜一在來風雨寒侵張院孤吟苦終在不成眠多情

空自惱　雨聲和漏滴愁殺相思客無夢寄相思青
燈挑夜遲

其二　臨江仙第四體　中調

鄉國地遠千里江湖天入三秋不堪風雨在悠悠聲聲敲
簷恨點點滴離愁　幽恨憑誰解釋多情枉自綢
繆秋聲更亂我煩憂挑燈心似火聽雨淚如流

春晝　滿江紅　長調以下

晴望江村春去也花飛片片惆悵與東君離別無言相

餞嫩綠叢中蜂晴過紅蹤枝上鶯高囀最思春到底
覓春蹤春不見、轉盼處空留戀幽恨事難消遣奈
東風無力流光似箭、寥落不憑香徑淺蹤只恐朱顏
變惱多才誤了少年春終誰遣

無題　鳳凰臺上憶吹簫

夜月簾櫳春風巷陌幾多柳暗花明歎伯勞飛燕到
底無情望斷天涯芳草嘶馬路十里長亭人何處思
思想想冷冷清清　叮嚀、少年心事怎說與傍人空自

惺々懂香肩檀口悄語低々欲探青春消息多儂是

有影無形誰知道々惱々惜々歎々輕々

二三

十

阮绵审《鼓栧词》

（原载1936年6月《词学季刊》第三卷第二号）

第三卷第二號

鼓櫂詞

越南白毫子著

賀新郎　戲贈東仲納姬

宋玉蘭臺客錦囊詩揚華振采聲名藉藉況復今宵好花燭玉帳薰香滿席半醉裏櫻桃弄色卻笑陳王洛神
賦悵盤桓夢後無消息豈不是癡曹植　青春行樂君須惜不重來匆匆卻去留之無策京兆張郎畫眉嫵看
取湘緗情蹟也一線春心脈脈眼底娉婷世無匹有情人誰復禁情得還便是千金刻

一枝春　謝拙園兄惠梅花一枝

白雪樓高曉寒多一片凍雲疎雨經旬閉戶懊惱無由見汝重簾未燒怎般夢羅浮大庾甚處覓疎影暗香只
捻襄陽吟苦　美人一枝寄與銀瓶風裊裊檀心剛吐丰神秀朗竟似陸郎眉宇雙鬟佐酒幾能禁十觴累舉
還少個醉苦阿兄爲梅作譜

行香子　詠菊

喜在村莊不識戲廊向九秋獨抱孤芳歲寒寂寞野徑相羊任幾番風幾番雨幾番霜　天隨宅廢陶令園荒
祇此花瀟灑重陽與松作對和杞爲糧或餐落英掇柔葉佩柔香

一翦梅　夜釣

短簑圓笠稱扁舟才過沙洲又過蘆洲一竿月裏坐悠悠殘葉吟秋橫笛悲秋　信風汎汎逐閒鷗道是消愁
卻是無愁三杯濁酒釣詩鉤水也淹留山也淹留

卜算子　寒夜有懷

爐溫爇火紅鼎沸茶烟碧風雨淒淒此夜長眞箇相思夕 孤吟興轉闌多病愁增劇衹恐陽烏不耐寒殺盡雲間翮

鷓鴣天 題栗園塡詞卷後

急管繁絃夜未休雙鬟勸酒唱伊州十年明月隨流水一樹垂楊欲葬秋 今管病復工愁閉門獨臥愛居幽紅顏顧曲甘輸爾占斷春風燕子樓

如夢令 寒夜獨酌

更漏迢迢寒夜小院寂如僧舍無奈雨聲還愁殺茂陵獨臥休怕休怕濁酒漢書堪下

望江南 美人睡起

羅幕捲燈影照殘妝寒雨殢人嬌未起紅蕤枕畔戀餘香不省臥空牀

天僊子 病寒自嘲

臥病經旬書懶看底事愁如絲自絆空階落葉轉蕭蕭風一半雨一半併作枕邊聲不斷 獨擁金爐然獸炭瘦骨凌兢寒未散忽驚簷際動簾鉤衣也喚香也喚喘月只牛堪一粲 一作眞漫漶

昭君怨 宮詞

殘夢忽驚春盡晒斷君王來信索性照菱花淚如麻 休把菱花自照怕恐天公錯了生得好紅顏又緣慳

滿庭芳 寄題駙馬克齋菊花

三徑烟霜半籬月露妝成一片清秋平陽池館低亞萬枝稠無限金膏擅板添桃李多少風流誰知道芳心獨抱尚有此花幽 何郎偏愛汝貞標逸品移植軒頭把珠簾十二高挂銀鉤縱有賦家□李比平叔終覺難儔

吹簫聲。（一作簫聲咽）啣杯弄輸佳句，滿秦樓。

轉應曲　懷友

春樹。春樹。日暮相思何處。江南江北遙望。細雨斜風斷腸。腸斷。腸斷。瘦損緣君大半。

菩薩蠻　江上懷故人　效朱竹垞蕃錦集唐詩

驚風亂颭芙蓉水。（柳子厚）河橋有酒無人醉。（許渾）脈脈萬重心。（劉禹錫）流泉入苦吟。（釋皓然）東南飛鳥處。（崔齊容）浦口秋山曙。（錢地）楓岸月斜明。（雍裕之）愁多夢不成。（沈如筠）

憶王孫　閨思

盧龍塞外草初肥。（盧弼）蕩子從征夢寐稀。（杜牧）不算山川去路非。（羅鄴）忽分飛。（王維）身逐票姚幾日歸。（李嘉佑）

太常行　臥病戲贈

薰爐藥椀伴匡牀。夜夜宿空房。深負好春光。儘由汝濃妝淡妝。　儂郎文弱，多愁多病，豈合怨儂郎。愁病尚堪傷。不勝似。清齋太常。

念奴嬌　采花

春風似箭。怕匆匆過了，尋芳時候。驀地相將林下去，繙束短衫窄袖。繞樹盤桓，攀條笑語，不管人偵後。亂紅如染，幾回疑污纖手。　拈得玉蕊才開，含情無限，徧索枝枝瘦。薄晚歸房還獨坐，羞被流鶯僝僽。借問明朝，綵籃初結，有約能來否。也應迴答，權時忍辱依舊。（一作相就）

臨江仙　詠水仙花

瘦石寒沙還舊契，依然一片瀟湘。也應配食水仙王。淩波疑向竹，招手喚英皇。　冷落數花明硯席，燈前描就

新妝淡烟香霧月茫茫幽人眞藉汝點染好山房

浣溪紗　春曉

料峭東風曉幕寒飛花和露滴欄干蝦鬚不捲怯衣單　小飲微醺遲獨臥尋詩無計束吟鞍疊屏圍枕看春山

倦尋芳　寄子裕

瑤箏半掩斑管空閑庭院蕭索聞道春來早遍水村山郭幾處新紅才拂徑誰家嫩綠初藏閣少年郎任章臺走馬玉鞭遺卻　憶前度同君幽討斗酒雙柑隨意行樂這段襟期好付誰人領略豈是興闌愁病困不堪別後心情惡更何時續佳遊恣探邱壑

少年遊　和韻贈翰林某

沈香亭北牡丹枝恰好作花時賀老搊箏玉環勸酒少李白題詩　長安市上誰家醉閑院閉金扉間待何年梨園傳勅催進樂詞歸　梨園一作伶官

清平樂　早發

齊綏布襪不待平明發未煖輕寒清欲絕一路曉風殘月　春山滿眼崢嶸馬蹄亂踐雲行拖醉高吟招隱流泉如和新聲

點絳脣　山茶花

不捲珠簾含情細認瓊花色定從佛國雨曼陀羅得　欲寫新詞只恐無人識殷勤覓膏蘇醉墨把謖邊相憶

偷聲木蘭花　暑雨

山房客去空齋散清露光風香不斷對爾卿杯頤乞騷翁九畹栽 憐渠君子還文雅半是幽人半王者被似撹心祇博豪名百兩金

疎簾淡月 弟惟善同苹季會飲見招不果往賦此卻寄

薄寒天氣好一斛葡萄半鑪沈水吹殺東風攪亂綠情紅意料應勝會眞殊絕笑青蓮漫誇桃李唱余和汝看來只少臨川作記 惱不絕病身愁思總二豎相侵五窮爲祟藥竈經鑪冷淡自家況味鏡中顏色今憔悴夢幾到烟花場裏黃河賭唱旗亭佳話從斯由爾

減字木蘭花 對弈

小窗花影月度銀塘人語靜月午花香半榻棋聲饒漏長 將愁卻喜贏得狂夫贏一子不待他年黑白分明到眼前

沁園春 過故公主廢宅

好箇名園轉眼荒涼不似前年憶雕甍繡闥芙蓉江上金舆檀板翡翠簾前歌扇連雲舞衣如雪歷亂春風飛半天曾無幾卻平蕪牧笛頹岸漁船 悠悠往事堪憐況日暮經過倍黯然但夕陽欲落照殘芳草昏鴉正滿啼斷寒烟暫拄筇枝淺斟杯酒暗祝輕澆廢址邊微風裏恍玉簫嫋嫋月下遙傳

謁金門 漁父

江渺渺無限白雲沙鳥斜月微風漁艇小櫂歌聲澈曉 也愛溪山深窈不管□魚多少世路波濤吾免了此中堪送老

憶秦娥 春思

長安道王孫行處迷芳草垂簾鎖日亂紅誰掃　子規也爲多情惱客遊休怕歸來早歸來早沈吟不斷燕殘鶯老

江城子 舟行

蒲帆挂櫂木蘭船浪花前野鷗邊倚醉題詩高詠睨山川蜀錦宮袍明向日人錯道李青蓮　不晴不雨仲春天水涓涓草芊芊任汝投竿石上釣江鮮縱使水寒魚不餌涼陰處亦堪眠

玉漏遲 阻雨夜泊

長江波浪急蘭舟叵奈雨昏煙溼突兀愁城總爲百憂皆集歷亂燈光不定紙窗隙東風潛入寒氣襲鐘殘酒渴詩懷荒澀　料想碧玉樓中也背著欄杆有人悄立彤管鸞牋一任侍兒收拾誰忍相思相望解甚處山川都邑休話及此宵鵑啼花泣

木蘭花慢 贈某少年

看紅塵起處銀鞍過百花香問何地遊春板橋東路官寺西廂風光箇中最好肯門前走馬背垂楊漫說六朝金粉溫柔便可爲鄉　高唐雲雨總微茫枉自惱襄王較調箏擘阮珠歌翠舞似此何嘗思量人生行樂只少年意氣尙相當不見江州老淚也隨商婦低昂

浣溪紗 題擘芳軒

苔逕無人悄悄愁虛窗瀟灑似清秋夢回日午鳥聲柔　花氣撲簾紅雨散蕉陰拖地綠天幽古琴白拂自風流

摸魚兒 得故人遠信

草萋萋。陌頭三月，王孫行處遮斷。青山憶昨日登眺，時節未寒猶煖。風□晚。歌一曲。白雲不度橫峰半。與長書短。已暮兩人歸，東風花落，回首舊遊遠。經年別，何處更逢魚雁。相思□□無限。朝來對客烹雙鯉，摘取素書臨看。心轉亂。誰料倘飄零琴劍。江湖畔。天迴地轉。顧跨海營橋，剗嶮爲陸，還我讀書伴。

石州慢 伎席戲贈某客

銀燭高燒，翠幕乍寒，春夜猶永。氍毹帖帖平鋪，紘紊根根初整。佳人二八，扇底傳出新聲，回身一轉花無影。錯遭滑弓鞋，向風前難定。歌竟。纖腰滴玉，倦語吹蘭，愁容越勝。借問當筵，妙處幽情誰省。知音不易，除卻江左周郎，祇應把似琴笙聽。底（一作此）意（一作密）怕人言，任河傾烟冷。

滿江紅 舟中看花

素練平鋪，清江面。無烟無浪。日纔平。蘋風吹座，柳陰維舫。夾岸紅燃花欲捲，半塘綠浸潮微長。約鄰舟把酒倚窗開，須酣暢。斜陽遠，嬌相向。暗香度，風駘蕩。任鶯嘲燕笑，不妨幽賞。弄蕊攀枝容汝躍，描神寫韻應吾黨。願來朝添放幾多叢，堪吟望。

多麗 擥芳軒看花

日痕紅。滿庭花霧濛濛。起披衣。曲廊斜度，縈迴路轉牆東。露華濃。薔薇猶溼，烟光淡。芍藥輕籠。漸覺香飄，微窺影□，隔簾搖蕩一欄風。看不盡。新枝嫩葉，錦繡綴重重。添多少。嬌鶯婉燕，浪蝶遊蜂。正尋思。閒攜酒伴，更須三兩詩翁。倒芳尊。笑呼孟祖，裁樂府。催覓玲瓏。白雪調紘，烏絲疊句，也應不負許多叢。卻無奈。交遊冷落，南北各萍蓬。誰堪得。西園春色，病裏愁中。

水龍吟 江夜聞笛

江村波靜烟清維棺夜向鷗邊宿漁人何處船頭擫笛梅花一曲溪月初斜湖雲忽起數聲幽獨定嘯翁釣罷醉□無事蘆洲譜吹還熟　夢醒閒聽未足曉招尋山青水綠簞牀茶竈書囊琴匣今吾不俗草屩撈蝦竹弓射鴨平生所欲待秋風借便蒲帆高挂願來相逐

小重山　次韻畬子裕見寄

魚雁勞勞尺素頻爲憐多病客卻愁人維摩丈室幾由旬飛花積（一作滿）錯道已殘春　別調寫來新裁雲縫月手妙傳神爲君度曲澈清晨須病已來看繞梁塵

後庭花　題南唐後主詞集

櫻桃落盡春歸去尋芳無路哀歌未斷教誰補城頭金鼓　江南不少風流主後庭玉樹胭脂空怨韓擒虎一般辛苦

醲奴兒令　歌妓□兒藝頗工而歉于色季卿乞余詩贈之書此詞以應

紅牙輕按櫻脣啓心上分明面上難明偷背銀缸巧送情　詼諧余亦張公子烟也須評月也須評寫向端端一寄聲

歸自遙

溪畔路去歲停橈溪上渡攀花共送溪前樹　重來風景全非故傷心處綠波春草黃昏雨

更漏子

秋宵長秋漏永獨立閒階顧影風颯颯露淒淒城頭烏夜啼　今宵意當年事異地無由相寄鏞鼓轉夜池幽聲聲點點愁

玉樓春

芙蓉裙衩弓鞋小環佩丁東香嫋嫋今宵步月爲誰忙花底背人來得早　花開月滿情多少踏破靑鞋看徹曉擬將心事問嫦娥卻怕說時生妾惱

蝶戀花

鸚鵡杯香桑落酒灌得離情如許傷心久去歲別時還憶否春風門巷餘楊柳　今日相思明日又一束腰肢到底緣君瘦但要子規行處有君聽哀響應回首

法曲獻仙音　聽陳八姨彈南琴

露滴殘荷月明疎柳乍咽寒蟬吟候瑇瑁簾深琉璃屏掩冰絲細彈輕透舊衫濕新絃勁沈吟抹挑久　淚沾袖爲前朝內人遺譜淪落後無那（一作爭忍）當筵佐酒老大更誰憐況秋容滿目消瘦三十年來聚知音四海何有想曲終漏盡獨抱爨桐低首

鵲橋仙

荆扉長掩芸緗慣讀持底禁愁教住相望祇隔水東西待烏鵲橋成幾度　評花賭酒彈絲擫笛自笑今吾非故滿城風雨近重陽問誰更登高作賦

采桑子

銀燈影凍籌香冷風也催愁雨也催愁怪殺今年又此秋　問誰植得愁根穩剗卻難休擺卻難休心緒奮騰不自由

鳳凰臺上憶吹簫　悼鶴奴

瑞腦煙消繡鴛被冷可憐今夜偏長是淚痕零袂酒漬霑叢休說鮫珠萬斛深情也不哭神傷從今罷畫眉京兆樹體荀郎　淒涼金閨悄悄那忍對妝臺匳粉殘香念當年歡合小院迴廊幾度雙臉捧硯偷眼看詞譜新腔誰知是商陵琴操斷絕人腸

聲聲慢　余雅有朝雲之感偶讀玉田草堂詞因和鄭楓人韻

摧殘院柳憔悴林梅看春也恐非春舊夢依稀瑤姬何處行雲巫山畫屏十二把峰峰化作愁痕相思苦正東風似翦細雨如塵　遙想一坯黃土儘消沉玉骨零落香魂鎮日無聊誰憐倩思昏昏爭如少君有術縱來遲最幻情真何寂寞枉傷心花醫草裙

望江南　悼亡

堪憶處小閣畫簾垂楊柳撲窗風翦翦茶蘼繞架雨絲絲春思蹙雙眉

堪憶處曉日聽啼鶯百褶細裙偎草坐半裝高屧踏花行風最近清明

堪憶處銀鑰鎖朱門倦繡鬢邊拖弱縷微吟眉際蹙愁痕不語暗消魂

堪憶處酒困起來慵銀葉添香釵影顫玉纖研墨釧聲鬆紙尾代郎封

堪憶處浴罷骨珊珊六曲屏風遮玉樹九枝鐙燦耀銀盤葉葉試冰紈

堪憶處蘭槳泛湖船荷葉羅裙秋一色月華粉臂夜同圓清唱想夫憐

堪憶處翦燭夜裁書風雨五更呵筆硯縹緗四部注蟲魚侍者有清娛

堪憶處愁病臥春寒被底蕭條紅玉瘦枕邊歷亂綠雲殘淚眼怕人看

堪憶處明月掩空房漫說胸前懷荳蔻卻憐被底散鴛鴦水漏夜茫茫

堪憶處△驚夢寺鐘鳴●三尺新墳蘭麝土△六如妙偈貝多經●從此證無生●

醜奴兒令 聽歌

檀槽斜捧鵾絃響△怕聽清歌●卻聽清歌●子野空餘喚奈何● 從來哀樂中年事△絲也由他●竹也由他●兄復江郎別恨多●

虞美人

月明庭院花陰薄●風裊鞦韆索●小樓高處捲珠簾●恰是惱人春色嫩涼天● 夭斜半篆燒沈水●偏喚雙鬟倚●輕敲瑠板學人歌●背卻玉郎笑唱定風波●

邁陂塘 晚起

倚南窗●紙屏石枕△竹涼又是如許●夢魂化蝶無拘束△隨意探香花圃●簾影午●纔一覺●南柯早已△青山暮●綠苔庭戶●恰蘼徑人歸△柴門犬吠△栖鳥隔烟語● 開新茗△待得樵青喚取●玉川七椀方住●手中半卷殘書在△興到不尋章句●吟且去●待月上林梢△照徧前溪路●狎鷗盟鷺●有短槳扁舟△釣筒漁具△好向白沙浦●

柳梢青

愁病當家●簟紋鐙影△一向生涯●積雨滋苔△狂風吹柳△細水浮花● 今朝强起驅車●恰又是●西峰月斜●遠寺疎鐘△深林寒犬△古木昏鴉●

青玉案

水仙祠下青楓樹●今夜是△維舟處●江上晚來微雨度●波心如鏡△魚兒如織△剛好垂竿去● 紅牆十丈珠樓暮●雲母窗深鎖春住●翠袖何人題恨賦●半庭修竹△滿身涼月△相憶支頤苦●

好事近

一點小梅開莫是東君初至恰恰兔華圓了正惱人天氣　楊花輸與謝纔慵玉戶婆娑閉兀坐含情無限卻勸郎先醉

疎簾淡月　梅花

朔風連夜正酒醒三更月斜半閣何處寒香遙在水邊籬落羅浮偎子相思甚起推窗輕烟漠漠經旬臥病南枝開遍春來不覺　誰漫把幾生相推也有個癩仙曾閒忘卻滿甕醪滿擬對花斟酌板橋直待騎驢去扶醉誦南華爛嚼本來面目君應知我前身鐵脚

柳梢青　柳

漏洩春光東風千樹嫩綠輕黃細撲簾旌半垂略約斜掩書堂　花飛酒店飄香有幾處吳姬勸嘗恨少青蓮興酣落筆萬丈光芒

水調歌頭　答子裕兼示同人

湖水鴨頭綠洗出蔚藍天江花岸柳搖漾閑道已新年卻怪醯雞坐困不逐城東遊俠總爲病相纏怨枉栗園子絨意問纏綿　坐深深愁悄悄淚漣漣謝家玉樹憔悴草長脊鴒原算有坤章老圃東仲弟兄和甫阿裕與臘偎更似分飛烏燕景也淒然

剔銀鐙　燈

一點豆青燦燦祗在案頭長伴雨閣閒尋秋窗讀史恰照修眉細眼光明自滿誰計較九枝千盞　樂事人間無限多少歌樓舞館寂寞今宵殷勤片影剩借祛愁大半更闌漏斷籠得佳風來不管

人月圓 元夕

團圞今夜人如月風景兒新年佳遊是處笙歌樓上鐙火街前 問渠何事別來祇是兀坐淒然王孫草萋美人花謝觸緒堪憐

鷓鴣天

小凭紅欄聽夜泉春愁脈脈怨芳年半簾明月篩花影一縷微風裊茗烟 空悵望苦纏綿欲言不語漫成憐偷拈恨譜題新句暗滴鮫珠溼彩牋

摸魚子 晦日小集戲柬季妹

數韶光三分減一恰合莢蒸□落人生端合當春醉莫惜對花斟酌開綺閣好曳杖攜尊隨處堪行樂怎生錯卻儘燕姹鶯嬌桃夭柳媚風景宛如昨 奈詞客幾許支頤商略逡巡斑管難著眼前別有相如女持比婉兒不惡嫌才薄少個夜明珠來愧爾延清以上當有誤字幾回悵愕□樓上銜文稟前鑒紙被斥結聯弱

虞美人 遣文

微微夢雨紅窗掩悄悄蛾眉斂爇香沈水碧烟孤落日隔花啼鳥有人無 空杯剩酒殘妝淺別恨重山遠去鴻歸雁幾能逢可似睡鴛交織帳西東簾波不動春風靜月裏霓裳冷紅牆十丈小樓高夜半有人和露摘金桃 花朝欲過清明近怕到酴醾信因循漸覺損年芳脈脈無端玉筯污新妝

摸魚兒 送別

最傷心驪歌纔斷離腸恁地抽緒驚花□底春多少叵賴魂消南浦留不住念五字河梁此恨猶千古臨岐數

語囑藥褁背攜朝餐須飽總是別情苦　征車發一片□紅如霧迢迢相望雲樹酒醒人遠昏鐘動但見滿天
風雨君且去待修禊流觴佳節還相遇石塘南路會撑出扁舟沽來濁酒認取我迎汝

揚州慢　憶高周臣

草閣微涼笆籬落日晚來斜凭欄杆望平蕪十里盡處是林巒憶相與長亭把酒秋風蕭槭細雨闌珊脫征鞭
持盼怕歌三疊陽關　流光荏苒到如今折柳堪攀豈縷紋情疎江湖計得投老垂竿縱有南歸鴻雁音書寄
天海漫漫但停雲凝思不禁楚水吳山

浣溪紗

牡礪牆高萬柳垂甃樓西畔繡罘罳玉人紅袖撚花枝　扇底半痕秋水側風前兩道綠雲欹暗傳幽緒指心
兒

揚州慢　紫巒鐙席上作

冷豔欺梅香膚賽雪摘來新自花田向鐙籌侶縮面面總嬋聯試然著蓮缸半點明珠有淚幾玉生烟更銀箏
檀板依稀南漢尊前　沈沈五夜幾驚心故國山川怕蘭燼殘紅桂膏銷綠零落堪憐誰識柔腸百結今生也
猶被情牽問坐中賓客何人解弔嬋娟

覽裳中序第一　有序

茱少年與阿歸定情歸故覽裳部中人也善琴歌放去復居於葦野渡頭少年每勸其渡江來遊客有談之者因賦是詞

山屏展錦疊夜久寒深花思怯細把涼州按徹似怨鶴啼霜哀蛩弔月丁香百結度春風翻箇愁絕殷勤數闋
天舊事偷惜七絃說　嗚咽琴歌清切儘相愛銀箆擊節此心叵奈寸折念宿昔承恩紫雲一闋纏頭綃滿篋

鼓枻詞　　一一五

悵容易繁華消歇君休道渡江無苦忍復聽桃葉

西江月

半沼水天一色滿樓風露三更循廊背手獨閒行愁殺當年花影　寂寞簾波屧響依稀月誓香盟冰流花謝兩無情腸斷橋南荀令

孤鸞　過亡姬鶴奴墓

香林悄悄正過雨餘霞夕陽啼鳥驚馬松陰一向故人憑弔當年拍肩私誓悵佳期水空雲杳誰忍而今獨臥倩山僧祭掃　嘆別來心緒縈繞儘見月長愁逢花添惱閉閤拚春不管燕殘鶯老遙憐此間幽閴但六時鐘魚昏曉怕爾清秋情味也相思難了

長相思

朝鐘鳴暮鐘鳴朝暮聞鐘空復情那堪腸斷聲　新恨縈舊恨縈一片相思夢不成孤房惟月明

浪淘沙

窗外雨芭蕉窗裏蕭寥半尊濁酒帶愁澆何物關情忘不得醒醉無聊　風勢夜調刁高捲江潮所思人在赤欄橋縱有雙魚難寄與烟水迢迢

南柯子

暮色收銀鑰秋風冷錦衾夜來半閣雨淫淫端是聲聲滴滴碎儂心　舊夢留愁住新愁倩夢尋愁多難夢費沈吟祗有孤鐙一點五更深

意難忘　夜泊有懷

夜泊秋江正林楓漸赤園橘初黃船頭風勢勁逢背雨聲長愁悄悄夢茫茫間底事思量祇恐他無端無緒沒
處參詳　蕭條一點蘭缸燼傾乾恨淚燃碎離腸閑鏃還隱几掩卷獨支牀羅袂薄錦衾涼待訴與紅妝不奈
伊慣猜性格道是佯張

夜行船

昨夜東風寒峭恁儂得桐花信早黃粱春韭不成歡卻又是綠波芳艸　一曲驪歌人上道垂楊岸畫船開棹
依舊雞窗還獨掩這滋味蘸殘鐙小

海棠春　有贈以折枝海棠且索答詞書此以應

華清妃子春風面不分到江南相見催曉睡難酣殢酒寒猶顫　杜陵老去才情淺把禿管未題先靦輸與海
橋詞學士秦郎善

臨江僊　閒潘梅川疾戲題

十笏小堂宜臥疾依然欹案銅瓶門闌瀟灑冷如僧蓬蒿三徑綠菡萏一花青　老我文殊參講席也甘白首
繙經高高明月可中庭但愁文字義不是□□□

春光好

紅臉浣黛眉消孀人嬌掩屏齋日坐無聊思迢迢　薄倖檀奴何處垂楊不挽長條膏燈光還匿笑盼明朝

醉花間

休相見怕相見相見難當面花影碎春愁妾恨今宵滿　扇底一聲歌一聲腸百轉素月下紅牆玉柱移金雁

金人奉玉盤　遊山

愛山幽緣山入到山深無人處歷亂雲林禪宮樵徑櫻鞋桐帽獨行吟東溪明月恰離離相向招尋　輞川詩柴桑酒宣子杖戴公琴盡隨我此地登臨振衣千仞從須教烟霧盪胸襟醉歌一曲指青山做箇知音

浪淘沙　査欄者主家青衣也見田郎而悅之田固不知也田固余友或談其事今記之以詞

攏下箇因緣底事相纏眉峰瑣碎動春烟硬說狂奴眞比目錯怨青天　憔悴損芳年羞受人憐桃花門巷宵歸鞭縱有重來堪擲果也不如前

醉春風　爲田郎記事

扇上驚相見扇底羞回面無端特地惹春愁勉勉勉心上眉頭丁香深結芭蕉難展　細雨垂楊晚長路斑騅遠一鞭殘照落花飛遺遺遺傳語玉郎齊紈輕薄不堪題怨

祝英臺近　送春

倒金尊敲檀板今日送君去水竹村邊殘照半江雨筵前唱徹陽關權歌聲起黯然早閉船撾鼓　問前路君看幾點梅花臨水兩三樹消息他朝此是斷腸處雙魚書札慇懃緘愁寄恨可能有隴頭佳句

解佩令　題華野南琴曲後相傳琴是前朝國叔遺鑰能政後所製聲甚哀惟舊教坊陳大娘獨得之

孤桐三尺哀絲五縷代當年房相傳幽憤戀國憂讒把萬斛傷心說盡蕭庭蘭愧他紅粉　參橫月落猿啼鶴怨縱呆兒暫聽誰忍老我工愁怎相看文通題恨恐明朝霜華添鬢

西江月　戀人贈賦

隔席迴眸流碧對人羞頰潮紅伯勞飛燕忽西東不比鴛鴦同夢　芳草落花寂寂衣香鞋迹匆匆自憐無分醉春風爭忍臨歧相送

戀繡衾

殘魂一縷無依著似西風欲斷衰楊儘解道情爲累未死前畢竟難忘　銅龍水滴驚衾冷覺秋來滋味添長
縱病得昏沈好勝不言忍淚神傷

菩薩蠻　病中

酒籌歌扇閒拋擲沈腰潘鬢誰憐惜不病亦傷神多愁易損人　瑣窗深自閉整整昏昏睡幽夢細如烟落花
何處邊

減字木蘭花　代人答女伴和韻

裁雲縫月謝女由來工詠雪花外黃鸝嚦嚦驚䍐幼婦詞　閒愁不斷又是櫻桃風信換寂寞溪林剡櫂相思
倘重尋

屋梁落月夜夜江亭雙涕雪打起黃鸝遠夢遼西未敢辭　燭殘香斷翠袖天寒慵不換花滿園林愁似春波
一萬尋

酷相思

九疊屏山圍燭影奈窗裏孤眠冷看如醉如癡都未醒人到也淹淹病人去也淹淹病　萬丈遊絲飛不定把
心緒纏難整問何夕鴛鴦雙枕並今夜也無聲應明夜也無聲應

行香子

絕代嬋娟芳意連綿向無人獨語簾邊衞衞薄醉艾艾初燃看眼兒沈眉兒蹙髻兒偏　梨花夜夜楊柳年年
被擡奴乘巧來纏半衾兒昧兩字因緣算十分愁三分恨七分憐

西江月 和栗園韻東和甫

冉冉櫻桃風信濛濛芍藥烟霏美人別後夢依稀試問相思還未　抛擲花明酒釅伶俜燕語鶯飛蘭缸石銚
皂羅幃管領薔香茶味

兩同心

水精簾靜雲母窗深璧月高宵烟裊裊銀河轉漏鼓沈沈春風裏花是雙頭人是同心　何須恨語相尋戲語
相侵酒半杯分從合巹琴一曲彈向知音休猜著舊日情懷個個如今

行香子 和栗園韻卻寄

酒熟鐙明難破愁城覺年來絕少風情已沾絮重不繫舟輕任老侵尋花開謝月虧盈　欲言未語似醉還醒
總無心書品詩評哀蟬恨曲別鶴悲聲問有鴻都敎小玉報雙成

殢人嬌

雲想衣裳水如環珮繡弓鞋芙蓉裙衩薔薇花底珍珠簾外相見處回頭羞拈羅帶　細語難通宿醒未解殢
人嬌搵紅愁黛思量今夜悲歡此會這一刻千金從他不買

行香子 聽歌席上代人作

也遏行雲也動飛塵奈秦青不慰愁身尊前一曲無限傷春恨此時花今夜酒昔年人　君情妾意多少酸辛
到相逢卻又相分相思有淚相見無因但夢盈衾香盈袖淚盈巾

章臺柳

楊柳花飄何處春來添長傷心樹昨夜東風作意吹迸淚看花彈不去

花非花

花非花，月非月。來非來，別非別。恤眞蓮子祇貪多，儂是荷花開不絕。

醉春風 戲寄何姬

生怕陽關拍，不到長安陌。小樓詰曉柳花飛，惜。惜。惜。一事要他，未肯回道，十分端的。　苔是靑鞋迹。海是紅珠滴。思量昨夜別奴詞，覓。覓。覓。字裏行間，瓊枝壁月，是君顏色。

臨江仙 舟中送春次韻同章野栗園蓮塘賦

萬點落花春去也，依然靑草殘陽。山川平遠是瀟湘。沿洲尋杜若，極目水天長。　縱有芙蓉開并蒂，蘭舟何處橫塘。巫雲蜀雨夢茫茫。酒醒人又散，沙浦月如霜。

小桃紅 蜀溪市堂索賦

不管蘭心破。不惜荷盤涴。寂寞更長，替人垂淚，潸然如瀉。想前身合是破腸花，釀多情來也。　縷縷愁烟鎖。滴滴明珠墮。濺弔當年，寇公筵上，石家廚下。縱君傾東海亦應乾，奈孤檠永夜。

浣溪紗

春病懨懨一向臞。愁絲容易見春紆。見花不問問花奴。　四壁寒雞人睡罷，半牀落月客吟孤。零星芳夢有如無。

霜天曉角 和辛稼軒

樓頭沙尾。花底三千里。前度一丸冷月，黃昏候，能來此。　眼中人老矣。惜春醒亦醉。芳草滿地鼃蛙，無情緒，聒雙耳。

CỔ DUỆ TỪ (Bản in trong *Từ học quý san*)

醉花陰

細雨微風秋意遠。綠沼荷衣褪。幽恨更無端△燕子誰歸△花妥雕闌晚。心香好在雙如願。但相看羞澀△密語祝。西風△葉葉離情△不比題紅怨。

跋

右鼓枻詞一卷。越南白毫子著也。白毫子爲越南王宗室。襲封從國公。名綿審。字仲淵。號椒園。眉間有白毫。因以自號。又著有倉山詩鈔四卷。倉山其別業也。清咸豐四年三月。越南貢使晉京。道過粵中。攜有倉山詩鈔及此詞。時予舅祖普化槃莘畬先生適在粵督幕府。見而悅之。手抄全册存篋中。歸卽以贈先父敬鏞公。以先父爲其及門得意弟子也。予久欲爲刊行未果。今幸滬上詞學季刊社方搜採名家著述。公布於世。乃錄副本寄。藉彰幽隱。噫。越南南服小邦耳。乃有殫精詞學。卓然成家者。固山川靈淑之氣。雖絕域不能終閼。亦足見當日中華聲教誕敷。一統同文之盛。邇來越南板圖。改隸于法。已三十季。其學術久淪歐化。未知尚有研究吾華文學如白毫子其人否。興思及此。不禁欷歔南望。有無窮之感矣。中華民國二十三年。驚蟄日。欽縣余德沅陸亭跋。時年七十。

十一

阮绵寘《苇野合集》中相关论词文章

詩詞合樂疏

奏日奉交出詞總并批示各理芸云欽此欽遵臣竊惟頌詞詩之苗裔詩詞即樂之表裏原夫聖人作樂以養性情育人材事神祇和上下用之祝頌用之宴賞用之邦國其體式功效最爲廣大深切乃詩篇樂章配於五音六律諸書汗牛充棟又參以氣運算數銖秤寸度如宋新樂圖記司馬光則主阮逸胡瑗

之論范鎮則主房庶之說相争莫已而齊固失矣楚亦未爲得也東根西觸鶻突葛略摠無定見至元明遂無樂書禮官經師不一留意只憑伶人歌工洵口嚎嗄皆藉口以樂經亡使古樂不得復可勝嘆哉殊不知詩自詩聲自聲而成樂矣書曰詩言志歌永言則詩人自言其志或自歌或使人歌之永言者長言也言不足則長言之蓋詩者與歌者不相爲謀而聲

依永律和聲則以樂器五音六律配之耳經師學士多論宮爲君商爲臣配合糾結至諸填詞家與度曲者抅抅相辨以宮商字句然詰以何字爲宮何聲爲商則瞠目撟舌則何必争辨哉即辨之亦逐末遺本矣蓋樂雖極神極奇然不外此宮商角徵羽四上尺工五六等字則又極簡極易矣天之籟即人之聲耳人聲未嘗亾而樂亾可乎孟子曰今之樂猶古之樂

信哉經術莫邃於樂樂雖亾而諸經言樂者具在好學深思者參攷研求旬得其大致矣臣嘗受業於禮臣故申文權與臣兄故綿審乃知宮商有一定之聲而製辭與合樂二者各別製辭者不必知宮商而合樂者必不可不知宮商諸論辨發憤問難甚詳今為憊學荒尚記一二以寔陳　奏

答詔劄子

奏臣經進論詩詞合樂疏於臣嘗受業於禮臣故申
文權與臣兄故綿寯乃知宮商有一定之聲句旁舉
硃批申文權學力文才如何潘清簡勝否王似寡
交然見昔人與今人何者爲最二王學甚淵博有本
我國諸儒臣似難企及然予以意淺窺似各有長從
工於詩詞王則精于經文未知是否王則料比從如
何寔告平生有服誰人否欽此臣自幼趨庭得聞詩

禮之後又奉建設講堂揀擇師傅不敢不竭盡心力
從事於學奈資質愚魯粗通綱領未窺堂奧於明命
六年蒙居宮城内之養正堂故黎棠花充講習纔知
佔畢不通旨義至十二年出外就傅居廣福堂與弟
故綿寶同學則充講習者多又或更換亦無出類拔
萃者臣不盡記惟講習臣故申文權教授甚久臣定
故綿審在廣善堂別有講習而日常過臣從文權教

授後文權爲禮官臣與兄亦常常從學文權之爲人
専精身體力行深得諸經義蘊詩古文辭亦首開示
法度而不多作作亦不存草大學士臣故張登桂儒
臣故潘清簡亦奉爲師由此言之自古及今未見其
比文權卒後臣専學於臣兄故綿審耳舉凡經書之
學古文之學詩詞之學皆率循軌範無所獨得從工
詩詞誠如上諭至若臣精經文則　皇上憐臣衰老

猶不廢學盛加奬借俾益琢磨寔臣不敢當此　盛
朝文治儒士　如林賢德弘才臣皆不及然惟臣兄故
綿審禮臣故申文權大學士臣故張登桂原儒臣故
潘清簡此四人者言皆可範行皆可則始終忠孝志
節清貞臣所心悅誠服平生希慕猶未能彷彿一二
也又疏後奉　硃批予幼不好學又無良師友得與
二王相見亦稀故不得其指發遽已遇此多屯今稍

知好學則甚不暇是以詩文皆以胸臆抒寫全不知法度甚至字亦稀識故臨作多窘自覺寔不免俗冥然而行恐為後世笑恥此是寔告王豈不知今觀此片甚廣大深邃惟領畧大意寔則未解指南但以余臆說則詞似只做平仄要無差舊式則已免大家之笑否何詞律乃拘拘上去入不可移則甚局促難展押平仄亦可更要順口如詩而已又意本國諸歌曲

即是北國之詞即如簾外一曲亦充歌格可知也未知合不交所作干首爲之閱評如前何者合格不合格願詳言直指無隱來日派人來取回覽欽此臣謹按詞源于隋唐沿于五代流于宋元大抵亦本詩教意格爲重聲調次之如蘇軾念奴嬌詞有大江東去句而後此詞一名爲大江東去則從來詞家特以爲詞中大手而平仄句讀未嘗印定又千古風流人物

在五物部一尊還酹江月在六月部則韻亦可叶如
五古詩耳古詞今可歌北詞南可歌惟要順口今讀
批示寔已一一洞悉乃 聖度謙冲迥出嘗情萬
萬況以萬乘之尊庶政之繁而學不厭誨人不倦更
爲古來所未見臣幸際其盛思竭駑鈍豈敢有隱管
蠡所及即以具 覆拜奉閱 御製詞在别本併啟

請辭職疏

詞選跋

夫靈均平子九歌四愁其稱美人逸女不一而足而人皆諒之蓋其辭氣有固然者獨宋朱子熹以鄭衛寔淫奔者自作然詩三百篇皆聖人雅言即鄭諸詩皆卿大夫賦咏專對確確鑿鑿致諸大儒多不遵守此說非不韙也詩誠有之詞亦宜然乃浮薄之士每肆恣於酒樓妓館之餘以懷君念友謬託則文過之罪

更浮於鄭聲矣故臣於詞家不必盡廢亦不敢濫

視學演連珠十五首并序

嗣德萬萬年之七歲歲次閼逢攝提格春王二月二十有八日　天子親詣　文廟釋奠于　至聖先師孔子禮成後復　命駕視學　御彝倫堂講官進講　皇上闡發義理宣　制勉勵　賜宴賚有差禮樂備舉神人致喜典至鉅德至盛也雖漢永平之臨雍養

槐市是以肆筵既醉爰 賜宴於臣工負笈騰歡廣
覃 恩於士子
臣聞有善與人同之樂穆穆於 皇召永膺 帝眷
之隆明明維 后是以曾言侍坐不違咫尺 天顏
周召遂歌願奉千萬歲 壽

與仲恭論填詞書

聞君言子裕著詞話間及僕詞加以評語極意贊嘆

不覺面赤慚汗詞固不易佳而僕於詞寔未有所解亦不願學之方望溪治經之餘唯及古文嘗謂古來僉邪之士或有工於詩者以其冥𥈠於聲色緣情綺靡故也至於古文家皆肖其爲人柳雖大節不甚正細行亦無疵至歐蘇王曾韓子者皆其與道淺深高下可見其爲人蓋文以載道非誠於中者不形於外故望溪不屑留心於詩以爲有害於道況詞乎哉

望溪亦太拘已予則謂詩與文不甚相遠而詞亦不
必不作蓋詩則學者經史已外偶用消遣自能陶淑
情性最佳傳之來者亦可表見詞則可以作亦可以
不作又兆人里巷往往歌之其音已羸興之所至偶
一拈毫猶不甚費力今我乃按字之平仄句之長短
以填安得許多工夫也而其辭又多寓於閨閣故誠
有如害道之言者予偶於親舊宴會琴歌酒賦之頃

相與分題重違其意或一為之殊不工豈特無意求工亦故不求工也乃得此過譽意子裕相憐恐其無名於詞不忍故稍加揚抑顧門生兒輩等不察以予為工於詞而致力焉是重予之過也故不得不詳述其意以寄君并寄子裕

尊學堂記

子思子曰天命之謂性率性之謂道修道之謂教教

主要参考文献

一、汉语文献

（一）专著

王士祯:《渔洋诗话》(石印本),上海: 扫叶山房,1914年。

龙榆生主编:《词学季刊》第三卷第二号,上海: 开明书店,1936年。

林大椿辑,郑琦校订:《唐五代词》,北京: 文学古籍刊行社,1956年。

唐圭璋:《宋词四考》,南京: 江苏文艺出版社,1959年。

张炎、沈义父著,夏承焘校注、蔡嵩云笺释:《词源注 乐府指迷笺释》,北京: 人民文学出版社,1963年。

王士禛著,戴洪森校点:《带经堂诗话》,北京: 人民文学出版社,1963年。

叶恭绰编:《全清词钞》,香港: 中华书局香港分局,1975年。

刘熙载:《艺概》,上海: 上海古籍出版社,1978年。

苏轼:《东坡乐府》,上海: 上海古籍出版社,1979年。

王仲闻校注:《李清照集校注》,北京: 人民文学出版社,1979年。

唐圭璋编:《全宋词》,北京: 中华书局,1965年。

戴逸主编:《简明清史(第一册)》,北京: 人民出版社,1980年。

戈载:《词林正韵》,上海: 上海古籍出版社,1981年。

刘永济:《词论》,上海: 上海古籍出版社,1981年。

夏承焘选校,张珍怀、胡树淼注释:《域外词选》,北京: 书目文献出版社,1981年。

何文焕辑:《历代诗话》,北京: 中华书局,1981年。

陈乃乾辑:《清名家词》,上海:上海书店,1982年。

王弈清等编纂:《钦定词谱》,北京:中国书店,1983年。

朱维之、雷石榆、梁立基主编:《外国文学简编(亚非部分)》,北京:中国人民大学出版社,1983年。

吴熊和:《唐宋词通论》,杭州:浙江古籍出版社,1985年。

施议对:《词与音乐关系研究》,北京:中国社会科学出版社,1985年。

唐圭璋主编:《唐宋词鉴赏辞典》,南京:江苏古籍出版社,1986年。

张璋、黄畬编:《全唐五代词》,上海:上海古籍出版社,1986年。

唐圭璋编:《词话丛编》,北京:中华书局,1986年。

杨海明:《唐宋词风格论》,上海:上海社会科学院出版社,1986年。

温广义:《唐宋词常用词辞典》,呼和浩特:内蒙古人民出版社,1988年。

胡云翼:《宋词研究》,成都:巴蜀书社,1989年。

郑孟津、吴平山:《词源解笺》,杭州:浙江古籍出版社,1990年。

严迪昌:《清词史》,南京:江苏古籍出版社,1990年。

程千帆、吴新雷:《两宋文学史》,上海:上海古籍出版社,1991年。

梁荣基:《词学理论综考》,北京:北京大学出版社,1991年。

姚伯岳:《版本学》,北京:北京大学出版社,1993年。

吴湘州、王志远编:《历代词人品鉴辞典》,北京:北京大学出版社,1996年。

马兴荣、吴熊和、曹济平主编:《中国词学大辞典》,杭州:浙江教育出版社,1996年。

王运熙、顾易生:《中国文学批评通史——宋金元卷》,上海:上海古籍出版社,1996年。

沈家庄注析:《宋词三百首》,桂林:漓江出版社,1996年。

张以仁:《花间词论集》,台北:"中研院"中国文哲研究所,1996年。

楼宇烈主编:《东方文化大观》,合肥:安徽人民出版社,1996年。

孟昭毅:《东方文化文学因缘》,长春:吉林大学出版社,1996年。

张炯、邓绍基、樊骏主编:《中华文学通史》,北京:华艺出版社,1997年。

叶嘉莹:《清词丛论》,石家庄:河北教育出版社,1997年。

杨海明:《唐宋词史》,天津:天津古籍出版社,1998年。

杨海明:《唐宋词美学》,南京:江苏教育出版社,1998年。

张宏生:《清代词学的建构》,南京:江苏古籍出版社,1998年。
安平秋、杨忠、杨锦海主编,程郁缀选注:《中华古典名著读本·唐宋词卷》,北京:京华出版社,1998年。
袁行霈主编:《中国文学史》,北京:高等教育出版社,1999年。
赵晓兰:《宋人雅词原论》,成都:巴蜀书社,1999年。
李剑亮:《唐宋词与唐宋歌妓制度》,杭州:杭州大学出版社,1999年。
饶宗颐:《饶宗颐东方学论集》,汕头:汕头大学出版社,1999年。
神田喜一郎著,程郁缀、高野雪译:《日本填词史话》,北京:北京大学出版社,2000年。
吴丈蜀:《词学概说》,北京:中华书局,2000年。
郑颐寿主编:《辞章学辞典》,西安:三秦出版社,2000年。
王兆鹏:《唐宋词史论》,北京:人民文学出版社,2001年。
于在照:《越南文学史》,北京:军事谊文出版社,2001年。
刘春银、王小盾、陈义主编:《越南汉喃文献目录提要》,台北:"中研院"中国文哲研究所,2002年。
邱世友:《词论史论稿》,北京:人民文学出版社,2002年。
张仲谋:《明词史》,北京:人民文学出版社,2002年。
徐志刚编著:《诗词韵律(修订版)》,济南:济南出版社,2002年。
王国维撰,徐德明整理:《词录》,北京:学苑出版社,2003年。
龙榆生:《词曲概论》,北京:北京出版社,2004年。
余传棚:《唐宋词流派研究》,武汉:武汉大学出版社,2004年。
孙克强:《清代词学》,北京:中国社会科学出版社,2004年。
马哥东:《日本汉诗溯源比较研究》,北京:中国社会科学出版社,2004年。
杨文生编著:《词谱简编》,成都:四川人民出版社,2004年。
曾晓峰评析:《宋词三百首》,武汉:崇文书局,2004年。
朱惠国:《中国近世词学思想研究》,上海:上海古籍出版社,2005年。
谢映先编著:《中华词律》,长沙:湖南大学出版社,2005年。
马东瑶:《苏门六君子研究》,北京:北京大学出版社,2005年。
叶嘉莹:《北宋名家词选讲》,北京:北京大学出版社,2007年。

谢桃坊:《词学辨》,上海:上海古籍出版社,2007年。

王国维著,黄霖、周兴陆导读:《人间词话》,上海:上海古籍出版社,2009年。

况周颐著,孙克强导读:《蕙风词话》,上海:上海古籍出版社,2009年。

龙榆生:《唐宋词格律》,上海:上海古籍出版社,2010年。

孙逊、郑克孟、陈益源主编:《越南汉文小说集成》,上海:上海古籍出版社,2011年。

贺圣达:《东南亚文化发展史》,昆明:云南人民出版社,2011年。

万树:《词律》,上海:上海古籍出版社,2013年。

于在照:《越南文学与中国文学之比较研究》,北京:世界图书出版公司,2014年。

郭则沄著,屈兴国点校:《清词玉屑》,杭州:浙江古籍出版社,2014年。

（二）期刊与学位论文

黄国安:《越南著名词人阮绵审及其咏物酬唱词》,《东南亚纵横》1987年第2期。

巩炜:《李清照对婉约派"词为艳科"的传统在思想内容上的继承和发展》,《兰州商学院学报(综合版)》1989年第2期。

曹保合:《谈张惠言的尊体理论》,《贵州教育学院学报(社会科学版)》1993年第1期。

杨柏岭:《推尊词体:况周颐词论的主导思想》,《晋阳学刊》1996年第5期。

皮述平:《清代词学的"尊体"观》,《学术月刊》1997年第11期。

岳继东:《花间词对"词为艳科"观念的影响及其意义》,《河南师范大学学报(哲学社会科学版)》1997年第6期。

王洪:《试论唐宋词发展史上的五个里程碑及其词史意义》,《中国人民大学学报》1998年第2期。

杨万里:《略论词学尊体史》,《云梦学刊》1998年第2期。

张丽:《从"艳科"、"小道"到"时代文学"——略析我国古词论中"尊体说"的发展》,《四川师范学院学报(哲学社会科学版)》1999年第1期。

于立杰:《略论苏轼词的艺术特色》,《学术交流》1999年第3期。

何孝荣:《清代的中越文化交流》,《历史教学(下半月刊)》2001年第11期。

阮氏琼花:《越南词人白毫子及其〈鼓枻词〉》,《古典文学知识》2001年第3期。

路成文:《宋代咏物词的创作姿态》,《南京师范大学文学院学报》2002年第4期。

梁凯:《清朝时中国文化继续在越南广泛传播及其原因》,《宜宾学院学报》2003年第6期。

祁广谋:《越南喃字的发展演变及其文化阐释》,《解放军外国语学院学报》2003年第1期。

王可喜:《殊途同归——论苏轼、李清照提高词的地位的途径》,《咸宁学院学报》2003年第5期。

许伯卿:《咏物词的界定及宋代咏物词的渊源》,《南阳师范学院学报》2003年第2期。

李未醉、余罗玉:《略论古代中越文学作品交流及其影响》,《鞍山师范学院学报》2004年第3期。

袁运福:《略论北属时期中国文化对越南的影响》,《天中学刊》2004年第3期。

蒋国学:《词在越南未能兴盛的原因探析》,《解放军外国语学院学报》2004年第5期。

王晋中:《苏轼词作的艺术风格》,《白城师范学院学报》2005年第1期。

刘琰:《徘徊在边缘的繁荣——清代词派在清词发展史中的作用》,《河南教育学院学报(哲学社会科学版)》2005年第4期。

曹明升:《清代词学中的破体、辨体与推尊词体》,《中国文学研究》2005年第3期。

陈竹漓:《胡春香汉喃诗及其女性意识研究》,高雄:中山大学硕士学位论文,2005年。

阮庭复:《阮绵审〈历代诗选〉研究》,南京:南京大学博士学位论文,2006年。

于在照:《源于法语的越语外来词》,《解放军外国语学院学报》2006年第2期。

张萧绎:《从白石词看张炎〈词源〉中“骚雅”之义》,《大庆师范学院学报》2006年第1期。

张雷宇:《幽韵冷香,挹之不尽——论姜夔的咏物词》,《西安电子科技大学学报(社会科学版)》2007年第3期。

谢娜菲:《越南诗人胡春香诗歌思想意蕴之探析》,《广西师范学院学报(哲学社会科学版)》2007年第2期。

陈文:《越南黎朝的武举制度考——兼论中国武举制度对越南的影响》,《暨南学报(哲学社会科学版)》2007年第3期。

樊荣:《越南雅乐的历史》,《中国音乐(季刊)》2007年第4期。

刘志强:《有关越南历史文化的汉文史籍》,《学术论坛》2007年第12期。

陈中林、徐胜利:《论宋代咏物词创作的寄托手法》,《鄂州大学学报》2008年第6期。

尚慧萍:《论〈词源〉词学思想形成与宋代文化的关系》,《湘潭师范学院学报(社会科学版)》2008年第6期。

何仟年:《越南的填词及词学——汉文学移植背景下的文体案例》,《广西大学学报(哲学社会科学版)》2008年第3期。

马丽娜:《张炎"清空"研究》,兰州:西北师范大学硕士学位论文,2008年。

陈登英:《词别是一家——以"尊体"为中心》,《柳州师专学报》2009年第6期。

汪超:《词学尊体研究综述》,《重庆文理学院学报(社会科学版)》2009年第1期。

朱惠国:《从王昶词学思想看中期浙派的新变》,《中山大学学报(社会科学版)》2009年第4期。

朱惠国:《"苏李之争":词功能嬗变的迷局与词学家的困惑——兼论宋代词论的两种基本观点及其演化方向》,《文艺理论研究》2009年第1期。

于在照:《中国古典诗歌与越南古代汉文诗》,《深圳大学学报(人文社会科学版)》2010年第4期。

李时人、刘廷乾:《越南古代汉文诗叙论》,《上海师范大学学报(哲学社会科学版)》2010年第6期。

管雨红:《瘦石孤花　野云孤飞——浅析姜白石写景咏物词中的"清"词风》,《文学与艺术》2010年第2期。

祁志祥:《从"小道"、"诗余"到"尊体"——中国古代词体价值观的历史演变》,《文艺理论研究》2010年第2期。

董洋:《张炎词学思想研究》,海口:海南师范大学硕士学位论文,2011年。

赵引霞:《市民词与士林词的艺术探微——以柳永词、苏轼词为例》,《鸡西大学学报》2012年第6期。

侯芳:《朱彝尊词学思想研究》,武汉:华中师范大学硕士学位论文,2012年。

阮庭复:《仓山、梦梅,越南词的两个不同境界》,《中国韵文学刊》2013年第1期。

弓依璇:《越南古代诗歌中"竹"与"梅"的文化内涵》,《环球人文地理》2014年第14期。

李冬红:《清代词学"尊体"辨》,载《词学(第三十二辑)》,上海:华东师范大学出版社,2014年。

陈柏桥:《越南词学研究述评》,《红河学院学报》2016年第4期。

二、越南语文献

(一) 专著

Anh Bằng, *Tùng Thiện Vương——Tiểu sử và thơ văn*, NXB Nam Việt, Hồ Chí Minh, 1944.(膺朏:《从善王——小史与诗文》,西贡:南越出版社,1944年)

Trần Trọng Kim, *Đại cương lịch sử văn học Việt Nam*, NXB Hà Nội, Hà Nội, 1954.(陈庆全:《越南文学史大纲》,河内:河内出版社,1954年)

Bùi Kỉ, *Quốc văn cụ thể*, NXB Sách giáo khoa Tân Việt, Hồ Chí Minh, 1956.(裴几:《国文具体》,西贡:新越教科书出版社,1956年)

Trần Văn Giáp, *Lược truyện các tác gia văn học Việt Nam,* NXB Viện sử học, Hà Nội, 1962.(陈文岬:《越南各位作家的传略》,河内:史学院出版社,1962年)

Trần Văn Giáp, *Tìm hiểu kho sách Hán Nôm,*(Tập I/II), Tập I Thư viện Quốc gia Hà Nội xuất bản năm 1970; Tập II Nhà xuất bản Khoa học Xã hội Hà Nội ấn hành năm 1990.(陈文岬:《汉喃书籍考》第一集,河内:国家图书馆,1970年;第二集,河内:社会科学院,1990年)

Ban Hán Nôm (Biên soạn), *Thư mục Hán Nôm*, NXB Viện Hán Nôm, Hà Nội, 1969—1973.(汉喃院:《汉喃书目》,河内:汉喃出版社,1969—1973年)

Hà Xuân Trường, *Trên một chặng đường*, NXB Văn học, Hà Nội, 1984.(何春长:《在一段路程》,河内:文学出版社,1984年)

Nguyễn Lộc, *Từ điển Văn học*, NXB Khoa học Xã hội, Hà Nội, 1984.(阮鹿:《文学字典》,河内:社会科学出版社,1984年)

Xuân Diệu, *Các nhà thơ cổ điển Việt Nam*, NXB Văn học, Hà Nội, 1985.（春耀：《越南古典诗家》，河内：文学出版社，1985年）

Vũ Ngọc Liễn (Biên khảo), *Đào Tấn qua thư tịch*, NXB Sân khấu, Bình Định, 1985.（武玉瞭：《陶晋——书目和资料》，平定省：京剧院出版社，1985年）

Vũ Ngọc Liễn (Chủ biên), *Thơ và Từ Đào Tấn*, NXB Văn học, Hà Nội, 1987.（武玉瞭：《陶晋——诗和词》，河内：文学出版社，1987年）

Trần Văn Giáp, *Khảo sát kho thư mục Hán Nôm,* NXB Khoa học, Hà Nội, 1990.（陈文岬：《对汉喃书库的考察》，河内：科学出版社，1990年）

Nguyễn Quyết Thắng & Nguyễn Bá Thế, *Từ điển nhân vật lịch sử Việt Nam*, NXB Khoa học Xã hội, Hà Nội, 1992.（阮决胜、阮伯世：《越南历史人物词典》，河内：社会科学出版社，1992年）

Ngô Sĩ Liên, *Đại Việt sử kí toàn thư*, NXB Khoa học Xã hội, Hà Nội, 1993.（吴士连：《大越史记全书》，河内：社会科学出版社，1993年）

Đào Duy Anh, *Theo dòng các triều đại Việt Nam,* NXB Thuận Hóa, Thuận Hóa, 1994.（陶维英：《沿着越南的各时代》，顺化省：顺化出版社，1994年）

Nguyễn Chí Viễn (Dịch), *Tuyển tập từ Trung Hoa—Nhật Bản*, NXB Văn hóa thông tin, Hà Nội, 1996.（阮志远：《中华、日本词选》，河内：通信文化出版社，1996年）

Trần Nghĩa (Chủ biên), *Tổng tập tiểu thuyết chữ Hán Việt Nam*, NXB Thế giới, Hà Nội, 1997.（陈义：《越南汉字小说总集》，河内：世界出版社，1997年）

Đinh Gia Khánh (Chủ biên), *Văn học Việt Nam thế kỉ X—Nửa đầu thế kỉ XVIII*, NXB Giáo dục, Hà Nội, 1998.（丁嘉庆：《越南文学自十世纪至十八世纪》，河内：教育出版社，1998年）

Hoàng Xuân Hãn, *Hồ Xuân Hương——Thiên tình sử,* NXB Văn học, Hà Nội, 1999.（黄春翰：《胡春香——情史传》，河内：文学出版社，1999年）

Phan Văn Các, *Bạch Hào Tử——"Cổ duệ từ"*, Viện Nghiên cứu Hán Nôm xuất bản, Hà Nội, 1999.（番文葛：《白毫子——〈鼓枻词〉》，河内：越南汉喃研究院，1999年）

Nguyễn Xuân Tảo (Dịch), *Tống Từ*, NXB Văn học, Hà Nội, 1999.（阮春早：《宋

词》,河内：文学出版社,1999年)

Ban Khoa học Xã hội, *Tổng tập văn học Việt Nam* (Tập V, Tập VI, Tập XIV), NXB Khoa học Xã hội, Hà Nội, 2000.(社会科学院:《越南文学总集》,河内：社会科学出版社,2000年)

Lại Văn Hùng, *Dòng văn Nguyễn Huy ở Trường Lưu*, NXB Khoa học Xã hội, Hà Nội, 2000.(来文雄:《长流的阮辉文学家族》,河内：社会科学出版社,2000年)

Phạm Đình Hổ (Nguyễn Hữu Tiến dịch, chú), *Vũ trung tùy bút*, NXB Văn học, Hà Nội, 2001.(范廷琥著,阮友进译注:《雨中随笔》,河内：文学出版社,2001年)

Nguyễn Khắc Phi, *Mối quan hệ giữa Văn học Việt Nam và Văn học Trung Quốc thông qua cái nhìn so sánh*, NXB Giáo dục, Hà Nội, 2001.(阮克菲:《比较视野中的中国文学与越南文学的关系》,河内：教育出版社,2001年)

Lê Mạnh Thát, *Lịch sử Phật giáo Việt Nam*, NXB TP. Hồ Chí Minh, Hồ Chí Minh, 2001.(黎孟硕:《越南佛教历史》,胡志明市：胡志明市出版社,2001年)

Dương Quảng Hàm, *Việt Nam văn học sử yếu*, NXB Hội Nhà văn, Hà Nội, 2002.(杨广含:《越南文学史要》,河内：文学家协会出版社,2002年)

Bùi Văn Nguyên, Hà Minh Đức, *Thơ ca Việt Nam: Hình thức và thể loại*, NXB Quốc Gia Hà Nội, Hà Nội, 2003.(裴文原、何明德:《越南诗歌的形式与体类》,河内：河内国家出版社,2003年)

Vũ Ngọc Liễn (Biên khảo), *Đào Tấn——Thơ và Từ*, NXB Sân khấu, Hà Nội, 2003.(武玉瞭:《陶晋——诗和词》,河内：舞台出版社,2003年)

Nguyễn Huệ Chi, *Mục từ Phạm Thái trong Từ điển Văn học*(Bộ mới), NXB Thế giới, Hà Nội 2004.(阮惠之:《文学词典新编》,河内：世界出版社,2004年)

Nguyễn Thạch Giang, *Văn học thế kỷ XVIII*, NXB Khoa học Xã hội, Hà Nội, 2004.(阮石江:《十八世纪的文学》,河内：社会科学出版社,2004)

Lê Văn Siêu, *Văn học sử Việt Nam*, NXB Văn học, Hà Nội, 2006.(黎文赵:《越南文学史》,河内：文学出版社,2006年)

Trần Ngọc Vương (Chủ biên), *Văn học Việt Nam thế kỉ X—XIX: Những vấn đề lí luận và lịch sử*, NXB Giáo dục, Hà Nội, 2007.(陈玉王:《十世纪至十九世纪的

越南文学：一些历史与理论问题》，河内：教育出版社，2007年）

Hoàng Chương (Chủ biên), *Đào Tấn ——Trăm năm nhìn lại*, NXB Hội Nhà văn, Hà Nội, 2008.（黄章：《陶晋——百年回念》，河内：文学家协会出版社，2008年）

Đặng Việt Thủy, Đặng Thành Trung, *Mười tám vị công chúa Việt Nam*, NXB Quân đội nhân dân, Hà Nội, 2008.（邓越水、邓成忠：《越南十八位公主》，河内：人民军队出版社，2008年）

Nguyễn Khắc Phi, *Mai Am công chúa——Một trăm năm ngày mất (1904—2004)*, NXB Văn nghệ Cửu Long, 2008.（阮克飞：《梅庵女士——百年纪念（1904—2004）》，九龙省：文艺出版社，2008年）

Trần Thị Kim Anh、Hoàng Hồng Cẩm, *Các thể văn chữ Hán Việt Nam*. NXB Khoa học Xã hội, Hà Nội, 2010.（陈氏金英、黄红绣：《越南的文学各体汉字》，河内：社会科学出版社，2010年）

Cao Xuân Dục (Nguyễn Thúy Nga, Nguyễn Thị Lâm dịch), *Quốc triều Hương khoa lục*, NXB Lao động-Trung tâm Ngôn ngữ văn hóa Đông Tây, Hà Nội, 2011.（高春育著，阮翠娥、阮氏林译：《国朝乡科录》，河内：劳动—东西方语言文化中心出版社，2011年）

Nguyễn Nho Thìn, *Văn học trung đại Việt Nam dưới góc nhìn văn hóc*, NXB Giáo dục, Hà Nội, 2012.（陈儒辰：《从十世纪到十九世纪的越南文学》，河内：教育出版社，2012年）

（二）期刊与学位论文

Trần Thanh Mại, *Phát hiện bản gốc của"Lưu Hương kí"*, Tạp chí Văn học, 1964.（陈清卖：《〈瑠香记〉的发现来源》,《文学杂志》1964年号）

Lê Xuân Lít, *Mùa xuân trong Thơ và Từ của Đào Tấn*, Nghĩa Bình văn nghệ báo, 1978.（黎春利：《陶晋诗词的春天》,《义平文艺报》1978年号）

Phạm Thị Tú, *Về bài Từ đầu tiên và tác giả của nó: Sư Khuông Việt*, Tạp chí Văn học, 1974(6).（范氏秀：《关于第一首词和其作者：匡越大师》,《文学杂志》1974年第6期）

Nguyễn Tài Cẩn, *Vấn đề lập trường đối với nhà Tống trong bài "Vương lang quy" của Ngô Chân Lưu*, Tạp chí Văn học, 1981(2).(阮才谨:《从吴真流的〈王郎归〉词看其对宋朝的态度》,《文学杂志》1981年第2期)

Đỗ Văn Hỷ, *Đào Tấn một nhà viết Từ khúc lỗi lạc*, Tạp chí Văn học, 1988(2).(杜文喜:《陶晋——一位磊落的词家》,《文学杂志》1988年第2期)

Nguyễn Đăng Na, *Về bài "Vương lang quy từ" ——Khảo sát và giải mã văn bản*, Tạp chí Văn học, 1995(1).(阮登娜:《关于〈王郎归〉——文本考察及辨析》,《文学杂志》1995年第1期)

Phan Văn Các, *Về một chùm Từ của Miên Thẩm*, Tạp chí Văn học, 1998(3).(番文葛:《阮绵审的一些汉词》,《文学杂志》1998年第3期)

Phan Văn Các, *Nguyễn Miên Thẩm một số bài Từ chữ Hán*, Tạp chí Hán Nôm, 1998(3).(番文葛:《阮绵审的一些汉词》,《汉喃杂志》1998年第3期)

Thế Anh, *Từ Trung Hoa và ảnh hưởng của nó ở Việt Nam*, Tạp chí Hán Nôm, 2001(1).(世英:《中华词与它在越南的影响》,《汉喃杂志》2001年第1期)

Trần Nghĩa, *"Cổ duệ từ" của Miên Thẩm dưới dạng toàn vẹn của nó*, Thông báo Hán Nôm, 2001(4).(陈义:《〈鼓枻词〉原本的面貌》,《汉喃通报》2001年第4期)

Alexandre Lê, *Bài từ "Ngọc lang quy" của Khuông Việt đại sư (933—1011) và vấn đề văn bản học*, Thời đại, 2002(6).(亚历山大・黎:《匡越大师(933—1011)〈玉郎归〉与文本学问题》,《时代》2002年第6期)

Trần Ngọc Vương、Đinh Thanh Hiếu, *Từ——Một chủng loại văn học còn ít được biết tới*, Tạp chí Văn học, 2004(9).(陈玉王、丁青孝:《词——一类鲜为人知的文学》,《文学杂志》2004年第9期)

Trần Nghĩa, *Thể loại Từ của Trung Quốc du nhập vào Việt Nam và ảnh hưởng của nó đối với văn học bản địa*, Nghiên cứu Hán Nôm, 2005(5).(陈义:《中国词体传入越南与它对本土文学的影响》,《汉喃研究》2005年第5期)

Nguyễn Đình Phức, *Về bài từ "Ngọc lang quy" của sư Khuông Việt*, Tạp chí Hán Nôm, 2005(5).(阮庭复:《关于匡越大师的〈玉郎归〉》,《汉喃杂志》2005年第5期)

Nguyễn Đình Phức, *Về bài "Tự tự" trong "Tĩnh Phố thi tập" của Miên Trinh*, Tạp chí Hán Nôm, 2006(2).(阮庭复:《关于绵寘的〈静浦诗集〉自序》,《汉喃杂志》2006年第2期)

Phạm Văn Ánh, *Sự tiếp nhận thể loại Từ ở Việt Nam—— Khảo sát từ thời tự chủ cho đến hết thời Lê trung hưng*, Tham luận Hội thảo quốc tế Văn học Việt Nam trong bối cảnh giao lưu văn hóa khu vực và quốc tế (VietNamese Literature in the regional and international context of cultural exchanges), Hà Nội tháng 11 năm 2006.(范文映:《越南对词的接受——从自主时期到黎中兴时期的考查》,"越南文学与国际领域的文化交流背景" 国际会议论文,越南河内,2006年11月)

Phạm Văn Ánh, *Trở lại bài Từ "Nguyễn lang quy" của Khuông Việt đại sư Ngô Chân Lưu dưới góc nhìn Từ sử*, Tạp chí Nghiên cứu Văn học, 2007(3).(范文映:《从词史的角度再研究匡越大师的〈阮郎归〉》,《文学研究杂志》2007年第3期)

Phạm Văn Ánh, *Thể loại Từ thời Lê Trung Hưng*, Luận án Thạc sĩ, Đại học Xã hội và Nhân văn Hà Nội, 2007.(范文映:《黎中兴时期的汉词研究》,河内:河内社会和人文大学硕士学位论文,2007年)

Phạm Văn Ánh, *Về các sáng tác từ của Nguyễn Huy Oánh*, Kỉ yếu hội thảo khoa học danh nhân văn hóa Nguyễn Huy Oánh, Viện Văn học—— Sở Văn hóa thể thao và du lịch Hà Tĩnh xuất bản, 2008.(范文映:《阮辉映的词作》,河静省:河静省文学院文化体育院,2008年)

Phạm Văn Ánh, *Thể loại Từ ở Trung Quốc: Nguồn gốc và sự vận động của nó xét về phương diện sáng tác*, Thông báo Hán Nôm học, Nxb Khoa học xã hội, 2008.(范文映:《词在中国:从创作方面来研究其来源和运动》,载《汉喃通报》,河内:社会科学出版社,2008年)

Phạm Văn Ánh, *Một số nét cơ bản về thể loại Từ ở Việt Nam*, Tạp chí Hán Nôm, 2009(4).(范文映:《越南汉词的基本特征》,《汉喃杂志》2009年第4期)

Phạm Văn Ánh, *Sự thực nào cho "Mộng Mai từ lục"*, Tạp chí Nghiên cứu Văn học, 2009(9).(范文映:《〈梦梅词录〉的真相面貌》,《文学研究杂志》2009年第9期)

Trần Nghĩa, *Thơ và Từ của Đào Tấn dưới góc nhìn văn bản học*, Tạp chí Hán Nôm, 2009(4).(陈义:《从文本学角度研究陶晋诗与词》,《汉喃杂志》2009年第4期)

Vũ Thị Thanh Trâm, *Tìm hiểu thể loại Từ trong văn học cổ điển Việt Nam,* Luận án Thạc sĩ, Đại học Xã hội và Nhân văn Hồ Chí Minh, 2009.(武氏青珍:《对越南古典文学的词的认识》,胡志明市:胡志明市社会和人文大学,2009年)

Nguyễn Đình Phức, *Một số phát hiện mới về bài Từ của Thiền sư Khuông Việt*, Tạp chí Hán Nôm, 2010(1).(阮庭复:《关于匡越大师的一首汉字词的新发现》,《汉喃杂志》2010年第1期)

Phạm Văn Ánh, *Bài tựa "Cổ duệ từ"của Miên Thẩm*, Tạp chí Hán Nôm, 2010(3).(范文映:《阮绵审的〈鼓枻词〉自序》,《汉喃杂志》2010年第3期)

Phạm Văn Ánh, *Có hay không yếu tố nữ trong bài Từ điệu " Nguyễn lang quy "của Khuông Việt đại sư*, Tạp chí Hán Nôm, 2010(1).(范文映:《匡越大师的〈阮郎归〉有没有女情的要素》,《汉喃杂志》2010年第1期)

Phạm Văn Ánh, *Ngôn ngữ và cách lập ý trong bài từ điệu "Nguyễn lang quy"của Khuông Việt đại sư,* Tạp chí Khuông Việt, 2010(10).(范文映:《匡越大师的〈阮郎归〉的语言与意义》,《匡越杂志》2010年第10期)

Trần Nghĩa, *Một số bài từ trong "Đồng song kí"*, Tạp chí Hán Nôm, 2012(4).(陈义:《关于〈同窗记〉里的几首词》,《汉喃杂志》2012年第4期)

Phạm Văn Ánh, *Quan niệm từ học của Miên Trinh*, Tạp chí Nghiên cứu Văn học, 2011(12).(范文映:《绵寊的词学观念》,《文学研究杂志》2012年第12期)

Phạm Văn Ánh, *Thể loại Từ ở Hàn Quốc trong sự so sánh với truyền thống Từ học Đông Á*, Tạp chí Nghiên cứu Đông Bắc á, 2012(11).(范文映:《韩国词跟东亚词学传统比较》,《东北亚研究杂志》2012年第11期)

Phạm Văn Ánh, *Thể loại Từ ở Việt Nam từ thế kỉ X đến hết thế kỉ XVIII*, Tạp chí Nghiên cứu và Phát triển, 2012(8、9).(范文映:《十到十八世纪时期越南的汉词》,《发展与研究杂志》2012年第8、9期)

Phạm Văn Ánh, *"Cổ duệ từ "của Miên Thẩm: Văn bản, quan niệm sáng tác và nguồn ảnh hưởng*, Tạp chí Nghiên cứu Văn học, 2013(11).(范文映:《阮绵审

的〈鼓棡词〉：文本、创作观念以及影响来源》，《文学研究杂志》2013年第11期）

Trần Nghĩa, *Về năm sinh năm mất của Nguyễn Hoàng Trung*, Tạp chí Hán Nôm, 2013(2).（陈义：《关于阮黄中的生卒年》，《汉喃杂志》2013年第2期）

Phạm Văn Ánh, *Thể loại Từ trong văn học trung đại Việt Nam*, Luận án Tiến sĩ, Viện Hàn lâm khoa học xã hội Việt Nam, 2014.（范文映：《越南中代文学的词体类研究》，河内：越南社会科学翰林院博士学位论文，2014年）

三、越南汉喃文献

《内阁书目》，越南汉喃研究院图书馆，典藏号：A.133。

《禅苑集英》，越南汉喃研究院图书馆，典藏号：A.1782。

《本行语录·三祖实录》，越南汉喃研究院图书馆，典藏号：A.786。

《花园奇遇集》，越南汉喃研究院图书馆，典藏号：A.2829。

《白僚诗文集》，越南汉喃研究院图书馆，典藏号：A.553。

《名言杂著·抚掌新书》，越南汉喃研究院图书馆，典藏号：A.1073。

《鸿渔昼绣录》，越南汉喃研究院图书馆，典藏号：VHv.465。

《越南奇逢实录》，越南汉喃研究院图书馆，典藏号：A.1006。

《同窗记》，越南国家图书馆，典藏号：R.422。

《传记摘录》，越南汉喃研究院图书馆，典藏号：A.2895。

黎贵惇：《全越诗录》，越南汉喃研究院图书馆，典藏号：A.1262。

冯克宽：《言志诗集》，越南汉喃研究院图书馆，典藏号：VHv.1951。

团氏点：《传奇新谱》，越南汉喃研究院图书馆，典藏号：A.48，VHv.1487，VHv.2959。

范彩：《梳镜新妆》，嗣德三十六年（1883）手抄本，越南汉喃研究院图书馆，典藏号：A.1390。

杜令善：《金马隐夫感情泪集》，越南汉喃研究院图书馆，典藏号：A.1073。

黎光院：《华程偶笔录》，越南汉喃研究院图书馆，典藏号：A.697。

吴时仕：《英言诗集》，越南汉喃研究院图书馆，典藏号：A.117/4。

吴时仕：《英言诗集（下）》，越南汉喃研究院图书馆，典藏号：VHc.879。

吴时仕:《午峰文集》,越南汉喃研究院图书馆,典藏号: Vhv.1461,VHc.873。
吴时香:《梅驿诹余》,越南汉喃研究院图书馆,典藏号: A.117a/16。
潘辉益:《裕庵吟集》,越南汉喃研究院图书馆,典藏号: A.603。
范阮攸:《石洞先生诗集》,越南汉喃研究院图书馆,典藏号: A.577。
范廷琥:《珠峰杂草》,越南汉喃研究院图书馆,典藏号: VHv.1873。
胡春香:《瑠香记》,越南文学院图书馆,典藏号: HN.336。
阮行:《观东海》,越南汉喃研究院图书馆,典藏号: A.1530。
阮行:《鸣鹃诗集》,越南汉喃研究院图书馆,典藏号: VHv.109。
潘辉注:《华轺吟录》,越南汉喃研究院图书馆,典藏号: A.2041。
朱允致:《谢轩先生原集》,越南汉喃研究院图书馆,典藏号: A.2432。
阮述:《荷亭应制诗抄》,越南汉喃研究院图书馆,典藏号: VHv.2238。
阮福晈:《明命御制文》,越南汉喃研究院图书馆,典藏号: A.118。
何宗权:《诗文杂集》,越南汉喃研究院图书馆,典藏号: A.449。
阮黄中:《阮黄中诗杂集》,越南汉喃研究院图书馆,典藏号: A.2274。
梅庵:《妙莲诗集》,越南汉喃研究院图书馆,典藏号: VHv.685。
阮绵审:《仓山外集》,越南汉喃研究院图书馆,典藏号: A.781。
阮绵审:《仓山诗话》与《仓山诗集》,嗣德二十四年(1871)、二十五年(1872)刊本,越南汉喃研究院图书馆,典藏号: A.1496。
阮绵寊:《苇野合集》,越南汉喃研究院图书馆,典藏号: A.782。